小说集

一只虫子的 YI ZHI CHONG ZI DE
LV XING

旅行

火石 著
HUO SHI
ZHU

中国出版集团
现代出版社

图书在版编目（CIP）数据

一只虫子的旅行 / 活石著. -- 北京 : 现代出版社,2016.5（2023.7重印）
ISBN 978-7-5143-4860-6

Ⅰ. ①一… Ⅱ. ①活… Ⅲ. ①短篇小说－小说集－中国－
当代 Ⅳ. ①I247.7

中国版本图书馆CIP数据核字(2016)第081218号

一只虫子的旅行

作　　者	活 石	
责任编辑	李 鹏　　陈世忠	
出版发行	现代出版社	
地　　址	北京市安定门外安华里504号	
邮政编码	100011	
电　　话	010-64267325 010-64245264（兼传真）	
网　　址	www.1980xd.com	
电子邮箱	xiandai@vip.sina.com	
印　　刷	北京旺鹏印刷有限公司	
开　　本	787×1092　　1/16	
印　　张	19	
版　　次	2016年5月第1版　　2023年7月第3次印刷	
书　　号	ISBN 978-7-5143-4860-6	
定　　价	59.80元	

正义的光芒（序）

——读活石小说

邱华栋

一直以来，我认为生活中的故事，比小说、电影、电视剧更精彩，精彩到天才作家都无法想象，那些生活中的离奇故事，一旦在网络上披露出来，以为是小说。这看起来好像有点滑稽，但值得公众反思。活石的小说就具有这样的触发性。不论是批判的，还是揭示底层的文章，他的文章均有"正义的光芒"在闪烁，如果说托尔斯泰的作品有"撕下一切假面具"的批判深度，那么活石的作品具有不动声色的"燃烧性"，他虽然只是中国作协的普通作家，还不能与大家相媲美，但是他的"燃烧性"随着正义光芒的辐射扩大，作品一定会越来越旺，以后一定会更具覆盖面和震撼性。

这是我评价活石作品的初衷。

我与活石见过三次面，头一次是湖北省作协文学院举行的高研班的培训，第二次他作为文学院的签约作家再次参加培训，第三次是当地的一个文学论坛活动。第一次相聚，是在湖北长阳清江畔，活石给我的印象敦厚纯朴，而他的小说风格具有现实主义和浪漫主义情怀，每一部作品新锐、生猛、好读，有的让人爱不释手。

作家活石的小说集《一只虫子的旅行》主要是近几年来，发表在各大刊物的中短篇小说。其中不乏非常好的小说佳作。

小说《一只虫子的旅行》（刊发 2015 年 4 月《天津文学》）作为一篇富有现实主义的小说，看似荒诞，实则真实，小说通过进口奶粉生虫这一根丝线，抽出人间百态，商家在市场竞争的诡异狡诈，市民在物欲时代的失衡心态，政府机构社会管理的机械，导致一切美好的物质似乎都变成了"交易"的"筹码"。虫子自然成了最核心的"赌注"。小说具有较好的教育意义和讽刺批判意义，殊不知人在"旅途"中随时会成为可怜的虫子。

这篇小说讲述的是，偶然发现了进口奶粉中的虫子后，消费者想到的是把小事闹大，发一笔财；商家想的是如何通过软硬兼施（包括"搞定"媒体）息事宁人、瞒天过海；进口奶粉的竞争对手想的是如何在激烈的市场竞争中不择手段、打击对手；而监管部门则在夸夸其谈中隔靴搔痒，却不了了之……于是，那只偶然出现的虫子成为了聚焦物欲时代失衡心态的一面镜子，"质量问题"、"维权问题"转眼之间就变异成为一场场"利害交易"的"博弈"。诸如此类的新闻在媒体上已经屡见不鲜，作家仍能以辛辣的笔墨将一场闹剧写出发人深省的底蕴来，可谓匠心良苦。

就说那只匪夷所思的虫子吧，作家关于奶粉"是美国公司专门针对中国消费群体生产的。他们的产品一出厂，就往中国输送，美国人自己不食用"的交代就写出了中国在融入全球化进程中的难言酸辛；奶粉生产厂家有关责任人闻讯后那段"当下中国人法制意识不断增强，很多人不是一刁民，就是一屌丝，很不好对话，必须软硬兼施"的想法也耐人寻味：多少国人在处理公事时心里想的却是如何尽力摆平对手，而不是解决好问题；当事人时而"贼精贼精的"、漫天要价，时而谋划"上演跳楼闹剧"、一心想把事情闹大，可到头来却阴差阳错，被以"上访"的"罪名"抓捕，鸡飞蛋打一场空，一不小心"成了别人的虫子"，哭笑不得……每一笔都紧扣世道人心做文章，写出了一不留神，就可能遭遇陷阱的可怕现实，也足以触发关于"国民性"的忧思。

小说《清水谣》（刊发 2014 年 4 月《民族文学》）是篇新写实的震撼人心的浪漫主义作品，故事通过"我"的视角，层层剥开了"我爹"和"母桃娘娘"的辛酸往事，向读者展示了一幅波澜壮阔的历史画卷。前者经历了人生阵痛，思想得到升华，最后义无反顾地走向了革命；后者经历人生的浮华，最后被封建社会所扼杀，一喜一悲注定了作品浓厚的人文色彩。小说叙述手法较为老道。生活背景定位在湘西一带，作品语言的描述不仅具有一定的文学张力，而且还具有特别的地域特色。《清水谣》以一个七八岁的小孩"我"无所不知的视角，用我们所熟悉的叙事口吻，讲述了 20 世纪 20 年代末叶发生在清水河畔走马坪镇上的一些故事。女主角"母桃"，像那个时代的千千万万女人一样，命运不是掌握在自己手上，而是由他人摆布的，但她却从骨子里生就叛逆秉性，心里始终蕴藏着一股不屈的力量，与旧社会抗争，与丑恶抗争。活石使用非常隐匿的笔墨，勾勒出母桃这个旧社会坚强不屈女性高大形象，最后殉情于爱，最后让"我爹"悟出了名道，走上了革命之路。活石就这样用一手冷笔墨，一副硬心肠，为我们描绘出了一幅弥漫在清水河畔走马坪镇的爱的雾霾图。

小说《平行线》（刊发于2015年第2期《新作家)，讲述的是因家庭问题而萌发的一次意外的旅行，让男主人公符来遇上了一个心仪的女子，他频频向她示爱企图有一个艳遇，不知不觉中却真正爱上了她，便放弃了他的欲望；因工作问题而特意出来旅行散心的女人公达娃梅朵，在内蒙的酒店里邂逅符来之后，竟鬼使神差地注意了他，对他进行跟踪，然后伪装了自己，主动接近他，不知不觉地也爱上了他，当她想最后想放纵自我的时候，却让男主人公理性的拒绝了，这让她尤为感动。该小说通过两个不同视角的叙述，把男、女主角的心态、环境刻画得栩栩如生，把现实生活中的问题、矛盾与渴望，把内心的痛苦与欢乐，把友情与爱情，把道德与伦理绞织在一起，通过环环相扣的写作手法，给予了人性很好的诠释，既表现了人生的某些困惑，更是讴歌了生活的真善美。

小说《太平天下》刊发于2013年第4期《百花洲》，此作随后被《小说选刊》（2013年9月）"佳作搜索"里这样给予简介：这是一个普通的中国家庭历史，20世纪70年代，祖之堂一家搬进了煤矿分给的楼房里，三个孩子渐渐长大，本该颐养天年的祖之堂，却陷入痛苦之中。太平天下里却透露着让不安的隐忧，症结就是房子。儿子黑龙为了买房链而走险犯罪入狱，祖之堂不堪打击自挂东南枝。这个家庭的悲剧具有一定的普遍性，发人深省。

这篇小说好像当代的伊索寓言，活石在谈及这篇小说时表示，在创作之前，当地老城区的一个地方，侦破了一起命案，他随同公安民警在一家农贸市场的房间里挖了整整的一上午，才挖出深埋在水泥中的黑色腐物——被硫酸化解掉了的尸体。从而有了《太平天下》的小说。所以这部现实主义小说，具有一定的揭示性和批评性。

改革开放以来，城里人最关心的莫过于住房，房子的变迁，折射出整个社会大家庭的发展和变化。小说围绕祖之堂一家的房子问题，将时代变迁、官商游戏、房奴疾苦，交织其中。房子，似乎成了双刃剑，既是家的避风港，也成了贫困居民的背着沉重的蜗牛般的壳。因此，作家通过这部当代伊索寓言，讽喻房奴的无奈，为了这个避风港，身心疲惫地让房子毫无怜悯地吞噬一生的积蓄，变成生活中最为昂贵的"宠物"！这样的故事其实还没有结束，它现在依然在我们身边延续、翻版、升级。这就是这部小说的创作意义所在，需要有识之士防患于未然。

小说《湘西往事》（刊发2011年10月《芳草小说月刊》）是一篇非常好的浪漫主义作品。整篇小说节奏舒缓，情感深挚，内蕴丰厚，有散文味道。无论环境还是人物的神态和语言都描写细腻而活泼。手法上非西画的焦点透视法，乃传统中国画的散点透视法。因之少了以往读小说时明显的主线以及人物和故事情节，却符合怀旧情绪，适合小说的时代特点、原生态的生活状态和那种缓慢的生活节奏。颇似青绿工笔，营造着画面泥香草香的润泽；又似泼辣辣的乡土音乐，跳动着一群生动质朴的人物形象。总之小说自始至终透着浓浓的乡土气息并带点湘西文化的神秘韵味。

小说《刑警李先富》（刊发2013年10月《长江丛刊》）敏锐观照社会现实，发现改革深化过程中，不断产生新的社会矛盾的作品。小说瞄准了法制建设中的各种缺陷和基层司法遇到的各种干扰与阻力。作者对社会问题、法制现象的热切追踪，最大程度地发挥了文学介入生活，改变现实的实践功能。此篇字里行间充盈着高度社会责任感，直面现实又传递温暖、发人沉思的正能量作品。这部小说讲述的是一个在中国鄂南农村发生的"命案侦破故事"，一个法制与官本位利益纠缠的事件。小说充满生活气息，非常接"地气"，其艺术魅力在于其中的人物不是群体的符号、文化的傀儡，人物已经被赋予人之为人的主体性，成了具体的有血有肉的生命个体。它是一篇以知识分子的高度责任感，关注社会底层小人物的命运，渗透着深沉忧患意识和凌厉批判锋芒，试图揭示出现代人的生存困境和精神困惑的文学作品。

巴金先生曾在《燃烧的心》评价高尔基的小说，认为"在列夫·托尔斯泰以后，再没有一个俄国作家像高尔基那样得到全世界一致的尊敬。连他的'流浪汉'和'讨饭的'也抓住了资产阶级批评家的心，不管你喜不喜欢，你不能掉转身把背朝着作者，因为他正在凝神地望着你，他的'燃烧的心'一直发射正义的光芒。"那么，我认为活石的作品，他的"燃烧的心"也是不断散发"正义光芒"的火种。

我们需要悉心培养、呵护这种火种，为我们带来更多的温暖。

（作者系著名作家、鲁迅文学院副院长）

CONTENTS

目录

一只虫子的旅行

1

谁也没想到这事儿会发生在江家。这是一个充盈诗意的黄昏，猩红的太阳像老江的水彩画一样挂在西边的山冈，太阳是那么温顺，如同一只乖羔羊；晚霞是那么柔美，落霞与孤鹜齐飞。年轻的江家人无意欣赏这样的美景，虽然他们搬到居高临下的公寓楼，能俯瞰这个城市部分房舍与街道，但是他们没有雅兴去分享窗幔之外的风景。

江二代名叫江东海。他当过球迷，做过小生意，打过工，现在从事非主流职业，经常为黑车或者外地路过的客车拉客，一位乘客收取5元、10元报酬。他每天骑着幸福牌摩托在江淮路固定的车站、街头吆喝，有去武汉的吗？有去南京上海的吗？价格便宜，随到随走！

他喜欢这个职业，自由自在，无拘无束。

相比之下，江三代更加温柔可爱，大公主今年9岁，二公主只有2岁。这件事情的发生则与二公主有着直接的关系。因为这天她打破常规，嘟着小嘴要喝奶。江东海的老婆梅子是个泼辣的女子，家里家外都游刃有余。一般饭前的时候，她绝不会给女儿冲奶。可是这天她很疲惫，她跑了一趟汉正街，为小店进了一批衣服。她都没力气下厨做饭。她怕饿着小女儿，她决定先给小女儿冲一瓶牛奶。当她打开奶粉桶的时候，一抹落日的余晖正好映到奶罐上，她看见了一只白色的肉虫，居然在奶粉里蠕动！她惊叫道，天呐！吓得手中的小勺子啪地掉到了桌上。

她不敢相信自己的眼睛，这可是从美国进口的 A 牌奶粉。

这只小虫子不大，约有两毫米长。像只幼蚕，也像豆角里的小虫子。她当即怀疑是大公主往奶粉桶里丢了一只虫子。然而经过她一番询问，随即否定了自己的怀疑，大女儿非常害怕虫子，连一只小蚊子都怕，更别说小肉虫。何况去哪里找来这样的一只活虫子呢？

显然这条虫子是奶粉桶里孵化出来的。奶粉桶里有虫卵，虫卵随着春暖花开季节到来，它破卵而出，长成了幼虫。

这一定是美国虫子。她喃喃自语道。

大公主对这只虫子充满了好奇，她睁着圆圆的眼睛要瞧小虫。虫子身子细长，长着一排小脚，有一个深赭色的小嘴，它在奶粉里缓缓蠕动，非常心安理得。它现在成了家里的新客人，除了人之外，唯一的动物。大公主说，妈，虫子能够变成蝴蝶，我们把它养起来啦。

梅子小心用勺子将它从奶粉里挖出，准备将它一脚踩死。可是虫子明显意识到了危险处境，它开始快速地扭动身子，眨眼间又滚进了奶粉桶。梅子心想，天呐，你还搞邪了呢，竟然不肯出来，这里头可是我宝贝女儿的口粮，哪由你糟蹋？当她再次准备将它掏出的时候，她的手停在了半空，她心想，这种生虫的奶粉还能吃吗？

她意识到问题的严重，这是坑害消费者，而且是美国佬坑害中国人，应该去工商消协投诉！她立马将奶粉桶抱到了橱柜最上面，她不想让两个女儿碰到它，她要保存证据。

随后，她给江东海打电话。

打第一次电话时，江东海正在江淮路公汽站等客，当时根本没有巴士和的士进站，倒有一位打扮阔气的高绾鬏儿的少妇迷上路边的一只流浪狗，这只小宠物狗尽管脏兮兮的，但相貌挺可爱，特别是那个脑壳，像个熊猫。这只宠物狗只有兔子一般大，但被江东海的同伙盯梢了许久，他们琢磨杀了这只小狗卖给夜市的烧烤摊，至少赚 10 块钱，相当于拉两个短途客，所以对少妇的仁慈行为非常不满。

当少妇掏出一块巧克力，给流浪狗吃的时候，聪明的小狗立马对她产生了好感，它呼啦呼啦地摇着尾巴，围着她咿咿嗯嗯起来，少妇见状，很开心，她说，亲，跟我走啊。见状，江东海和一起拉客的同伙大黑围过去，江东海说，大姐，你想给我家狗狗行贿吗？少妇的眼睛一直停留在饥饿难耐的流浪狗上，被他一问，这才起身打量江东海，她说，我不是你大姐，请别乱攀亲。江东海说，这真是我家狗狗，我不惑你。少妇哼一声道，一看就是流浪狗，你瞧它多脏多饿。她说这话，江东海发现她下巴长着一粒生动的小痣，非常性感。他厚着脸皮说，我自己都吃不好，穿不好，哪像你有钱人？少妇应道，我也没钱，但我有爱心。江东海悄悄端详少妇，发现她身材修长，皮肤水白，高鼻子，丹凤眼，架着一副黑框眼镜，气质非凡。江东海有了底气，说，这是我家狗狗，有大黑作证，今晚我就想杀了它，卖给大排档，你管得着吗？少妇瞪了他一眼问，卖给大排档多少钱？他伸出两个指头说，至少 20 块。少妇说，二货，我给你 20 元。江东海正欲要价 50 元，被大黑用手肘捅了捅，暗示他可以成交。

收了少妇 20 块钱，江东海当即分给大黑 5 块。这时，梅子打来第二次电话。江东海顾不上接电话，他看到有几路公汽同时进站，他操着大嗓门大声喊，有去武昌汉口的吗？有去武汉高铁站的吗？有去南京上海的吗？价格便宜，随到随走！

公汽站对面就是长途客运中心，很多乘客要到长途客运站去坐车。这自然成了江东海们为黑车拉客的首席位置。

一个家庭几位成员带着大包小包行李，一看像要出远门。江东海见机接住一位老伯的沉重行李箱问，大伯是去武汉吗？坐我们的车便宜！老伯似乎对坐黑车很有经验，他问，我们一家 6 口人，能否再便宜点？江东海嘿嘿笑道，我们比车站已经便宜很多，再便宜油钱赚不回嘛。老伯说，那我不管，我们这么多人。江东海堆起笑脸压低声音道，你不要对别人讲，我少收你们 5 块钱。老伯闻言，高兴地说，走走走，我们坐黑车去。

待说服好这几个主子，江东海才接梅子打来的第三个电话，梅子吼道，你死哪里去了？梅子的电话像从地狱穿越过来，让他接电话的手一颤抖……

2

这是一个公民维权的机会。一个不争的事实摆在眼前，进口奶粉里居然长出了虫子。这桶 A 牌奶粉是美国原装的。而且从本市最大的中南超市购得，在家存放时间只有一个多星期。这只虫子漂洋过海，不远万里来到中国，经过了漫长旅行，抑或在中国境内孵化成幼虫，这都需要官方权威机构调查。

对于这样一件新鲜事，江东海产生了浓厚的兴趣，他感觉与这只虫子有了不解之缘。以前在报纸看过，进口奶粉长出虫子的新闻。没想到这种天上掉馅饼的事，居然让江家碰到了。这种长虫的奶粉，最近好像总让小女儿拉肚子，他们为此给她喂了 3 天思密达蒙脱石散药。江东海与梅子随后达成了共识，一定是吃了变质的奶粉，或者虫子的排泄物，导致女儿腹泻。

如何做到维权效益最大化，这是江东海最关心的问题。江家没有背景，只是普通的草根，他不想急于把此事公布于众，他要掌握更多的话语权。此事乃是非问题，没有和稀泥空间。

冷静捋一捋自己的思路，江东海忽然发现自己形象高大起来，并不像梅子老贬他一文不值。其实他爱看报爱学习，经常去车站捡《参考消息》看。

为提取更多证据，江东海决定连夜带小女儿去市内最好的三甲医院检查。这个决定得到了梅子的认同。他们坐电梯下楼的时候，发现外面风很大，似乎要变天下雨了。梅子又调头回家，拿了一件大衣，给女儿裹得严严的。

江南四月天的夜晚，风吹在身上凉飕飕的，江东海骑着幸福牌摩托，载着老婆孩子，心里头涌出了一股正能量。

抵达医院已是晚上 9 点多，他们挂了急诊号，坐诊的医生听完他们的介绍，二话不说，一边用电脑记录，一边开出化验单，要求给孩子化验血和大便。化验血倒很简单，而化验大便并非易事，好在女儿还有一点拉肚子，经过梅子引导，折腾片刻，终于取到了样本。

化验时间很快，他们没坐一会儿，结果出来了，急诊医生浏览一遍化验单，说，属病毒性感染，也许是变质奶粉引起，也许是食用了不洁食品，建议住院观察与治疗。

他们不得不佩服"三甲"医生，经过他妙手回春，病毒孙子都能找出来。江东海悄悄拉着梅子的手问，老婆，你确认虫子是奶粉里长出来的吗？梅子应道，天呐，你以为我吃饱没事做？逗你玩？江东海说，你看医院黑得很，好好的一个人，让他们一查，竟然需要住院治疗。梅子说，那我求之不得呢。

好在银行卡带在身上，两人很快办理了入院手续。进入病房，值班医生轻车熟路直接开药输液，一位年轻的护士一连扎了三次，才将针头插进血管，痛得女儿哇哇直哭。看见女儿受尽痛苦，江东海气得牙帮咬得嘎嘎响。

输完液，已是晚上11点多。他们不愿住在病房，又风风火火赶回家。

安顿好妻儿，江东海抱出那桶牛奶，没看见那只虫子，他轻轻地用奶粉勺在表面掏了掏，很快掏出了那条虫子，看样子它很习惯生活在这个封闭的王国里，它看起来无忧无虑，将自己藏身在香醇的奶粉里，与世无争。江东海还没出过国，更别说遥远的美国，他将小虫子放在左手掌里，用手指轻轻扒动，发现小虫子与中国虫子一样，马上弯成一团，那几个小小的脚，刮在皮肤上痒痒的。他心想，小畜生，你是洋虫子，你他妈的运气真好，一不小心就来到了古老的中国。他还想好好瞧瞧虫子，谁知梅子从卧室里走出来，她揉着眼叫道，你个混子，你想找死啊，笨手笨脚的，把虫子弄死了怎么办？江东海将虫子小心翼翼地放回奶粉里，辩解道，我也想看看美国的小畜生是啥样，看了半天，与中国的差不多。梅子说，这么小你能看得出来吗？等它长大了肯定与中国的不一样。江东海反驳道，你以为美国畜生的鼻子是钩的吗？梅子瞪了他一眼说，这几天，你的任务是养好这只神虫，你可以不吃不睡，但你不能让它受热挨冷。说罢，她补充一句道，还有，从明天开始，凡是要参观虫子的，一律戴口罩，免得把人流感传给它！江东海说，怎么可能？梅子应道，有啥不可能？中国的气温比美国高。

两人争吵一阵后，回到了床上，江东海睡意全无。梅子说，混子，明天我们首先找中南超市，向超市索赔。江东海说，当然。梅子说，要超市至少赔1万块！江东海一骨碌爬起来说，1万块打发叫花子？起码要赔5万！梅子说，我说1万块有依据的，女儿的住院费、营养费，以及我们的精神损失费等等。江东海应道，精神损失费是无底洞，没有10万、8万，我会放过他们吗？梅子问，万一他们不赔呢？江东海把手伸到梅子的身上说，那我把他们搞得屁股痒痒的难受。梅子推开他的手说，说正经的混子，我们要商量好对策，把这个作为我们谈判的筹码。江东海说，万一筹码没有用，我们马上向消协、新闻媒体投诉，或在网络上发布信息，搞臭A牌奶粉。梅子说，你莫要随便发信息到网上，会追究法律责任的。

梅子这样一说，江东海更加难以入睡。

3

他们确没处理过这类问题。他们走进中南超市大楼的时候，看见几个高大帅气的保安，两人不约而同地弯着腰，将手插进裤袋里，有点做贼心虚的味道。江东海心跳明显加速，他一路琢磨，如果超市不同意赔偿？他必须抖狠。他不敢携带管制刀具，可他悄悄地在外套内藏了根擀面棍，他随时可以拿出来吓唬人，或者正当防卫。

而梅子的想法与他不一样，她大小也算是个体老板，自己经营一家服装店，所以从个体经营的法则看，她讨厌来扯皮的人。可是她又不放心江东海一人来，怕他弄巧成拙。

两人很快走到超市奶粉专柜前，发现了美国的A牌奶粉正在热销。一位女导购员以为他们是来挑奶粉的，一脸微笑地说，您好，这是美国产的A牌奶粉。梅子问，这个奶粉好吗？导购员说，A牌奶粉到现在差不多有

100年的历史了，产品在全球大约有150个国家和地区热销，算得上是名副其实的国际品牌，也是最早进入中国的国际大品牌之一。梅子问，质量没问题吗？导购员说，绝对没问题！梅子又问，那有问题怎么办？导购员闻言呵呵笑道，我们超市销了这么多年，没有发现过一起有质量问题的奶粉。梅子说，那不能保证没有质量问题。导购员说，你要这么说我无语。梅子说，你要这么说，我更无语。导购员说，你们不是来买奶粉的吧？梅子应道，我是买了A牌奶粉有质量问题，来找你们的。导购员急忙问，有什么问题呢？江东海瞪起眼插话道，他妈的都长出了小虫子，你说有什么问题？

导购员一看江东海的脸相，明白来者不善，她依然堆起笑脸说，先生你别急，我带你们去投诉部。梅子见状悄悄用脚踢了踢江东海，意思叫他不要太粗鲁。几人走上二楼的投诉部，一个五大三粗的男人正坐在电脑前玩游戏，导购员介绍说，他是木经理，有投诉的事找他。然后转身离开。

木经理看见他们后，停止游戏，头往后仰，双手抱胸，非常傲慢。梅子根本没把他放在眼里，说，胖子，请把你们超市的总经理朱小多叫来，否则，我直接找他算账！被梅子将了一军，木经理脸色由阴转晴，他不清楚梅子的底线，更不知道她与朱总是什么关系。他起身给两人倒了一杯水，说，二位有什么事情投诉，找我嘛，不用麻烦朱总，我为你们做主。梅子说，好鼓不用重槌敲，我再说一次，叫朱小多来。木经理堆起笑脸说，超市投诉有一套完整的程序，当事人先到柜台，再来投诉部，然后经过市场部确认，再由值班老总拿出意见，分清责任，是商场的还是厂家原因，最后给予答复，重大问题呈报朱总，由他亲自处理，这是商场的硬性规定。

听完木经理的话，梅子以退为进，简要地说出了事情经过。木经理听毕用手摸着脑袋说，狗日的，A牌奶粉长出虫子，而且，让人吃了拉肚子，这是个严重质量问题。说完，他又问，你与朱总是什么关系？梅子说，天呐，与他有什么关系与这事没关系。木经理开门见山地说，跟他有关系，可以特事特办，没有关系，就是公事公办。梅子说，胖子，我要你公事公办，可是我提醒你，你别搬了石头砸自己的脚。木经理转动一下眼珠子说，你以为我姓木，就是木脑壳？那行，请你们把问题奶粉、发票和小孩医院的住院病历、发票都拿过来。梅子答道，我现在要你们上门去解决问题，万一虫子在路上死了怎么办？木经理说，我无语，这是商场规定。

梅子不想与他唧唧歪歪，拉起江东海的手，走出了投诉部。江东海不明白梅子要去做什么，只得跟着她的屁股后，坐超市电梯直达顶层。他们没费一点劲儿，在总经理办公室就碰上了朱小多。梅子说，朱小多，我们是小学同学，还记得我们都在英才小学01班读过书吗？朱小多戴个金边眼镜，像个瘦鱼。他察看一眼梅子，张开大嘴，然后又合上，这时他听见桌上的电话铃响起，他抓起电话，一边哦哦哦地答应着，一边仔细打量梅子和江东海。通完电话，他亲自泡了两杯龙井，说，同学的事先放一放，你们是为奶粉的事情来的吗？我叫司机和木经理一起去你们家，把问题奶粉带回商场，我朱某人绝不会坑害每一位消费者，何况是同学。

朱小多的一番话，说得江东海无话可说。他没想到梅子还能使出这一招。他不得不佩服老婆的足智多谋。

正在这时，木经理摇着一身肥肉走过来。朱小多说，这事如果属实，请经销商马上过来处理，你们现在去她家，把生虫奶粉带回超市。

几个人坐着朱小多的宝马，相互无语。一会儿，他们就来到江东海的居住小区，梅子和江东海上楼拿奶粉，木经理就在楼下吸烟等。进了客厅，江东海问，老婆你真与他是同学吗？梅子反问道，同学与这事有关系吗？江东海说，害得我身上藏了根擀面棍。梅子应道，天呐，我说你是混子，你真是混子，办法不都是人想出来的？梅子抱出那桶奶粉，叮嘱道，等会到了商场，一定要用手机拍照录音，留着做证据。

奶粉是直接带到了朱小多办公室。当时商场来了不少管理层。木经理在朱小多的茶几上铺上一张大白纸，然后将大半桶奶粉倒到白纸上，再用手轻轻地摊开奶粉。果然，大家发现了那只虫子，随后，又发现另外一只虫子，长短大小一模一样。这两只虫子似乎很不习惯生活在开阔地段，它们趴在奶粉上一动也不动，只要东西触动它的身子，它急忙往奶粉里钻。明眼人一看，这是典型的吃奶粉长大的物种。

4

中南超市对此事相当重视。这关系商场的声誉。他们经过多方调查，奶粉销售和食用都是在生产有效期内，这批货商场从进货到销售各个流通环节，只有一个月时间，属于正常流通。而经销商从美国进口到商场上柜，也只有一个多月时间。

朱小多感觉十分头痛。通过了解，销售中国的奶粉，是美国公司专门针对中国消费群体生产的。他们的产品一出厂，就往中国输送，美国人自己不食用。A牌奶粉早几年并不重视中国市场，认为中国的消费能力水平比较低，中国的奶粉标准低，给中国的配方是早已落后的老配方，其最先进的产品和配方都没有进入大陆。问题还不在此，目前他们在中国销售的并没有真正的原装进口产品。近年来，他们收购中国公司之后，在中国沿海设有加工厂，从美国大包装运原料粉进来，在国内分装，然后出口，企业享受到出口退税政策，然后又回炉中国，成了原装洋奶粉。A牌奶粉技术和研发技术力量还是不错的，A牌承诺在欧洲不使用任何转基因食品，但是不对亚洲国家承诺。

如果从进口原料开始计算，到中国加工，再到出口，这没有半年时间折腾，肯定不行。而从奶粉的生产环节看，整个生产过程全部要经过高温杀菌和真空包装，不可能有活物存活的条件。国内国外的都一样。

而A牌奶粉营销管理层给朱小多的解释，称问题奶粉只有三种可能，一种是在中国沿海加工包装的时候，奶粉受到污染；还有一种可能是，奶粉在出口、进口的过程中包装受损，虫卵进入奶粉桶里，随着春季气温上升，孵化成幼虫；第三种可能，就是消费者开封后，虫子随即进入奶粉桶。

A牌奶粉中国公司高层分析是作为商业机密的，不会透露给任何消费者。只有朱小多这样的CEO级的高管，才有知情权。朱小多摸清A牌奶粉的生产加工过程，无不为中国消费者叫屈，尽管他以前知道一些出口转内销的产品，然而，奶粉事件老美完全带有歧视性。

不想让虫子奶粉砸了牌子，A牌委托中国公司总裁助理解爱国连夜全权处理此事。

解爱国飞抵武汉，已是晚上10点多，随后又马不停蹄赶到中南超市所在的小城，已是晚上12点，他一刻没有休息，马上拜会朱小多，代表高层送了一份纯金制造的礼物，秘密汇报高层的预测与意见，而且这一切都不是消费者弄虚作假的前提下。解爱国的话说得很直裸，当下中国人法制意识不断增强，很多人不是一刁民，就是一屌丝，很不好对话，必须软硬兼施。

按照解爱国的吩咐，第二天上午9点，梅子让公公婆婆在医院照顾小女儿，她带着江东海赶到中南超市。这次进超市，他俩变得心安理得。他们特意从奶粉货架前经过，又遇上了那位美女导购，导购员认出了他们，她略显尴尬地挤出笑脸，向他们行注目礼。梅子不予理睬。江东海却搭话道，进口水货奶粉与坐黑车一样，害死人。他的话，气得梅子狠狠地瞪了他一眼。

走进商场会议室，他们发现里面的人不多。朱小多介绍了解爱国，以及区域销售总经理范女士和张副总。范总头上高绾鬏儿，下巴有一粒黑痣，原来是那个买狗的女人！张副总也是一个胖子，有一点像一位老歌手。由于梅子和江东海晚到了半小时，朱小多播放完了问题奶粉的幻灯片。见梅子两人就座，解爱国首先道了开场白，向两人致歉，然后直奔主题问，二位现有什么诉求？梅子没想到对方这么快就提出关键问题。她一时语塞，她还没有足够的思想准备。好在江东海之前给了她一个建设性的意见。她喝了一口茶，说，起码要赔偿医药费、误工费、精神损失费5万元。

解爱国呵呵笑道，我不知你们提出的5万元有什么依据。我在此可以明确告诉你，我们奶粉从未发生过此类质量问题，但不表明没有问题，所以，我们可以退换有问题的奶粉，如果我出面的话，肯定会最大空间补偿你们一箱奶粉。江东海一听，急了，立即叫道，那不可能！解爱国连忙用手势制止他插话，他说，至于孩子的医药费，我们确认属实后，住院费用全部报销。另外，如果你家庭困难，我们可以人性化捐助一点，但不会超过1万元，这是我们的上限，因为考虑到我们正在拓展中国市场，如果是前几年，给你1000元都不可能！梅子闻言道，那我们分歧太大，谈不拢。

解爱国依然满面微笑，好像胸有成竹，他笑道，梅女士，这个质量问题在国内那么差的奶粉也极少发生，一般奶粉桶未开封之前，即便里面有虫卵，也孵化不成幼虫，懂吗？江东海应道，我们以事实说话，如果不同意我们赔偿条件，我们马上向新闻媒体曝光，向网络曝光，让大家来评理。解爱国呵呵笑道，曝光是你们的权利，那样会将事情复杂化，到时我想帮你怕也无能为力。他喝了一口茶，继续说，为什么这么说呢？曝光后，美国总部自然会知道这个事件，他们会派出国际律师参与解决，需要秉公处理，更需要你们证明虫子是美国物种，才会酌情赔偿。梅子睁大杏眼问，天呐，还要证明虫子是美国国籍才赔钱吗？解爱国点头道，按照美国的法律是这样的。江东海发怒道，你他狗娘养的少在中国说美国法律，我告诉你，今天老子忘了带棒槌来，要不，一槌敲死你！你个卖国贼，枉你取一个中国名！江东海骂完，一拳敲在桌上，将刚刚添满的茶杯水溅了一圈。

江东海的话激怒了解爱国，他的双眼发出一股怒光，像一匹狼。他咬紧了牙关。在僵持几秒钟后，他将怒气又吞进了肚里。朱小多见状，劝道，你们不要激动，梅子还是我同学，这事好商量，这样吧，等会儿我们去医院看望你们的小孩，有话好好说嘛。

梅子接话道，解总说话太过分了。

我的话一点儿不过分，梅女士您要证明虫子是美国籍的，我们才按要求进行赔偿。解爱国显出亲切的样子说。

有种再说一次？

现在需要您证明虫子是美国籍的，我们才按要求进行赔偿！

我录下了你的话，解先生，我们要把这对美国畜生公布于众。梅子一边说一边起身拿起桌上的小手包对朱小多说，朱总对不起啦，然后大方地挽上江东海的手，踩着高跟鞋，扭着细腰噔噔噔地走出会议室。张副总趁机挖苦道，倒像一株迎风招展的杨柳。

5

走出商场，他们发现太阳把这座小城烤得暖洋洋的，明媚的大街两旁彩旗飘扬——新引资的最大商业广场开始登陆这块宝地，给城市平添了一分喜庆。夹道欢迎的还有那些柳树们，它们步履一致地长出了新芽；城市景观道月季争先恐后地绽放，露出了朵朵笑脸；芬芳的白玉兰花期已过，但依然能见到大朵大朵的白玉兰，延续它们的纯洁与美丽。仔细观察城市的每一个角落，城市建设者们都在试图建成一个最靓最好的城，当作邀功请赏的筹码。尽管一些角落经常散乱堆放着垃圾，给苍蝇提供一个栖息地。

江东海是发现不了城市的美的，哪怕他生活在美丽的花园里。他看到春天的月季，他想到的不是它的艳丽，而是它可以冒充玫瑰销售；他看到城市的垃圾，他习惯嘲讽城管执法。这是人与人的差别。他与梅子分别之后，站在一家报刊亭前，他舍不得掏出 1 元钱，去买一份新报。他掏出烟盒，点燃一支烟，耐心等待，希望有人看完晚报、晨报，随手扔到路边，他可以再次利用。他吸完一支烟，发现一位中年男人与他一样，也虎视眈眈地盯着报亭。他明白了对方的意图，他气愤地将烟头丢到路中间，然后大骂，狗娘养的城管，今天终于把条街管死了，没有一个人敢乱丢报纸！

他的这一幕，正好被坐在马路对面擦皮鞋的梅子看到了，她在心里骂道，这个混子，人间奇葩。她太清楚老公的素质了，一边乱扔烟头，一边大骂城维人员。这让梅子常常鄙视他，后悔嫁了这种垃圾。然而她想，城市不能没有这种垃圾，要不，很多公务人员将失业，很多机构将荒废。

按照梅子的吩咐，江东海向各大媒体报料，他先打了一通电话，手舞足蹈地介绍一圈。然后又趴到报刊亭前，把省市报纸的热线电话抄在手心里，然后又打了一通。见状，梅子心头放下一块石头，这种垃圾男人有时候做事，还是蛮认真的。

事实上，江东海第一次打电话是打给大黑等几个拉客的哥们，而非打给本地的广播电视台和报社,他向大黑如实汇报了自家的问题奶粉。大黑是个"小灵通",路子广,他想请大黑帮他出主意,请关系过硬的朋友们帮忙,搞臭A牌奶粉。

大黑还没到的时候,有多个记者像110警察一阵风似的抢先赶到了小区楼下,大家对这个报料非常感兴趣,围着戴着墨镜的江东海问这问那,甚至对他从事什么职业都产生了浓厚的兴趣,像这种长期吃进口名牌奶粉的家庭非富即贵。江东海压根儿不想让记者知道他从事黑车拉客工作,说不定记者没曝光问题奶粉,把黑车曝光了,那会丢了他的饭碗。他吹嘘道,老婆是做生意的,自己是从事非主流职业,每月收入上万。记者们弄不懂非主流职业到底是做什么,又一个劲儿地追问,他显得很不高兴,开始模仿大腕儿一样的口气说,这个嘛这个嘛都不懂,你们当啥记者?一位女记者接过话道,非主流职业就是自由职业,想干吗就干吗。

正在这时,大黑骑着摩托载着一位戴着墨镜、全身黑超的年轻男子赶到,他将摩托冲到江东海的跟前吱地刹住车,黑超男子很洒脱地跃下来,向江东海打了一个响指,男女记者们被这位哥们儿潮装所吸引,大家不约而同地停止了交谈。大黑顾不上锁车,便向江东海介绍说,这位是我的兄弟,网络大V,粉丝上万,前不久因网络过激发言,被抓进派出所关了一个星期。

他的话音刚落,大家轰地大笑起来。黑超男子却轻蔑地说,不要藐视网络达人,每个人都是一个强大的个体!他吐出简单的两句话,让江东海刮目相看。他上前搂住黑超男子,说,谢谢你,兄弟,中午和哥们儿好好喝一杯!

这一天,江东海陪着记者们去超市,找经销商,来回折腾了几个回合,完成了梅子布置的第二步棋。

翌日,江东海没有陪梅子去医院给小女儿输液,他骑着摩托,来到市中心最红火的快餐店里,吃了一大碗牛肉拉面,外加一根油条和一个卤蛋。这一顿早餐对于江东海来说,应该是奢侈的,他想学着那些官员们慢条斯理吃一次,但每次食物到了嘴里,还未等得及细嚼,喉咙马上将食物送进了肚里,他只有吃一口,停一会,吞咽一下口水。他觉得这种吃相虽不好看，但是对自己是一种改变。他的这种改变过程是为了一种美好的期待。因为他想，一会儿可以看到许多报纸印发的奶粉生虫的特大新闻，这是他索赔的筹码。

吃完早餐，他将摩托开到市中心最大的邮政报刊亭，他从当地日报翻到晚报，从晚报翻到省城晨报，从晨报翻到周边的商报，竟然没看到一家报纸曝光奶粉事件，他以为看错了日期，想再次细看当天报纸日期，售报的大爷终于忍不住了，他说，师傅，你是想买报，还是想捡个元宝？都像你这样看报，我报纸一张售不出去呢。江东海白了一眼大爷说，老子不是没有钱，是缺一个装钱的柜子嘛！说罢，起身离开了报亭。

经过第二个售报亭查阅，确实没有发现一家报纸报道问题奶粉。江东海心中涌出一丝愤怒，自己花了1000多块吃喝，难道丢进了水里？他顾不上礼节，掏出手机，向参与采访的十来个记者询问，一家说，中南超市是我们广告大客户，晚上值班老总临时拿下了稿件；一家说，A牌奶粉老总找到了我们社长，社长决定暂不发此稿；一家说，晚上中南超市的一个副总请了我们台长吃饭，要求此事不播报。还有几家记者支支吾吾说不出所以然，估计直接让商家搞定了。

这样的结果让江东海万万没有想到，他们生产销售问题奶粉，竟能一手遮天。

那么，只有走第三步棋，他决定向工商局消费者协会投诉。

他骑上摩托，几分钟就赶到了市中心的消协大门口，发现消协已经搬了家，老消协办公室装修后变成了旅馆，他不知道消协搬到了哪个地方，想进旅馆问问，发现旅馆的玻璃门上贴着一则告示：因二奶撒泼，旅馆停业，本人想优价转让旅馆！后面括号里还有一句人性化提醒：兄弟们切记，女人惹不起。后头是店主的电话。他掏出手机，拨通那个联通号码，他说，喂，请问一下消协搬到哪里去了？没想到对方火气很大：妈的，又来一个找消协的！傻货，早搬到开发区了！他的话气得江东海破口大骂，狗娘养的，没本事，你别搞女人吵，要不，出门被车撞死！

他的话音刚落，传来砰的一声巨响，手机断了声音。

而不远处，一辆出租车将一位横穿马路的中年男子当场撞倒，脑血直流，他的手提包和手机被撞飞 10 多米远，过路的市民马上将车祸现场围得水泄不通，一位眼镜哥见状道，这就是中国式过马路的后果。一位短裙姐却大声惊讶道，这不是对面旅馆的老板吗？江东海闻言，双腿一软，瘫坐在马路上。

6

太阳下山的时候，江东海才拖着疲惫的双腿迈进小区电梯，他不知如何向老婆汇报一天的奔波，他从来没有这么过得充实过，甚至连抽根烟的闲工夫都没有。还有那个诅咒的电话，说出去没有一个人会相信是真的，然而真实发生了这样的蹊跷事。他的大脑一团乱麻。在回家的路上，他始终在想，如果消协不履行他们的承诺，不为他们伸张正义，商场又不肯赔钱的话，那实际是逼他走第四步棋，组织一帮拉客朋友到中南超市堵门讨说法；万一还不行的话，他就上演跳楼闹剧，震惊全中国，这是最后的筹码。他心想，如果他真的跳楼死了，老婆梅子一定会改嫁，她是个漂亮的女子，今年才 33 岁，她不可能活守寡。想到这，他变得垂头丧气。

轻轻打开自家的防盗门，发现家里有人说话，他趴在门边悄悄往里望，发现是朱小多、木经理、张副总等人。张副总背着双手，一边嚼着口香糖，一边围着那桶生虫奶粉瞧。这桶奶粉让他在外面贴了一个硕大"虫"字，非常显眼。背后偷窥张副总，发现他的样子很猥琐，他有一种想把奶粉盗走的样子，他有几次欲把左手伸进桶里，似乎打算抓走虫子，但是手到半空，又赶紧收手。江东海断定他是个左撇子，这种人很聪明，很难对付。他们的到来，让江东海感到有点意外，他的脑子闪出许多个疑问，这群人模鬼样的东西，他们为什么上门来？想来索要奶粉吗？还是想继续谈判？

他换好拖鞋，发现梅子今天穿着一件紫色旗袍，展现出曼妙身材。

看见江东海进屋，木经理马上转身上前握着江东海的手，一脸微笑道，江哥啊江哥，我们今天特意上门赔礼道歉，先送两桶 A 牌奶粉，这是商场和本地经销商作出的决定，并非A牌奶粉公司的意见，至于经济补偿，需要依规依法按程序走，请您理解，我们能做的也只有这么多。江东海一言不发，他叹口气坐到沙发一角，不想与他交谈。朱小多见状，接过话对江东海说，废话我不想多说，我个人认为，这个奶粉存在质量问题，然而，美国人不会那么蠢，需要专家来确认，我们无能为力。他喝了一口茶，继续说，今天，我们接到消协的调查函，我们也看到了网上你们发布的信息，已经引起网民和公司高层的关注，我不知这是好是坏，可是问题总得解决，我个人建议你们现在冷静处理此事，不要采取过激行为，哪怕聘请律师走司法程序都行。

朱小多的话，让江东海一头雾水。

你以为这个筹码有用吗？朱小多继续说，我想，每个人的内心都有本我、自我和超我三个层面，任何行为都有其心理动机和本源，你向网络举报，这是缺乏基本自信的一种表现。俗话说，有理走遍天下，怕什么呢？所以处理事情往往不能操之过急。

他的话让江东海如坠云海，他不想听他的大道理，更不需要听这些冠冕堂皇的理由，赔钱才是硬道理。他打断朱小多的话说，不用在这唧唧歪歪，你们是八哥学舌，说人话不办人事，我的要求很简单，只要你赔钱，现在要的是5万，如果拖到后头，那就不是5万这个数，你们再蠢也明白这个道理。

听了江东海一番话，张副总插话道，天上不可能掉馅饼，狮子大张口也要看对象，懂吗？江东海正要发飙，朱小多用手势制止了他，他说，没有必要争吵，我们现在走人，以后随时保持电话联系。说罢，带领几个人起身离开。木经理临走时，又走到奶粉桶边，向里瞅了一会儿说，咦，感觉虫子又长大点呢，你们要耐心一点，饲养好这对小家伙，这可是从美国旅行到中国的虫子呢。

待他们离开家，梅子骂道，死胖子，长得像个招财猫，说话那么讨厌。她的话音刚落，江东海接到大黑的电话，他说，混子，你看到网上的新闻了吗？我的那位网络大V兄弟，把你家遭遇通过微博、网站论坛发帖曝光后，全国蛮多网站都转发了消息，还有你混子的照片呢。

此时，江东海想起了那个打扮得像个超人的"网络大V"，他压根儿就没指望他能帮个忙，或者能翻出个大浪来。记得中午吃饭的时候，他悄悄塞了每个男记者一包好烟，唯有他没给。

想到这，他与梅子几乎不约而同地大步蹿到女儿的练琴房，迫不及待打开电脑，想搜出网上新闻。梅子比江东海懂电脑，她通过百度马上搜出许多篇消息：《进口奶粉惊现活虫，商家赔钱要证明国籍》。全国很多网站都转发了，其中解爱国那句雷人的话：现在需要您证明虫子是美国籍的，我们才能按要求进行赔偿！仿佛成了东海龙王的定海神针。

他不得不佩服网络的力量。他想找出那个超人的电话，发现当时没有索要他的手机号，他不得不向大黑求助，然后拨通他的手机，他说，超人兄弟，谢谢您，您发布的新闻我都看到了，非常好。网络大V对他的话不屑一顾，他说，我不是超人，也不是蜘蛛侠，我只是个普通的屌丝，肥猪上屠场，挨刀的。说完，就挂了电话。

梅子问，他说了什么？江东海说，他说他是挨刀的。梅子呵呵笑道，我们不能让老实人吃亏，改天请他吃个饭。正说着，超人打来电话，他说，你们要养好那两只虫子，不能让它们死，即便变为飞蛾，也要养着，那可是铁证！

一句话提醒了江东海。他从琴房搬出了父亲昔日的奖杯罩，这个透明玻璃罩里，一直陈列着父亲书画比赛获得的一个奖杯，既不是金银的，又不是玉石的，只是一个别致的青铜狮子。有几次女儿都想拿出来当玩具，被江东海坚决制止了。

铜狮子大小与奶粉桶差不多，他将奶粉桶搁在里头，大小合适。他不用盖奶粉盖子，透过玻璃罩，便能瞅见桶里的虫子吃喝拉撒。他为自己的聪明做法感到骄傲。

安顿好小畜生，他和大女儿趴在玻璃罩上往里看，感觉它又长粗了点，竟快有筷子尖那么大。大女儿问，难道虫子不用喝水吗？女儿提出了一个严肃的生存问题，奶粉是干的，没有水分，它是怎么吸收水分的呢？

7

女儿的提问，引起江东海和梅子的警觉，现在既不能让它们饿着，也不能让它们渴死。这给夫妇俩提出一个现实问题，养虫子不像养猪养鸡，有病有痛能发现，这小畜生说死就死了，没药能治。两人于是一商量，需要请一个专家来提供饲养帮助。梅子立刻动用社会关系，顺利地联系到了一位退休的老农艺师，这位农艺师已经70多岁，以前在市农业局农业技术推广中心上班，专门从事农作物病虫害、农业灾害的监测、预报、防治和处置工作。他听完梅子的介绍，对这两只虫子非常感兴趣，他闻讯自己打的赶了过来。

进入江家，老农艺师对这两只虫子表现出浓厚的兴趣，他用放大镜观察了半天，也未准确认出这是什么虫子。这两只虫子很特别，身子是圆的，脑袋是扁的，尤其令人奇怪的是，它的两对胸足，一长一短，前头那一对像螃蟹的夹子，典型的异种。而虫子的刚毛，显得更粗长，这种幼虫中国比较少见。

老农艺师说，这个物种非常特别，属异种，不排除基因变异。这种虫子像蛀木虫一样，喜欢生活在奶粉这样的特定的生活环境里。江东海接话道，我就知道这是个非同一般的小畜生！老农艺师白了他一眼，扶正他的老花镜，自我解嘲道，以前在农技推广站工作，我是专门研究怎么杀害虫，还真没有研究过怎样养好害虫。梅子赶紧问，那它吃奶粉就够了吗？老农艺师说，这种幼虫食物应该是多样性，比如菜叶，瓜果，它们肯定会吃的，如果它真是变异，那恐怕连骨头都可以啃。说完，他又补充道，你们不用担心，它生命力很强，既然它生长在奶粉里，那奶粉的营养足够满足它化蛹为蝶。当然，如果想把它养成出类拔萃的异物，你不妨让它吃些菜叶、桑叶、瓜果，甚至肉类。老农艺师的目光从镜框上穿过，倒像一个神父。他望着他们说，受环境污染和极端气候影响，现在的生物开始不断变异。梅子问，此话怎么讲？他应道，比如，以后的白蛾会长成老鹰那么大。梅子惊讶道，天呐，那太恐怖了。江东海却应道，我真希望这小畜生能长成老鹰那么大。

这回让老农艺师异常吃惊，他问，难道你们真想让它们变成飞蛾吗？

见他这么一问，梅子与江东海相视而笑，没有回话。送走老农艺师，梅子便计上心来，她说，明天，混子你把两只虫子分开养，一只让它生活奶粉里，保持原来平静的生活；一只喂些杂食吃，比如没有污染的桑叶，让它适应新环境。江东海说，那它不会真的变成老鹰大的飞蛾吧？梅子说，怎么可能？江东海应道，一切皆有可能，我白天打电话咒一个老板被车撞死，结果马上被撞死了。梅子眼皮都不抬一下，吐出神经两个字。江东海没去过多解释，这事摊给谁，谁都不信。

第二天上午，江海东骑着幸福牌摩托，赶到同在江淮路的古玩城，找到一家专售古玩架、古玩盒的店子，他挑了一个透明的正方形的玻璃盒，又看中了一个长方形的红木盒子，他觉得在这个骨灰盒里养虫子好。他问店主，老板，这个骨灰盒多少钱一个？老板是个中年男子，他闻言道，你说什么？骨灰盒？对对，做骨灰盒也行，300块一个，便宜。江东海见他说话古怪，知道自己问错了话，他嘿嘿一笑，只买了那个玻璃盒。

回到家，他找出一个空奶粉桶，将两只虫子分开养，然后将两个玻璃盒放到在酒柜上。

安排妥当，传来敲门声，江东海打开门，发现社区主任带着一帮政府官员进来，他们全部是冲着来看美国虫子的。经社区主任一个个介绍，江东海知道他们有市委督办室、出入境检验检疫局、农业局、公安局、卫生局、科技局、商务局、供销社，甚至还有屠宰办的，市委督办室的一位领导说，我们从网上获悉，你家进口奶粉长出虫子，市委、市政府非常重视。江东海呵呵笑道，这点小事，哪能麻烦你们呢？农业局的领导说，对你来说，是小事，对我们来说，是大事。江东海说，我现在索赔又不是很多，只要5万块嘛。

这帮官员听他这么一讲，大家相互交换一下眼神。社区主任解释道，小江，我给你讲，这些领导不完全是为你家索赔来的，而是为了那两只害虫。江东海说，没错，没有那两个小畜生，我上哪索赔？卫生局的领导说，索赔事小，如果让外来入侵生物破坏我们生态环境，那可是谁也承担不了责任。

听完卫生局领导的话，江东海明白领导们的真正来意，他说，我不想再与你们多说，想起这两只虫子，我心都在滴血呢。农业局的领导说，小江，我理解你的心情，可是我必须告诉你，近10年新入侵中国的恶性外来物种有24种，常年大面积发生危害的物种有100多种，危害区域涉及31个省、市的农田、森林、湿地、草原等各个生态系统，严重影响了中国农业生产，对国家经济安全、生态安全和人民群众的身体健康构成了严重威胁。

江东海听了觉得好笑，他问，这是我的过错吗？市委督办室的领导说，不是你的过错，我们只是告诉这个严峻的事实，如今，美国白蛾已经在北方泛滥成灾，这不能不引起我们的警觉。农业局的领导接话道，当前，随着全球经济一体化的迅速发展和极端气候变化、种植业结构调整等方面的影响，中国面临着外来生物入侵量多、面广、蔓延快、危害重的严峻形势。农业部要求，各级农业行政主管部门要从可持续发展的战略高度，充分认识外来入侵生物防治工作的重要性和紧迫性，在全社会掀起集中灭除外来入侵生物的新高潮。因此，我们能坐视不管吗？

领导们讲话一套一套的，说得江东海头都大了，他心中骂道，狗日的，说话像背书，我哪里说得过你们两片蒜瓣唇！于是他试探地问，那要我怎么办？公安局的领导说，请马上交出奶粉和虫子，让政府部门销毁。江东海一听满脸不悦，他说，我凭什么交给你们，这是我花钱买来的，我女儿吃了生虫奶粉，还在住院治疗呢，我的损失政府赔偿吗？公安局领导说，这可由不得你的性子来哦，这虫子真像美国白蛾一样成灾，你江东海怕一辈子蹲大牢了。

让他们一吓唬，江东海脑子一片空白。他说，我先给我老婆打电话。说着，就掏出手机拨通梅子的电话，梅子听后，高兴地说，天呐，你个混子，既然他们认定是美国虫子要收缴，那让政府立下字据，认定是美国虫子，并承诺处罚A牌奶粉，赔偿我们损失，我们将那两只虫子送给他们。江东海于是一五一十将梅子的话转述给大家，这帮官员听后顿时面面相觑，觉得这是个问题。

市委督办室的领导思考再三，他说，虫子你们先养着，有新情况随时向社区和派出所汇报，我们尽快敦促经销商组织专家，进行权威鉴定，判断虫子是否美国籍。末了，他叹口气道，唉，该死的虫子，从美国潜伏到中国。说完，他瞪着两只大蛤蟆眼左右一转，希望能有人附和，但是大家都充耳不闻。他又说，你们看看，社会就这么冷漠，没有一个在野党支持。江东海心想，摆架子，玩嘴皮，真想咒死你。他想罢，赶紧捂住自己的嘴巴，他还真担心咒死第二个人，以后死了不能投胎。

8

一大早，江东海骑着幸福摩托赶到郊区开始为虫子寻找绿色食物。他不知自己为什么要做这种无聊的事，但又不得不去做，除了咽不下这口气之外，更重要的是，一定要向商场讹点钱来，只要不犯法，有什么不能做呢？他很快找到了郊区的古樟林，大黑说这里有桑树，桑树叶没打农药，又不存在转基因，是天然的虫子食品。他东张西望寻觅了半天，终于在几棵老桃树园里，发了一棵大桑树，树上长着淡绿色的嫩叶子，似乎刚从枝头里钻出来，水汪汪的。桑树很大，树干有大腿那么粗，只有爬上树才能采到桑叶。他顾不上脱皮鞋，就往树上爬。爬到一半时，右脚一滑，砰地摔在地上，屁股刚好落在一块石头上，痛得他龇牙咧嘴，他恶狠狠地骂道，狗日的小畜生，老子为你吃了这么大的苦！

采了一捆嫩桑叶，江东海赶回家，用水将桑叶洗干净，再挑了几片嫩叶子放进那个做实验的奶粉桶里。然后，他透过透明的玻璃罩，仔细观察那只虫子，发现虫子在奶粉里蠕动，可是压根就不瞄桑叶，它对于桑叶的到来，根本无动于衷。他怀疑虫子长期生活在这阴暗地方，视力出现问题，他于是用筷子挑出虫子，将它放到两片桑叶之上。虫子在桑叶上翻转一个身，调头爬出叶子，钻进了奶粉里。动作敏捷，超乎他的想象。江东海嘴里骂道，小畜生，没有一点出息！

正在这时，门铃声响起，江东海起身走到门后，透过猫眼，发现外头有一只硕大眼睛也盯着猫眼。他一怔，认出了是左撇子招财猫张副总，鬼鬼祟祟的样子。他将门打开一条缝，招财猫一只脚便伸了进来，他抢先问，你在干吗？半天不开门！难不成在给洋虫子站岗放哨吗？他的问话像是点了他的穴，江东海一时无话顶他，支吾其词道，我养的左撇子小畜生居然不吃桑叶，害我白跑一天呢。张副总进屋给自己皮鞋套上鞋套，说，你不要指桑骂槐哦！江东海应道，这对小畜生真是左撇子，不信你来看。他将他引到放桑叶的小虫子旁，两人往里一瞧，虫子竟然爬到桑叶旁，它似乎用鼻子在桑叶上嗅来嗅去，胸前的长足爬到了桑叶上。江东海一看，惊喜道，张总，你看到了吗？它喜欢先用长长的左脚爬行！张副总瞄一眼道，牛皮，你养虫子还养成了动物学家！江东海应道，我成不了动物学家，也要对虫子生命负责，它大小是条命，虽然没有招财猫的命好，但是有活着的权利。张副总朝他上下打量一番，啧啧称赞道，真不简单，美国虫子让你养得油光水溜，可我怎么看就像中国的辣椒虫呀。江东海反驳道，辣椒虫有这样的扁脑袋，胸足老长的吗？

张副总伸出左手在奶粉桶上习惯性地抓了抓，江东海一脸不解，他偏着脑袋问，左撇子，你这是抽风？还是施巫术？张副总翻着白眼说，我心疼我销售的好奶粉，白白地让虫子糟蹋，心窝拔凉拔凉的，特别是看见你桶上写的那个大大的"虫"字！江东海急忙抱起奶粉桶，说，你有病，我不能跟着你犯病，狗日的小畜生对江家很重要呢！张副总嗤之以鼻地说，小农意识，屌丝意识，懂吗？随后问，您现在在哪里发财？居然有这么深的道行？江东海应道，老子从事非主流职业，不比你的工作差。张副总问，何为非主流的职业？江东海应道，在中国，主流职业是在政府做官，蠢货明白吗？张副总呵呵笑道，他娘的，没想到一不小心与你这种高人混成了一个梯队。

两人不约而同哈哈大笑起来。张副总像似故意讥讽。江东海却是冷笑。

他们相互嘲笑的时候，又传来敲门声，张副总说，可能是请来的鉴虫专家来了，你要热情接待，他们帮你的虫子美言几句，就等于送你真金白银，混子懂吗？江东海正要顶他一句，门被他们推开了，木经理带着三位专家和工商消协的两位领导走进来，他们进屋之后，主动脱鞋，其中一位教授的白袜子破了一个洞，脚趾头伸了出来，这并不影响专家的权威性。木经理介绍说，他们都是A牌奶粉委托消费者协会从农科院和科研机构请来的专家和教授，鉴定虫子的国籍。

三个专家让江东海把放桑叶的奶粉桶的玻璃罩打开，他们看到奶粉上那几片鲜嫩的桑叶，觉得很奇怪，一位高个子专家嘿嘿笑道，愚蠢，你以为这是蚕吗？一个秃顶老男人说，如果它吃了桑叶，那就不是奶粉虫子了。另外一个大肚男子干脆说，如果虫子吃桑叶，肯定不是美国的。他们这样一讲，说得江东海心里七上八下，他急忙偏起头往桶内瞧，希望虫子快快钻进奶粉里。然而，这样一瞧，让他大吃一惊，他看见那个小畜生正津津有味地啃起桑叶来！简直与蚕吃桑叶一模一样！他一巴掌打在自己的脸上，"啪"地发出响亮的声音。

几乎同时，三个专家也瞧见了虫子吃桑叶。这让三位专家都张大了嘴，他们为自己的表态感到无比尴尬。足足僵持了数秒钟，高个子专家说，我的娘，这看起来不像蚕儿，居然吃起桑叶！那个秃哥说，这说明环境气候对虫子影响巨大。那个胖哥说，从这事可以看出，虫子的适应能力远比人类强，它不仅能从卵孵化成幼虫，适应了中国气候，而且迅速转变饮食习惯，享受新的粮食。

听了他们的一番话，张副总问，三位教授，请你们先鉴别，这是中国虫子，还是美国虫子？那个秃哥小心地挑出桑叶桶里的虫子，放在自己戴着白手套的左手心里，然后从口袋里掏出放大镜仔细察看，左瞧右瞧之后，感叹道，奇怪，中国很少见到这种幼虫。说罢，他问胖哥，教授您再来看看，中国有这种幼虫吗？胖哥从口袋里掏出一张白纸，让秃哥把虫子放到白纸上，他再戴上老花镜，细看它蜷身、翻身、打滚、爬行，表态道，这是鳞翅目昆虫的幼虫，应该是美国的白蛾的变异品种。然后他对高个子专家说，教授您再来看。高个子接过趴着虫子的纸，又要来胖哥的老花镜，仔细端详一会儿，说，世界上这类虫子有11.2万多种，这只虫子上颚发达，为咀嚼式口器，脑袋又是扁的，身上刚毛稀少，胸足异常，前足仿佛进化成人类的双手，不仅可以爬行，还能协助虫子进食。我几十年研究中国的昆虫，是没见过这样的怪异的幼虫。而从它吃桑叶的食性来看，它具有超强的生命力，一旦进入生态环境，可能比普通的美国白蛾更具破坏性，会给自然带来灾难性的后果。

他们的一番话，让江东海又惊又喜，惊的是发现了变异的虫子，喜的是中国没有这种幼虫。但他仍不放心，他急忙问，各位教授，这到底是美国的虫子，还是中国的？胖哥接过道话，没听到我们的话？中国未见此类幼虫，是否美国虫子有待考证，需要将奶粉送到国外检测，或者是请北京的生物检测机构代为检测。江东海一听急了，他问，那我不是要继续养着？万一它变成了飞蛾，跑了怎么办？

胖哥一听，像绅士一样耸了耸肩，显得无可奈何。一位消协的官员见状问，我现在迫切想知道的是，这种虫子是不是从奶粉里长出来的？胖哥又耸耸肩反问道，不从奶粉里长出来的，我们去哪找到这种怪虫？消协官员说，太好了，我只要确认虫子是从奶粉里长出来的就行了，不管是中国虫子，还是美国虫子，我们工商都要对 A 牌奶粉进行重罚，责令赔偿消费者的经济损失。

鉴定完毕，三位专家临走时，嘱咐江东海，这两条虫子对植物具有超常的危害性，所以既不能让它死，又要养好，不能让它跑了；哪怕它变成了飞蛾，或者飞蝶，也要做一个篓子，让它安度晚年。

等到他们一走，江东海骂道，狗日的，还要老子侍候两条畜生一辈子吗？说得老子像个神一样。

9

又一个不好的消息传到江东海的耳里，这让江东海这条江湖好汉心有余悸。那个自称"网络大 V"的蝙蝠侠被公安拘留了。这之前他经常打电话向江东海了解小畜生的生活状况，而且还专程来他家看望过两次小畜生，用手机拍照后，发到微博、微信上。他乐此不疲。从没有在他家喝过一口水，抽过他一支烟。

　　这天上午，他刚刚给那只吃桑叶的小畜生换上国产奶粉。一个年轻女人敲门进来，她朝室内左右环顾一周，问，你是江师傅？江东海点点头。她激动地说，大哥你救救我老公，他为了你家生虫奶粉，现在让公安抓了！江东海一时没有回过神来，一脸迷惘。她又说，我老公就是帮你往网上发布信息惹来麻烦的！现在他真惨，没拿到一分钱，倒挣了个诽谤罪！江东海一脸不解，他问，怎么回事，大姐？年轻女子哭着说，我不是大姐，国家不是出台过规定吗？诽谤信息实际被点击、浏览次数达到5000次以上，或者被转发次数达到500次以上的，就属于情节严重，构成诽谤罪。我老公微博发布你家的一个信息就被人转了几千次，你说严不严重？江东海问，妹妹，说真话也犯法吗？她应道，大哥还不明白？他说了那么多揭短话，总有两句不是真的嘛！江东海问，那怎么办呢？她答道，A牌奶粉的老板说了，只要你去求情，保证以后不往网上乱发信息，他们会帮着说话，争取能够取保候审。

　　送走蝙蝠侠老婆，江东海心想，我有病啊？老子还没得到一分钱的赔偿，居然要老子去求情？可他转念一想，蝙蝠侠为自己的事被抓的，不求情又不仁义。然而他感到这事很矛盾，有便宜不占王八蛋！

　　思前想后，他给老婆梅子打去电话，说了网络大V的事，梅子叹口气道，天呐，这些人真黑，既然这样，我们让步吧？不与他们争，他们愿意赔多少算多少。

　　有了梅子的话，他便绞尽脑汁想如何变通。这时，发现招财猫张副总和木经理又登门造访，张副总这次没系领带，衬衣领扣解开，脖子上那一大串黄金项链闪闪发光，一看气场就像新土豪。他们走进客厅，仔细察看了两个小畜生，发现它们又长大了，长得像只蚕。可是它精神明显欠佳，好像没有食欲，似睡非睡地趴在奶粉中。张副总说，我还以为你家是养虫子的行家，我真担心你们把它养死呢，以后我怎么向解总交代？江东海不假思索地答，养死了你们不是更高兴吗？张副总连忙应道，不能死，不能死，我们需要这个宝贝！懂吗？江东海闻言火冒三丈，他扯开大嗓子骂道，狗日的，你们富人不知穷人饥，老子养这畜生烦死了！张副总呵呵笑道，自从工商消协介入，我们一直配合你们，我也想站在消费者角度，多向厂家索赔点，懂吗？

不想与他瞎扯，江东海建议道，这样吧，我们都是从事非主流职业的队伍，一个锅里的菜，我现在有一个请求，请你们帮忙说情把那个网络大V从公安局里弄出来，我索赔标准降低，你们只要赔偿我一箱奶粉，报销我女儿住院费用，适当补偿点误工费、交通费，估计就是一两万吧，怎么样？

木经理一听，一拍大腿道，狗日的，你早这样说，我们朱总出面就搞定这事了，还用我们这么费劲吗？他的话说得江东海呵呵地挤出一张笑脸。谁知张副总一拍大腿道，哪能呢？消费者是我们的上帝，你们是我们的衣食父母，如果赔这么一点点，我怎么向消协交代，我怎么向市委、市政府交代？以后我们的A牌奶粉还要不要生存下去？！懂不懂？

他的话让江东海和木经理都吃了一惊。木经理伸手轻摸他发亮的额头说，左撇子，你是脑袋里装个糨糊桶，糊涂到顶了？还是脑壳被门夹，开始发烧了？江东海瞪着一双牛眼，心想，难道网络大V在牢里又发了信息吗？张副总不作辩解，张着大嘴，笑得像个橘子瓣。他伸出左手拍拍江东海的肩膀说，这样吧，我可以先做主，赔一箱奶粉，但我的要求是，你不要给虫子吃国产奶粉，千万不要给，你知道，现在小宝贝，吃惯了洋奶粉，就不会吃国产奶粉的，何况那么娇小的虫子，它的嗅觉比小孩灵敏几百倍，你去看看那只虫子，现在已经严重萎靡不振，所以我警告你，你如果养死了虫子，我们一分钱不会赔偿！懂吗？

江东海对他的话迷惑不已，完全出乎他的意料之外。按理，唯一向外爆料的蝙蝠侠身陷牢笼，没人敢与他们作对，可他今天说话却来了一个180度大转弯，完全不像奸商行为。他轻声问，左撇子，你昨晚梦见观音菩萨了？张副总反问道，一双鞋，在地摊不过几十元，到了商场、专卖店，会涨到一百甚至几百，你知道为什么吗？你懂吗？江东海点点头说，说的没错，你长着那么大一个猪脑袋，你说为什么？张副总应道，所以，看你待在什么地方，你生活在这里像猪一般，走路头晃，坐着腿摇，洗澡不换内裤，没有生活品质，像大街上的地摊商品，身价能起来吗？如果你坐进了市委办公室，人模狗样的，哪怕睡觉流口水，身价也倍增！江东海吼道，你狗日的变个法子骂人呢！张副总说，我举个例子说明，所以说，我们营销的Ａ牌奶粉，进了中南超市，具有金子般的品质，我们乐意最大实惠回馈消费者。江东海说，你就像我娇养的这两个小畜生一样，它是从美国旅行过来的，与中国的不一样。张副总呵呵笑道，你说得非常对，我们现在就想要了解它不一样的地方。江东海问，那跟我有关系吗？张副总摸摸自己的脸说，有关系，也没关系，有关系是因为你家发现了问题奶粉；没关系，是因为美国公司高度重视，会处理好问题。江东海说，那你现在给我5万块，我把虫子交给你们，你想怎么养就怎么养。张副总答道，这个得由美国公司依照制度来办理，需要一个过程，懂吗？我作为经销商来说，希望赔给你越多越好，反正又不要我掏一分钱，懂吗？他伸出五个手指摇了摇说，到时候不是5万块啊，一定养好虫子，懂吗？它是从美国旅行到中国，飞越了太平洋，它们可以成为明星虫，非常有商业意义。

他的一番话，让江东海和木经理都感到莫名其妙。木经理一个劲儿地摇头。

真搞不懂他葫芦里卖的什么药，真真假假，既像真话，又像讥讽。待他们离开家，江东海一直思考这个问题，他又不好给梅子打电话，免得又招来她的挖苦。他现在最想做的事，是把这两个畜生处理掉，他一天也不愿侍候它们了。他背着手走近桌上摆放一起的两个奶粉桶，透过玻璃罩，发现两只虫子果真都精神不佳，趴在奶粉上一动也不动。他觉得有一点问题。以前，它们睡觉的时候，都是喜欢钻进奶粉里，把奶粉当衣服，很少这样裸睡过。

他把两个玻璃罩打开，用一根筷子轻轻挑动那只吃桑叶的虫子，发现它毫无反抗的能力。他又去挑动另外一只虫子，发现它滚动一下，又趴着不动了。他怀疑是不是刚才左撇子做了手脚，往奶粉桶里放了杀虫剂？他急忙用鼻子嗅了嗅，没有发现异味。他于是将吃桑叶的虫子重新放回那个原装奶粉桶里，发现它们一会儿便爬到一块儿，相偎在一起，倒像一对情侣。江东海将它们挑开，两只虫子很快又爬到一块，摇头晃脑，窃窃私语，似乎相互倾诉离别之苦。

虫子的行为忽然间感动了江东海这个粗人。

10

人间四月天让江东海非常难熬。郊外的油菜花已经凋零。也就在短短的一个多星期，4月快要远去，天气开始燥热起来，万一虫子要变成蛾子、蝴蝶之类，他们该怎么办？这让江东海和梅子都十分着急。

这天早上，江东海和梅子6点钟起床，做好早点，然后叫女儿们起床过早，再送她们出门上学、上幼儿园。8点多钟返回家，然后一起察看那两只小畜生，这不看不要紧，一看吓一跳，一只虫子脚朝天地仰躺在奶粉上，一动也不动，已经死了多时。梅子赶紧用汤勺挑出它，放到桌上，轻轻拨弄它的身子，希望它是在装死。

江东海一看，这只死虫子像是那只吃了桑叶的小畜生。他喃喃地说，怎么会死呢，它桑叶都吃津津有味啊。梅子看了道，都怪我让你给它乱吃食品，你再看看，另外一只是死是活？江东海连忙抱起奶粉桶，他轻轻摇了摇，那只虫子就露出了身子，却埋头往奶粉里爬。他说，这只是活的呢。梅子自我安慰道，还好，还有一只是活的。我们要赶快找朱小多，把此事了了，免得夜长梦多。江东海抓起那只死虫子问，这个死货怎么办？梅子哼了一声说，你这个混子，丢到垃圾桶，然后将垃圾一起扔掉。我呢，现在去找朱总。

见梅子这么一说，江东海将虫子丢进了垃圾桶，然后拿上摩托车钥匙，拎起垃圾袋，坐电梯下到一楼，将垃圾袋扔进室外的垃圾桶，然后骑上幸福牌摩托，去从事他的非主流职业。

他在江淮路刚刚捡了两个客人，送到早班的黑车上，便接到梅子的电话，她说，混子，你赶快回家，卫生局的人要来咱家看看，他们车子已到了小区楼下。关上手机，他心里一边骂这些狗日的没事做，影响老子工作，一边骑车往家赶。

车到楼下，看到社区的主任带着一帮人站在楼下等，他们有的穿制服，有的穿白大褂，有的穿便装；有的手拎箱子，有的手夹公文包。社区主任看了他说，小江，今天市卫生局、出入境检验检疫局和农业局领导来你家，看你家的问题奶粉。

他发现其中有两个上次来过他家。

江东海将他们带回家，出入境检验检疫局一位领导说，江老板，我上次来过你家，原以为你们会很快处理好洋害虫，没想到你们拖了这么多天，所以，我们与卫生、农业三个部门有关负责人再次上门。江东海给他们倒了一杯水，笑脸相迎。

喝完江东海倒的水，出入境检验检疫局的说，我们今天都是来收费的，我根据"中华人民共和国进出境动植物检疫法实施条例"，对洋虫子要收取检疫、防疫费。这个费用不高，一项只有30元，我们出具收据，另外，根据规定，派员到国家正式对外开放口岸以外的地方进行检疫、监测、监督、卫生处理，每派出一人、一个工作日收费50元，交通费每人30元，这个没有收据。江东海问，那不是乱收费吗？对方答，经过财政、物价部门的批准的，你可以向市物价局咨询。卫生局食品卫生监督所的接着说，我们出场费与他们一样，但是卫生监测、卫生处理费要高些，每次最低200元。农业局的说，我们出场费也与他们一样，但根据"国家物价局、财政部关于发布农业系统行政事业性收费项目和标准的通知"，经市物价、财政批准，收取虫子鉴定费20元。

他们收的费用虽然不是很高，但是来了8个人，个人费用补偿就要640块，再加上三项250块，一共收费890块。这么多天来，不仅没得到一分钱的补偿，反而倒贴890块，这让江东海无论如何也接受不了。他心里越想越气，他想那只死虫子，就干脆对他们说，我不需要你们检疫，虫子早死了！

听罢江东海的话，出入境检验检疫局的一下子从沙发上蹦起来，他问，真的死了吗？江东海得意地说，是死了，我早上把它扔到了楼下垃圾桶呢！对方说，江老板，那你完了！江东海不解地问，那又怎么了？出入境检验检疫局的说，根据《中华人民共和国进出境动植物检疫法》，擅自抛弃过境动物的尸体、排泄物、铺垫材料或者其他废弃物，由口岸动植物检疫机关处 3000 元以上 3 万元以下的罚款；如果引起重大动植物疫情的，依法追究刑事责任。卫生局食品卫生监督所的说，那我们要追加 500 元卫生处理费。

闻言，江东海惊慌失措，他不停地抚摸自己的下巴，来掩饰内心的忐忑。他没想到问题有这么严重，不就是一只死虫吗？这也算动物的尸体？出入境检验检疫局的看出了他的内心恐慌，他郑重地说，你家的生虫奶粉经网络曝光后，简直就像病毒式传播，全国人民都知道了！现在找不到虫子，不罚你 3 万元款，全国人民会服吗？听他这么一说，江东海应道，只死一只虫子，那我下楼去找出垃圾袋，虫子就在垃圾袋里！说完，他顾不上换鞋，穿着拖鞋就往外跑。

赶到楼下，发现垃圾桶都堆得满满的，幸好没有被人拖走，他顾不上异味难闻，就一袋一袋地翻，终于翻出那条黑色的垃圾袋，他记得很清楚，这条垃圾袋是他买草鱼带回来的，他把垃圾倒到地上，然后慢慢翻，很快翻出那只死虫子，发现它肚子被压破了，他找出一张废纸，将虫子包好，赶快跑回家。

他将虫子交给疾病控制中心的工作人员手里。社区主任说，小江，你怎么这么不小心呢，将美国来的虫子养死了，这是次要的，重要的是，你得马上向社区汇报这件事，假如搞出一个像非典之类的流行病出来，我们大家不是都要遭殃？刚才你下楼的时候，我们也商量了一下，非常同情你的遭遇，你只要交出那只活虫和受污染的奶粉，前面要收的费用都免了，也不会让你缴 3000 元以上 3 万元以下的罚款，只要收你 500 块的卫生处理费。江东海问，那我不交虫子呢？社区主任说，那你按他们要求，一项一项上缴收费。主任瞅他一眼低声说，你是知道的，中国地方收费，每项收费，都有依据，不怕你上访。

江东海感觉到问题的复杂性，这些政府机关人员明显是给江家穿小鞋。他掏出手机，走进厕所里，给梅子悄悄打电话，汇报了收费事情，梅子马上爆出粗口道，他妈的，让他们收，收了我的钱去买棺材！

关上手机，在厕所里待了片刻之后，他快速思考对策，然后走出来对社区主任说，刚才我老婆说了，虫子不会给你们，你们如果收了这钱，她就到社区去跳楼，后果你们负责！社区主任没料到他老婆会这么说，急忙劝道，小江，这样吧，我来做个主，罚款一分不罚，另外的 1390 元正常收费，你还是要缴的，反正这个钱以后要经销商出，我给你作证，打一张总白条，怎么样？

社区主任虽然说得有理，但是江东海却舍不得 1390 元收费，这相当从事非主流职业拉 200 多个客人。出入境检验检疫局的见状，说，收费可以给你优惠点，但是你要管住你那张嘴，不该说的不能说。江东海应道，我能保证不会乱说，特别是在网上。对方问，怎么相信你的诚意？江东海说，我用性命担保。对方说，你的二两命不如这只虫子值钱！他讥笑道，这样吧，你在客厅爬一圈减你 100 元。江东海没想到他会这样说，他说，你不减是我儿子。对方说，那你爬啊？

江东海望一眼自己干净的木地板，心想，老子给儿子们爬几圈又怎么样呢？想罢，他啪地扑在地上，呼噜呼噜地爬了一圈，接着，又呼噜呼噜地转上一圈，一眨眼他爬了 5 圈。出入境检验检疫局的赶快说，好了好了，不爬了。江东海根本不听他的，他一鼓作气爬了 10 圈，爬得脸红脖子粗。

几个人见了，尴尬地说，你真是个狠人，我们只收 390 块。

看他们一离开，江东海在屋里骂，骂过之后，他扑通一声跪到装虫子的奶粉桶前，他向虫子连磕了三个响头，他喃喃地说，美国你这个小畜生，我一辈子没有给别人磕过头，今天我求你了，狗日的你千万不要死！

11

正当江家郁闷伤心的时候，这天终于迎来了两个贵客。这两个人是荷兰一家奶粉企业的中国雇员，他们不知通过什么方式，获得了生虫奶粉这个信息，专门从北京坐飞机到武汉，然后从天河机场直接打的赶到这座小城。

他们敲门的时候，江东海用旅行包装好奶粉桶，准备去市委上访。听到敲门声，他赶忙把旅行包背好，再去打开门，他将门拉开一条缝，看见两名瘦个子男人睁大眼睛往里瞅，还未等他开口问，瘦个中年男抢先问，是江东海家吗？江东海点点头。对方又问，你要出去旅行？江东海又摇摇头。他露出一排白牙笑道，我给你带来一个好消息，可以进来吗？江东海以为是记者，他说，我现在要去市委上访呢，等我回来再说好吗？他又问，为生虫奶粉去上访？江东海又点点头。中年男子伸手朝他肩膀拍了一巴掌说，江兄弟，不用上访，我们来帮你。江东海说，我不想让你们去坐牢，又欠你们一个人情。中年男子一听，哈哈大笑道，我们是荷兰奶粉公司中国员工，专门来收购你家的生虫奶粉，这个犯法吗？你的奶粉又不是走私品！

瘦个中年男子的话，让江东海无法相信。江东海说，我靠，你当是收破烂？我的这条美国小畜生价值上万！瘦个年轻男子一听，直接从手提袋里掏出一扎红色毛老爷，在他面前晃了晃。他的这个行为让江东海更加生疑：莫非市政府知道我要去上访？专门来人阻拦我？他们一定监听了老子电话！他急忙伸手挡住他们说，去去，当老子脑残啊？收铜收铁没听说有收虫子的！瘦个年轻男子说，亲，你没听说的事情多着了，噢？江东海听不惯他的娘娘腔，他说，我求你们了，我就是一屌丝，我维权有错吗？你放过我一马好吗？

他的话让中年男子恍然大悟。他连忙从口袋里掏出证件说，这是我的工作牌和身份证，这是我的名片，我们是山东人，您请看。江东海查看了证件，这个中年男子的确是山东人，姓范，名片上印的是经理。他便收了名片，半信半疑地让两人走进屋，问，你们收购这虫子有什么用？中年瘦个子嘿嘿一笑道，我们荷兰公司也生产奶粉，是想买回去作科研，预防和杜绝这类质量事故发生。江东海听他这样解释，有一点道理，他便问，我是要他们经销商赔偿 5 万，你们能出 5 万吗？中年男应道，你只要证明这个虫子是 A 牌奶粉长出来的，我们马上 5 万收购。

江东海依然半信半疑地让他们进了屋。在客厅落座后，瘦个中年男子说，我们是从网上获得 A 牌奶粉生虫事件，我们觉得很奇怪，到底是什么原因导致奶粉生虫，我们要把生虫奶粉、奶粉桶和虫子收购回去研究，就这么简单。江东海没有放下旅行包，那我看看你们有没有5万块。瘦个子男子一听，急忙放下与他一样大小的旅行包，从衣服里头拿出整整5扎钱。江东海拿起一扎钱，仔细检查一遍，发现是真的百元大钞。然后又察看了另外几扎，都是真的。看完之后，他呵呵笑道，我现在从事非主流职业，经常收到假钞，所以要过细看呐。

两位见状，一边呵呵地笑，一边收起钱。然后问，来自美国的虫子呢？

问起虫子，江东海不得不放下旅行包，他轻轻拉开链子，像拿古董一样，从袋里小心翼翼地抱出玻璃罩，再轻轻放到茶几上，打开玻璃罩，他拿出一个贴着"虫"字的A牌奶粉桶。年轻的瘦个子说，额，搞得真像一个历史文物呢！他边说边拿出数码相机，啪啪啪地拍起来，江东海说，你千万莫要发到网上去，小心坐牢哦。说着，他轻轻一摇，那条虫子就出现在奶粉上，它今天看上去精神很好，开始在奶粉上左右摇摆起来。

荷兰公司的两位雇员一看，哈哈大笑起来，牛逼，美国的虫子比中国的健壮！中年男说，一看这只虫子长得那么特别，像是美国物种！年轻男说，额，这只虫子居然能从美国的奶粉桶里旅行到中国，开创世界乳业新纪录！中年男说，嘿嘿，奶虫奶虫，你是世界最幸福的虫子，你旅行了这么多地方，你该知足了！年轻男说，奶虫啊奶虫，我们为了寻找你，漂洋过海来看你，吃尽了千辛万苦，你可是荷兰公司的大救星！

年轻男子话音刚落，让中年男子踢了一脚，他瞪了他一眼说，废话少说，我们现在办理购买手续，让他在协议上签字，你拍好照片。说完，他对江东海说，我们这个交易是公司机密，现在不可以对外说，千万不能对A牌奶粉经销商透露。江东海应道，我现在只要看到A牌奶粉的那个胖子，老子就怒发冲冠！年轻男子问，他们不肯赔钱？江东海答道，他妈的肯赔钱这只虫子还能活到现在？早让政府的人捉走了！他说，他叹口气道，为了美国这个畜生，我的朋友进了拘留所，老子也吃了很多苦，从桑树上摔下过，像狗一样在屋子里爬过！更奇怪的是，我还骂死一个老板！

两位来客似乎对这个过程不感兴趣，他们问，不是有省里专家来鉴定过吗？江东海说，是来过几位专家，大家一致认同，这是美国的物种，但后来又说需要美国或者北京检测机构来检测，他妈的，不等于放屁吗？

年轻男火上加油道，A牌奶粉售后服务有问题，以后千万不要买他们奶粉。江东海说，以后买他们奶粉是畜生！

请签收购协议吧。中年男递出一张A4的纸说。你看看协议有什么问题？

接过那张纸，江东海仔细阅读那张打印出来的字，才知道是荷兰的奶粉公司收购。他不管谁来收购这美国小畜生，对江家都是一种解脱。他一目十行地阅读完之后，激动地说，他娘的，让你们来当市长就好了，办事效率高！

正在这时，他的手机响起来，他接过电话，传来A牌奶粉的经销商左撇子张副总的声音，混子，你在哪里？江东海应道，混你爷，你管老子在哪里？张副总对他的粗口并不恼，他呵呵笑道，告诉你一个好消息，总公司同意赔偿你5万块钱，懂吗？狗日的你真有运气！他不相信自己的耳朵，急忙问，张总，你没有忽悠我吧？左撇子张副总说，我现在中南超市，你马上带着那桶生虫的奶粉，来朱总办公室办理手续。江东海问，左撇子，虫子要带来吗？对方应道，你脑残啊，我们给你钱，当然要虫子哪！

关掉手机，他把左撇子的话向两位瘦子传达一遍，中年男子说，兄弟，这是个好消息，看你怎么操作。瘦个子男子说，额，这是个一箭双雕的好机会，你既可以找他们索赔，又可以将虫子卖给我们，喔？中年男子说，我们山东人非常讲诚信的，如果没虫子，我一分钱不会给你，有了虫子，我还可以考虑加一万！见中年男子这么说，江东海心里嘀咕，我靠，这又不是个古董，一只快要死的害虫，有那么值钱吗？暂且相信他一回。

12

前往中南超市之前，江东海与梅子电话里商量了半天，寻找对策。正好梅子这天跑到汉正街进货，一时无法赶回来。他们都感到十分蹊跷，以前谁都讨厌的虫子，现在怎么成了香饽饽了呢？这里面肯定有名堂，但他们无法知道内幕。客观地说，他们不需要知道原因，他们只要钱，一只快要变成蛹，变成蛾子或者蝴蝶的幼虫，对他们来说一文不值。然而，他们又不想失去这么好的商机，到口的肥肉，又不能不要。

经过他一琢磨，他决定双管齐下，既吃原告，又吃被告。他出门的时候，旅行包里还是装着那只有虫的奶粉桶，手里拎了一个曾经装过那个死虫的奶粉桶。两个瘦子也看出江东海心里的小九九，就像苍蝇盯着一堆屎一样，跟着他身后。

他们走到小区门前的江淮路，江东海转身对两个瘦子说，这样吧，你们两家都要虫子，我的性格豪爽，谁先来谁先得，所以优先考虑给你们，如何？中年男子高兴地说，没想到你们九头鸟比我们想象的好得多！江东海打断他的话说，你别太高兴，你们公司财大气粗，多一点少一点，无所谓，所以我要7万块，一分不能少！中年男子见他加价到7万，当即脸色沉下来，他说，大哥，公司给我们收购的最高限额是6万块，老总也是经过调查的，从你当初索赔的金额决定标准的，你这样做，让我们很为难。年轻男子插话道，你不能出尔反尔，A牌公司也不会给你这么多，你从我们这里拿了这笔钱，你再去骗他们，谁还会计较这？中年男说，是啊是啊，他们至少还会赔你几万元呢，如果我们没有虫子，你一分钱拿不到，大哥，你要想好！

想想他们的话，江东海觉得颇有道理。他于是软硬兼施地说，你晓得我们九头鸟的人，从不会按规则出牌，你千里迢迢来收购虫子，志在必得，所以7万块一分不少！他的话让两个瘦子不停地互换眼色。少顷，中年男子说，大哥，我们的确是想志在必得，我们出价最多6万，万一不行的话，我们只有空手打道回府。年轻男子则说，我们没收购到虫子，顺路去三峡游玩一次，不虚此行呢。江东海说，那就6.5万。中年男子说，大哥，我们不是卖菜，可以还价，这是公司规定的，我们没办法。江东海心中一想，6万块其实也不错。口里说，你们比九头鸟还精，行行，范……范经理？中年男子应道，鄙人姓范。江东海说，那我们成交，现在直接去银行，你们把钱存到我的卡上，我把虫子交给你。中年男子露出一排白牙笑笑起来，他向江东海竖起一个大拇指。

他们横过江淮路，对面就是农行，他们便在农行大厅里签字，交钱交货，年轻男子遂用相机拍下两人交换的场景。

等到江东海将钱存入银行，他们两人才背起奶粉桶，打车离开。江东海恍如梦境。他狠狠地掐了掐自己大腿，很痛，但仍不放心，他轻声问银行保安，我这是在哪里？银行保安是位50多岁的大叔，他上下打量一下江东海，说，这是江海路农行，你好像神志不清，是不是给别人汇了款？江东海说，我刚才与两个山东人做了一笔生意，他给我6万，存进了卡里。保安说，我刚才看到了，你们还拍过照。江东海还是不信，再去柜员机查询，发现卡里真的多了6万。他终于嘿嘿地傻笑起来。他掏出手机，马上按了老婆的手机号，开心地唱道，老婆老婆我爱你，6万进了荷包里！一个女的问，什么？江东海又大声地唱了一遍，谁知对方骂道，神经病，谁是你老婆？江东海急忙检查号码，发现摁错一个数字。

从银行出来，江东海直接打的赶到中南超市。坐电梯上顶层的时候，他听到了当下男女合唱的最流行歌曲，他觉得他俩唱的是那么合拍，那么震撼，原来音乐是个美妙的东西，能让人血液沸腾。

走进朱小多办公室，屋子里早已坐满了人，A牌奶粉区域销售总经理范女士、张副总以及超市的木经理都伸长脖子在等待他。几天不见，范女士憔悴许多，消瘦许多，一脸疲惫，鼻子显得更高，黑框眼镜显得更大，下巴那粒美人痣更加醒目。她看见江东海进来，独自点了一支女士香烟，开始悠闲地吸起来。

工作人员给江东海泡了一杯绿茶。江东海端起纸杯喝了一口，看见大家都盯着他，像审视一个犯人。他马上放下杯子，也仰头瞅着他们。木经理开口说，你真是一奇葩，懂吗？居然真能盼上这一天。江东海掏出打火机问，我有打火机，谁有烟？张副总急忙给他递上一支烟，说，我们还真怕你这个无赖，懂吗？江东海点燃烟，问，你少废话，打算赔多少？是用现款，还是支票？张副总应道，这些天我们范总家里发生一件不幸事，她爱人遇车祸去世，但依然把你的事情放在心上，多次向总公司请求给你赔偿，懂不懂？听了左撇子的话，江东海故意感动地问，我好感动，那你们赔多少呢？张副总答道，混子，满足你提出的要求，5万块！江东海抑住心中的兴奋，激动地说，谢谢你们，招财猫，钱呢？张副总问，虫子带来了吗？

问起虫子，江东海脑子里开始飞速旋转。思索一会，他想起曾经在报上学到的一个特别词，口里说，虫子自薨了。木经理问，什么自缢？江东海郑重地说，自薨，死了。张副总哼一声道，自缢死了？开什么玩笑，虫子会上吊吗？你说假话也打个草稿，懂吗？江东海应道，你狗日的读过书没有，拿笔来，我写给你！木经理赶急从朱小多的办公桌拿来签字笔和便笺递给他，江东海拿起笔先写了个自，再写个歹字边，另一边他记不清了，好像是个大写的壹，可他不会写，便对张副总说，你个混子，一个歹字，加一个大写的壹，懂不懂？

范女士把烟丢进烟缸里，盯着江东海问，小江，死虫子的尸体呢？江东海急忙应道，死虫子啊，我幸好用手机拍了照，你们可以看呐！范女士严厉地说，你眼睛看着我回答，死虫子的尸体呢？江东海避开她那疯子一样的眼神，说，丢进厕所，水葬了。范女士说，水葬？没经过我们同意，你随便水葬？江东海说，卫生局和防疫站的领导，不允许随便丢弃，要求火葬或者水葬呐。范女士冷笑一声道，没有虫子，公司不会赔你一分钱，你一个硬币都别想得到！江东海吼道，你们不赔钱我，我去市委、省委上访，我不怕你不赔钱！现在虫子没了，但是生过虫的奶粉还在，它拉的屎还在奶粉里，我不怕你们！范女士气愤地应道，你现在去上访，看你怎么上访！市信访局局长是我同学！江东海应道，我不去市委、省委，直接进京上访，你们赔不赔？范女士答道，还是那句话，没看到虫子，公司一分钱不会赔！

江东海听罢，拿起手机，一边拨打市长热线，一边说，我要向市长汇报，为了生虫奶粉，我愿意进京向中央汇报！张副总不屑地说，你别把上访说得那么好听？这边的范女士见状，也拿起手机，拨打信访局局长的电话。

13

到了信访局，接待江东海的真是范女士的同学，信访局局长。他安慰他说，小范为你的事操碎了心，她的家庭非常不幸福，老公在外做生意，养了小三，搞得家庭鸡犬不宁。江东海心想，他养小三，与我有一毛钱的关系吗？活该！局长说，今年她老公租下市中心的原来老消协的办公楼，投资几百万装修，建了一家新宾馆，小三却每天上门闹事，最后关门不说，不久前，在宾馆附近竟被车撞死了。他的话，让江东海为之一怔，心想，难道他是她老公？局长后面的话，江东海一句都没有听进去。

临离开信访局时，江东海表态说，现在虫子死了，我没办法，只要他们同意赔 5 万块，我停止上访，不然，我一定要进京请愿！把他们 A 牌奶粉搞臭！他的一番话，气得信访局局长直翻白眼。

等到他骑车回到小区，准备把奶粉桶送回家时，发现范女士、张副总和木经理三人已在楼下等。范女士说，小江，你不要上访了，我请示过解总，钱我们给你赔，有没有死虫子我们都会赔！但是我求你一件事，你要如实回答，你把虫子是不是给了别人？江东海看看面前的女人，发现她一副可怜兮兮的样子，确实值得同情。他说，你赔我钱，我告诉你真相。

她闻言连忙向张副总挥挥手，张副总马上从公文包里拿出两扎钱，递给江东海。她说，先给你两万，虫子哪去了？江东海接过钱，问，你们答应赔偿我 5 万吗？她掏出一支女士烟，点燃说，一分不会少！虫子哪去了？江东海应道，把剩下 3 万给我，我一定告诉你们！她吐出一个烟圈说，再给他一万，宝贝虫子呢？江东海接过钱，顾不上数，连忙塞进自己的包里，说，范总，虫子在我家过得很闷，昨天下午，它跟着两个老总已经飞往北京旅行。张副总听了，眼睛瞪得像个铜铃，他怒吼道，混子，上次你说只要赔一两万，你可以把虫子给我们，我为了你，为了你多赔点，我没同意，结果你出卖了我们，你这为人很不地道，懂吗？你是不是人你？

左撇子张副总的话说的没错，上次他的行为的确异常。江东海辩解道，左撇子招财猫，我哪晓得你是真是假？你们拖延这么久，我急死，我老早想丢掉那个美国小畜生，懂不懂？范女士打断他们的话，你们说什么？越说我越糊涂！张副总赶急答道，范总，上次我顺路来安慰过他。范女士说，那你说虫子跟谁去了北京？江东海答道，两位在荷兰牛奶公司打工的山东人。范女士一听，马上掏出手机，走到小区一个偏僻的地方，给上层打电话。

而站在江东海的身边张副总询问道，混子，荷兰公司给你多少银子？江东海回答道，这是商业机密呐，不需要对你汇报吧？左撇子。张副总说，你个混子，你知道我在帮你吗？江东海说，我靠，左撇子你凭什么帮我？他的话气得他两眼冒火。

范女士通完电话，走到江东海身边，说，小江，我问你，你得如实汇报，这荷兰公司拿走虫子，给你多少报酬？江东海应道，这是我自己私人的事，与你们不相干！范女士说，那好，刚才解总说了，他们给你多少钱，我们再加倍，你必须把虫子要回来！江东海立即问，你能再给12万吗？范女士斩钉截铁地答，没问题，现在联系他们！

江东海没想到她居然答应这么爽快，他弄不懂一只快要死去的美国小畜生，竟然成了商家的宝贝，这个畜生既不能收藏，又不好喂养，最后还会变成蛾子或蝴蝶。这种害虫全世界至少数以万计，值得花钱吗？

知道他们的手机号吗？范女士接着问。

她的问话，让他想起了那张名片，他说，他给过我一张卡片，真巧，与你一个姓呢。范女士板着脸说，快找出他的名片。江东海从几个口袋里摸了一遍，才从裤袋里摸出那张名片，他没有急于把名片掏出来。因为他发现左撇子张副总用一双不怀好意的眼光盯着他。他弱弱地对范女士说，名片在我裤袋里，但我不会给你们，我没有那么傻。

你从事什么职业？贼精贼精的。她问。

非主流职业，我说过很多次，你们长点记性。江东海不冷不热地说。可是这与职业无关，你们现在把5万块付清后，我再给山东人打电话。

付清，让他签字。她冷冷地说，带有一点狠劲。

张副总于是从包里再拿出两扎钱，交给江东海。然后抽出两张协议书，是有关赔偿生虫奶粉的协议。江东海大致瞄了一眼，便在协议书签上名，又按要求按上一个红手印。他见大家都很严肃，他笑着问，古时候卖身就是这样签字画押的吗？范女士不理他，其他人也没敢多说话。他又问，我和那个范经理打电话，怎么说呢？范女士说，你对他讲，你想回收虫子，另给他们一人两万好处费，行吗？他再问，那他们要问原因呢？她答道，你骗他们说，市委市政府需要科研用。他说，那不行，他们来收购我的虫子，理由是科研需要，我们理由不能与他重复呐。

刚才还说你贼精，你现在怎么那么蠢呢？范女士怒目圆睁地说。他们骗你的！我告诉你真相，荷兰公司和美国公司都想收购国内一家奶粉公司，两家公司正在明争暗斗，他们想利用生虫奶粉作为一个谈判筹码，这是小人行为，懂吗？

原来是这样！江东海明白了奸商们的良苦用心。

你现在就给他们说，找不到虫子，省里防疫部门要追究市里责任，所以花钱也要弄回来！懂不懂？她十分严厉地说。

他掏出手机，按照名片的手机号打过去，范经理接了电话，高兴地说，小江，我知道你们会打给我的，什么？什么？你们出那么一点钱，打发叫花子啊？我告诉你吧九头鸟，收回虫子没问题，美国公司必须多付60万！可以的话，你们马上飞到北京来提货！

没想他们这么黑。江东海放下电话，对范女士说。

14

旅途愉快！登上动车，张副总对江东海说。

旅途愉快。他回敬他。他怀疑他心怀鬼胎。

没有买到飞机票，张副总不得不陪着江东海坐动车前往北京。他们找到自己的座位后，江东海问张副总，左撇子，你说那只虫子从武汉飞去北京，适不适应？张副总低声吼道，你个混子，出门在外，不要瞎叫外号！

懂吗？看见张副总满脸不悦，他随即闭上了嘴。

动车行驶了一个多小时后，江东海在闭目养神中突然想起，他们两家公司一旦成交，自己没得一分钱好处，不是白陪他进京逛一圈？他马上对同样闭目养神的张副总说，张总，有件事要给你讲一下，张副总偏过头，对他使了一个眼神，让他讲。江东海说，我帮你们回收虫子，你们不给我报酬吗？张副总反问道，我帮你做了这么多好事，你为什么不给我报酬？江东海说，这是另外一回事，我得先要我的报酬，否则我不奉陪。张副总安慰道，不会让你吃亏，我给范总请示过，会再给你补偿的。江东海说，补偿多少呢。张副总应道，你这么精明，是个人才，适合来我公司发展，我们会授予你荣誉员工，不用工作，每月来公司拿钱！江东海说，范总没有给我讲哦！张副总答道，亲，这是公司机密，你莫要问。江东海仔细看看他的眼神，感觉有一种揶揄的味道，他说，左撇子，我觉得你不是好人，倒像一个内奸。张副总哼了一声问，如果你不想当荣誉员工，你想要多少钱呢？江东海说，他们拿60万，我拿6万，不算多吧？张副总反问道，你已经拿了11万黑钱，你不怕人家害你？江东海应道，你没见过钱吧？这点钱多吗？我想给老婆买一个路易威登的包，要几万呢，你以为我没钱？

明白明白，不再多说，还有3个小时就到北京西站，你想回家，自己买票回家，我不拦你；不想回家，就陪我去回收虫子，你的好处费不会少，懂吗？张副总应道。

大爷如果回家，老兄你找不到山东人！江东海自信地说。他的号码存在我的手机里！

哈哈，你真逗，既然我能让你回家，我便有办法找到他，懂不懂？

你不会与他们是一伙的吧？

你太幼稚了，他们要的是钱，懂吗？张副总说。我再问，混子，你陪不陪我去？

……看在范总的面子上，陪。

为什么看在她的面子上？

我骂死了她老公。

去你妈的，扯淡，呵呵。

去你妈的，老子说的是真的！

无聊。

停止与张副总的对话，他心里难以平静，总觉得左撇子有哪点不对劲，像个内奸。他想告诉范女士，却发现不了证据。他心想，甭管这些鸟事，作为中国居民，倒不希望自己的公司让老外收购，特别是美国公司。

正在这时，江东海的手机响起，他发现一个陌生的手机号，他心疼漫游费，拒绝了来电。然而，这个号码穷追不舍，一直在手机里响。他望一眼左撇子，怕惊扰他，他不得不接了电话，对方开口说，你个死人，电话怎么不接？江东海莫名其妙地问，你是谁？你找谁？对方说，你别管我是谁，我找的是你！他说，那我是谁？你认识我？对方说，我不认识你，但我要找你！江东海本想骂她一句，想想在动车上，说话得文明，于是忍住怒气道，你找错人了。对方说，我没找错，你是江东海吧？江东海应道，大爷我是。对方说，你还记得曾经给一个男人打过电话吧？他说，除了我家人，我一般都是给男的打电话。对方说，有一天，我老公接了你的电话，就被车撞死了，你应该很清楚吧？江东海一怔，说，他老婆姓范，我认识，大姐。对方说，我是他小三，懂吗？他说，那我不懂，你什么意思？对方说，我给他生了一个儿子，是因为你的电话，导致他车祸死亡，你要抚养我的儿子！

无稽之谈！他挂了她的电话。这时，他望见左撇子招财猫正睁大双眼望着他，他诧异地问，你真的骂死了范总老公？！江东海急忙摇头说，狗日的，这个社会太恐怖了！这个社会太恐怖了！

动车抵达北京西站的时候，已是下午5点半点。北京开始下起了毛毛细雨。出站的时候，两位年轻的男子走过来询问江东海，你是从武汉坐高铁来的江东海吧？江东海以为是范经理派人来接他们，赶紧点点头。一名年轻男子说，那坐我们的面包车走？江东海高兴地问，你们是范经理派来的？年轻男子说，对对，你们辛苦了，为了生虫的奶粉跑这么远。

两人听他这么一说，高兴地钻进了他们的面包车。谁知一上车，两人就被几个大汉擒住，一人嘴里塞进一条毛巾，江东海想用力挣扎，被对方用手铐反铐了双手，不能动弹。江东海定睛一看，车上有 6 位大汉，个个身强力壮，他心想，狗日的，山东人想黑吃黑吗？

车子大约开了半个多小时，来到一处平房里，几个大汉将他俩拖进屋子，搜走身上的手机和钱包，吼道，你妈的，给我老实点，否则揍死你！说罢，扯掉两人嘴里的毛巾，江东海叫道，你们还有没有国法？一个男子回敬道，你们这些喜欢上访的人，国法治不了你，只有来硬的。江东海说，我不是来京上访，我们来看望朋友！一位男子闻言，冲过去朝他屁股狠狠地踢去一脚道，你再叫，老子把你送到精神病院去！张副总一听也急了，他说，大哥，你们误会了，我们是 A 牌奶粉公司的职员，来北京会见荷兰奶粉公司的范经理，你们可以打电话核实！一名大汉说，你们不用演戏，我们不是吃干饭的，你们一上动车，上访信息就传到北京，你的相片都存在我们的手机里呢！抓你的人，是我们拿辛苦费的筹码！

说完，他们走出房间，将大铁门哐当一声锁上。江东海这才发现这间阴暗的房子，简直就像一个地下囚室，钢铁侠都难逃得出。他看见张副总痛苦的样子，反而觉得是一种解脱。他嘿嘿笑道，左撇子，现在老子们也成了别人的虫子，呵呵。张副总见状，叹口气道，混子，美国遗传学家说得对，人类是公猪与母猩猩杂交的产物，懂吗？

平行线

1

与南方不一样，草原的太阳似乎更眷恋草原。

太阳淹没在晚霞的霓裳之中，圆圆的月亮悄悄爬上了东方。而大地之上，仍然是清净的天空，将广袤的草原拥进怀抱。草原又将偌大的古蒙古园收入囊中。吃完晚餐，残阳仍挂在西边，符来走过宁静的古蒙古道，才发现太阳沉沉地隐身而去。这条道路修建时间不会很长，完全仿古构建，路边不仅有空荡荡的蒙古包，还有可汗营，以及手握兵器的士兵。他们在风雨中伫立了很多年了，每个游人的到来，都来到他们的身边拍照存影。

这次旅行对他来说是个意外。飞到呼市时，他便给公司的女财务总监打了电话，让她给他的银行卡多打点钱，总监接到他的电话，惊讶他居然干出这种没谱的事儿，怀疑他动机严重不纯，一番话说得他嘿嘿直笑，心情好了许多。

小路上陆续走出一些饭后出来散步的游客。

恍惚间，一位身材高挑的姑娘走到他跟前，向他嫣然一笑，露出一口奶白的牙齿。她瓜子脸，高鼻梁，大大的眼睛，戴着大大的黑框眼镜，穿着束身的蒙古袍，是个漂亮的姑娘。她举着手机，语气柔缓地说，先——生，请给我——拍两张——好吗？

这个姑娘显得很诚恳。他闻到她身上的芬芳。他抿嘴一笑，接过她的手机，跟随她走到可汗营守门的铜人士兵前，往左往右，横着竖着的，一连拍了几张，姑娘很会摆姿势，完全像个地道的模特，手机屏显示得十分漂亮可人，像传说中的昭君。拍过之后，姑娘接过手机，翻看他拍的片子，咧着嘴笑道，拍得真好，谢谢您！姑娘谢过之后，独自一人向西漫步。

透过姑娘的背影，符来发现晚霞一点点老去，慢慢地消失在静谧的草原尽头。

这时，古蒙古园安静极了，只有园中的几棵大榆树里的两只喜鹊还在喳喳地鸣唱，给忧郁的草原平添了一丝生机。

来内蒙古之前，符来根本没有任何思想准备。他不知道自己突然会飞到呼市。且独自一人。临行之前，他与老婆发生了规模空前的争执，老婆说，如果你不想过，我们就离婚吧，你不要害人了。

他闻言怒不可遏，他将手机啪的一声摔在客厅里，手机盖、电池、主机板自动跳跃出去。

符来铁青着脸说，这是世界海拔最高的火山尤耶亚科火山大爆发，希望不要烧着你这位女强人。老婆一听，叹口气道，天呐，"杯具"，咱们各扫门前雪，你好自为之，OK？

他于是将自己关进书房，在网上查询了海南和内蒙古的航班，发现第二天的只有深航飞往呼和浩特的一个航班有票，他直接在网上购了一张票，第二天，叫司机送机，悄悄飞到了呼市的白塔机场。走出机场，已是午后，天空忽然下起了阵雨，一个内蒙古老乡说，今年内蒙古雨水特别多，草儿长的茂，羊儿长的肥。符来拦了辆出租车，去寻找酒店，司机介绍道，呼市的古蒙古园是避暑的好地方，里面有天下最大的蒙古包。

就这样，符来漫无目的地来到了呼市古蒙古园，这似乎是上帝冥冥中的安排。

2

这似乎是上帝冥冥中的安排，一直想着那更辽阔的草原。不需要一个牧民，不需要华丽的蒙古包，只需要一匹马和一群乖乖的绵羊，一个人生活在草原里，朝出晚归。

大草原并不是达娃梅朵十分向往的地方，藏区也有空旷的草原，甚至风景更美。但她少女时代奢望能在大大的蒙古包里有一个诗意的邂逅，能遇上成吉思汗一样的王子。她超喜欢浪漫，巨喜欢仓央嘉措的情诗：那一夜，我听了一宿梵唱，不为参悟，只为寻你的一丝气息。那一月，我转过所有经轮，不为超度，只为触摸你的指纹……她好想有一个男人，也这样向她表白。多少年前，仓央嘉措的唯美而开放的情诗点缀了梦幻般的少女情愫，成为她苦苦追寻的记忆。

她想当一位诗人，可是大学毕业之后，她却走进了一家机关，成为局里的一名公务员。那里不需要诗，只需要逻辑严密的写手。这个局是地委的一个重要的部门。一把手经常会得到重用提拔。副局长也有机会高升到其他局处级单位任一把手。只要来这个局里当局长、副局长的，都想着向上的台阶。

达娃梅朵是局里公认的局花，做事认真，为人诚恳，性格开朗，毫无心计，老少喜欢。几个局领导都对她赞赏有加，27 岁时，局党组看她工作出色，提拔为副主任科员，一年之后，当上了副科长。而自从走上副科长岗位，麻烦事接踵而至。30 岁时，排名第一的副局长将她调到他分管的科室，任命为科长。而原来分管的副局长对此耿耿于怀，经常挑些毛病。最不靠谱的是，局里陆续传出绯闻，说她与第一副局长在酒店开房。甚至传出更阴毒消息，说她与地委分管的领导有一腿，她靠官场的潜规则从副主任科员，眨眼提拔为科长。

不仅仅是人言可畏。更要命的是，以前科室的同事，变得生疏了，他们似乎觉得了自己的卑微，有意无意地与她保持革命工作距离。而有望竞争副县的中层干部，将她视为潜在政敌，处处设防。

人人都说机关复杂，这让达娃梅朵深刻体会到了。一天，她实在无法忍受世俗的眼光，她对老公说，我感觉好累，简直要疯了，那些与我毫不相干的东西，居然赖在我的身上。我要公休，前往内蒙古旅行。老公闻言既不反对，也不明确支持。几天之后，她在网上发了一条微博，也在 QQ

空间留了言："人之多言，亦可畏也。""勿折吾杞，匆折吾桑。""流言蜚语，飞短流长。""我要去寻找仓央嘉措。"

随后，她在网上查询，找出内蒙古的呼市什么什么地方好玩，市区有哪些景点，周边有哪些景区等等。然后用铅笔记在日记本里。于是订了机票，经过转机，十分艰难地飞到了内蒙古。

那天因雷暴雨天气，飞机抵达呼市上空时不能降落，又飞到西安，然后再次起飞，机上的乘客个个郁闷，纷纷后悔乘坐这个航班。待飞机降落呼市机场后已是万家灯火，机场的车流明显减少。但机场大巴依然在站台恭候着。这让广大乘客感到一丝慰藉。几位热心的出租车司机不停地招手示意，达娃梅朵钻进一辆出租车，司机埋怨道，什么航班，晚点 4 个小时呢，以后谁敢飞啊。她没理他，司机又说，以后我再不来机场等客了，看着这么漂亮的乘客折腾这么久心里难受。

看见司机油嘴滑舌，达娃梅朵更不想与他搭话。她从包里拿出化妆镜，瞧了瞧有些疲惫的脸容，然后补点唇膏。这时，电话响了，是老公打来的，他问，安全到达了吗？挑一家最好的酒店住。她不想听老公啰唆，自己吃住的地方早已敲定。

关上手机，达娃梅朵发现夜晚的呼市瑰丽无比，凉爽的风儿拂过鼻尖，带来了城市的气息；璀璨的街灯掠过玻璃，将城市夜景映入眼帘。

3

璀璨的街灯掠过玻璃，将城市夜景映入眼帘。符来无意留意街头的风景，他只想感受穿越草原风情的心境。他驾驶那辆租来的半新的北京现代，花了不到一个小时，就把呼市的几个主要的大道转了一圈。然后，顺路去超市购买了一些饮料、矿泉水、啤酒，以及泡椒、奶酪和牛肉干等食品，放进车的后备厢。

返回古蒙古园的酒店时，不算很晚，刚刚 21 点，时间还有一点早。符来从车后备厢里拿食品时，碰上一位女游客散步回来，她说，师傅，买了这么多吃的？符来回头一看，原来是一位美丽大方的姑娘，他说，我的，不是你师父，叫我大叔！姑娘呵呵笑道，想占人家便宜呵。符来摇摇头，风趣地说，我的，40了，女儿15，与你一样高。姑娘依然呵呵笑道，本地人吗？符来说，NO，南方人，一个人跑来避暑的。她问，一个人吃得了这么多？符来嘿嘿笑道，吃不完，你得帮我吃。姑娘说，好啊好啊，大叔快搬到酒店大厅去，俺现在就帮忙吃。符来学她的语气说，好啊好啊，啤酒和牛肉干都有咯。姑娘大大方方地说，俺晚上——正好没吃饱嘛。

出门在外就是这样，饱一顿饿一餐嘛。符来一边说一边将食品饮料拎进酒店大厅后面的茶座。茶座没有客人来消费。空荡荡的大厅也没有服务员。茶座四周只有壁灯，光线柔和。符来随意选了一个座位，将啤酒、奶酪和牛肉干等食品放在圆桌上，说，你随意。姑娘打开两罐啤酒，问，就这样喝吗？符来拿起啤酒罐，碰了碰她的啤酒罐，干！

没一会儿，两人就喝干了几罐啤酒。姑娘说，大叔，讲个笑话——助兴嘛？

行，女士优先。符来答。

真是吃人家的嘴短。姑娘呵呵笑道，那俺就先开个头。她说，前不久，一个妇女抱着婴儿去看病，男医生先检查了婴儿，无意中发现女子的事业线很深，十分诱人，忍不住伸手捏了她的咪咪，妇女立即怒目双瞪，医生见状解释说，咪咪挺拔，中看不中用，一定奶水排不出啦，需要通乳，所以宝宝营养不良！妇女骂道，你TMD先问问再摸嘛，我是宝宝的小姨！

姑娘的故事博得符来哈哈大笑。他没想到这个丫头居然讲出这样的笑话。他仔细端详这位姑娘，芳龄30左右，皮肤白皙，大眼睛，双眼皮，小巧的嘴，尖尖的下巴；上穿很普通的文化衫，胸部丰满；下穿牛仔裤，双腿修长，像个江南女子。他喝了一口酒，猜测她也许是做销售之类的业务员。

在他沉思的时候，姑娘打了一个手势，要他讲笑话。符来吃了一块甜焙子，想了想说，我讲个故事，曾经我公司的销售经理带着一名新销售员去过早，过早明白吗？就是吃早餐。这位经理对服务员说，来碗热干面。

服务员应道：好的，一碗热干面。经理又说，还是换一碗凉拌面。服务员：好的，热干面换一碗凉拌面。经理吃完凉拌面后就要走人。服务员让他给钱。他问：给什么钱？服务员：吃凉拌面没给钱。经理说，凉拌面不是拿热干面换的么？服务员：那热干面你也没给钱啊？经理说：热干面我他妈压根就没吃啊，还要我给钱吗？服务员一听，傻了，一时竟答不上来。

姑娘听了说，大哥，这是笑话吗？一点不好笑。

符来闻言呵呵笑道，你别将我的辈分喊乱了，大叔、大哥的瞎叫。我讲的这个故事是不搞笑的，但是挺有教育意义的，销售经理以此例向新业务员现场说法，一个优秀的销售人员，既要学会防守，也要学会攻击，而有效的攻击方法往往是迂回包抄，出其不意。

末了，他问，你觉得我的这个故事怎么样？姑娘想了想：有点意思，官场也可能这么做。

正说着，符来的手机响了，是公司销售老总打来的，他说，老大，深圳 RT 公司有意签订一份 800 万元五金模具合同，需要你亲自出马。符来应道，我在外休假，一个星期后再说。

销售老总问，您现在哪里？符来没有回答他，直接关了手机。

4

直接关了手机。达娃梅朵将自己锁在这片小小的空间。她不想外界来打搅自己。她要切断与外界的任何联系，好消息和坏消息都不想知道。她不想做官，也不想去发财，只想做一个自由自在的小女人，做一个仁慈的女人；不为觐见，不为超度，不为修来生，只为有一片安宁的地方。

她住的地方是古蒙古园最大的蒙古包中的最高层四楼，前头有两棵神奇的大银杏树，后头还有榆树和槐树，形成了一片小树林。两只喜鹊在银杏树上安了家，经常在午后或者黄昏喳喳地歌唱，似乎叫人忘却了所有，抛却了信仰，舍弃了轮回。除了喜鹊，还有布谷，经常自北朝南飞过，布谷布谷地鸣叫，如同佛曰：忘却，忘却。

还有什么度假地方比这更好的呢？这是一块净化心灵的圣地。远方的成吉思汗纪念堂，将一代枭雄的身姿与草原融为一体，每年都有大量的蒙古族同胞来这里朝拜和祭典。

酒店离市中心有一点远，来酒店长住的人并不多，夏天旅游旺季，没有大型会议的时候，每天就餐的人就那么几桌。这里相当安静，远离了城市的喧嚣。

打开房间阳台门，梅朵发现阳台很别致，地板是用木条铺的。阳台上还摆有一盆小铁树。她走到阳台边，发现四周安静依然，大大小小的蒙古包在远方一字排开，这里的蒙古园没有羊群，只有白色的马儿，那是供游人观光，或者供游人玩乐。特别令人惬意的是，凉爽的风儿吹拂她的长发和长裙，她能感觉自己就是一个白花仙子。她想，当年昭君出塞，不过如此罢了。

无意间，她望见一辆黑色的小车驶入园内，停在楼下花台边，车内走出一个瘦个儿男子，远远望去像个康巴汉子，他从车内搬出一个纸箱，抱进了酒店。没有一会，他又走出酒店外，拎着一桶水，打开四个车门，开始清洗座椅，这个男子个子不是很高，稍稍有一点单薄，长得很俊朗。他穿着短袖，右臂上纹有一条龙样的花纹。这与她一样，她的右手腕上纹有一朵洛桑花。

她猜测他的身份，也许是酒店的司机，也许是社会的黑老大。读大学的时候，达娃梅朵曾一度喜欢上影视剧里的黑老大，所以她分别在手腕上和股沟上纹上了洛桑花，手腕上的洛桑花是给朋友看的，股沟上的洛桑花是给心爱的人欣赏的。这么多年来，只有她老公一个男人欣赏过。

有时候她静静反思，一个人一辈子只有一个异性情侣难道不对吗？一定要像某些人一样，拥有一帮情人吗？她信佛，她不愿那么做，否则不能超度，不能修来生。但是她的闺蜜扎娃也信佛，却找了一个宠爱她的情人，经常去酒店与情人过夜。更丑陋的是，却要她向她老公作伪证。一次两次，她违心地答应了。慢慢地，她发现扎娃老公很厚道，很老实，是那种只会上班做事，下班做家务的男人。她觉得良心上会受到谴责，人会受到惩罚，如果她老公也是那种爱玩的男人，她也许会网开一面。所以后来她毫不客气地拒绝了扎娃的伪证请求。

有时候她也会突发奇想，她为什么不能偶遇一次呢？为什么一辈子的美丽就给一个男人呢？如果遇上成吉思汗，如果遇上仓央嘉措，哪怕他再衰老，她也愿意为偶像牺牲一次，把自己白玉一般的身子贡奉给他。想过之后，她会呵呵自嘲：什么女人？！

想起这些事儿，达娃梅朵露出一脸微笑。

她看见楼下的男子已经擦完了车子。他掏出一支烟，用打火机点燃，悠闲地吸了一口，吐出长长的烟雾。他的脖子上挂着一条粗大的黄金项链。手腕戴着一块手表。他剃着板寸头，尽管脸很英俊，但是仍像个传说中的黑老大，怎么看怎么不像好人。这让她格外留意这个男人。

在女人的眼里，男人就是一商品，价格烙在他们的脸上。

此时，太阳西斜，酒店晚餐时间到了。她想，吃完饭后，去园里拍草原晚景。她伸了一个懒腰，露出了迷人的小肚腩。她感觉自己是朵太阳花，太阳下山的时候，就想睡觉。

5

太阳下山的时候，就想睡觉。凌晨 2 点左右，竟没有睡意。最近一段时间来，符来生活规律有点乱。前段时间，他下班后经常陪朋友洗桑拿，洗完澡，就在房间休息睡觉，然后晚上 12 点，再去宵夜，回家后再上网，与美国的客商网络聊天。来到呼市，这个毛病仍然有，没事的时候，吃饭后就睡觉，到了凌晨 2 点，就会醒来。有时候干脆爬起来吸烟、上网。像做贼一样。

这天晚上凌晨 1 点，他又醒了，他忽然想起那个与他一起喝酒的姑娘，不知她叫什么名字，只知道她住在 4108 房间，而他住在 3108 房间；她是单身一人来这，他也是单身一人；她好像是做生意的，他也是经商的。这个世界就是么巧。她的笑容映入他的脑海，她是一个美丽的女人，优雅高贵，像仙子像雪莲，像一个名媛。这让他有了一种冲动，有了非分的想法，他翻身坐起，从床头拿起电话，想直拨4108。当拿起话筒时，他犹豫了，深更半夜给她房间打电话，非奸即盗，居心叵测啊。可是不打，心里似乎又堵得慌。怎么办呢？他决定由上帝决定是否骚扰她。他起床找出一枚收藏的古钱币大治通宝，他向空中抛下，如是正面就给她打电话。

大治通宝在空中转了几个美丽的弧线，嘭地落到房间的地毯上，他定睛一看，果然是正面。这是天意。符来顾不上去捡大治通宝，他走到床头柜，拿起电话，拨通了她的房间号，耳边传来嘟——的铃声，一声，两声，三声……他的心跳在加速，为什么不接呢？难道睡着了吗？每次铃声都像撕裂了他的心。他想，如果再响三下，她不接的话，就放弃他的龌龊行动。当响第三次的时候，她接了电话，传来"喂——"的声音。符来说，您好，您的是4108吗，我的是3108。姑娘应道，还007呢，是大叔吗？这么晚了——还打电话！符来说，对不起，打搅您了，我想问一下，明天，我们一起开车去旅行，行吗？姑娘应道，干吗不早说，俺报了旅行社，去希拉穆仁草原、库布其沙漠和成吉思汗陵。符来说，所以我才急着给你打电话，我一个人开车也不好玩嘛，咱们正好一起结伴出行。姑娘呵呵笑道，俺凭啥相信你？俺娘说了，不要和陌生人说话。符来说，如果你和我一起去旅行，你可以节省很多开销。姑娘应道，俺不差钱好不好？节省什么？不过呢，自己开车去，玩得更尽兴呢，本姑娘——可以考虑。符来说，不用考虑，我是一个讲诚信的男子，明天吃完早餐，就出发，请把你的手机号给我。

姑娘爽快地报出了她的手机号，符来将其存在手机里。

挂了电话，符来感觉自己的行为不可思议。这是他结婚之后，首次去约一个陌生的女子，而且在一个陌生的地方。按照他自己的从商原则，绝不可以有这样的鲁莽行为。这对生意对人生都会留下安全隐患。但是他被她的忽然间的美丽所打动。他也需要这样一位旅伴，哪怕花钱租来都行。

她美丽大方，气质优雅，应该受过良好的教育。他想象着她的事业，想象她的家庭，想象她的婚姻。越想越觉得不对劲。第一次见面，是她主动与他接触，她讲话的语气也有些南腔北调，也不知她是什么地方人。

曾经，他的一个朋友在旅行途中，偶遇一位年轻漂亮的女子，那个女子比他小整整20岁，他没想到她是别人布置的棋子。他没有任何设防，与她快乐相处，乐不思蜀。回家之后，他的丑闻随即被网络披露，让他颜面扫地，被迫引咎辞职。原来那女孩是一家保险公司的业务员，被人所利用。

现实往往很残酷。世间有真善美，就有假恶丑；有快乐的地方，就有悲伤。

6

世间有真善美，就有假恶丑；有快乐的地方，就有悲伤。达娃梅朵在电话里安慰闺蜜扎娃。想开点嘛，做个安分女人，老公还是自家的好。扎娃在电话里哭泣道，我那么一心一意地爱着他，我给他编腰带，我给他织幸运星，甚至打算与他一起私奔。没想到他居然爱着另外一个女人，扎娃说。再冷的水被扔进一块生石灰后，也会爆发出巨大的能量，这种能量注定会融化它的冰霜。呜呜呜，为了女人，他简直疯了。呜呜呜，我不想活了，我要死给他看。达娃梅朵劝道，汝以为——汝是他的谁？汝死了就像——死只羊羔一样。随后，她挖苦道，那汝这辈子——怕是煮不开他的水了，去找生石灰也没用。

挂了电话，她想起扎娃的情人，那是个已婚的"高帅富"，他的父亲经营一座矿山，生产铬、硼、锡、锑这些怪金属，效益特好。这位"高帅富"经常开着他的大奔越野车，穿梭走那条大街上，穿过挂满经幡的玛尼堆，扬起一路灰尘。常常让路人避让不及。其实他首先想追的是她，而非扎娃，他说他是 CaO，再冷的水也会沸腾。她不管他是几氧化钙，她毫不客气地拒绝了他。他转而便去追她闺蜜扎娃。男人就是个食色动物，耐不住寂寞，亦经不住诱惑。况且这样一个朝三暮四的男人，怎么可能会吊死在一棵树上呢？他注定会拜倒在很多女人的裙下。

扎娃的伤心让她破天荒有了一种不可告人的愉悦。似乎是自己想要知道的结局——婚外情是一枚罪恶的种子；也似乎是自己不愿看到的结局——这个世上爱情越来越少了，动物的本领越来越多了。

她想起那个瘦个男人。他外表俊朗外加点冷酷忧郁，那健硕的身材，那执着的眼神，令他更具贵族般的男性魅力。而他的皮肤虽然有点黑，看上去也是那么紧致无瑕，令他的脸庞看上去更加吸引女性。她想做一个恶作剧，去调戏这个男人。

盘腿坐在床上，她掏出一元硬币，双掌合一，将硬币夹在手心，念了一番佛经。然后将硬币抛向空中，硬币在空中画了一个闪光的弧线，落在床单上，她伸出右手立马盖住硬币，再慢慢翻开手掌，发现硬币正面朝上。这正是她想要的一面，她情不自禁地"耶"了一声。

她从包里找出"拥抱我"香水，搽在手腕、耳根和脖子间，她喜欢美国产的这种价廉物美的香水，一瓶四五十美金，可以用两三年。这种香水是心灵与感觉的结合，香气乍浓犹淡，若即若离又细水长流。是鸢尾香粉和叶桃相佐的芬芳玫瑰世界。其创始人乃美国女子，她定义为"拥抱我的芳香"，值得珍爱的具有诗意的香水。与"拥抱我"相比，她亦钟情于欧洲产的紫蓝色的 LaPrairie 护肤品，那是名媛淑女挚爱的品牌。

一直以来，达娃梅朵不崇洋媚外，可是使用护肤品，则倾向于洋品牌，自从用上 LaPrairie 后，它的芬芳更能让她痴迷，就像男女间的吸引一样。

这时，透过木质阳台，她发现那个瘦个儿男子走出酒店，他像是晚餐后出去散步。他脚穿人字拖，下穿沙滩裤，上穿花格子短袖衫，着装休闲随意。

嘿嘿，女人是香水制造的白骨精，那些男人不死才怪。她一边窃笑一边脱掉休闲装，换上蒙古袍，戴上蒙古帽，打扮成蒙古族姑娘。对着镜子，她发现自己是一个十分漂亮的蒙古族女孩了，当年昭君出塞，嫁与呼韩邪单于，汉元帝见昭君美冠汉宫，不禁大为吃惊。她想，此时自己如果让汉元帝见了，一样会让皇帝大为惊讶，甚至悔恨终生。嘿嘿，吾是皇后，倾国倾城的皇后。

7

倾国倾城的皇后，也没有你们"80后""90后"女孩漂亮。车进京藏高速，符来试图与她套套近乎：你看，人们越来越富裕了，城里的女孩也越来越美了，个个像葵花。他的话让坐在副驾的姑娘紧锁了眉头，有这么夸人的吗？她没有理会他的话，甚至连眼睛都没有瞅他一眼，而是远眺车子右边的光秃秃的山峦。因为岩石，因为干旱，那些山峦很难生长树木，只有少量的矮矮的沙竹之类的耐旱植物异常顽强的生长那里。而山下盆地，人们实行人工育林，种植了沙柳、沙棘、油松、旱柳、小叶杨。一大片庄稼地里，被勤劳的农民种上了玉米等作物，郁郁葱葱，给干旱的地区平添了几分生机。

这条高速路是呼市通往鄂尔多斯方向。符来决定自驾游首站景点为响沙湾，游览库布其沙漠，感受人动声移、人停声止的神奇响沙。

感觉就像做梦一样。在他乡偶遇。他不知她叫什么。她也不知他叫什么。他们就临时搭配，黑白配，他们既不像驴友，也不像情侣，显得不伦不类。他们只是两个强大的个体，行走在无人的草原里。

你想吸烟吗？符来问。其实，他很想点一支烟提神，但怕她反感。姑娘侧脸瞄他一眼，郑重地说，车内——不许——吸烟。末了，她说，如果想提神，放首劲曲啦。符来不得不佩服身旁这个女子的洞察力。他耸耸肩道，这车是租来的，车载音乐不能用。姑娘闻言脸上露出了不屑的笑容。符来见状，说，我自己来唱好不好？你听好了，一只小蜜蜂呀，飞到花丛中呀，飞呀，飞呀。二只小耗子呀，跑到粮仓里呀，吃呀，吃呀。三只小花猫呀，去抓小耗子呀，追呀，追呀。四只小花狗呀，去找小花猫呀，玩呀，玩呀……

唱着唱着，姑娘终于忍不住捂嘴咯咯地笑了：大叔，你太可爱了。

当车子驶到响沙湾，已近中午。两人随着一个旅行团，在景区一边喝奶茶，吃奶酪，一边欣赏了鄂尔多斯婚礼表演。看完表演，她又想穿上蒙古新娘的服装，让符来拍照。拍过之后，仍觉不够尽兴，居然要他扮蒙古新郎，她的提议遭到他的抵制，他说，我不想弹劾你，你适可而止。姑娘兴致很高，嬉笑道，弹劾？用这么新鲜不靠谱的词，本姑娘抗议。符来应道，抗议无效。姑娘叹口气道，俺求配，求配，求配！符来没听懂她的话。她解释道，老土，求配对。符来说，等会去成吉思汗陵前求配吧，多烧炷香，给那里燃了800年的宫灯多加酥油。姑娘一听不高兴了：大哥，现在求你送俺回呼市。

看她不高兴，符来只好依从她的意见，穿上蒙古新郎服。穿上蒙古袍，符来忽然觉得自己就是一代天骄成吉思汗。姑娘看了说，大叔，穿上蒙古袍，才像个男人呢。随后，她不知从哪里弄来一个假八字胡，贴到他的嘴上。姑娘端详片刻，呵呵笑道，新郎没你这么老，倒像帅气的单于，十足的蒙古汉子，来吧，俺王昭君与单于合影留念。

她的话让符来哈哈大笑起来，他自诩道，40岁男人一枝花，有那么老吗？

到了下午，去沙漠玩的时候，基本成了姑娘一个人的表演，她先骑骆驼，再驾驶沙滩摩托，又开越野汽车，把响沙湾折腾了一通。符来则一直试图谛听人动声移、人停声止的响沙声，感觉效果并不明显，或者响沙并不像广告吹嘘的那样神乎其神。他干脆睡在沙窝里，不在乎那炽热的阳光，他把脸贴在滚烫的沙子上，也听不见神奇的沙响。

在他有些失望的时候，姑娘回到他的身边，她笑道，笨二代，方法不对，怎么可能听到沙响？她的话让他直翻白眼，他马上回敬道，没听到沙响，却听见了鬼叫，嘿嘿，咱们还是赶紧回鄂尔多斯城，免得让鬼缠身。她呵呵一笑道，切，真是笨二代。

他们驱车赶到鄂尔多斯，已是傍晚7点了。饭后下榻酒店时，姑娘惊呼道，糟了，身份证还在呼市的古蒙古园酒店。酒店的服务员说，那只能开一个房间。符来就开了一个标间。

两人坐电梯上楼时，姑娘说，本姑娘有言在先，不准偷窥——不准说梦话——不准打呼噜。符来说，你这孩子毛病这么多。她闻言扬起了头。

进入房间，符来发现房间很宽畅，电脑电视冰柜保险柜一应俱全。他将姑娘安顿好，说，今晚，我们可以共度良宵了？嘿嘿，对了，姑娘你叫什么名字呢？姑娘应道，切，想得美，本姑娘姓王名嫱，相信大叔是个好男人，有担当的男人，不准——欺侮——小女子。符来闻言哈哈大笑：与你在一起真的好开心，谢谢你，王小姐，今天的旅程到此为止。姑娘问，什么意思？符来说，我去住街对面的酒店，为了不偷窥不说梦话不打呼噜。她听了呵呵笑道，大叔的脾气挺大嘛。

临出门时，王嫱掏出一个随身听，塞到他的手里说，这里面——下载有网络歌手——马吟吟的专辑，声音好听，能消除疲劳，还可以——学唱几首——情歌，别老唱那首老掉牙的"一只蜜蜂"。符来接过她的随身听，一股温暖涌上了心头。

8

一股温暖涌上了心头，她感觉脸庞泛起了红晕。她有些冒失地从厨师手里接过那碗面条。这碗面条是厨师大叔现场煮给那个瘦个儿男子的。因为她的到来，他非常客气地谦让了一次。

他说，女士优先哪，他甚至没去看她的脸，也没有认出她是谁，纯是出于礼仪。

酒店早上都是吃自助餐，达娃梅朵习惯了这种就餐方式。虽然菜品有限，但是完全满足了她的饮食需要。对于早餐而言，她只需要一碗面条，一个卤蛋，一碗奶茶即可。如果有内蒙古特产稍美，再加一两个稍美也不错。

她选了一个靠近角落的位置坐下，率先慢条斯理地吃起来。没一会，他一人坐到她前头的餐桌上，他要了一碗面，还盛了炒粉、腌菜，以及甜焙子、奶酪，再倒了一杯柠檬饮料。他不爱喝奶茶。说明他不是内蒙古人。但是他又要了甜焙子和奶酪，说明他很想了解或者习惯内蒙古的饮食。他似乎具有康巴人的血统，这让她产生一种好感。从小到大，她没有真正崇拜过汉人，哪怕是当红影视明星，她只是一般喜欢罢了。不是说汉人不好，她生活的环境是藏区，她接受的熏陶是藏传佛经，她信奉仁慈和修来生，她总是带着一颗感恩的心去工作和生活。她觉得康巴男子像藏玉一样，质朴而纯粹。

尽管她现在工作的局里都说汉语，写汉字。但是她从骨子里喜欢祖先的藏文。来内蒙古之前，她将 7 岁的儿子专门送到老家的乡里，让他学讲藏话，学写藏文。作为一个藏民的后代，不能不懂藏语。她希望他长大后成为真正的康巴汉子，威震一方。

瘦个儿男子先吃甜焙子和奶酪，然后再吃炒粉和面条。最后喝饮料。他将自己盛的食品吃得干干净净，一片腌菜都未留。从他的饮食习惯，达娃梅朵判定他是个能够吃苦的人。因为他首先选择的是他不爱吃的东西。其次，他是穷苦人家的孩子，他懂得爱惜粮食。

吃完饭后，那个男子掏出一支烟，准确地说，是一支雪茄，点燃，旁若无人地吸起来。

这种雪茄很香，老远就能闻到淡淡的香味。她喜欢这种特别的香味，就像 LaPrairie 的芬芳，与众不同。这是康巴男子应该抽的烟——具有贵族品质的消费品。

来餐厅就餐的人走了又来，来了又走。只有她和他一直坐在两个不同的位置上。他悠哉地享受他的雪茄。她悠哉地分享他的享受。他们是一个细胞构成的草履虫，雌雄同体，思想单一，过着最原始的生活。

如果他是她的局长呢？他肯定不会亲近她，她也许会爱慕他。爱慕他的原因，他有一种酷酷的味道。更重要的是不像好色的男人。一个把爱挂在嘴边的男人，不是一个懂爱的男人；一个把色放在眼里的男人，往往不是一个懂情调的男人。

他吸完烟，穿着人字拖，噼啪噼啪地走回房间。

达娃梅朵也跟着他的脚步，噔噔噔地走出餐厅。她远远地望见他走进了那个房间。她马上回到自己的房间，用酒店的电话打过去，那个男子随即接了电话，她尽量用北京的普通话说，您好先生，打搅您一会儿，我是酒店旅行公司的委托人，想询问一下，您的出行时间定好了吗？你需要旅行社的服务吗？对方答，我还没有完全想好，暂时不需要旅行社。她说，难道您不出去旅行吗？对方应道，我今天上午去昭君墓，下午去大昭寺，都在市区，很方便的。她说，好的，如果需要我们服务，可以联系，祝您旅途愉快！

哈哈，吾是个不错的间谍！放下话筒。达娃梅朵惊呼起来，自己不费吹灰之力，就弄清了对方的行踪。她不知自己怎么会变成这样，这是无聊的表现吗？还是一种恶作剧的行为？她不明白自己怎么忽然关注一个陌生男子，是好奇心驱之，抑或怀有好感？他不是高富帅，他只是个老男人，自己可是贵族的后裔，却做起这种龌龊的勾当。

管他呢，出来开心最重要。她甚至放下淑女的"包装盒"，她摆动酥胸，扭动丰臀；她脱掉裙子，只穿黑色透明的内衣，她感觉自己的胴体迷人。没有男人的环境里，她要妖艳，她要风骚。她想起了电影《女伯爵》，女伯爵伊丽莎白向女巫求助驻颜之法，以挽回爱情。而传说中处女的鲜血有驻颜奇效，伊丽莎白遂秘密地谋杀了 650 名处女，用她们的鲜血来沐浴。这个嗜血、残忍、疯狂、自私、邪恶的寡妇，在现实生活中也常见。有的女人虽未杀人，但是怨妇的痴狂让世界战栗。

她觉得自己成了女伯爵，她要谋杀男人的眼球，首个目标就是那瘦个男子。她将长发织成辫子，然后盘在头上。她换上一件网购来的连衣超短裙，这样的裙子在家里穿得少。大 V 领的优雅与时尚的碎花相映成影，飘逸飞舞的裙摆，在膝盖之上散发出淡淡的女人味；复古的碎花配合腰部褶皱设计，起到非常修身显瘦的效果。然后，她用碎花的丝巾束裹在白皙的颈间，打上一个小小的蝴蝶结——这个世界的美丽都在她的指间凝固了。

9

这个世界的美丽都在她的指间凝固了。符来有意无意地端详这个名叫王嫱的女子的手指。发现她的手指修长，如同她秀美的脸庞一样充满诱惑，她的双手很灵巧，能把红珠子、绿珠子与红绳缠在手腕上，打成不同的结，变成不同风格的手链。就像女士编织毛衣一样，编织不同的花样。

这似乎是一门艺术，她乐此不疲地鼓捣着。

　　看见符来对此好奇，她举起红珠子和绿珠子问，知道这是什么吗？符来说，红珠子手链。她说，什么红珠子手链，老土，红的是红珊瑚，绿的是绿松石，绳呢，却是幸运绳。然后，她又伸出右手，让他看她手腕上的手链，那个手链是黑玛瑙珠子，中间吊着一只银质小鱼。她问，这个手链叫什么名字？符来不假思索地说，幸运鱼手链。她闻言沉下脸道，切，一点不靠谱，发挥男人的想象力，再猜。他说，我大老爷们儿从没在意这些小玩意，我生产的是钢铁产品。王嫱应道，即使生产——几百吨的——庞然大物，也要了解女人——需要的小物品嘛。符来说，对不起，我给我老婆买的礼物都是黄金和珠宝，这些不值钱的东西很少留意。王嫱说，真扫兴，暴发户，这是条孤独鱼手链。符来一听，脸上露出了敦厚的笑容，他问，为什么叫这个名？王嫱说，它明明是一条孤独鱼嘛，这么笨的人。符来一听，嘿嘿一笑道，有意思。

　　就这样，符来一边与她笑谈，一边驾车驶进了希拉穆仁草原。

　　车到草原，已是黄昏。黄昏的草原美不胜收。夕阳似乎用粗糙的线条雕塑出彪悍的骑士，整个原野渐渐地涂抹上青铜般的色彩。而这正是水肥草美的季节，草原绽放出它的丰腴与茂盛，这里没有山峦起伏，没有沟壑纵横，唯有缓缓的坡度在无限地逶迤、延伸。草原以它的坦荡如砥，表现出一种俊朗、一种柔美、一种宽容，一种豁达。而西沉的太阳，正以草原为背景，将黄昏演绎成一场恢宏的谢幕。一大块白云舒缓飘浮过去，将疲倦的落日拥入怀中。云团四周镶上了灿烂的金边，五彩的光线从间隙中极有层次地喷射而出，天空显得斑斓庄严起来。这一刻好像是从野外飘来的时光，浸染着日月光辉，弥漫着成吉思汗的战旗与马匹的气息。那一排白色的毡包，点缀在浩瀚的绿色之中，让人流连忘返。

　　也许，这是草原最生动的时刻；也许，这是草原最壮美的场景；也许，这是草原最平常的风景。但都不重要，重要的是，符来的心情开朗起来，他忘记了烦恼，他想起王骆宾的情歌。他愿抛弃财产，来这里牧羊。

　　这里真美呢。符来说。

　　这里好美嘛。王嫱说。

他们话音刚落，就迎来了热情好客草原牧民，邀请他们入室就餐。他俩就近挑选了一家整洁的蒙古包，里面床铺的被子都是崭新的。他和她在外洗了手，点了一桌内蒙古美食，西边已是彩霞满天。晚霞余晖下的草原，氤氲着一种肃穆，流溢着一种神圣的光彩。

符来坐下来，捧上服务员倒上的热腾腾的奶茶，问，王嫱，你现在最想去旅游的地方是哪里？她向他咧嘴一笑，三沙市看大海，想带俺去吗？符来说，太遥远，带不了。王嫱说，大叔，咱们真的——有代沟，您老人家赚那么多钱干吗呢？符来嘿嘿一笑道，我只是个小公司的老板呢。王嫱说，切！俺给你讲个故事，听不听？

符来若有所思地点点头。王嫱说，有两个老板吃饭，桌上放着一碗芥末。就是那种具有催泪性的强烈刺激性辣味的调料。其中一个认为是甜的，舀了满满一勺放进嘴里，立即泪如泉涌。不过他紧闭嘴巴没说一句话。另一个老板问怎么了。他说：想我爹了，10年前的今天他上了吊。那个老板一边安慰他，一边舀了满满一勺放进嘴里，顿时泪如雨下。第一位便佯装没事地问：你怎么也哭了？答曰：你爹死得好惨啊。

嘿嘿，王嫱笑着问，这个故事说明什么问题？符来说，愿闻其详。王嫱瘪嘴道，当老板的都没人性，都很虚伪！

符来听罢，哈哈大笑道，你瘪嘴的样子，比笑容更可爱！

这时，服务员端来内蒙古的奶食品，有酸奶子、炒米、酥油、奶皮子、奶豆腐、奶酪、油炸散子、甜焙子，还有马奶酒、手扒肉、烧牛蹄筋、炸羊排、扒驼掌，上了满满的一桌。王嫱见了说，奢侈，这不是浪费吗？符来解释道，每到一个地方，要尝遍美食，你刚才说了，赚那么多的钱干吗呢？他一边说一边用木碗舀了碗酸奶子，大大地喝了口，天哪，酸掉牙了！王嫱一见，嘻嘻地笑道，夸张，你也不能像老板吃芥末一样，虚伪一下。符来龇牙咧嘴道，不是每个老板都会虚伪的。王嫱见了说，大叔，俺教你吃，如果你怕酸呢，旁边有白糖，多兑点白糖，就不酸了。他就往碗里放了几勺白糖，再小喝一口，嗯，真的不太酸了。王嫱说，这里的奶酪和奶皮子，还可以蘸着酥油吃，味道很好的。这个炒米呢，大多是放在奶茶里，等它泡软了，就可以吃，其他的食品，不用本姑娘教。

见她说得很内行，符来问，王嫱你是哪里人？似乎对这里很熟悉。姑娘答道，想查户口吗？离呼市不算很远。符来自我介绍说，我叫符来，符号的符，来去匆匆的来，今年 40 岁，企业法人。王嫱应道，俺没问你，就不要随便汇报啦。符来问，今晚我们在哪里投宿呢？她应道，还能去哪里，蒙古包里睡罢。符来问，我俩在这一起睡？她反问道，难道还想叫内蒙古的美女来陪睡吗？符来说，我很期待，在这星光灿烂的夜晚，与这么美丽的女子共处一室。姑娘纠正道，是同床不共枕。

她说这话的时候，一脸羞赧，尖尖的下巴变得异常美丽而动人。他有了一种更加强烈的征服她的欲望，他大大地喝了一口马奶酒。

10

他大大地喝了一口马奶酒。她望见他的喉结咕噜咕噜地滚动，这个细节让他更像男人。

他不是很帅，但是有型。他不一定很有文化，但一定很有钱。唯独这个认识多少让她有一些失望。因为她的家族就很富有，所以喜欢有文化有品位的人，而不喜欢有钱的男人。况且有钱的男人很容易变坏。像闺蜜扎娃的情人，喜欢见异思迁，简直就像一只臭苍蝇。

她甚至产一种奇怪的想法，希望能有一个巫婆让他变成穷光蛋，看他还抽雪茄吗？看他还喝马奶酒吗？或者有个小偷盗走他的钱，或者有个强盗抢走他身上全部值钱的东西。看他怎么生存。达娃梅朵为自己这种莫名其妙的想法而羞愧不已。平常她心地善良，连一只蚂蚁都不会踩的人，居然产生这么恶毒的念头。难道是自己爱上了他吗？切，一点不靠谱的事啊。她想起仓央嘉措的诗：我问佛：如果遇到了可以爱的人，却又怕不能把握怎么办？佛曰：留人间多少爱，迎浮世千重变；和有情人，做快乐事，别问是劫是缘。

别问是劫是缘？这不是误人子弟吗？她想。可是佛分明这样说的。自己曾经奢望过惊天动地的爱情，可是结婚之后，她就切断了浪漫的奢望。

整个上午，她眼睛里藏有隐形眼镜，外面却戴着一副大墨镜，跟随他游览了"青冢"，感受一位献身于中华民族友好事业的伟大女性的坎坷人生，感受沉鱼落雁之美的古代四大美女之一昭君的出塞故事。她发现他有点冷血，不露声色，参观所有景物，他没有拍一张照片留念，他习惯一手拿着矿泉水瓶，一手夹着一根雪茄，独来独往。因为夏日的太阳凶残，她没有力气登上墓顶，她目送他爬上墓顶的凉亭。他在墓顶足足待了半个小时，很多游客都是爬上去很快就返回来，一般不会超过15分钟。难道他想盗墓不成？她觉得很疑惑。

事实上他坐在凉亭接电话。

他从墓顶下来的时候，达娃梅朵避开了他。他走进景区的一间茶座，他要了马奶酒和奶酪。她也要了马奶酒和奶酪，另加一碗奶茶和炒米。她将炒米泡在奶茶里。然后喝马奶酒，吃奶酪。茶座休息的人不多，只有几对情侣和一群老年人。

他很惬意地喝着马奶酒。旁若无人。

她看见他掏出手机，接了电话，先是轻声地说了几句，接着又沉默一会，最后开始嚷嚷起来。声音不算很大，但是她能听见他在发火。他嚷了一阵，又狠狠地喝了一口马奶酒，然后闭上眼睛，听手机的声音。这个过程有一点漫长，他一直在静静地听，偶尔嗯了一声。听过之后，他再嚷了几句，便挂了手机。

打电话他有一点粗鲁与霸气。她臆测他的职业，自主创业的个体户，出身不会高贵。

他似乎习惯了内蒙古的饮食，又点了几种奶制品，他也许不打算回酒店吃中餐了，就地解决饥饿问题。

这时，达娃梅朵的手机也响了，她一看，是第一副局长的来电，她接了电话，礼貌地问，局长您好，找吾有事？第一副局长说，梅朵，在内蒙古玩得开心吗？她说，嗯。他问，什么时候可以上班？她答，吾请了一个月假呢。第一副局长叹口气说，在这关键的时候，你怎么能休息这么久？达娃梅朵说，对于吾来说，不关键。第一副局长说，地委组织部要选拔一批年轻的女县级干部，我是力推你，我认为你是局里唯一的合适人选，也是整个地区不可多得的作风过硬的女干部。达娃梅朵说，局长，吾不想当干部，吾没有当官的欲望嘛。

第一副局长说，人在做，天在看。正因为你不想当干部，组织上才认为你是个好苗子。那些整天想往上爬的人，是坚决不能提拔的。我可以明明白白地告诉你，我在这个局里当不了一把手，却一定能调到其他局里当一把手！我有这个能力，我认为自己是组织上信得过的干部！我说这话的意思就是，你听我的没有错，我是本着为党培养年轻优秀干部的原则，郑重地告诉你！希望你认真想想我的话！

领导的话既吹捧自己，又在表扬她。不管怎样，让达娃梅朵觉得很有人情味。人在做，天在看。她相信这句话。其实，第一副局长还真是个好领导，至今没抽她一支烟。

接完电话，她看见那个男人已经吃完了食品。他掏出雪茄，点燃后，才吸了两口，竟然遭到服务员的制止，他向服务员解释了几句，很绅士地把烟熄灭了。他没有扔掉烟，他拿着雪茄，走出了房子。然后站在亮晃晃的太阳下，一边点烟，一边往景区的出口走去。

达娃梅朵这时发现，跟随他出来行走，居然有一种来自内心的安全感，也感觉不到孤独。尽管他们还远不相识。她现在有一丝领悟：为什么那么多漂亮女生喜欢黑老大。她想起从前看过的美国电影《致命伴旅》，讲述了男主角弗兰克为排遣失恋感伤而独自出游，在开往威尼斯的火车上，获得优雅迷人的女主角伊利斯的垂青，两人随后入住威尼斯豪华酒店的套房，弗兰克于是被卷入一系列惊险事件。

她想，吾是伊利斯，他是弗兰克吗？NO，NO，才不想有什么惊险的事情发生呢。

11

才不想有什么惊险的事情发生呢。王嫱拒绝了符来的提议。她说，俺说这话的意思包含两个方面，一方面，晚上在这里——像集市一样的地方

——睡蒙古包——不安全；另一方面，孤男寡女——同睡一床，结果可想而知嘛。符来闻到了她身上特有的香水味。他说，那只有这样，我再订一个蒙古包，每人睡一个。如果没有多余空闲的蒙古包呢，只有让你加入其他旅行团队里，与他们睡在一起。王嫱紧锁了眉头，她思考了半天说，本姑娘一个人睡，更怕，而与其他陌生人——睡在一起，更不安稳。好嘛好嘛，思前想后，还是咱们一起睡了。

符来听了呵呵笑道，我想告诉你，很多美女都盼望着有一天能在这里与我同住一晚。王嫱应道，切，臭美。符来说，有我保护你，走到天涯也不怕。王嫱嘿嘿笑道，要不是看你像个黑老大，谁会答应你一起自助游。符来应道，为什么不把我想好一点呢？难道我外表看起来真不像好人吗？王嫱说，就不像好人。

他反锁上蒙古包的门。这个小小的世界静得只能听到包内空调的嗡嗡声响。他们对视了一阵，他说，我好像在哪里见过你。她坐在床沿上，向他浅浅一笑，没有回话。符来于是帮她铺好了被子，摆好枕头，示意他们头朝着头睡在一起，两人的脚都对着门口的方向。王嫱见了，将两人的枕头各自放到门口边，脚对着脚。

听说草原的狼经常晚上会来蒙古包叩门的。符来说，你这样睡，会吓着你。王嫱应道，说的有道理，没有野狼，如有色狼也很可怕。那么，本姑娘睡在里头，大叔在外——保护俺。

她将她被子和枕头放在最里面，将符来的被子枕头并排放在外头说，还是同床共枕睡嘛，但你要老实一点，不能碰本姑娘的身子。

王嫱说罢，她摘下红框近视眼镜，没有脱衣服，和衣睡到了里头。符来说，王小姐，我还想抽支雪茄呢。她应道，请叫名字好不好？不准抽烟，是男人就要控制自己。符来坐到她的身边说，我身边的女人没有一个这样命令过我！王嫱说，那你身边的美女无法与俺相媲美，本姑娘身上流淌的是贵族的血液！

她的话激起了他的斗志，他靠近她说，我出身平民，但是一向喜欢征服贵族，特别是有香水味的女贵族。王嫱切了一声，说，俺是虎落平地好不好？符来说，我是虎入平川。说着，他的唇挨上了她的脸，她没有拒绝,他慢慢移动他的嘴,直至她的嘴角。他拥抱了她。她没有任何反应。许久,她挣脱了他不断移动的手。她说,俺是慢热型,请给一点发热时间嘛。

对不起,一时冲动。符来说,其实我有老婆,老婆打理一家公司,自己也管一家企业。平常各管各的公司。

你说了一句多余的话,俺不管你的家事,也不管你的公事,咱们只是萍水相逢的游客。王嫱应道。她仰着身子平躺在床上继续说,大叔讲一个笑话啦。

好啊,就讲讲手机报的新闻。符来说。前不久,天气预报说北京又有暴雨,市民埋怨北京广渠门桥那边老是被淹,高层领导对此很重视,要求相关领导亲临一线抢险,闻讯,CCTV 的转播车也开来了,排水车和警车也到了,大量沙袋都准备就绪。甚至有几个领导裤子也脱了,都穿着裤衩,准备表演抢险,结果呢,等了半天,没下一滴雨。领导见状自我解嘲地说,老天爷也是怕我们干部呢。附近居民听了说,天下有谁不怕你们干部呢,除非是傻儿子。

呵呵,这个不好笑。王嫱说,再讲一个。

符来说,网友提问:请用一句话把中国四大名著连起来,你怎么讲?王嫱答,母夜叉孙二娘——经过女儿国——发现林妹妹与大乔小乔——在搞同性恋。符来说,这个不给力。强人回帖,宝哥哥的金箍棒让金莲乐不思蜀啊。王嫱说,讨厌!GO!GO!符来问,什么 GO?王嫱嘻嘻笑道,大叔不懂吧?GO 就是 Getout 的缩写,意思到此为止,这个话题打住。符来呵呵笑道,你因为我真不懂英文?我生产的模具大多数销给老美呢,想让我滚啊。她一听又嘻嘻笑道,英语有多种意思啦。大叔别像小女人,请讲一讲——你经商的故事,或者包二奶的都行。

真正懂得创业艰辛的人是不会包二奶的。符来说,我到现在为止,我的一家公司的资产上亿了,但在生活上一直十分简朴,在家吃饭时,我要求我儿子,哪怕碗里还有一粒米,都要吃进肚里去。我们全家去餐馆吃饭,吃不完的菜,我都要打包带回家。这不是我小气,我不喜欢浪费粮食,更重要的是要教育好孩子……

听了符来的话，王嫱从床上爬起来，大叔真是个好男人，咱们还是头朝着头睡，俺不能害了你。符来问，为什么？王嫱应道，你看过电影《致命伴旅》吗？符来摇摇头。她说，伴旅是指伙伴的伴，旅是旅行的旅，明白否？与那电影一样，当心你第二天——身首异处，命赴黄泉。

哈哈，人总是有两面的，好的一面和坏的一面；过去的一面和将来的一面。我们必须容忍和接受我们爱的人的这些不同的方面。符来随口应道。

他的话让她刮目相看。她抱起他的枕头，摆到另一头。她说，怪不得大叔能成为亿万富翁，原来有先知先觉的天分。符来站在床边笑而不答。她从他眼前晃过的时候，忽然转过身来，亲了一下他的脸，说，大叔，晚安。他欲伸出手搂住她的水蛇腰，她侧身一闪，就滚到了床上。他缓缓收回手，抓了抓头发，然后关上电灯，轻轻地睡到了床的另一头。他听见了草原的蛙鸣声，像天籁之音。他打开蒙古包的小窗布，发现一轮上弦月像成吉思汗的长弓，悄然挂在天空，俯视辽阔的草原。

12

俯视辽阔的草原，那是一片碧绿的青纱帐，郁郁葱葱的草本植物在阳光下疯长。那辽阔清秀的草原，在零星散落的蒙古包映衬下，显得那么古朴而亲切；而脚下的草地上，盛开着的各色各样的野花，与青草连成一片，沐浴着阳光，散发着浓郁的芳香，放眼望去，野花如同色彩缤纷的云雾，飘落在绿色的草原之上。

这是传说中的希拉穆仁草原，它离呼市只有90公里。他们是拼团来到这里游玩的。达娃梅朵爬到草原的最高处，她采摘了一束红黄相间的形如葵花的野花，去询问一位牧民，牧民大叔告诉她，这叫太阳花，太阳升起的时候，它开得最艳。她相信这叫太阳花。既然有太阳花，就一定有月亮花。她抬头寻找洁白如月的月亮花，但是没有，只有细细的黄色、白色的小花。那肯定不是月亮花，月亮花定然是最美的最纯洁的花朵。

　　远方忽然传来粗犷的男人歌声，蓝蓝的天上白云飘，白云下面马儿跑，挥动鞭儿响四方，百鸟齐飞翔。要是有人来问我，这是什么地方？我就骄傲地告诉他，这是我们的家乡……

　　唱歌的是穿着蒙古袍的大叔，他骑着一匹高大的白马，引吭高歌。他也许是牧民，也许是摔跤手，也许是游客。他的歌声颇具穿透力，传遍了草原每一个角落。他的歌声像寺庙的钟声，让她顶礼膜拜。

　　达娃梅朵穿着蒙古袍，没戴蒙古帽，而是缠着头巾，她将脸盘包裹起来，不想让草原的太阳晒。她又戴着大墨镜，整个脸只能看到她的高高的鼻子和嘴唇。没有人能认出她是谁。

　　她远远地望见那个瘦个男人，开始挑选马匹。她也在附近马群里挑选骏马，她看中了一匹黑骏马，这匹马与众不同，高大英俊，毛色油光水流，租马的妇女说，这是群马之王，价格比普通的马匹贵一倍。

　　达娃梅朵是在马背上长大的，她喜欢骑马。她轻轻一跃，就骑上了马。黑骏马认生，不肯走动，她接过马鞭，狠狠地抽了一鞭，黑骏马嗷地高叫一声，开始奔跑起来。她骑着马来回跑了一圈，发现那个瘦个男子也骑上了一匹白马，开始慢慢地走在草原上。他不会骑马，他的坐姿显得很僵硬。

　　她骑马从他身旁跃过，很快将他甩在了身后。黑骏马好像与她有了心灵相通，它带着她沿着草原东边奔跑，一直跑到一条小河边。她望到一湾荡漾着粼粼波澜的河水。正午的太阳映照着它，让人感觉到河水是那样的轻柔与委婉，小河像一位泛着红晕、羞涩的少女，也像神女的化身，或者千年小妖，为了爱情从古守候至今。

　　走到小河边，她感受到了小河的灵性，它似乎在轻轻地吟唱：草原上的情哥哥心比天辽阔，跨上心爱的白马把天涯踏破。一缕缕的炊烟为你在升起，你可知道我在毡房把夕阳看落，我是你的情妹妹是恋着你的河，日日夜夜从你身边悄悄地流过……

　　正当她沉思的时候，那个瘦个子男人也骑着白马跑到这里来。他在与她相隔10多米的地方停下来，大声地问，小妹，这条小河叫什么名字？她不想扫他的兴，信口说，月——亮——河——！他听了点头道，多好听的名字！没想到希拉穆仁草原的草美、人美，河也美！他说完，看见了她的黑骏马，赞叹道，多好的一匹骏马，拥有这样名贵的马儿，一定是草原的公主了？达娃梅朵故意点点头。他说，我愿抛弃财产，跟你去放羊，好吗？达娃梅朵觉得好笑，嘴里故意说，那吾老公会把汝摔成肉酱，当作酥油吞进肚里。他一听呵呵笑起来，然后调转马头，往回跑去。

目送他渐渐远去，她心里忽然涌出一丝莫名的快感，吾像草原的公主吗？嘿嘿，宁愿相信世上有鬼，也不要相信男人的那张嘴。

此时此刻，鹜鸟远飞，天空开始变得高远而湛蓝。大地之上，忽然多了一份生机，一大群花牛向河边缓缓走来。

13

一大群花牛向河边缓缓走来，它们望见清澈的河水，一个一个摇头晃脑地加快了脚步。夏日的太阳炙烤着大地，令人喘不过气来。忽然间，天空飘来了一片黑色的云团，它像一把锋利的剑，切割了太阳的光芒。没一会，草原狂风大作，大雨哗哗倾倒，接着，电闪雷鸣，有些惊天动地。风声、雨声、雷声，席卷了整个草原。

草原的雨真是说来就来，让符来猝不及防。王嬙见状说，大叔，俺怕打雷，请停车好不好？休息一会。符来听了，将车停在草原边，熄了火说，我们正好看看草原的雨景。她问，是第一次来草原吗？他嗯了一声。她又问，咱们这样——算不算艳遇？他又嗯了一声。她说，那本姑娘吃亏了，莫名其妙让一个陌生男人艳遇了一次！符来说，人在做，天在看。别斤斤计较。她闻言一怔：大叔也信佛吗？符来说，我没有宗教信仰，如果遇上信佛的人，我也信。王嬙嘿嘿一笑道，俺终于发现大叔的可爱之处。符来说，我是坏人，没有可爱的地方。她切了一声，问，有雨伞吗？我想打着赤脚去草原走走。符来答，有伞，你请便。王嬙说，那要你打伞啊。符来应道，我怕雷电。王嬙说，生死由命，不用怕。符来说，你刚才不是怕死吗？叫我停车的。王嬙瞪了他一眼：讨厌。

这阵雨下得猛，持续了半个小时。符来靠在座位上闭目养神的时候，王嫱发现雨停了，便打着赤脚跑下了车，她大声地喊，成吉思汗——大叔，俺王嫱——来看您了——！您能出来——让俺看看吗？她的喊声惊醒了他。他苦笑一下，真是疯子，没理会她。没一会，她又大喊，大叔！大叔！成吉思汗——成吉思汗现身了！快来看啊！符来干脆用毛巾蒙上头，不想理她。王嫱飞快地跑回来，打开车门说，懒虫你看看天边，成吉思汗显灵了！

符来走下车一望，原来远方河边出现了一条彩虹。不一会儿，彩虹的轮廓和颜色越来越清晰了，只见一马平川的草原深处那轮彩虹架在天边，把天空映得五颜六色，使草地充满了金色的光芒，这样的场面十分壮观，这是自然的奇观，有一种天地合一的感觉。符来在感叹的时候，他发现王嫱双手作揖，放在胸前，闭目祈祷，像个虔诚的信徒。

待她祈祷完毕，他问，王嫱，向彩虹祈求了什么？她说，笨二代，刚才是成吉思汗显灵，俺求他保佑平安嘛。

哈哈！符来忍不住又笑起来。

笑什么？这真是人与人的差异。王嫱瘪嘴道，记住俺的话，你可以不信，但不能嘲笑别人。

没有嘲笑你了。我只觉得你超可爱。符来说。

比你的小蜜可爱吗？

我没有专职秘书，公司只有几百人。管理人员都一人多岗。

如果哪一天俺失业了，来投靠你，行吗？

好啊，你有什么特长？

本姑娘是巨蟹座，俺的口头禅是，知道吗？螃蟹是横行的……

那我让你当监察部长！

为啥？

监察人员一向横行霸道嘛。

切！

正说着，符来的手机响了，他从口袋里掏出手机，发现是销售老总打来的电话，他问，符总，您旅行还好吗？符来说，很好的呀，我现在站在一个不知名的草原里，刚刚接受了一场暴雨的洗礼，现在的草原金碧辉煌，一条彩虹将我紧紧拥抱。销售老总说，呵呵，是不是真的？符来说，难道我诓你不成？你不信问问我同行的王小姐。对方说，呵呵，原来有美女相伴啊，怪不得诗兴大发。符来说，你别借题发挥，我们只是萍水相逢。销售老总说，英雄与美女嘛，天经地义了。符来听了说，你可别瞎扯淡。销售老总说，我只是揆情度理，揆情度理。符来说，行了行了，你有什么事？销售老总说，还不是那个合同，深圳公司指定要您亲自签字。符来说，我现在内蒙古休假，说得很清楚，签不了。销售老总说，我给深圳那个婆娘解释了，但是她坚持要您来签，而且合同又增加800万，翻了一番。符来骂道，她奶奶的，你把合同传真到酒店来。销售老总回答，不行，她现在指名要您回来签单，否则，这个合同给我们的竞争对手了。符来应道，她有毛病啊。销售老总说，据我所知，那个婆娘对您情有独钟。符来说，情有独钟那也是个人感情，怎么能与公司大事混为一谈？销售老总建议道，现在只有两个办法，要么，你明天飞回；要么，我明天陪同她飞内蒙古，费用由我方承担。符来应道，扯淡，增加一个亿，我也不签，你自己想办法。销售老总说，老大，接下这个单子，公司可以纯赚几百万啊！符来说，几百万又怎么样，免谈。

旁听了符来的电话，王嫱说，大叔，做企业就是挣钱啊，你以为你有CEO范儿？干吗丢掉那几百万，要不，俺陪你回去一趟？

你知道我这次为什么要出来旅行吗？符来问。

因为企业问题？

不，因为家庭，说起这有一点俗套。

你和老婆闹离婚？

不。

那你知道俺这次——为啥出来玩？

失恋？

呵呵，失恋对俺来说很奢侈。

找不到男友？

错，因为工作不开心。

对话之后，两人都陷入了沉思。

雨后的草原眨眼间变得异常清新，草儿显得格外茂盛，一棵一棵小草精神抖擞起来。那群花牛则开始向草地前行，有的吃草，有的嬉戏，有的不言不语，有的东张西望。

王嫱说，这儿风景真美，俺想多待两天行吗？晚一点回呼市。

符来应道，行啊，但是我不习惯住蒙古包，我要住大酒店。

王嫱说，本姑娘也喜欢住大大的酒店，有电脑，有浴缸，更重要的是，那里有一张大大的洁白的床。

14

那里有一张大大的洁白的床，墙上有粉红的壁灯，大床之上是一个巨大的心形的吊顶，粉红的灯光将心映红，加上紫色的带有小百合花的落地窗帘，使整个房间充满十分温馨与浪漫的气息。

这是达娃梅朵临时住进的呼市一家酒店的套房。她跟随那个男人白天游览了大昭寺，然后住进了这家酒店。她不明白他为什么不回几公里之外的古蒙古园酒店，他的行李还在那里。难道他是为了寻花问柳吗？有人说，男人是100%的性动物，喜欢用下半身思考。男人往往以貌取人，一见美女就心动，之后就蠢蠢欲动，疯狂行动。这话可能一点儿都不假。除了这个原因，她想不出有第二个答案，来解释他另外开房的理由。她觉得他更像狼，既有狼子野心，又很孤高傲世；既喜欢追逐猎物，又喜好漂泊游荡。

住进酒店这个新房间，她马上喜欢上了这个居所。不管他住不住，她决定住一宿。主意拿定之后，她走出酒店，信马由缰地逛到了附近的民族商场，挑了一套内衣和T恤，准备换洗用。然后，她沿街走了一圈，找到一家水果店，买了一袋葡萄与苹果当晚餐。她一直想着减肥，晚餐以水果为主。

返回酒店时，已是晚上10点多了，她洗好水果，打开电视，一边吃水果，一边看电视。吃完水果，她简单地冲了个澡，便想起那个男人。她故伎重演，拿起房间电话，拨通了他的电话，电话响了第一次，没有人接。她想，难道真的泡妞去了吗？她一边想，一边重拨电话，铃声响了几声后，终于听到他弱弱的声音，谁啊，这么晚还要打电话？要不要人活命啊！达娃梅朵操着别扭的普通话说，您好先生，需要我为您提供特殊服务吗？他应道，什么特殊服务？她说，陪您睡觉。他似乎有了兴趣，问，你长得漂亮吗？她答，一般。他马上应道，一般的不要不要！达娃梅朵一听，也来了兴致：女人再丑也是个妞，是妞就有——被泡的权利，你凭啥不泡我？他答道，忘了告诉你，老子从来不泡妞！他的声音有些愤怒，话筒震得她一怔。

达娃梅朵发现他真是个粗鲁的好男人。她很满意她的眼光。这样洁身自好的男人不是很多。至少比那个扎娃的情人强一千倍强一万倍。如果她想找情人，就找这样的男人，有社会责任感。

就在她这样胡思乱想的时候，她迷迷糊糊地睡着了。睡眼蒙眬中，她发现他忽然出现在他的纱窗前，他上穿着黑色的透明背心，那条黄灿灿的金项链与右臂上的纹的龙十分显眼。他下穿运动短裤，看起来全身肌肉非常结实。他不像一个企业老板，倒像一个健身教练。

她不明白他是怎么钻进她的房间，她急忙爬起来，竟然发现自己上身赤裸，她急忙用手遮住挺拔的乳房，睁大眼睛问，你是怎么进来的？他说，超人电影你看过吗？我是超人。她说，超人飞错了方向，汝住的不是这间，这是吾的房间。他轻步走到她的床前，嘿嘿一笑道，在错的地方遇上对的人，也是一件好事。她说，吾喜欢在对的地方遇上对的人。他说，有时候，有的看起来表面是错的，实际是对的；有的表面看起来是对的，实际是错的。她问，此话怎讲？他说，很简单的道理，当你将一只筷子放进透明的盛了水的玻璃杯里，你会发现筷子似乎折断了，其实它没有断；当你发现海市蜃楼景象时，看起来是真的，实际是虚幻的事物。

他的话让她似懂非懂。他一边解释，一边向她走近。他说，女人就是花，开得再好、再艳，总有败的一天，所以趁这含苞怒放的季节，为什么不去尽情享受生活呢？她见状大声地叫，汝勿靠近吾！男人就是看花的人，看完了这朵看那朵，永远都看不够！他应道，这要看是什么样的男人，像我这样优秀的超人，不一定喜欢花朵。她问，那你喜欢什么。他吐出两个字：征服。她惊恐地问，你想征服谁？他应道，征服这个世界，就像用无人机的遥控装置，将战争变成了经过净化处理的视频游戏。

他说得有点深奥，让她百思不得其解。当她皱眉沉思的时候，他已经跪到她的床上，他伸出双手，将她拥进怀里，他的一只手搂着她的细腰，一只手不停地抚摩她的酥胸。她拼命挣扎，她大声地喊，吾不会让汝征服！吾不会变成汝的游戏！

当她激动大喊的时候，她从梦中惊醒。太可怕了，太可怕了，吾怎么会梦见他呢？为啥又去拒绝他呢？难道是自己闲得无聊吗？达娃梅朵盘腿坐在床上，双手捂着脸，仰头向后垂下长长的秀发。真是无聊的人，做着无聊的事儿，过着无聊的生活。此时此刻，她深深地感受到，忙碌是一种幸福。

15

忙碌是一种幸福，让我们没时间体会痛苦；奔波是一种快乐，让我们真实地去感受生活；疲惫是一种享受，让我们无暇空虚。符来向王嫱陈述他的人生观。他说，我是借用别人的话来安慰自己，这么多年来，这几句话一直伴随我，与我同甘共苦。

王嫱没有答话，她小口地喝着奶茶，做一个认真的倾听者。

这么多年来，我始终只有一种信念，把公司做大做强，为客户创造价值，多为国家纳税，多为员工谋福利。符来喝了一口红酒，继续说，我现在基本做到了。我觉得我算是个好男人。但是，别人不一定理解我，我为此感到很苦恼。我从 16 岁开始经商，当初做生意的时候，我一无所有，我睡过火车站，我睡过汽车驾驶室。我无钱买车票，我经常在火车上逃票，看到列车员查票，我就往厕所躲，经常做些坑爹的生意。

听了他的这番话，王嫱露出了淡淡的微笑。

不瞒你说，25 岁前，我还是处男。符来说，我那时候不是穷小子了，我抽上最好的香烟，穿上最贵的西服，我还买了一辆三轮摩托，我成了那个地方的新贵，媒婆经常上门介绍老婆。我说，要等我建成一家大公司，才结婚。

他又大大地喝了一口酒，发现红酒已经喝干了。他说，你叫服务生再送一瓶干红。

王嫱看看手表说，大叔，已经深夜 11 点了，不喝不喝，明天就要回呼市了，晚上要休息好嘛。

正说着，符来的手机响了，他接过一看，是老婆打来的，老婆说，符来你怎么回事？放着深圳 RT 公司 1000 多万的合同你撒手不管，你到底想怎么样？符来答道，你管好你自己的公司，不用你教我。老婆说，不论你现在哪里，你明天必须马上飞回来！符来说，我不喜欢重复说过的话，再见。

关了手机，他问，刚才说到哪儿了？

你说你 25 岁还是处男。她笑道，后来就碰上了现在的老婆吗？

符来应道，差不多，刚才就是她打来的。

王嫱喝了一口奶茶，说，很高兴认识你，你说咱们——还会相遇吗？他苦笑一下，道，一个北方，一个南方，相遇很难。她问，俺想来投奔你呢？他爽快答道，这个可以，我公司虽然是生产模具的企业，也有女工呢，如果你想来，打我电话。王嫱呵呵一笑道，有你这句话就够了，谢谢你一路关心。

符来嘿嘿笑道，可惜我有老婆，要不，我一定会娶你为妻。王嫱笑嘻嘻地说，那可以离婚嘛。符来说，有责任的男人不仅要对社会负责，而且要对家庭负责，除非天要下雨，娘要嫁人。她咬了咬嘴唇，说，嗯，俺喜欢这样的话。说完，她又说，大叔，你再唱唱那首"一只小蜜蜂呀"的歌儿哪。符来说，明天回呼市的路上再唱吧，早点睡觉，好吗？

她点点头。

符来说，那你自己收拾房间，我去睡觉了。他丢下这句话，起身朝门口走去。她跟着他走到门口，当他伸手开门的时候，她从后面抱住了他，她说，大叔，要不，今晚咱们一起睡嘛。符来闻到她身上迷人的香水味，他感受到了她丰腴胸脯的温暖，他咬了咬牙，说，呵呵，你身上的香水味真好闻。她将脸贴在他的背上说，这是美国香水，很普通的香水。符来轻轻拉开她的手，转过身来，对她说，这么多天，我们都坚守了，我不愿功亏一篑。

她看见他的眼睛布满了血丝，是因为喝酒，还是因为气候问题，她不得而知。她觉得他是个做大事的人，有一种坐怀不乱的本领。她注视着他说，符先生，你别指望咱们还能相逢，这种概率几乎为零。符来说，不相逢也可以想念，我不是诗人，情商也不高，但我会永远念着你，这是一种美好而纯洁的感情。

我想起了《致命伴旅》的女主角伊利斯。她说。符来没看过这部电影，不知她想表达什么，他没有回话。她又说，伊利斯曾经主动吻过男主角弗兰克，我可以吻你吗？符来说，既然我已经表明了我的观点，请不要节外生枝。

听了符来的话，王嫱放开了他，她说，晚安大叔，俺想告诉你，俺曾经垒起玛尼堆，俺曾经转过经筒，不为修来生，只为途中与你相见。

16

只为途中与你相见，这是修来的缘分。请记住吾的名字——达娃梅朵，藏语的意思是指月亮花。她给他发出手机信息时，她已经抵达了白塔机场。她过了安检后，才收到他的信息：为什么要告诉我你的真名？

难道他一直知道吾是假名？吾冒用了王昭君的名字，让他发现破绽吗？达娃梅朵想。她马上用手机回了一条信息，对不起，大叔，当初吾以为汝是坏人，不敢说真名。发去信息之后，她进了候机楼，她选择一个位置坐下，拿着手机，等待他的回复，但是他一直没有回复。她又给他发了一条信息，大叔，谢谢你在呼市一直陪伴我，前几天吾像跟屁虫一样，一直默默跟着汝，觉得很安全。所以，吾就主动接近汝，成全了咱们的快乐之旅。

她等了许久，没见他的回复。她用手机打过去，她听到了符来的彩铃声，那是网络歌手马吟吟的歌曲《我想你了》，这是她让他听的歌儿，他居然设置了彩铃。她听了一遍又一遍，他始终未接电话。见状，她发去一条信息：幸福，除了现实中咱们拥有的一切，有时，它还是深藏在每个人内心的守候，为人生的约定，为事业的梦想，为一个擦肩而过的爱情。他依然没有回复，她再次发去信息：大叔，吾要登机了，欢迎汝来西藏玩。

当飞机经过漫长的飞行，抵达拉萨城之后，达娃梅朵打开手机，她收到了他的短信：到家请报平安。

看了这条短信，她再也控制不住自己的感情，她低下头，眼泪哗哗地滚下来，泪水很快打湿了黑框眼镜。

湘西往事

1

……大路上牛儿们一叫，往事便叮当地响。

见到儿时的伙伴笑尚那天是早上，我牵着队里的趴角黄牛从那块大油菜地走过。趴角黄牛看见地边的青草嫩汪汪的，把头一埋，颈子出现了一条条竖沟，它仗它的鼻孔劲大，常这样对付我。我骂了句刁谗吊颈鬼，发现它的眼珠儿仍向上瞅着我，似乎在向我讨好，让它吃几口青草。我放松牛套绳，趴角黄牛见机伸出粗舌头立即卷住一把青草，猛吞一口，又去卷第二把青草，看它吃得那么有味，我情不自禁地咽了咽口水，就感到肚子有点饿。

我抬头眺望山脚的村庄，望见自家灶屋的烟囱像大鲤鱼吐泡一般，冒出一团一团的青烟。我晓得我娘正在灶前烧湿柴，湿柴烧不着，有时熄有时燃。这要怪我爹，家里连湿柴也没有时，才慌手慌脚从煤矿赶回来，上山搞一担湿柴，连柴里的尖刺也不择。我娘起早摸黑挣工分，没闲工夫剁柴，常在做工时顺手带些柴回家，那不够烧，煮一锅猪食就要很多柴。想到这上头，我耐住性子，看趴角黄牛沙沙地吃草。

这当儿一只蜜蜂从我的鼻尖飞过，并在我的光萝卜头上绕了一圈，飞进油菜地里，巴在一朵黄灿灿的油菜花上，翘了翘屁股。沿着那只蜜蜂飞去的方向，我看见头顶留有一撮毛的胖子坐在油菜地中间，偷吃生产队的油菜薹。他一手一根，边用嘴剥皮边嚼着吃。我将牛套绳缠到手臂上，双手做个喇叭向他喊道，快一点，打锣的（看山守林的人）拢来了！他听到我一喊，一脸惊慌，急忙扔掉未吃完的油菜薹，连滚带爬地拱出油菜地。我看见他流出的鼻涕还沾着黄黄的油菜花。

胖子走近我身边，先望望趴角黄牛，很老成地说，你的牛牙口好哩！我没理他，我不晓得他是哪个村的人。然后他又说，我名叫马卫兵，我娘与你们村的烂耳朵拜堂成亲了。我会捉麻雀，用弹弓打画眉我手顶准。他说这话，左手的食指和拇指张开，对着天空，右手做拉弹弓的样子，很神气地上下拉几下。我的心被他拉动了。我说，帮我做一个弹弓。他冲我一笑，没有回答。我说，你不帮我做，你今天拗油菜薹，我要告诉老队长。他缩了缩脖子，向四周一望，除了大路上有一人肩扛一把犁向村子走去以外，再无他人。他又上下打量着我，说，你爱玄谎，没有打锣的来。我骗他说，我是看到打锣的过来了。他将信将疑地收住笑，向我瞅瞅，而后一蹦三丈高，向村子跑去，口里大声地喊，牛吃麦喔嗬，人做贼喔嗬！

他就是笑尚，书名叫马卫兵。

笑尚走后，趴角黄牛将牛套绳踩住了，我用脚踩绳子的一头，拍拍牛颈，趴角黄牛十分聪明地抬起脚，牛套绳则连泥土扯下来，我赶紧拿起绳子，学着大人说，你灯笼大的眼睛长着配相？它扇了扇耳朵，好像没听见一般。这时，一只布谷鸟在对面坡上叫起来。

等趴角黄牛的瓜肚子变得鼓鼓的，我家烟囱已没有一丝烟儿了。此时，我娘立在屋前的田坎上，朝这头大声喊，华佬——吃早饭——呐——！

隔老远，我望见背着书包的笑尚也站在我娘的身边大声喊着华佬。在他们身边，还有一个女孩在折纸飞机，她像一只蝴蝶飘呀飘的。她叫马梨花。

2

那只蝴蝶出现在湘西的一个名为枫香坪的村子，就点缀了我的记忆，以后我随日子咋咋呼呼地走出去，我的脑里永远抹不掉湘西两个字，她灿烂的文化不仅属于中国人。

那天去上学，我见笑尚并排坐在我右边，右边是二年级，左边是一年级。我进教室把书包挂好，看见史老师手拿半截砖头去敲钟，也许她用力过猛，只听见当的一声，砖头碎了。我拿出语文书，摆在桌上，眼睛端端正正地望着木头黑板上头的毛主席像。与毛主席像一同贴在上头的还有马克思、恩格斯、列宁、斯大林的像。这是老队长从公社带回来的。正当我等待史老师来上课时，一坨土块打中了我的脚背，我转过头去，看见笑尚咧嘴朝我笑，露出满口红牙肉，像一朵南瓜花。他边笑边趴在桌上，做拉弹弓的样儿，向我瞄了瞄。

史老师手拿两本书和粉笔盒走上讲台，叫了一声上课，我赶忙喊"起立"，全教室的学生都站起来时，我听到哐当一声，看见笑尚和史五蛋坐的长凳倒在地上。大家把目光一齐落到他俩的身上。史老师说，怎么搞的？史五蛋人老实，连忙扶起凳子。

史老师这天上穿有细点点花的白色的确良衬衣，衬衣外套一件牛肉红的毛背心，毛背心有点小，让胸脯鼓得高高的。史老师自己也许觉得背心箍得太紧，开始上课时，她尽量弯着腰，双手撑在讲台上。

史老师在讲课之前，用她尖尖的嗓音说，同学们，今天又来了两个新同学，一个是一年级的马梨花，马梨花你站起来，让大家看一看。坐在我们左前方的马梨花慢慢地站起，低着脑壳不敢望。我见她梳有一条蛮长的独辫儿，辫子两头都用红布根捆得牢牢的。史老师叫她坐下说，马梨花的学习成绩不错。她接着说，一个是二年级的马卫兵。她的话刚出口，笑尚笑嘻嘻地立直身子，对左咧一番嘴，对右张一番嘴，非常出众。史老师就沉着脸叫他坐下，并严肃地说，你要向你妹妹学习，做个德智体全面发展的好学生。史老师介绍完毕，吩咐我们一年级学生先默读课文，不准东张西望。二年级的学生翻开语文课本，学习生字。我的同桌史黑改（我们那将狗读改音，上学时，老师习惯把狗字改作"改"）拿书挡住头轻声问我，华佬，他们从那坨来的？我轻生应道，村里烂耳朵的堂客和当头（以前）男人生的。我说这话，前头的马梨花调头向我一望，我看清了她有一双圆圆的大眼睛，跟史老师一样有个鸭蛋形的脸盘。一点不像狗屁马卫兵。

说实话，我的眼睛不大，倒蛮像我爹。五官、走路、说话，也与我爹一模一样。我爹小名叫大片眼，村里人就叫我小片眼。

3

半日吃点心（中饭）时，我急急忙忙吃一碗油炒饭，对我娘说，娘，我要换那身黄军服。我娘正提着满满的一桶猪食向猪栏走去，没答话。我见了生气地大声喊，娘——，我要换衣服！我娘放下猪食桶，回头对我喝道，你杂（她把"这"说作"杂"）身衣服刚才换的，你是个牛屠户？一日要换几套衣服？我说，我偏要换！我娘口不饶人，她骂道，你杂个剁脑壳的，你自己去找！对于娘的骂，我心里格外舒服，只要她答应，管她骂什么。

然而她骂人也有忌讳的，从没骂过箐箕挑的（箐箕，这指畚箕。乡里小孩死了用箐箕挑去埋）。也十分忌讳别人骂这话。算命先生说过我八字太恶，不好养。即使养大成人，如果不出家修行，要变成瞎子、跛子之类的破相，那意思只有去当和尚。我爹不信，说我长得慈眉善眼，将来不是七品芝麻官，也是八品、九品的官人。我娘把我爹的话当作穷开心，说是癞蛤蟆打哈欠口气大。娘是极信迷信，她还请了道士以及算命先生想方设法为我保住命根。这些儒教、道教和佛教所出的点子巫术五花八门。为了我长成人，娘非要我拜讨米的哈哈为继爹不可。我还拜了乘凉树，拜了日头月亮。土地庙我娘大节小节都要带我去烧几刀纸钱，要我磕头时念道，请土地公公保佑华佬。有一回我说出自己的书名史建华，娘立即补充道，史建华就是华佬。

我走进房里翻出那套黄色的黄军服，听到黑改在屋外轻声叫，华佬……司令，我们去打仗呀，活捉马卫兵呀。

听见黑改一叫，我匆匆忙忙穿上军服，拱出房子，与娘正好撞个满怀。她把我往后一拉，大声骂，屙痢的，你裤子穿反了！我伸手往后一摸，正好摸到自己的屁眼，我向娘嘿嘿一笑，娘就虎着脸说，嘿嘿，像个二百五！

4

我和黑改一阵风跑到烂耳朵的屋后，爬上人把高的土墙，看见烂耳朵新娶的女人在茅屋里热饭。马梨花换了一件旧衣裳，在灶前烧火。笑尚一人端着土碗吃饭，嘴里还吱吱呀呀地唱个不停。黑改说，华佬，马卫兵是个馋吊颈鬼呢。我说，我要让杂个马卫兵晓得我的厉害，他拗油菜蕻我没跟老队长和打锣的讲呢！我是想他给我做一个弹弓！我的话没讲完，听见烂耳朵堂客喊道，笑尚，叫你爹转来吃饭，笑尚明知故问，是叫烂耳朵？烂耳朵堂客当即沉下脸说，该死的，他是你爹！笑尚应道，他是你爹！他娘说，我爹死了。笑尚说，我爹也死了。

我和黑改见状一齐哈哈大笑起来。这时，他们发现了我们，我们滑下土墙，被马梨花挡住了后路。马梨花眨了眨眼，声音轻轻地说，娘，他是我们的班长。她说这话偏着脑袋望着我，似乎等我回话。烂耳朵堂客走来拉起我的手说，来，进屋坐呀。我瞟一眼用高粱杆架起来的茅屋，想了半天，应道，你们屋到处露风，我不进这茅厕屋。说罢，向她做个鬼脸。我看见烂耳朵堂客张开的嘴久久没有合上。

正在那时，烂耳朵肩扛锄头笑眯眯地走回家。他看见我，开口说，小片眼，你爹在煤矿又讨了一个新堂客哩，我瞄见了，黄蜂腰挑子脸，辫子吊到屁股眼，蛮标致的一条女人！我说，我爹只喜欢我娘。我说这话，惹得烂耳朵堂客咯咯地笑。烂耳朵看见堂客和梨花在当面，笑了笑就没有再问。要是以往，他必定要问，你晚上听见你爹和你娘的床响吗？

烂耳朵比我爹年纪大，枫香坪除了一个瞎子是老光棍以外，再就是他是一个大光棍儿。他没讨梨花娘之前，什么话都敢问，问来问去，问得我们伢儿心痒痒的，真想试一试。他也敢在大媳妇大嫂子当面说些带油泥嘎儿的话。伢儿们要是听到他说的话，他会一本正经地说，你们鸡巴还没有脱皮呢，去去去，莫要听。烂耳朵说这话时，我们齐声应道，我们鸡巴脱皮了！村里的妇女于是骂他是个油谈生（油腔滑调的人）。

我讨厌烂耳朵，我没理他，临走时我说了一句，打倒你杂个孔老二，烂耳朵听了，哈哈一阵大笑，好像占了上风。

离开烂耳朵屋，笑尚也跟到了身后。黑改说，马卫兵，我们华佬是司令，他有手枪，是他爹从县里买来的。笑尚说，我愿意装敌人装特务。黑改捡了句大人的话说，你给我们司令舔屁眼，司令还嫌你舌头粗了。我看见黑改把笑尚当作狗一样骂，得意地向他摇头晃脑起来。哪知比我高半个头的笑尚不但不发火，还咧开嘴笑，并摸着头上的"牛粪堆"对我说，报告司令，有铁丝和橡皮我给你做一个弹弓，要不要得？我答道，做个弹弓打你屋的烂耳朵呢。笑尚就苦着脸笑。我又说，还有你，胖胖的像个座山雕。笑尚依然苦着脸笑。我真想牵住他的耳朵。

等我们一走远，听见笑尚大声骂，我日你屋娘！然后一溜烟似的跑了。我们本打算追过去，看见有只老鸦从山上冲下来，在我们村子上盘旋，不晓得要捉哪一家的鸡儿。而且听见对门的妇女大声吆喝老鸦，我们就一齐尖叫地呼喊老鸦，这回不是赶老鸦，而是叫它去捉笑尚屋的鸡儿。村子里立即热闹起来，那些狗也不明真相地开始乱叫。

5

天上一朵云都见不着，日头像一块大圆镜挂在天顶，让人睁不开眼。大公鸡们都飞到篱笆和茅屋顶上，引颈长鸣。我们枫香坪唯一的一间两个年级为一班的教室紧挨生产队三层楼的吊脚楼大仓库。这幢木瓦房是五保户地主婆的。地主婆的男人解放后被镇压了。他的算盘没打好，他把一个儿子送到贺龙的部下当兵，后来打仗牺牲了。他把另一个儿子送进国民党的宪兵队，成了杀人不眨眼的刽子手。他的枪法很准，有一回衣锦还乡，过江时望见一女子洗衣，随口问副官和马弁，那女子是活的还是死的，副官如实回答说，是活的。谁知他抽出连枪，叭的一声，那女子便栽到河里喂了鲤鱼。这些都成了镇压他爹的罪证和把柄。

地主婆在世时我还记得她挪动细小的尖尖脚到村头井里去提水。那时她的堂屋已改为教室，靠南边的房间生产队人专门在那里开会记工分，记工员的花名册就挂在房间的花格子窗户下。靠北边的房子地主婆住在那，后头的小偏房是她的灶屋。地主婆有不少的瓦屋，后来都分给村里的贫下中农。枫香坪到那时为止，大院里屋檐搭屋檐的几排吊脚楼瓦房，都是地主婆男人做的。她男人把每幢瓦屋的屋脊做得高高的，两边用白石灰粉白；壁板每年叫长工用上等桐油油几遍，整个房子都是红彤彤亮汪汪的。

我报名读书那年地主婆就死了。她死时被老鼠啃掉了右耳朵。我当时跟着生产队的老队长屁股后看得清清楚楚。我娘曾经说过，地主婆年轻时不听她娘的话，硬要嫁给大地主，所以老鼠啃掉了她的右耳朵。

枫香坪村属于布溪大队。大队部的小学学堂离枫香坪有五六里路远，孩子们早上吃过饭跑到山下去念书，下午又饿着肚子爬上山。村里人考虑七八岁的小孩爬不动山坡路，才在地主婆的堂屋开了一间教室。她横竖是五保户，她们家当迟早会充公的。我在那里读了三年书，二年级读了两年。我娘说我年纪小，去大队的小学又那么远，自作主张让我留一年。我爹对我读书也没指望有什么出息，他像农村大多数的家长一样，从小没叫我识字、算账，有时高兴时把我扛在肩上，然后故意"砰"地吼一声，再弯过脑壳问我是什么响，我就训练有素地回答，放——炮！

6

梨花和笑尚不久则成了我的好伙伴，这与他们娘对我特别喜欢也有一定的作用。梨花娘名叫尤香，我爹称梨花娘为香嫂，村里人都纷纷叫她为香嫂。我爹说烂耳朵娶了香嫂，是前世修得好。我娘说香嫂的嘴巴比金银花还香，恐怕一点不假。

这学期栽田那段时间，梨花娘每日为挣工分很少回家吃中饭，要笑尚给她送饭。笑尚比鬼还懒，却要梨花代劳。有回梨花捧着用毛巾包好的饭钵从我屋门前路过，我已吃完中饭，绾起裤脚在屋前的水田浇水玩。我捉到一只蛤蟆，把它两条后腿的细骨头拗断，用泥巴做一个"屋"，将它养在里面。梨花见我翘着屁股往"蛤蟆屋"浇水，她学老师的话问，史建华，你在干什么？我直起身子说，我养了一只大蛤蟆。梨花的眼睛一眨一眨的，伤心地说，咦，蛤蟆是益虫，我们要保护它呢。我说我爹早想吃了它呢。梨花便答不上话来。我瞅着她问，你去送饭？我陪你去吧！梨花说，那你莫要跟我娘讲，是我叫你去的啊。我揩了揩手背上的泥巴说，我说我自个要去的，横竖我脚板痒。梨花一听就笑了。

见她笑逐颜开，我跟着她身后背诵课文：爸爸是工人，妈妈是农民，哥哥是解放军，我是学生……

事实上，我家正如这课文所言，爹是煤矿工人，哥是解放军战士。哥是我开始读书那年入伍的。他给我们家里寄来几张黑白照片，都是腰上插有手枪。而他实际是喂猪的，有时也种菜。

我和梨花走到田垄里，望见梨花娘和我三婶以及三婶的女儿楚英姐一起在一丘田里插秧。梨花娘插得顶快，一手分秧一手插，只听见唰唰地水响。楚英姐也不马虎，插的秧匀匀整整。

梨花走到田坎中间，我先喊道，哎，给你送饭来了！梨花娘和三婶都抬起了头，三婶见是我，用手指我笑着骂，你个化身子（聪明狡猾的人），来做么事？我向三婶一笑：给梨花娘送饭。三婶一本正经地说，你莫癫蛤蟆想吃天鹅肉，香嫂的妹子是不会给你做堂客的。我顺她的话应道，她也不会给你做堂客的。我的话刚说完，惹得她们哈哈大笑，梨花娘差点儿一屁股坐到水田里。

梨花娘洗净手，对我说，华佬，我蛮喜欢你，我做主，把梨花许给你算了。我说，你梨花又不是穆桂英！楚英姐笑道，华佬，你还想娶穆桂英？找个白骨精差不多！楚英姐不痛不痒的话我听得多了，我不以为然。梨花娘走上田坎。向我问道，望见女和郎，栽田不用忙，华佬你说是不是？我没回答。三婶接过腔说，有了女和郎，样样都要强。梨花娘闪动着圆圆的眼睛问，你听见你三婶的话吗？我也没回话。倒是看见梨花低着脑壳，嘴巴鼓鼓的。

香嫂跟三婶打了句招呼，坐到田坎边的青石板上，打开饭钵，问我吃了吗，我未答她的话，却问她，香嫂，你猜我会栽田吗？香嫂听我这么一叫，露出惊奇的眼神说，你爹大片眼叫我香嫂，你也叫我香嫂？三婶边栽田边骂我二百五，要我叫婶娘。梨花娘说，真养个苕郎，你们史家的辈分是：觉克主建少，本志由丰昌。你爹和我屋烂耳朵为主字辈，你是建字辈，晓不晓得？我说，我不做你的郎，我要读书，往后考学堂，不用在山界上做阳春。梨花娘抽出筷子说，好儿子，我梨花不会比你差。她说罢夹起一块香喷喷的腊肉，送拢来叫我吃。我本来肚子吃得饱饱的，可那块黄灿灿的腊肉确实很诱人。我想吃又不敢吃，瞥一眼梨花娘，她的大眼睛满含柔情，脸盘上挂着亲切的笑容，胜过我娘。我将嘴微微张开，眼睛却瞅着她的双眼。她有一对好看娥眉，眉毛下有一排齐整整的悠悠毛，罩住她宽宽的额头。

7

回来的路上，我问梨花，马梨花，你愿不愿意做我的堂客？梨花笑了笑，拱进路边的桃树林对我说，华佬，你捉住我，我就做你的堂客。她说完哼哼地笑着躲到桃树林里大石头的后面。我说句你藏好，拔腿赶过去。桃树林里的嫩草齐膝盖深，软绵绵的，我费了好大的劲才捉住她。但我俩同时摔倒在地，我重重地压到她身上。也许摔得太重，梨花立刻对我鼓起了嘴，坐在草丛里，不理我。我讨好地说，我给你翻跟斗。她瞟一眼我，想要说话，但是没说。

我爬起来，极利索地翻了一个跟斗。翻第二个跟斗时，不是脚先落地，而是屁股先落地，整个人摔得四脚长伸。我听见梨花笑了一下，等我忍痛站起来，梨花仍然鼓着嘴巴。我说，除了翻跟斗，我还会翻拱桥。就是往后翻，让脚和手一同落地，像一座拱桥。而这次摔得太重，我没劲再表演下一个节目。看见梨花还是不高兴，我想了想说，我会牛吃草。说完，趴在她的前头，拼命地啃起青草来。我心想我要是啃了一大把草你照样不理我，我就独自一人回家去了。这吃草不是吃香喷喷的腊肉。我咬了几口嫩草，梨花赶忙拉住我说，咦，吃不得草，你真是馋吊颈鬼！我得意摇了摇头说，我不怕。

梨花说，你不怕，你去摘嫩桃子吃，我望一眼结满细桃子的桃树，说，桃子有手指娘（大拇指）那么大了，还不能吃？我说罢像猴儿似的爬上桃树，摘了几个桃子跳下来，选一个大桃子咬一口，哇，好苦！我当即吐掉桃子。望见我一脸苦相，梨花哼哼地笑起来。

梨花一开心，她的话也多了。我们并排趴在草丛里，她双脚弹了弹说，让老队长和打锣的瞧见了，要扣工分的。我的双脚也弹几下，说，哪个扣我工分，我爹回来剥他们的皮！梨花笑道，你哥有真枪，比公社干部官都大。我说，公社干部哪里抵得上我哥呢？我哥喂猪还背手枪呀！梨花一个劲地点头。我把脑壳埋进青草里，唱道，毛主席，像太阳，照到哪里哪里亮……梨花就跟着我轻轻地唱。

整个村子包裹在我们快乐的歌声里。

8

这个学期我觉得过得特别快。栽田以后，又开始割地里的油菜，把油菜割完放在地里晒干以后，田里的禾苗已经发乌了，自留地的长豆、四角豆、黄瓜、南瓜、辣子等庄稼也长得墨绿墨绿。这时田里的鱼秧子长得快，就有手指娘那么大。要是放有过冬的大鱼秧，早有三个手指那么大。我就盼望天下大雨，让布溪发大水，好去捉鱼。

而这学期我公公和娘娘（爷爷、奶奶）都活得比较自在。我公公每日肩扛挖锄上山去开老荒，有时给生产队挖茶油山和挖桐油山。他挖得不快，但不间隔，像老牛拉磨一样。他每日收工回来，把挖出的刺蔸蔸树根根用插担担回屋，码在偏房里，快要齐屋檐了。有的树蔸蔸过了几个6月，就是烧不完。我开头提到我娘烧湿柴，按道理我爹不在屋，烧一烧我公公的柴，也说得过去。但我娘与他们合不来，清官难断家务事，公说公有理，婆说婆有理。我也分不清谁是谁非。然而我娘心肠好那是事实，逢年过节杀鸡杀鸭，都是我将鸡杂鸭杂送给两位老人。我公公见我端着饭碗送去，手里拎着竹烟筒笑呵呵地接了。要是娘娘，她板着脸说，哪个要你送？她说是这样说，但最终还是倒进自个的菜碗里，一般把空碗放一块冰糖，让我拿回去。当然，我送这些东西也并不白送，光说烧柴，我就把他们的干柴偷了不少。

公公挖出的老荒，种上黄豆，树矮豆荚多，且子实饱满。那学期就成了我和笑尚偷吃黄豆的开始。直到放暑假，我和笑尚偷偷跑到山上，烧一堆野火，扯来黄豆树，丢进火里，让黄豆树烧焦。我们就把黄豆树捞起来，边剥边吃，弄得满嘴都是黑灰。

有一回我和笑尚刚烧着火，我公公上山来了，他先发现了我们，隔老远嚷起来，你们这些烂豆子，把我地里的黄豆扯了一大半，我一锄头挖死你们！我们一惊，拔腿就溜，笑尚顶怕死，边跑边问，你公公当过强盗吗？我不明白他的意思，他说，当过强盗要吃人呢！我应道，是啊，你快逃呀。

笑尚听了笔直往前跑。我转过一个弯，就躲了起来。没一会儿，这边听见我公公在骂"烂豆子"，那边听见笑尚鬼叫鬼叫的。

9

往事不一定都记得，而有的事永远不会忘记。

那日上午史老师上了一节课，说肚子痛，叫我们自己在教室复习功课。她一走，天气也变了，乌天黑地的，接着落了一场大横雨，屋檐水有锄头把那么粗，打雷闪电一个接一个。我不怕打雷，只有做亏心事的人才怕打雷。笑尚胆子更大，他没等打完雷，站在屋里大喊：大雨大雨——狂——狂！淋死淋死——娘——娘！我同时看见他用拳头猛敲课桌，砰砰砰地如同打死人鼓。教室里顿时乱糟糟的。没隔一会儿，从瓦缝里开始漏水，大伙便挤到教室未漏水的旮旯。男同学站到一边，女同学站到另一边。

我们男同学挤在一块儿就来劲了，特别是二年级的。不晓得是谁喊了一句"挤油榨"，两头人一齐开始往中间挤。我当时背靠壁板立在中间，两头一挤，马上把我挤了出来，有人还踩我一脚，我赶紧跑到另一头人的屁股后面，抱住那人的屁股使劲往前挤，口里喊着一二三。我抱住的那人正是笑尚，他便转过头对我说，华佬，莫挤我屁眼。我发现笑尚已挤红了脸，并把鼻涕揩在前头同学的背上。又有人被挤出来了，跑到我身后搂住我的腰往前挤。

"挤油榨"这游戏确实受人欢迎，天气冷的话，大伙一挤，浑身就发热。再说在我们小村庄里读书，根本就没有操场，上体育课改为劳动，一律抬着矮箕上大路捡牛粪，交给生产队。

我们在教室里挤得热闹的时候，黑改的爹青西头戴斗笠身披蓑衣，全身湿漉漉地拱到教室门口，他瞪起眼睛向黑改骂道，菜（贼）日的，有劲挤油榨？那身牛皮不要你买？快回去，屋里进水了！黑改摸摸刚剃的光脑袋，走到座位上，背上书包，从他的手里接过斗笠，离开了教室。黑改一走，有几个同学也背起书包往家跑。

我听见的布溪水轰隆轰隆地流得山响，从雨里还传来社员们的喊叫声。

我首先想到去田里捉鱼，稻田里的鲤鱼下雨天喜欢往外跳。我对笑尚一说，他不敢去，他先说怕鬼，后说淋湿衣服烂耳朵要打人。经过我的一番煽动，他总算答应了。

我们离开教室，看见史老师头戴斗笠从雨里赶回来，她的屁股有一块黄泥巴印儿，不晓得在哪儿摔倒过。她隔老远就大喊，同学门，不要乱跑！史老师说这话已是上气不接下气了。横雨把她的衣服全漂湿了，屁股、胸脯变得鼓鼓的。我拉上笑尚一起赶紧溜，身后传来史老师的声音，史建华！？

10

我和笑尚拱回家，发现我娘不在屋，我的娘娘在给蚕儿喂桑叶，她没有空给我找斗笠。我溜进屋，望见壁板上挂有两顶新斗笠，斗笠上有我爹写的"五谷丰登"的记号。我用竹扁担将它挑下来，递给笑尚一顶，自己戴一顶，然后偷偷跑出屋，走到晒谷坪，只听到我娘娘喊道，你个化身子，你把新斗笠拿哪去？我没理她的话，催笑尚快跑。

我们簸而簸而地跑到田垄，望见满溪洪水蛇一般向山脚冲去，我和笑尚便扯开喉咙喊道，大雨大雨狂——狂！淋死淋死娘——娘！尽管我俩的声音格外大，但越下越大的横雨声和溪里的流水声全把这喊声吞进它们的肚子里了。一丘丘的梯田开始冒水，上丘田的水流进下丘田，下丘田又流向下丘田。清韭韭的禾苗只露出禾尖尖在浑水里摆动。

一个炸雷响过，吓得笑尚浑身打战。绾起的裤脚被水冲湿了，上身的衣服也漂湿了大半。我们都抱紧身子。我说上田垄，笑尚却说水会冲垮田坎的。我说去溪边，笑尚说溪边也不能去，布溪要吃人，里头有条恶龙。我说恶龙早病死了。笑尚说他生了儿子。我说，你是贪生怕死做和尚。笑尚没回答我的话，他蹲下身子，摸了摸脚板，说，咦，华佬，我脚板碰到一条大鱼呢！他这一叫，我想起路上流的水都是从田坎冒出来的，是有鱼的。可是我们没带装鱼的工具，水里有鱼也捉不到。我把眼睛四周一瞅，看见有一股水流向溪边草坪去了，我就跑到草坪去找，那里除了几只小蝌蚪和水虫外，连个鱼秧子也看不见。我再抬头看草坪边的一丘田，有个放水的源口在流水，不过水流细小，源口上盖了一捆杉木刺，大鱼小鱼都难拱出来。我灵机一动，对笑尚说，马卫兵，你去把源口上的那捆杉木刺揭开，我们在草坪里可以捉鱼了。笑尚一听我叫他的大名，兴致增加了几分，他十分迅速地拱过去撬开杉木刺，并在源口上踩了一脚，一股浊水立刻冲了出来。

没一会，一条条三四个手指宽的鲤鱼从稻田流出，在草坪的浅水里哗啦啦地游，他们在水里摆动着尾巴比我们还兴奋。笑尚捉鱼算个老手，他扯来一根马兰草穿鱼，我的鱼一条还没有捉到手，他的马兰草已经稳稳地串住了好几条鱼鳃。

忽然，一条巴掌大的草鱼从源口哗的一声跳出，冲进草坪，哗啦哗啦地乱钻。我和笑尚几乎同时奔向那条草鱼，只是它离我近一点，我马上挡住笑尚，说，个条鱼是我瞄见的，归我！笑尚没办法，嘴里说，那我帮你捉。我没答应他，我跑过去双手按那条草鱼，谁知草鱼一碰到我的手，哗地向前猛冲。我一连捉了几次，都没法制服它，快到溪边时，我也急了，千万不能让它溜走了！我骂了句朝天娘，整个人扑向草鱼，这回让我擒住了，但我脚一滑，一下滚进溪里。一股急流把我送到了潭中央。

那时我会一点狗刨式游泳，在水里是半沉半浮。布溪潭里的流水并不急，而我落水的地方的下游20多米远处是一个五六米高的瀑布。人如果从那个地方冲下去，后果不堪设想。

立在草坪的笑尚见我喝了不少水，他就大喊，快来人啊，华佬落进溪里啦！四周的水流声和雨声几乎淹没了他的喊声。没一会儿，我看见离瀑布处越来越近，我使劲划水，却毫无作用，这时我看见史老师的身影了，她的红粉布衬衫非常显眼！她拼命冲过来，"通"的一声跳进潭里，她划了几下水就游到我身边，一把搂住了我。

史老师把我抱到溪边，开口问，建华，你没事吧？我半天才回过神来，随即扑进她怀里。"哇"的一声哭了。我看见史老师也泪潸潸的，一个劲儿地揉眼睛，口里呢喃自语：总算捡回一条命啊！

11

史老师送我回家，我娘已收工回来。她见我浑身是水和泥，开口骂道，你个屙痢的，你是去踩瓦泥还是开老荒？我没敢回答。史老师也是一声不响。笑尚放下斗笠就躲得远远的。我娘瞥一眼史老师，说，老师不像老师，学生不像学生。真是一朝皇帝一朝臣！史老师揩了揩额上的雨水说，大婶，你莫要责怪建华，是我没管好学生。娘说，咋哩没有你的事，大妹子你去。史老师说，大婶你再不要骂他了，刚才建华滑进溪里，幸亏我及时出来找他……我娘打断她的话，你当老师太不牢靠了，就是放鸭子心中也有数啊，杂哪是在读书？一期浪费我5角钱学费钱！史老师被我娘一顿挖苦，咬咬牙走了。我见史老师背过身子，泪水滚到脸上，便对娘发火道，你是个地主婆！

娘气得一把抓住我的手臂，朝我屁股一巴掌说，哪个是地主婆？我哎哟地叫一声，又顶一句道，打死我你也是地主婆！娘更气了，她顺手从竹扫帚里抽出一根竹条子，高高地扬在我头上问，我再问你去溪边做什么事？我晓得竹条子打人痛得很，就吞吞吐吐地说，捉鱼啊！哪个要你去捉鱼？娘嘴里虽然这么说，手里的竹条子却落在我屁股上。我虽然猛然弯了一下腰，但是也好痛。娘说了句专门给我帮倒忙，又是一竹条子打在我屁股上。并且拉住我的手防止我溜走。看样子娘还要打，我扯开喉咙喊道，哎哟，打死人哩！我娘骂道，屙痢的，你还喊！扬手又是一竹条子。我就使劲喊，鬼打人了！

这时我屋娘娘风急火急地从屋里扑出来，挪动小脚像鸭子摆水一样跑拢来，她扯住娘的竹条子说，他不是野兽，用竹条子劈头盖脸地打！整个公社没见你个做娘的！我娘与娘娘本来有点黑面，她没好气地对我娘娘说，你杂人黑白不分，他今日落进溪里了，他们老师送回来的。我见娘娘夺下我娘手里的条子，瘪着嘴哭道，你打我，我要报仇。娘骂道，养你杂条屙痢的，不如养条狗。并要来牵我的耳朵。娘娘见机用身体挡开我娘，把我拉到一边哄道，孙儿，莫哭莫哭，娘娘给你换衣服。

大婶那时也拱拢来，她对我说，华佬，你骂她娘。我一边哭一边抹眼泪，没工夫答应大婶。娘仍然怒气未消，向我吼道，你杂牛屠户，等你大片眼回来再松一松你的骨头！我见有人保驾，故意向我娘说，也也也也！娘一听举起巴掌朝我打来，却打在我娘娘的手上，大婶拉开我娘说，嫂嫂，华佬六七岁的人，晓得么事？我娘说，溪里杂大的洪水，他去捉鱼，还落到溪里去了，那二两性命不要了？

那边娘还在喋喋不休，这边娘娘把我拖进她房里。我歪过脑壳向后一望，看见笑尚对着猪栏唱道：东方红——太阳真——！他把升字唱成真字。可他是正门大路地唱，唱得格外响亮。这也是我头一回听见他唱歌。随后传来我大婶婶的声音，你个烂豆子，莫吓我猪！大婶婶是个怪人，她把喂的猪当做自己的儿子一样。

12

几场暴雨过后，谷穗儿一齐从禾肚里拱出来了。日头一照，就变成金黄金黄的谷子。这期间不愁青菜吃，我便特别想吃新鲜肉（腊肉放久了麻口）。娘的钱不紧手时，逢到赶场，就带个半斤、八两回来给我打牙祭。很想吃肉的时候呢，我总要对娘说，娘，我牙齿又咬到了自个的舌头哩，过几天有肉吃了！

有一天我爹从煤矿回来，带来一块猪肉，从学堂经过，我和梨花正在教室边的磉头岩前扒"灰姑娘"（生活在松土里的一种昆虫）。梨花口里还念道，灰姑娘，好漂亮，我长大了当个灰姑娘。我见她一脸认真，尤其她念这口诀我是头一回听见，我就问，马梨花，你想当灰姑娘？梨花点点头，依然用食指在灰里轻轻地扒。额头上与她娘一样齐齐整整的悠悠毛让细风一吹，左右摆动。我又问，那我当什么呢？梨花头也不抬地回答，照旧当灰姑娘，我极不乐意男人当一个灰姑娘。正在此时，我看见爹穿一身簇新的蓝咔叽布工作服雄赳赳地走过来，开口骂道，华佬，你个菜（贼）日的，回去帮你娘做事嗫！我站起来一把抱住爹的双腿，拿拳头狠狠地打他的屁股，嘴里说，打倒地主婆，打倒孔老二！我爹大声骂，个条菜（贼）日的，把你养颠倒了！你看看，我给你买了一块肉。我这才注意他手里的肥肉，重重的，有好几斤。我从爹的手里抢过猪肉，对梨花说，马梨花，到我家去，半日我娘要煮肉的，梨花笑了笑说，等我娘有钱了，自个到食品站去买，我应道，我爹有肉票，你娘没有。

爹伸手摸着她的脑壳说，梨花，到我家去，你娘不会说的，他说罢从口袋里掏出一封信说，华佬，你们史老师到不到这学堂来？我望一眼教室北边以往地主婆住的房间说，史老师在屋里改卷子。爹说，去叫一叫你们老师，有她的信哩！梨花便尖着嗓子喊，史老师，史老师，史建华的爹给你带来一封信！她喊过之后，房门吱呀地打开了，史老师探出头，抚了抚额头上的悠悠毛，朝我爹笑着问，大叔，有我的信？我爹答道，我路过大队部，见国佬给你写的信，顺路带回来了，史老师就微笑满面地拱出来，从我爹的手里接过信，说，大叔，你建华这次期考语文得了96分，全班最高的。梨花急忙问，史老师我考了多少分？史老师说，马梨花你也考得蛮好，比建华少一分。她说完请我爹进屋坐，我爹客气了几句，说，以后把华佬管严一点，他不认真读书，你替我用竹篾片打他的屁股，这不犯法。史老师笑而不答，有点害羞的样儿。

等史老师回到她的屋里，有一条狗跑到我的身后，黄眼睛瞅上了我手拎的猪肉。我爹连忙赶走狗。我觉得我的手好酸，没劲拎肉。我去问梨花，马梨花，你拎不拎得动杂块肉？梨花鼓起嘴巴，没答话。爹见我吃力的样子，接过肉去说，这么多年的饭白吃了，身上二两劲都没有。我对爹嘿嘿一笑，再去问梨花，你要扒"灰姑娘"？梨花说，我以前考试都是第一名，到了你们学堂，我只得一次第一名。我说，我不要第一名，第一名给你好吗？我爹笑道，梨花，你见我苕儿好想巴结你，到我屋去吃饭。听爹一说，我不管她答不答应，拉起她的手，向自个家簌而簌而地跑去。梨花开始跑得不快，后来像一只蝴蝶飘起来。

那回我和梨花一起打了一次牙祭。

吃饭时，我爹兴致极高，他对娘说，国佬给史老师又写了信，是我从大队部带回村的。娘放下筷子说，你杂空脑壳，么不晓得拆开睃一睃？

国佬是我当兵的哥，书名叫史建国，这一年我快满八岁，我哥国佬二十岁了，他足足比我大十二岁。

从那次吃肉，听娘的口气，她不爱史老师。

13

一眨眼又到了暑假，天气热得使趴在门槛边的狗们个个伸出长舌头，发现生人熟人都懒得哼一声。然而枫香坪的布溪的水，倒是清清冽冽的，真像一匹白大布从楝树林里不慌不忙地流出村外。村里人爱在布溪的潭里洗澡，特别是傍晚天断黑时，大家来到溪里洗个澡，回家好睡觉。我去溪里洗澡，大多是上半日瞒着我娘去的。我娘不准我到那些深潭里去洗澡，说有水鬼。我不怕水鬼，水鬼也不一定要拉我的脚。

我记得常和梨花偷偷去洗澡。一次中午时分，日头晒白了路上的黄土，生产队的社员们忙着收割，长长的晒谷坪已铺开一床床竹篾簟，队里的保管员财喜手拿谷扒摊开堆在篾簟上的黄灿灿的谷子。我和梨花先在晒谷坪里摇风车，我们轮流摇，又轮流拱到风车的屁股后让扇来的风吹到身上。后来财喜要吹谷里的空谷壳，我们才跑到布溪去找螃蟹。

我们绾着裤脚翻了好多石块，没见爬出一只螃蟹，我兴致大减，提出洗一个澡。梨花答应帮我拿衣服。我脱光衣服小心拱进浅水里，梨花坐在石板上叫我泅一泅水，我吃了几次水的亏，不敢往深处去，只在浅水泅了一圈。梨花便笑我泅得不快。请将不如激将。我不服气，对梨花说，马梨花，你望着，我不光会泅水，还会像水牛一样把脑壳埋进水里游！说罢将脑壳埋进水里乱摸一阵。当我从水里抬起头，看见梨花哼哼地笑弯了腰，弄得我莫名其妙地跟着她笑。

她笑过以后，对我说：史建华，你的屁股翘出老高老高的，你不晓得？我揩掉脸上的水珠，想笑却没笑出来，反问她，有本事敢来比一比吗？梨花回答一句敢，立即脱光单衣单裤，光着身子轻轻拱进水里。其实与我一样只会狗爬式泅水。她一下来，我打水仗有了对手。我向她浇了一把水，她急忙喊道，莫浇水！见她不高兴，就浮到水上，故意学一声牛叫。

梨花整个身子浸进水里，好像一条雪白的鱼。我爬到她的身边，见她一个劲儿吹水泡，我也跟着吹。溪边的一棵大楝树上有只啄木鸟正梆梆梆地啄着树干，像弹月琴一样。我对梨花说，马梨花，你唱首歌吧，梨花望一眼我说，你不浇水，我唱一首娘教的花鼓戏。我说要得。她把脑壳一摆一摆地唱道：我命苦，真命苦，一生嫁不到一个好丈夫。人家的丈夫做官又做府，我嫁的丈夫只会打腰鼓……

梨花的歌还没唱完，我望见我爹和梨花娘香嫂从溪边拱上来。我以为他们来找我们，赶急叫梨花躲起来。我俩把衣服塞进溪边的箬竹叶里，悄悄地躲到一块大石砣的后面。梨花比我想得更周到，扯来一把箬竹叶戴在头上。

爹和香嫂有说有笑地坐到一块阴凉的青石板上，格外亲热。我暗想，爹是不是把香嫂当作我娘呢？好半天，我的身子有点发冷，看见他们才离开。那只啄木鸟换了一棵树，还在梆梆梆地弹月琴。

我们急急忙忙地穿上衣服，跑回村里，生产队在仓库门口分口粮，出纳是三叔，他拿着花名册念名字，财喜手拿一把大秤，叫秤谷的社员捆好箩筐绳。我路过那里，三叔正念我娘的名字，随即改口叫大嫂嫂。我就跑拢去帮我娘摆好箩筐。娘看见我，便问，华佬，你瞧见你爹吗？我刚说出"瞧见爹和"这几个字，连忙忍住了，我怕娘万一晓得我去溪里洗过澡，一定会拿竹条子打人的。娘接着问，瞧见你爹啦？我摇摇头。老队长用撮箕往箩筐倒谷时笑着对我说，小片眼，你已变成小后生了，该讨个堂客。我娘替我应道，杂条老队长，我华佬是个伢儿哩。

娘讲这话时掩不住几分兴奋劲儿。好光景才刚起头呢！

面对慈祥的娘，我头一回反悔不该对她玄谎。

14

在美丽的湘西，是枫香坪布溪的水伴我长大了。高山流水构筑我童年天真而朴实的画面。以至于如今生活鄂东南的某个城市，坐轮船在汹涌长江破浪前进，总想念布溪潺潺的流水，想念儿时两小无猜的时光……

天气回凉时，开始报名上学，报名的前两天，那个提着红木箱的剃头匠来到我们村，他一进门，我的脑壳又要变成电灯泡。

剃头匠是我爹那个煤矿的，每逢星期日或者轮休日，都要到乡里来剃头。而每次爬上枫香坪，吃饭期间就准时拱进我屋来。他比我爹年纪小，但看起来与我爹差不多大。他这次拱进我屋院子，我爹坐在堂屋门槛边，用竹篾织筲箕。我公公拿柴刀帮我爹破篾。我娘娘拿铜钱帮三婶刮痧。我在屋前的南瓜棚边滚铁圈，嘟嘟嘟地滚过去，又嘟嘟嘟地滚回来，都没注意剃头匠走拢来。他首先对我爹喊道，哥佬，你真是两头忙！我爹抬头向他一望，说，屋里的筲箕屁股都通了眼，要用哩。剃头匠放下红木箱，坐到我爹的长凳上，拿出纸烟，给我爹一支，然后为我爹点燃。再抽出一支递给我公公，我公公说不吃纸烟，他就自己吃了。他吸了两口烟，向我喊道，建华，建华，过来过来。我听他一叫，嘟嘟嘟地滚着铁圈跑到他面前，拿现话问他，你叫什么名字？他眯眼向我一笑：我叫狗来问。当时我未弄明白狗来问这三个字的意思，还以为他真叫狗来问，便说，不准你剃光头。他应道，你去问一问你娘，要你娘拿铜钱来，给你剃个平头。我说不剃平头的话，不准你吃我家的饭。

我娘接过话道，杂个屙痢的，讲话口气大，尔后对剃头匠说，师傅上来得正好，你睃我华佬毛长嘴尖，过两日他要上学，杂副样子不让老师笑话？我就讨好地跟娘说，娘，杂回让我剃个平头。娘听我一说，把双眼一瞪，剃你个鬼，你不晓得你脑壳上到处是虱的虮子？我双手一叉腰，我不剃！娘喝道，你睃一睃你当面是哪个坐在那儿？娘的意思说我爹坐在前面。我望望我爹，我爹依然不快不慢地织筲箕。我瞧瞧我公公，公公的那双老茧手仍然灵活的破着竹篾，发出悠长的嘶嘶声。我又对我爹讨好地说，爹，我不剃光头，就是剃笑尚的"牛粪堆"也比光头强。我爹哄我说，再剃一回吧！我嘴里嘀咕道，你讲过几万回了。剃头匠在旁边说，骂你爹，我保证给你剃个平头！他说这话，我娘已端来木脸盆水，叫我蹲下身子。我歪着脑壳，没理我娘，娘是个急性子，她拉住我的手，把我按到脸盆前头，口里骂道，你杂要死的，是剃你脑壳上的毛，不是剐你身上的肉。我挣脱娘的手说，要剃你自个剃光头。娘反手拉住我，朝我屁股一巴掌，说：养你杂条二百五！是前世的对头！

我一受痛，准备抬头大喊，却听见有人唱共产党像太阳，照在哪里哪里亮。非常悦耳、好听。

15

这是史老师和梨花的歌声。

娘看见史老师走近，故意提高声音说，你12块补疤喜欢哪一块？还想剃平头，又不照照镜子！娘讲这些话后来我明白是冲史老师说的。史老师读高中时与我哥是同学，她喜欢我哥，哥喜欢她。毕业时他俩有了那个意思。后来我哥当了兵才没把生米饭变成熟米饭。她与梨花一样小时候随她娘改嫁搬到枫香坪来的，不是史家人，以后才改的姓。我娘不是不喜欢她，因为我哥那时在部队喂猪喂得好，有可能要留在部队。即使退伍回家，爹也想把他搞进国营煤矿去。娘不准他在农村找对象。在煤矿娶个堂客，有公房住。不跟泥巴脑壳打交道，不是天大的好事？

史老师来我屋，是叫几个班干部先去帮忙清理教室和她的办公室。她不顾我娘难看的脸色，笑盈盈地向我娘打招呼，大婶，你好忙啊！我娘说，史老师你断个理，学生伢听不听大人的话？史老师恩地应了一声。娘说，我要他剃个壳，真好像要剁他的脑壳一样，史老师收住笑，拉上我的手说，建华，我帮你洗头毛。我低声说，史老师，我不想剃光头。史老师说，人讲的是心灵美，明白吗？我气鼓气胀地说，我不要心灵美。史老师扬起柳眉说，我跟你讲的雷锋、董存瑞、张思德、王杰都是心灵美的啊！我应道，可是他们都死了呀。史老师应道，还有很多很多英雄人物没有死。我问，他们能长命百岁吗？她说，比长命百岁还要长。

我无话可说，让史老师洗完脑壳坐在凳子上，等剃头匠围上那块全是油泥的白围布，我忽然想哭。剃到一半时，我终于哇的一声哭出来，我发现史老师立刻慌了神，不知所措地蹲下问，史建华，是不是剃头师傅把你剃痛了？我的嘴瘪得如同鲇鱼口，泪水大颗大颗地滚出来。我语词不清地说，史老师，我……

当时我想说的那句话是好想剃个平头。史老师见我伤心的样子，她的双眼马上变得湿湿的，霎时两颗晶莹的眼泪悄悄流到脸盘。剃头匠见状说，建华，你惹出麻烦了，你老师跟着你哭了呢！史老师急忙揩掉眼泪，不好意思对剃头匠说，我心软，见不得眼泪。

这时，剃头匠朝史老师讨好似的嘿嘿一笑，有一种不怀好意的样子。

我公公破完篾，一个劲儿夸史老师有能耐有本事，赶鸭子一样让那群学生服服帖帖。我爹趁机给他的竹烟筒装上烟丝，让他吃烟。口里问史老师，国佬给你写信来了没有？史老师应道，我不要他再给我写信。她讲得很轻，并掏出手巾不停地揉眼睛。

剃头匠又向史老师笑了几次，笑得史老师都不敢望他。我娘在屋里把房门关得砰砰响，史老师也不敢朝那边望。

三婶的背和肩部都刮起了红斑，还要我娘娘给她的软腰刮痧。

16

下学期开学不久，史老师组织我们搞劳动，任务是每人拣一篙箕牛粪交给生产队。我和梨花拱回我屋去找矮篙箕，看见灶上有一碗剩饭，我就伸手抓一团塞进口里。我娘在门口正好望见了，瞪着眼睛骂道，养你杂条馋吊颈鬼！我几口咽进肚子里，向我娘翻着白眼珠说，也——。我娘说，刚才我看见几只麻雀飞到碗里啄饭呢。她说罢见梨花在屋外等我，又说，你爹大片眼让她娘迷住了，你不能让她闺女迷住啊！我没回答，向娘瘪瘪嘴。

我从灶屋拱出，找一条矮篙箕拖出来。梨花问，你娘是不是讲我娘的是非？我调头往后一望，发现娘伸长脖子还望着我俩，轻声讲，我娘讲我爹没怎么用，让你娘迷住了。梨花鼓起嘴巴说，我伯伯有回还打我娘了呢。我问，是烂耳朵打你娘？梨花说，他是我伯伯。我说，你那条伯伯，给我爹舔屁眼，我爹还嫌他舌头粗了。梨花没做声，我又说，村里只有他住破茅屋棚。

我们走过黑改屋，老远看见我干爹哈哈手拿莲花落呱哒呱哒地唱道：三日没打莲花落，肚子饿得咕咕叫……

我前头已说过，我娘说我命太恶，怕不好养，拜讨饭的哈哈为干爹，哈哈是方圆有名的叫花子，光他那身衣服，差不多要穿年把时间，油泥嘎儿满身都是。他可以什么都不要，只要两件宝物：一副莲花落，一个是装饭菜的长竹筒。那时我顶讨厌哈哈，我娘要我叫他干爹，我只好开口叫，他就乐呵呵地应，并开口一句继儿好，闭口一句继儿聪明。他把打莲花落时唱的奉承话，极顺口地说给我，让我娘眉开眼笑。

这回我本来准备和梨花偷偷溜过去，黑改爹青西看见了我，赶忙对我干爹说，你继儿来了，你要给点见面礼。哈哈收住莲花落，浑浊的眼睛盯住我，张开跑风漏气的嘴问我，你爹在屋吗？我瞥一眼这个讨米的干爹，学着他的声音说，我——屋——没——得——人。我说这话真想对他做个鬼脸，哈哈没有计较我讲的话，堆起笑脸问，你娘做工去了？我点点头，这时瞅见黑改和读现书的留级生史五蛋两人仍偏着脑壳望着哈哈，我就轻声说，黑改，捡牛粪啊。黑改伸个懒腰，忙叫史五蛋用锄头担起筲箕，黑改爹青西对黑改说，苔菜（贼）日的，莫把我的新筲箕搞坏了。青西的辈分比我小，觉克主建少，本志由丰昌。他是少字辈，我一般直呼其名。我就说，青西，我们老师布置有任务，生产队的筲箕太高了，要我们回家找矮筲箕呢！青西摆摆手说，没空和你们打嘴巴官司。哈哈敲敲他的竹筒，问我要不要吃饭，他说吃百家饭好养。我没领他的情，扛起筲箕说，哪个要吃你的饭，他们把有蛆的饭菜送给你。哈哈应道，莫讲苔话，口粮是上天赐的，每人都有一份。大家不再理他，只有史五蛋说你莫去我家，我家的狗专门咬人。我们走出好远，齐声学他唱道，三日没打莲花落，肚子饿得咕咕叫！我偷偷回头一望，看见哈哈朝我直笑。

我们四人走上大路，立即望见一堆大水牛粪，足足有一筲箕。史五蛋说是他先睐见的，我说是我先瞅见的，黑改说是他先睐见的，只有莲花没有表态。史老师布置任务时要求两个人一组，我和梨花为一组，史五蛋和黑改一组的，我要梨花断个公道，是哪个先瞅见的，梨花用手指头指了指我。史五蛋说你俩是一块的，不算。我再去问黑改，黑改望一望史五蛋，又望一望我，软下来说，史五蛋，我晓得华佬眼尖，恐怕是他先睃见的，史五蛋把筲箕一丢，说，不和你一组。梨花说让他一个人一组，我们三个人去拣。史五蛋说，我爹答应我拣12担牛粪送到学校门口来，每回上劳动课交一筲箕。我应道，只要我考第一名，史老师替我捡牛粪。我向史五蛋玄了一谎。史五蛋不服气，可是想不出话来，就说，我姐出嫁时我得了很多轿门钱。我的眼睛眨了几下说，我娘拜堂时，我在堂屋门后向我爹要了一缸子铜钱！史五蛋闭住嘴，显然被我的话弄住了。梨花则哼哼地笑，黑改也非常讨好地瞅着我。我得意地向那堆牛粪嗅了嗅，觉得并不臭。

待我们回到教室，教室门口已有一排牛粪摆着。史五蛋的爹站在两筲箕牛粪中间揩汗。

17

那时候有好多事全忘到后脑壳了（全忘记了），记起来的并不是很多。

在田垄里摸田螺、捉田鸡；在山里放野火、烧黄蜂；在屋里搞只纺织娘去惹蚂蚁……这样的事情我都做过，有些做不得的事我照样做过。有一回是星期日，也就是我公公、娘娘在这一天的同一个时辰先后去世的日子。之前我记得史老师要我斩劲（用劲）学习，把中考考好，向哥哥报喜。

但是那日早上，笑尚就来邀我到生产队的苕地里抠苕烧着吃。我娘望见笑尚鬼鬼祟祟的样子，就对我说，华佬今日莫到哪儿去，你要守着你公公，你公公恐怕不行了，我口里答应着，心想，毛主席都死了，我公公还死不得？我把娘的话当做耳边风，看他们在屋里忙着为我公公做寿衣，我偷偷溜向我娘娘的屋，娘娘身靠竹床在轻声叹息，看见我进来，嘴唇张了一下，听不见她声音，可我还是客气地对她说，我已经长大了，不吃您的糖。我估计娘娘没劲答话，就轻手轻脚地穿过竹床，立在门后旮旯儿的尿桶前，怵怵地往床上一望，借着床头的那一盏桐油灯的光，看见我公公张开大嘴，脸皮蜡黄，双眼死死地盯着床顶。好像只有出气，没见进气。有时候喉咙还咕噜咕噜地响。我越看越怕，边看边退出房子，出门时我摸了摸娘娘的手，她的手还有热气，我扒在她耳边说，娘娘你不能死，我屙粪要你揩屁眼哩！我睃见娘娘勉强一笑，我也嘿嘿笑一下，调头拱出房子。笑尚看见我，连忙向我挥挥手，我俩于是簇而簇而地想往村后跑去。

村外已是清清爽爽的秋天。我和笑尚首先钻进队里的石砣地，石砣地有很多未割掉的枯黄的苞谷树。一般苞谷树跟甘蔗一样，有的格外甜。我和笑尚就是想寻一株没有枯黄的苞谷树来吃。找来找去，笑尚找到一株半黄半青的苞谷树，他用尽吃奶的力气拗断苞谷树，塞进嘴里一尝，又马上扔掉了，他说不甜。我们翻过石砣地，看见有块自留地还有好多秋南瓜和茄子树。笑尚说，我们倚在这边打南瓜，比一比哪个手准？他说着拿起一块石头向南瓜树砸去，没打着南瓜，却打在南瓜藤上。

我一看也来了劲，举起一块大石砣朝南瓜砸去，一个小南瓜立即被我砸个稀烂。又一个大南瓜被笑尚砸个大洞。我弯腰去找石砣时，笑尚咧嘴向我喊道，华佬，我又砸到一个！我偏过脑壳向他一望，见他搬起饭碗大的石头，口里还骂道，我要把菜（贼）日的财喜的南瓜全砸烂！

从他的话里我明白南瓜是保管员财喜的，便对笑尚说，我不打了，财喜是黑改的伯伯，我和他无冤无仇。笑尚说，那日老队长和财喜扣了我屋的口粮，你看见旮旯边有个大红南瓜，我要把它抠个眼往里头屙泡尿，让财喜去吃！我说，我不做坏事，你打财喜的南瓜，我去告状。笑尚连忙停止他的报复行动，他对我笑着说，华佬，我去偷苕偷橘子给你吃。

正在这时，从村里传来哭喊声，是不是哪个屋老人了？我仔细一听，有我娘的哭声，她的嗓门又尖又大，在关键时刻全发挥出来了。她哭的那声"我的爹你舍得丢下我们啊"，全村人都能听见。

这天，是我公公先过世。

18

1978 年，我 9 岁时，我将告别枫香坪学堂。

去大队小学报名的 9 月 2 号，我和梨花、黑改三人路过教室，见史老师坐在北边的房子给学生报名，忙得不可开交。她除了给新生报名登记外，有时还要帮他们取学名，那些猫佬，哭佬的小名是不好做学名的。

我走近门口向她喊道，史老师，我们也去报名！她听见我一叫，调头往后一看，急忙招手说，史建华你进来。我拉上梨花和黑改的手拱进来，她就招呼我们坐。我没坐，问道，史老师你有事吗？她应道，有些话想再说一说。梨花接过话道，老师你讲，横竖我们都喜欢你。史老师放下钢笔微笑地说，能教你们这样听话的学生，我当老师也有劲。如果将来不能再当老师，我也心满意足。她说这话立起来拉住我和梨花的手，动情地说，我算不算好老师？我想到她救过我的命，便拿出漂亮话说，史老师是天底下最好的老师，就是祝英台和梁山伯的老师也顶不上你！梨花也帮腔说，我长大了也要当个像你这样的老师。史老师连讲几个好字，认真地说，你们到大队去读书，照样听老师的话，好好学习，天天向上。我插上一句道，我和爹讲好了，我长大了不去挖煤，去开机帆船。史老师笑着说，那更要好好读书嘛，你哥在部队仍然不忘学习呢！我说，我哥专门喂猪，又不打仗，要是我当兵，去打美国纸老虎！史老师说，只要你肯斩劲读书，会比你哥强。我眼睛眨了眨问，史老师，你给我哥做堂客，要不得？我哥保证给你好多好多的轿门钱。史老师闻言，脸腾的红了，好半天才说，细伢儿怎么管起大人的事了？你娘要你哥娶个吃居民娘的堂客，一般人哪里配得上？我说，我爹说你配得上。史老师说，你是个小孩不懂事，我早跟你哥断了来往，我现在还要在枫香坪过日子。

她讲得很轻松，似乎有难言之隐。黑改在旁边催道，华佬，我们报名不能迟到。史老师就送我们出门口，之后她什么话没说，梨花对她说，老师，有空我回来陪你改作业。她没回答。

我们三人离开学堂，史老师站在门口目送我们远去。梨花见了说，史老师舍不得我们呢。我转过身子，对史老师叫道，老师，我读三年级还要考第一名！

史老师倒像一株高粱长在那儿。

19

那日报名回来，我和我娘吃晚饭的时候，史老师空脚吊手地拱我到屋，她开口问我，史建华，给你们报名的老师是不是马老师？个子蛮高的。我正端着饭碗瞅住那碗青辣椒发呆，我娘说，要是喂条割肉猪就好，每日割一块肉来煮（我娘有意与史老师黑面，很少和她搭话）。我见史老师问我，仔细想了想那个报名的老师，朝史老师点点脑壳。史老师在我屋里摆菜碗的高凳旁坐下来，再问，马老师没和你说么事话？我摇摇脑壳。其实马老师问了好多话，问我从枫香坪来的这些学生，哪个成绩最好，哪个最顽皮，哪个顶听话（显然晓得我是班长）。也说我们史老师会教书，有水平。絮絮叨叨地讲了一大串。

史老师说，我事先和马老师打过招呼，要他好好照顾你。史老师讲这话，也许是给我娘听。我娘对史老师的话，无动于衷，边吃饭边说鬼辣椒辣死人。史老师向我娘笑笑说，大婶，你总舍不得吃点好的。我娘应道，没得钱啊，我屋里只有杂副摊子，一个铜钱来，要个铜钱出。史老师沉默一下问，大婶，国佬最近没有信吧？我娘答道，他说他想通了，不想在农村讨堂客。我娘说完，瞟一眼史老师。史老师说，我以前给他写信说，我只有这个命……我娘急忙说，史老师你是个好闺女，哪个娶了你，保证会享福，我国佬倒没杂个福气。史老师说，说正门大路话，我是想在枫香坪找个婆家，一来可以照顾我娘，二来我离不开那些学生伢儿。可是如今却不行了，村里人说我被国佬欺侮过……

史老师没有再说下去，眼里冒出了眼泪。跟那次我剃脑壳时我见到她哭的情形一样。我娘说，大妹子你莫伤心，没有的事说不圆。史老师说，有的话讲得那么真。我娘答，让他们去嚼嘛，以往我大片眼和香嫂有点那个，全村人不照样说得有鼻子有眼？史老师说，我倒不要紧，怕影响国佬的名声，建国他的前途要紧。我大不了不当老师，嫁到外地去。我放下饭碗，坐到史老师身边说，史老师，我长大了讨你做堂客，要不要得？史老师被我问红了脸，不知说什么好。我娘骂道，杂条二百五，杂条油谈生！哪个叫你乱讲话？你今后讨得堂客，天要变瓜棚！

我的满腔热情，顿时被我娘浇熄了火。我瘪起嘴，唯有黔驴技穷地吼道，也也也也！我娘又气又笑地骂道，杂条屙痢的。史老师揩掉眼泪，摸着我的脑壳说，建华，对人要有礼貌，晓不晓得？我向我娘偏偏头，一下子扑进史老师的怀里，紧紧搂住史老师。史老师立即叫道，建华，我怕痒，快放开！我就是想抠史老师的痒，不让她哭。我先在她较软腰两边抠，没抠着，后来想伸手到她的胳肢窝，却捉住了她的奶子。史老师没生气，口里求饶道，建华，我服输了，你莫抠痒。我放开史老师，望见我娘瞪着我说，二百五，你老师还是个黄花闺女。我向娘嘿嘿一笑，斜眼去瞅史老师，史老师板着脸说，你千万莫变成化身子！我淘气地望着史老师鸭蛋形脸和额上的那排悠悠毛，感到她仍是那么慈祥。

这一年，出乎我的意料，史老师闪电嫁人。

我更没想到，史老师嫁给了煤矿的剃头匠，他比史老师大 20 岁。

她拜堂时我病了，发高烧，又出痘，没空去拦轿门。反正我哥也从部队回了家，据说史老师晓得我哥回来后，哭了一个晚上。我哥从那时起，发毒誓再不回到家乡来。他更不愿转业到我爹的煤矿去。

20

日子一晃则过了好几个年关。山上的茅草青了又变黄，黄了又长青。我和梨花已考上初中。读初二时我们那开始实行土地责任制，大伙喜气洋洋又愤愤不平地忙得像蚂蚁搬家。生产队的耕牛、打禾机、斛桶、风车、箩筐、犁耙、谷扒等东西分到各家各户；仓库里的谷和苞谷、麦子、高粱以及种粮，也按工分按人头分进各家。

记得栽田期间，我和梨花从公社中学回来，老远望见梨花娘香嫂拿扫帚在仓库门口边扫那些散落到地上的零星谷和麦子，大概扫回去喂鸡。保管员财喜立在空空的仓库里骂朝天娘。梨花娘一个劲儿扫，没去听财喜的牢骚话。

我和梨花走近梨花娘身边。香嫂抬头望见我们，轻声问，你们放学了？今天是星期几你们又回来了（我们在公社中学寄宿，一个星期只回来一两次）？我抢先答道，星期三了。香嫂直起腰，问梨花，你带的那么多菜又吃光了？梨花老老实实地答道，华佬要我陪他回来？我插腔说，我要我娘煮点好吃的菜，哪个像你梨花天天吃腌菜？香嫂笑道，你屋大片眼是工人。

香嫂笑的时候，眼角爬满了鱼尾纹，好像不是往年的香嫂。人老一年，牛老一春。这俗语有点道理。我爹以前和她好的那一段光景，算不算得上是她最有魅力的年月呢？

和香嫂分别，我惹梨花说，梨花，你小时候总爱唱花鼓戏，我命苦，真命苦，一生嫁不到一个好丈夫。梨花说，现在不唱了，唱这歌好丑哩。正说着，笑尚牵一头黄骚牛走过来，他边走边咧着嘴学羊叫，那叫声与羊叫声格外相似，他望见我，洋洋得意地对我喊道，华佬，你睖我的黄骚牛前身高后身矮，相打（打架）格外有劲！

那头黄骚牛有对张张角，走路脑壳一甩一甩的，浑身有劲，我被它吸引住了，急忙问，我娘分得么样牛？笑尚说，那我不晓得。这是我拣阄分得的，烂耳朵（他一直称呼他的后爹大名）没得用，拣阄不里手。我说，你黄骚牛偷不偷庄稼吃？笑尚笑道，有牛娘就不偷庄稼。华佬，你莫读书了（他小学毕业再没读书），每日睖牛相打，昨日我牛与布溪大队的一条黑牛打了一回，差一点把他们黑牛送上西天。梨花心痛地说，哥，莫让牛相打。笑尚说，我就要让牛长肥，要它称王称霸。

梨花娘从后头走拢来，她听见笑尚没来由的话，开口骂道，你个屙痢的，一日到黑只晓得牛相打，如今不是生产队，打伤自个牛划不来，打伤别个牛赔不起，到时候犁田做阳春没得牛，就叫你去拉犁！笑尚应道，把牛轭搁在我肩上，我拉得动。香嫂见状又骂了一顿，笑尚才把牛牵走。

他路过村子的学堂，拣一块石砣不管三七二十一，在铁钟上当地敲了一下。听见钟声，从教室里头立即拱出义佬，伸手抓住笑尚的耳朵，往上一提吼道，哪个叫你调皮捣蛋！笑尚向义佬咧一下嘴，摸摸那只被提的耳朵，一声不响地走了。他那黄骚牛倒发出一声极威风的长叫，前脚还在路上刨了几下，向义佬示威。

义佬是史老师拜堂成亲后，才被请来当民办老师的。他只是个初中生，可他爹是老队长。义佬比史老师要恶要狠，他用竹篾板打人，还不准哭。而对笑尚这样能挑百多斤担子的小后生，他照样敢提耳朵。

自从史老师走后，换上义佬当老师，我对这间教室便失去了感情，似乎没去过那里读过书一样。有一回星期日爬进教室，往讲台上屙了一泡屎。我还想寻一茬粉笔，在黑板上写几句损人的话，但没找到粉笔。

21

我和梨花分别之后，簸儿簸儿地跑回家，发现灶屋门口都冒出了青烟。

我走到门边，瞅见我娘高高地扬起巴掌要打我爹，我爹拿着吹火筒对着我娘猛吹。我见到他们像细伢儿一般闹着玩，我想我爹还是喜欢我娘，娘依然喜欢我爹。我站在门口当中不耐烦地问，你们搞么名堂？娘调头见是我，问，华佬你回来了？我嗯地答一声。娘说，刚才叫你杂条好吃懒做的爹给你哥写封信，他硬是不肯。你回来正好，给国佬写封信。我将带菜的杯子往灶屋的凳上一放，没答话。我爹见了说，建华，你莫学你哥那一种怪脾气。娘接过话道，晓得国佬杂样喜欢史老师，我当初就让他们拜堂成亲！爹挖苦道，如今有戏唱了，他待在部队不肯回来，又不肯结婚，看你怎么办？我不愿听他们打嘴巴官司，嚷着道，我肚子饿得咕咕叫。

吃完饭，听我娘说，我家分得的黄骚牛很正路，它不挑人，而且能听懂人的话。是生产队的那条花牛婆生的。我晓得队里的花牛婆，只有它是花牛，几年前从田坎上摔下来，摔断了一只脚，后来被我二叔绑着杀了。那回队里晚上煨牛骨头。我差点儿和笑尚打起来。开始是我二叔把一块煨好的牛骨头叫我啃，被笑尚从背后抢走，笑尚说生产队的牛肉人人有份。我仗我二叔在场，骂他的娘偷人，气得笑尚要砸我，被我二叔用尖刀挡开，二叔吓他，你再惹事，把你鸡巴割了煨汤……

我家的那头黄骚牛的确温顺，它的外号叫烂豆子，就是大人们骂我们小孩常骂的话。烂豆子还有这点好处，晚上天黑后，它自己晓得从山上回来，从不让人担心它会走失。

我和它有些感情哩！

那年冬天，山上的雪刚融化，我和黑改把牛赶到离村子很远的竹叶山里，山里遍地野竹子，在这样的冬天，牛能吃上那样青的竹叶，是非常不易。但山里有很多的断谷、石缝、窟窿，人不小心掉下去，是很难出来的。打猎的人把这些暗缝、暗洞叫作鬼洞，表面看不见，杂草枯叶将其盖得严严的，如果踩上去就会陷下去，是很危险的。平常大人是不准去这样的山。

那天我准备赶牛回家，看见一只松鼠在几棵古松里蹿来蹿去，大概寻找一点过冬的粮食。我连忙追过去，松鼠并不怕我，在我眼前两米多远的地方跑，我想捉住它，便忘记了危险。还没追上十几米，我一下子滚进了鬼洞里。幸亏我穿了棉衣棉裤才没伤着。那个鬼洞有七米左右深，我在地下往上一望，只看见一小块亮光，空手是上不去的，在地下大喊上头不一定听得见。但我在洞里喊了好半天黑改，上头没见一点反应。

过了两顿饭久，我急得只想哭时，我听见烂豆子在上头哞地长叫，是那种悲壮的声音。又过了一顿饭的工夫，我听见黑改的声音，便大声地喊他，叫他放下绳子来。黑改急中生智，放下一大把葛藤，我顺着葛藤终于爬出了鬼洞。黑改见到我说，华佬，我是听见烂豆子叫，过来睁一睁你在不在。我就冲着烂豆子说，烂豆子，今日你又立了大功。烂豆子扇了扇耳朵，向我望一望，伸出舌头去摘竹叶。

嘿，真聪明的烂豆子！

一眨眼，我和梨花告别了公社中学。

对于初中毕业考试，我俩都满怀信心。我和她都名列前茅，何况我们那所中学是全县重点的学校，在全地区也是不错的。升学率极高。

平常，在那个闷热的酷暑，我和梨花都在早上和下午把牛赶到山上去吃草。

我记得我接到县一中的录取通知书的那日下午，我和她去布溪上头的楝树林里放牛，天忽然变阴了，随后刮起一阵狂风，苞谷米大的雨滴开始落下来，打在布溪潭里的水面上溅起一个个大水花。

梨花拿刀准备割茅草，看见落雨，老远喊我，建华，落雨啦，到哪个地方躲雨？我那时把烂豆子赶进树荫里，准备去潭里洗澡，听他一喊，则叫她过来躲雨。梨花骂了几句讨厌的雨，笑嘻嘻地跑拢来问，建华，想办法躲雨！我说我是能工巧匠，把衣裳做一把伞，挡不住雨吗？梨花催促道，那你快一点。

我脱下衣裳，拉着她拱到溪边的一块斜石块下，把衬衣举到她的脑壳顶上。她抱住自己抽条了的身子，缩着脖子躲在我衬衣底下，我听见溪那边传来伢们的喊声，大雨大雨狂——狂，淋死淋死娘——娘！我则建议道，梨花你唱首花鼓戏让我听一听，梨花这回爽快地答应了，她闪了闪睫毛唱道，我命苦，真命苦，一生找不到一个好丈夫，人家的丈夫做官又做府，我嫁的丈夫只会打腰鼓，得而一得当，得而一得当……她唱到这里停下来问，是不是这样唱？我说不晓得。梨花说乐器不是这样打。我不管她乐器是怎样打，却问她为什么爱唱这种歌，她说是她娘的歌，是她娘心里的歌。

这时我已经有点懂事，我没再问。我瞅一眼梨花，看见她正扬脸朝我抿嘴一笑。雨水滴在她胸前的衣服上，露出一对小乳房的轮廓，非常的好看，我就动情地说，梨花，我一直很喜欢你。她说，就像你哥喜欢史老师一样？我靠了靠她软软的身子，应道，是的，我要像我哥那样。她听我一说，把头一下靠在我的身上，说，那我们不能喜欢。我不解地瞅着她明亮的眼睛，用玩笑的口气说，以前你娘要把你许配给我呢。梨花张开樱桃小嘴说，你做梦吧！我听了一把搂住她问，哪个做梦？她连忙求饶说，是我做梦是我做梦！

雨停之后，我俩成了一双落汤鸡。

23

不久，梨花如愿以偿考上了芷江师范。她是我们学校考得最好的学生。

芷江我至今没去过，翻开往日读书的地图，有根铁路黑线通过芷江，西头是贵州，东头是我们怀化。离我们家乡并不远，只有一粒米那么长。我也出差去过一些地方，唯独没有去过贵州。有时也路过那个地方（比如坐火车去昆明），但没时间下车。总无缘与芷江相见。

自从梨花去芷江师范就读，我就很少与她来往。她晓得我在县一中读书，给我写过几封信，后来都被我尊敬的班主任无情地退了回去，我连信封都没见过。我只有她开头的两封信，她说芷江有湘西灿烂的文化。

我离开枫香坪那天，天落着毛毛细雨。我吃过早饭，我娘老早用竹篮装好酒碗、酒瓶、香纸和一块方方正正的猪肉，并在肉上头插了一双筷子，要我跟着她去公公娘娘的坟上以及乘凉树和土地庙去烧香。我晓得我娘的脾气，便依着她。我打一把洋伞，我娘戴着斗笠。先在祖坟上烧完香纸后，娘领我来到村头的大枫树下，这棵老枫香树很有些年代，树心都空了，常有蚂蚁住在里头。

娘在枫香树脚摆好肉碗酒碗，手拿香纸叫我用洋火点燃后，要我作揖。我一连作了三个揖，我娘也作了三个揖，口里念道，乘凉树，乘凉树，我华佬要出远门，你保佑他一生富贵，儿女满堂。娘说罢，将酒碗里的酒洒在地上。

此时，我望见白白胖胖的史老师打着洋伞走过来，她手里牵着一个 7 岁左右的女伢儿，比她还要白。快走近时，她就向我娘喊道，大婶！我娘就热情地应，是史老师啊，你越长越好啦！

我收拾好酒碗肉碗，史老师便走到我身旁说，建华你和你娘拜乘凉树哪。我腼腆地点点头，也许是我多读了两年书的缘故，成了不爱说话的书呆子。我娘替我说道，华佬不爱多说话。

我见我娘问她生活上的一些杂事儿时，就轻声问她的女儿：你叫什么名字！史老师女儿向我翘一下嘴巴，极为老练地答道，我叫狗来问！她回答的竟是很标准的普通话，但我听起来很刺耳，我的脸不自觉地红了……

挥一挥手，在雾罩里告别了湘西。

如今，笑尚成了有名的牛贩子。梨花做了几年导游小姐，当上了旅行社的总经理……这个世界都在变，唯有我没有变，我的追求也不会变！

太平天下

那天，我在办公室电脑前看股指期货资料，忽然手机铃声响起，我打开手机，传来一位老人低沉的声音：你是新闻官吗？我应道，是的，您是哪位？老人说，我有一个重要的新闻对你说。我说，好的，您请说。老人卡卡卡地干咳了几声道，我有哮喘病，电话里讲不方便，我在香奈儿小区的大枫树下，你过来吧，我等你。我连忙问，是什么新闻呢？老头又卡卡地咳两声说，突发事件，昨晚小区一个相当老实的老头在别墅前上吊自杀了！

听老头这么讲，我觉得真是一条重要新闻。香奈儿社区我非常熟，20世纪八九十年代我就住在那里，那时候是贫民区，尚未改名，叫马前庙居委会，还没建新楼房，更没建别墅，住的均为地质队、煤矿、船厂家属。我爸妈乃船厂的工人，论资排辈分得一楼的几十平方米的房子，企业破产之际不得不把客厅改成餐厅，在门前摆个煤气炉，卖早点。老爹不卖湖北的热干面，却独辟蹊径卖家乡的湘西凉粉，取名叫老石湘西凉粉店，生意出奇的好，每月可纯赚上千元。

那棵大枫香树在社区的中间，有上百年历史，两个成年人合起来才能抱得住，小时候我经常在树下玩。后来旧城改造时，很多柏木陆续被砍掉了，但这棵枫香树一直成为保护植物。香奈儿社区离报社不太远，我骑摩托过去，大约只要几分钟，我看看时间，下午 5 时 15 分，便决定马上动身去看看。

待我赶到香奈儿社区，老远看到一位老头坐在枫树下，他穿着白色衬衣，头上缩着白色的头巾，像陕北的老大爷。我停靠好摩托，走到老头身边，发现他年事已高，头发花白，满脸皱褶，像一块揉搓过的绸布。双眼深陷，暗淡无光。坐在那里，似睡非睡。我不知道是不是他报料，走到他的跟前，试探地问，老师傅，我是报社的记者，请问一下这里有没有一位老头自杀？他翕动一下嘴唇，如同螳螂捕食后活动自己的嘴。过了片刻，嘴里才嗯一声。我在他身旁石凳上坐下来，先套近乎问，师傅您贵庚？他似乎没有懂我的话，没理我。我又问，您叫什么名字？老头说，我叫俎理发，俎是左边两个人，右边是个而且的且，理是道理的理，发是发现的发。

这个姓少见，但这不重要，重要的是关于老头自杀的事。

老头也许看出我的心事，嗓音低沉地说，小伙子，你不要急，让我慢慢道来，这事说来话长！

老头说，那个自杀的师傅以前是个煤矿工人，名叫祖之堂，外号叫大胡子，住在前头，他为啥自杀呢，一言难尽哇……

1

凉爽的春风从陆青山那边轻轻地吹过来，祖之堂敞开衣襟，露出黑黑的胸毛。他站在小山沟中央，马前庙一排红砖瓦房隐约可见。他的老婆祝小妹说，大胡子，以后你上下班都要路过这山沟呢。祖之堂说，哈哈，有了洋房子住，要我翻十座山我都愿意哇！他用黑黑的毛巾擦拭额头上的汗，又说，风转向了，要变天呢，我们赶紧把家具搬过去。说完，他拖起板车沿着小公路往前走，车辘轳发出吱呀吱呀的响声。

这是 1975 年 3 月 27 日，祝小妹挑选的黄道吉日，祖之堂一家四口从山背的陆青山煤矿的简易工棚搬到马前庙工人新村。

陆青山煤矿在马前庙做的房子全部是三层高的红砖碧瓦的楼房，房子里有厕所，有厨房。

祖之堂分的是三楼的两室一厅的房子，他把那几个黑不溜秋的柜子搬进屋，与祝小妹简单整理几个房间，要大女儿祖雪在墙上贴上革命现代京剧《红色娘子军》里的洪常青、吴清华、娘子军连连长和红军通信员小庞的彩色照片。祖雪贴好照片，祖之堂在客厅贴上自己荣获的市劳模的奖状和毛主席语录。祝小妹见了说，大胡子，我们真像革命家庭呢。祖之堂用手抚摸脸上的络腮胡子，呵呵地笑道，我们穷人终于翻身当家作主。说着，拿出准备好的一挂有千响的鞭炮，在楼道里点燃，可那挂鞭炮做得假，噼噼啪啪地像放着闷屁，祖之堂见状骂道，狗儿的，买来挂不响的炮仗。他的两个未成年的女儿捂着耳朵，与她们的留着黑黝黝长辫子的妈妈，都笑得合不拢嘴。

祖之堂1936年出生于被誉为将军县的湖北省红安县，1956年被鄂王城国营陆青山煤矿招为煤矿工人。这么多年来，一直在井下采煤，与很多矿工一样，都住在煤矿边上由油毡盖的简易工棚，热天热死，冬天冷死。

搬进新家吃第一顿晚饭时，住在对面的二区班长任大红推门进屋，他比祖之堂大两岁，开口说，小祖，祝贺你搬进新家！远亲不如近邻，以后我们是一家人了！祖之堂说，还是共产党好哇，我们终于住进了洋楼。任大红从口袋里掏出5斤粮票，放到祖之堂吃饭的八仙桌上，说，我冇得什么可以送你，收下5斤粮票吧。祝小妹急忙站起来，把黑辫子往肩膀后一甩说，任师傅，你太讲礼了，我们不能收下你家的粮票呢。任大红笑道，在煤矿一区，我最佩服的几个班长，要属小祖，这粮票不收下就有些见外，再说你们是半边户，小祝和孩子冇得户口，冇得口粮哪。祖之堂说，任师傅你搬进新房子，我冇得什么东西送你哇，真的谢谢你。祝小妹说，那就坐下一起吃碗饭。任大红摇摇手说，我已经吃过了，现在要去楼下活动活动，外面有一个水泥操场，能够打球呢。大女儿祖雪接过话说，爸爸，我们学校还不是水泥操场，我想去踢毽子。祖之堂说，快吃饭吧，吃完饭我们全家人出去玩。

吃完饭，祖之堂丢下碗筷，走下楼房，在附近闲逛，偶尔碰见认识的煤矿工人，则点头问好。当他逛到那棵百年枫香树前，看到大家搬来家里的小凳子，坐在树下摆龙门阵，其中有几个是煤矿二区和五区的采煤工人，他们与祖之堂一样，均为半边户。有一位外号叫长子的采煤工人，他是五区的，正在发牢骚，他说，狗儿的，煤矿领导心特别黑，我们半边户住房子，他们收房租每月2块。有人问，如果不是半边户呢？长子答道，只要两毛钱。有人说，煤矿能给半边户分房子，就很不错了，你们看到船厂吗？那么有钱，半边户没有一个能分到房子，都住单身宿舍。长子叹口气说，都是命不好。

祖之堂听了，心里想，谁叫我们是半边户呢？住楼房交房租总比住工棚好哇！

2

住进马前庙的新房，祖之堂生活比以前显得更加拮据，不仅增加两块钱房租，几乎少了一个星期的伙食费，而且不能种菜，日常季节蔬菜也得买。正在这时候，祝小妹怀上第三个孩子。祖之堂不得不放弃所有的节假日的休息，指望多加一个班赚几毛钱的生活费。

经过十月怀胎，1976年6月一个夜晚，祝小妹非常争气，给祖之堂生下一个儿子。儿子生下时，又黑又瘦，却很像祖之堂，长着一个小国字脸。祖之堂把他抱在怀里，嘿嘿地笑道，老子识字不多，今年是龙年，狗儿的，取个大气的名字，叫祖黑龙呵。

祖黑龙两岁的时候，祖之堂大女儿祖雪初中毕业，在家待业。这时，16岁的祖雪长得亭亭玉立，像她妈一样皮肤白皙，像她爸一样有一双大大的眼睛。一区的党支部书记费杰德看着祖雪长大，非常喜欢祖雪这个文静的女孩，他有一个农村户口的儿子比祖雪大一岁，想让祖雪做他的儿媳妇，祖之堂非常赞同，却遭到祝小妹的反对，祝小妹说，我的雪儿长得漂亮，要找就找一个居民粮户口，找一个不用交两块钱房租的家庭。

祖雪18岁那年，船厂的机电车间的车间副主任胡建铁的胖儿子胡鄂在马前庙操场遇上出来买菜的祖雪，立即被祖雪的花容月貌所吸引，他于是跟踪祖雪，发现她住在马前庙52栋5单元3楼，书名叫祖雪，农村户口，在家待业。胡鄂回到家里，吃完饭，对他妈说，妈，我今天操场遇上一个漂亮的女孩子叫祖雪，鹅蛋脸，大眼睛，非常美。胡鄂的妈是武汉人，她用一口汉腔应道，有本事你克（去）追她。胡鄂说，她住在52栋，她爸是陆青山煤矿的。他妈问，不会是半边户？胡鄂答道，她是农村户口。他妈马上板起脸说，农村伢儿要她做什么事？胡鄂说，妈，她真的太美了，我非常喜欢。他妈说，我们商场有蛮多女伢呢，吃居民粮的，我克给你介绍一个喽。胡鄂说，她像七仙女一样，鹅蛋脸，蜜蜂腰，有一双漂亮的大眼睛。他妈说，你莫给我讲这些。

未得到母亲的支持，胡鄂丝毫没有泄气。有天他从船厂下班，又看见穿着白色连衣裙的祖雪出来买菜，他就故意走过去问，你是胡琴吧？祖雪闪着明亮的眼睛，声音小得像莺鸟一样，她愁愁地说，你认错了人。胡鄂故意一拍脑袋，哦，你姓祖对吗？住在52栋，你和我妹妹是同学呀。祖雪问，你妹是哪个？胡鄂说，我妹妹叫胡香香，我们是船厂的家属。祖雪说，那是小学同学吧。胡鄂说，那我不太清楚，有空到我家去玩吧，我住在12栋。祖雪望一眼胡鄂，发现他相当胖，简直看不到脖子，长得蛮憨厚，不像坏人。但他说的话，像坏人。她不敢与他讲话，赶急抽身离开。

胡鄂这次发现祖雪真的是一位好姑娘。

一个星期天的下午，夏日的太阳晒得劣质柏油路直冒黑油。胡鄂鬼鬼祟祟地来到祖雪家，祝小妹正在客厅给祖黑龙切西瓜，祖之堂上中班，在家休息。他坐在藤椅用蒲扇扇着风儿。祖雪未回家，在裁缝店学裁缝。满脸络腮胡子的祖之堂看见胡鄂，他问，你找谁？胡鄂应道，叔叔，我来找祖雪，请她看楚剧。祖之堂马上放下手中扇子，他打量一番胡鄂，瞪着眼问，你认得祖雪吗？胡鄂点点头。祖之堂的眼睛瞪得像一对铜鼓，他问，你住在哪里？胡鄂说，我现在船厂上班，住在12栋。祝小妹问，你是吃居民粮的？有房子住吗？胡鄂点点头说，我是工人。祝小妹闻言，一边搬凳子一边问，你家住多大的房子？胡鄂说，我爸妈是国家干部，住的是大房子，三室一厅的呢。祝小妹问，你喜欢祖雪吗？胡鄂点点头。祝小妹说，我家祖雪心地善良，你不能欺侮她呢。胡鄂说，嘿嘿，我人也老实嘛。

就这样，胡鄂凭着他的一套房子和工人身份博得了祝小妹的好感。

入秋以后，胡鄂趁爸妈都在家的时候，把祖雪带回了家。胡建铁望见祖雪美貌如花，把想说的话吞进了肚里。胡鄂的妈左瞧瞧祖雪的鹅蛋脸。右瞧瞧祖雪的大眼睛，叹口气说，这伢儿长得蛮标致，就是鬼农村户口，找不到工作呢，急死人。胡鄂说，妈您是商场书记，您把她招进商场，先做临时工，再想办法转正了。胡鄂妈用汉腔应道，我是书记，群众的眼睛都盯着我，我哪里好克帮她？再说她是农村户口，我冇得办法帮她！胡鄂说，您不帮她，我也要娶她，我这一辈子就爱她一个人！

祖雪一听，感动得眼泪直掉。

祖雪出嫁那天，是1983年元旦，她得到了公公婆婆的两份重礼，一份是胡鄂的妈妈把她招进了鄂王城商场，通过关系将她的户口迁进了城里；另一份重礼呢，就是马前庙12栋的三室一厅的房子，让给他们新婚夫妇住。

祖之堂见了喜笑颜开地说，还是共产党好，让贫苦群众有房有工作哇。

3

祖雪出嫁后，家里忽然少了一个人，祖之堂心里变得空荡荡的。一天，他趁星期天上夜班时，来收拾家什，他从柜子里翻出一张发黄的奖状，只见上面写道：

祖之堂同志：一九七二年在社会主义革命和社会主义建设中，认真执行毛主席的无产阶级革命路线，出色完成了党的各项任务，荣获模范工作者光荣称号。特发此状，以资鼓励。中共鄂王城市委员会、鄂王城革命委员会。一九七三年三月（盖章）。

这张奖状在墙上贴了一年，糨糊变得干巴，快要掉下的时候，他把奖状藏进了柜子，一直没有动。再次看见它，祖之堂感慨万端：唉，10年了，眨眼过了10年光景！当初的房租从每月两块，已经涨到了8块呢。

儿子祖黑龙看见祖之堂手里拿着奖状发呆，便嚷嚷道，爸爸，我要做纸飞机，我要做一架纸飞机。祖之堂听了骂道，狗儿的，这是老子的奖状，不能做！祖黑龙问，为什么不能做？这张硬纸蛮好做飞机的。祖之堂吼道，狗儿的，你这一个多学期的书白读了！他把奖状展开，指着祖之堂三个字问，这是什么字？祖黑龙一摸脑袋，大声道，老子知道，祖之堂，是你的名字。祖之堂一听，立即沉下脸说，你是学生，说话要文明，下面的字呢？祖黑龙怯怯地说，一九七二……年……在……社会主义……革命……和社会主义……祖之堂说，对，继续认。祖之堂说，后头的字不认得。祖之堂骂道，狗儿的，白读了一年书。祖黑龙说，才不呢，我还认得毛主席！祖之堂说，黑龙，你要好好念书，不要学爸目不识丁，要读到北京天安门去，住大洋房哇！说着，他伸出手，拎起祖黑龙的耳朵问，你的耳朵听进去了吗？祖黑龙歪着脖子，痛得直咧嘴。

这时，祖之堂的二姑娘走到门口，她的身后跟着一个男孩，她轻声地说，爸，这是小马，我的朋友。祖之堂这才发现，高中肄业待业在家的二女儿，什么都没有学会，学会了谈恋爱。二女儿1966年出生，只有18岁，祖之堂从心里反对她谈朋友。但是他不好发作，忍住脾气问，你的朋友是做什么事的？二女儿说，他和我一样，半边户，他爸在煤矿六区上班。祖之堂问，他爸叫什么名字？小马接过话道，我爸叫马森林。祖之堂想起来了，马森林外号叫憨鸟，是从江西九江农村招来的，一副憨相，几个煤矿工人常骂他憨鸟，最后竟成了他的绰号。

祖之堂把他俩叫进门，郑重地说，你们俩作为普通朋友交往可以，但是绝对不能谈朋友。二姑娘闻言，噘起嘴巴。小马欲向祖之堂申辩，被他制止说，小马，你是农村户口，没有房子，我的女儿不可能嫁给憨鸟的儿子。祖之堂说这话明显带有鄙视的语气，小马听了，脸哗地红到了脖子根。他低下头，转身逃出了祖之堂家。二女儿见状，气得在家直跺脚。

祖之堂把奖状收进柜里，感觉办成了一件大事。他点燃一支烟，悠然自得地走下楼，哼起了楚剧《打金枝》选段《登殿》唐王所唱的开场白：紫金炉内烟缥缈，龙行虎步踏琼瑶。曲子还没有唱完，看到两辆东风车载有崭新的家具开进小区，停到地质队家属楼那边。几个煤矿老工人站在楼下，用羡慕的眼光说道，狗儿的，搬来一家有钱人。

4

与富人不一样的，穷人夏天怕热，冬天怕冷。对于穷人来说，夏天的日子，非常酷热；冬天的日子，非常寒冷。他们期待过"二八月，乱穿衣"的季节。祖之堂与许多的煤矿穷工人一样，最不愿过的是夏天。因为冬天可以去煤矿附近拣些煤末子和煤渣子，做成煤球，在家用煤炉取暖。

1987年小暑前几天，接连下了两天的大雨，长江的水位超过了防汛的警戒线。陆青山煤矿担心透水事故的发生，决定放假几天，停产检修。祖之堂回到家里，对祝小妹说，小妹，今年夏天好，难得有这么凉快的天气，我们穷人蛮喜欢。

祝小妹发现祖之堂心情好，便给他泡一杯茶，说，祖之堂，我一件事情要和你商量。祖之堂喝了一口茶，问，什么事呢？祝小妹说，二姑娘今年22了，她的婚姻大事不能再拖呢，再说房子又小，不能与黑龙睡一间房呢。祖之堂点点头，问，有没有合适的对象呢？祝小妹说，有啊，那个小马你晓得的，他一直在等我们家二姑娘。祖之堂听到那个小马，连忙摆手道，那个憨鸟的儿子我不喜欢。祝小妹说，听说他现在开商店，很会赚钱的。祖之堂问，这个不谈了，还有其他对象吗？祝小妹说，还有一个地质队的工人，今年33岁，是吃居民粮的，有房子住，只是年纪大了一点。祖之堂说，这个不错，大一点会疼人咯。

他们正说着，二姑娘从外头走回来，她长得与大女儿一样，瓜子脸，柳叶眉，蜜蜂腰，而且比大女儿的皮肤还要白，还要漂亮。她换上拖鞋，高兴地说，妈，我有一个好消息要告诉你。祝小妹转过身子问，么事好消息？二女儿应道，地质队的半边户的农村户口，可以转为自理粮户口，说是市里有了新政策。祝小妹迷惑不解地问，么是自理粮户口？二姑娘说，就是把农村户口转为城市户口，却没有粮食供应。一个人的户口，只要交3000块钱就农转非。

关于转自理粮户口的事，祖之堂听说过，煤矿上下都在议论，说是满

20年工龄的全民所有制职工，可以让半边户农转非。

祝小妹半信半疑，她问祖之堂，你晓得是怎么回事吗？祖之堂应道，谣传吧。二姑娘接过话说，妈，不是谣传，我的朋友要我把户口改小到 18 岁，超过 18 岁还转不了呢。祝小妹问，能改到 18 岁吗？二女儿神采飞扬地说，我们想办法嘛，有了户口，我就可以参加市里招工。祝小妹说，对，如果我二姑娘有了户口，不愁没有工作。祖之堂说，如果真的能转，我们想尽一切办法也要转的，我上班就去矿里问一问。

祖之堂点燃一支烟，心想，转一个户口，3000 块，3 人就是 9000 块呢，哪有这么多钱哇。

这天晚上，祖之堂辗转反侧，一宿没有睡好。

第二天早上，他骑上胡鄂送给他的旧自行车，赶到矿里，正好碰上矿长田河。田河比他小 8 岁，但是头发掉了大半，头顶亮堂堂的。他看见祖之堂，问，大胡子，你今天不是休息吗？祖之堂说，有一件事我想向你打听一下。田河问，什么事，让你这么急嘛。祖之堂说，听说市里有了新政策，工龄满 20 年的半边户职工，可以给家属农转非。田河呵呵一笑道，没错，这是件好事，你符合条件，可以把你家师傅娘和小孩转成自理粮户口。祖之堂问，小孩超过 18 岁就不能转吗？田河沉思片刻问，你家的二姑娘超龄了吧？祖之堂点点头。田河说，你自己想想办法，看能否改小一点，这是一个好机会呀。祖之堂又点点头。田河说，转成自理粮户口好，以后你们房租不用交高价嘛。

祖之堂嘿嘿一笑，掏出一支便宜的卷烟，递给田河。田河连忙用手挡住说，唉，吃我的有过滤嘴好烟。说着，从口袋里摸出一包带过滤嘴的常德烟。祖之堂接过常德烟，说，我是穷人，没办法。田河说，大胡子，看在你这个老劳模的份上，你二姑娘的年龄的事，包在我身上，你回家准备好钱，每一个户口 4000 块。祖之堂闻言一怔，嘴上叼着的烟掉到了地上，他拾起烟，颤颤地问，不是每人 3000 块吗？田河伸手拍拍祖之堂的肩膀说，大胡子，我们煤矿与别的单位不一样，半边户有了户口，不用多交房钱了嘛！祖之堂说，那我就转两个小孩，孩子他妈不转行吗？田河呵呵笑道，那不行，要么不转，要么首先转爱人，其次孩子随母才可以转的嘛。

狗儿的。祖之堂在心里骂道，这些当官的真会算计。

5

这个夏季，马前庙的半边户们对"1987"深怀感激。在 1987 年夏，他们成为城里人了；在 1987 年夏，他们有了自理粮户口；在 1987 年夏，他们终于扬眉吐气了！马前庙的居民几乎像过年一样，煤矿、地质队、船厂的工人们在大枫树下碰到在一起，脱口而出的话是，"国家的政策好呢"、"市领导惦记着贫苦工人啦"。这些话出自大家肺腑之言。地质队的家属，有的 30 多年两地分居，夫妻双方生活苦不堪言。煤矿的半边户有了住房的，也是交高价，与外面租房差不了多少，这日子让穷人变得更穷了。

祖之堂这些年省吃节用存了 8000 元钱，不够转 3 个人户口。不得不向大女儿祖雪开口借，祖雪见状，当即从银行里取出 4000 元，送到祖之堂的手里，说，爸，我现在日子过得去，这 4000 块，就当我帮黑龙转户口啦。

把钱交到矿里后，很快从派出所那里拿到了迁移证，孩子们的户口随即落户鄂王城。二姑娘有了户口，陆青山煤矿和鄂王城商场均表示愿意招录她。二姑娘喜欢商场，那里工作环境好，她喜欢闻那种水果糖的香味儿。

二女儿有了正式工作，祖之堂终于透了一口气。

一天下午，祖之堂在家轮休的时候，二女儿带回一个男朋友，叫祝军，是商场办公室的干部。小伙子长得高高大大，一表人才。祖之堂和祝小妹一看，皆满心喜欢，当即同意了这门亲事。

到了第二年五一，二姑娘嫁给了祝军，住在马前庙附近的另一个居委会。那里是一个开发区，富人比较多。

自此，祖之堂生活的负担轻了，每当他轮休的时候，他就会带上祝小妹，去附近看楚剧。看楚剧是他和祝小妹的共同爱好。他们尤其喜欢去市内的光明剧院看戏，那里的戏台封闭好，唱的戏在剧院里能听得字正腔圆。有一天，他和祝小妹来到光明剧院，看现代楚剧《赶会》，《赶会》唱的是"应山调"，总有"咿呀嘿，呀嗬嘿"或者"嘿呀嗬嘿"的调子，让人很好记。并且它借用鄂东南一带民间舞《双推车》的舞蹈动作，非常好看。

看完戏，他骑着单车带着祝小妹赶回家的时候，祖之堂就会唱："咿呀嘿，呀嗬嘿。车子推得欢呀，咿呀嗬嘿……"祝小妹便用拳头在他的背上一边敲一边骂，老不正经的，还唱楚剧呢，你没发现你的胡子拉碴，满脸皱纹吗？

祖之堂回到家，对着穿衣镜一照，果然发现自己老了，他干咳两声，发现眼角和眉宇全是深深的皱纹。他感喟道，岁月不饶人哇！

6

光阴似箭，一个个日子眨眼之间成了老黄历。但一件件稀奇事却不断在马前庙出现，20 栋的张家父子俩同一天被抓进派出所，父亲嫖娼，儿子打架；51 栋的李家有一个女孩未婚先孕，在家里生下小孩，竟然活生生地扔下了楼……比这些小道消息更有令人痛心的是，红火了几十年的国营船厂一夜之间破了产；国营鄂王城商场让私人老板 1000 万元买下来；地质队大批职工下岗；陆青山煤矿因煤炭枯竭，有一半职工被买断工龄，每人400 块钱一年，30 年工龄的也就 1.2 万。这都发生在 1996 年前后。

祖之堂则于 1992 年 56 岁时光荣退休。

经过几年的风风雨雨，到了 1995 年，住在马前庙居委会的，大多成了名副其实的穷人。有了钱的人或者升了官的居民，都纷纷搬出马前庙，即使搬到马前庙的富人，也住不了多长光景，另觅富人区。只有少数做生意赚了钱的居民，还与穷人同住小区，但他们从不说自己富裕，生怕穷人晚上要打劫似的。船厂的失业工人老石就是一个典型的例子，他在自家一楼改成餐馆，办了一家湘西凉粉店，早上、中午、晚上屋内外的位置都坐得满满的。因为小区住的都是煤矿、地质队、船厂的工人，大多做粗活，大家都喜欢吃味重的、有辣劲的。湘西的凉粉又是他家的祖传秘方，非常吻合大家的胃口。加上老石为人厚道，所以生意特别兴隆。现在他聘请了五名服务员和两个厨师。据说他每月都能纯赚上万元。可是老石与别人聊天的时候，经常呵呵笑道，赚个鬼，每个月劳心费力就赚两三千！

像老石这样会赚钱的生意人，整个小区并不多。

然而，马前庙是一个好地方，后面是陆青山，前头是鄂王湖，依山傍水，唯一不足的离市内远了一点，去市内逛街坐公汽需要半个小时。并且这里居住的大多是穷人，让人瞧不起，人们对这个居委会有一种先天的歧视。其实，这个地方除了脏乱差以外，风水还是不错的。

一天傍晚，祖之堂吃过晚饭，散步走到大枫香树下，那里坐满了下岗失业工人，有的牢骚满腹，说好好的一家船厂，好好一家国营商场，说倒就倒了。狗儿的，当官的做些什么事！有的说着马路消息，听说从破产船厂清产核资领导小组传出一条好消息，准备实行住房改革，把福利房变成商品房，让职工们掏钱购买。煤矿的长子不知从哪里冒出来，他接过话问，冇得钱怎么买？船厂一位失业工人说，你不买房，以后住房收高价，不买划不来。另一位老工人说，听说市里很多单位，都开始实行房改政策，以后再没有福利分房，我们参加房改后，以后的公家房子是私人的了，这是一件好事情哪。长子说，我已经买断工龄，那点钱留着养老，买个鸡巴房。一名老师傅马上反驳，说个鸟话，房子真的成为我们自己的，为什么不买？一位四川口音的老工人附和道，对嘛，买下房子有啥不好？以后我们这些长工有了自己的房子哈。

祖之堂不知道房改是什么玩意。他悄悄问船厂的那位中年师傅，他应道，你用钱把福利房买下来，以后房子就是你自己的了，你可以出售给别人，这是党的政策好，给我们想好了退路。祖之堂说，那房子贵不贵呢？对方答道，不贵呀，听说我们的房子8000块就可以买下来。祖之堂又问，你住的是多大的房子？对方说，使用面积34个平方米呢。

祖之堂遂心中琢磨，我家的只有30个平方米，如果买下来，几千块钱，肯定划算。想到这，他觉得应该把这个消息告诉祝小妹。他于是调头往回走，经过老石的湘西凉粉店，看到老石站在门口接待一群中学生吃粉条。祖之堂提高嗓子说，石老板，生意真好哇！老石瞅一眼祖之堂，嘿嘿笑道，托大家的福。祖之堂说，是托党的福，是党的政策好！说完，他走过湘西凉粉店，哼起楚剧的"应山调"："咿呀嘿，呀嗬嘿，沿着大道奔前方呀，咿呀嗬嘿……"唱了一阵，他感到有一点气喘，接不上气来。

7

这是 1995 年秋。

太阳还没有从陆青山爬起来，东方只有一片鱼肚白，祖之堂扛着自行车，走下楼，叮当叮当地一阵铃声之后，伴着秋风冲出了居委会。

一会儿，他骑车上了一条小公路，那是通往煤矿的专用公路，路面坎坷不平，他不得不减缓车速。

到了煤矿办公大楼，临时成立的房改办还没有人上班。他老远看见门口蹲着几位煤矿工人，其中有一区的费杰德和六区的憨鸟。他们两人均以自己的儿子没有娶到他的女儿，一直耿耿于怀。特别是憨鸟，他的儿子小马至今还没有娶亲，一直想着他的二姑娘。这让憨鸟感到非常气愤，他常常坐在大枫香树下指桑骂槐。

几人看见祖之堂，大家似乎用怪异的目光瞅了一眼祖之堂。因为这几个人中，只有他一人退休在家。祖之堂摩挲着络腮胡子说，伙计们，是在这里交房子钱吗？费杰德接过话道，大胡子，好久不见，你的气色还是这么好啊，房钱凑足了？祖之堂说，我借了两千块，凑了 8000 块呀。憨鸟见状唱着楚剧道，紫金炉内烟缥缈，龙行虎步踏琼瑶……唱罢，他得意地站起身对祖子堂说，家有千金也不富，大胡子，看在我儿子喜欢你二姑娘的份上，冇得钱我可以借给你咯。一个煤矿工人听了说，憨鸟现在开始牛逼了。祖之堂讥讽道，我大胡子不富裕，但儿子娶亲冇得问题，我儿子现在技校读书，女同学争着要嫁他呢。费杰德听了嘿嘿地笑。憨鸟眯着细眼儿，点着头说，狗儿的，老子服了你，我儿子每月收入上万块，都冇得你牛逼。费杰德嘿嘿笑道，我发现大家对房改的积极性蛮高，不管退休的，还是上班的，以后大家买了房子，干脆不挖煤炭咯，狗儿的，就去学憨鸟的儿子做生意啊。他的一番话，惹得几个人哈哈笑起来，祖之堂也跟着他们皮笑肉不笑地呵呵笑。

房改办的财会人员这时打开了办公室的门，大家一窝蜂地挤过去交钱。轮到祖之堂交钱时，女会计说，祖师傅，恭喜你哈，以后这房子就是你个人的了。祖之堂问，那么房产证什么时候可以拿到呢？女会计应道，那我不晓得呢，要到市房产局去办。祖之堂干咳两声，轻声问，不会再加价钱吧？女会计说，矿里要求每户暂交 8000 块，你的工龄长，优惠得多，估计差不多吧。祖之堂呵呵笑道，我有 36 年工龄呢。会计啧啧称赞道，比我的年龄还要长呀。

交好房子钱，祖之堂心想，狗儿的，做了一辈子，存了这点钱，一次交给了共产党。但转而一想，共产党给我一套红砖房子，值！

临离开煤矿时，他骑着单车在煤矿绕行一圈，发现国营陆青山煤矿的变得更破旧了，煤水泵、鼓风机、铁轨都破破烂烂。在另一头的通风井旁，长满了火棘树，此时，火棘树结满了一串串红红的火棘果儿。几只山羊在悠然自得地吃着火棘树的叶子。祖之堂叹口气想，国营煤矿也老了啊，于是骑着车匆匆离开了煤矿。

8

1996 年，祖黑龙 20 岁时，从鄂王城工业技校毕业。技校三年，祖黑龙长得身壮如牛，身高 175 厘米，体重 72 公斤。而且很大程度继承了祖之堂的基因，国字脸，络腮胡，眼睛略微低凹，额头、眼睛和脸形，很像《上海滩》剧中丁力的扮演者吕良伟，所以，从他 15 岁开始，同学们都叫他丁力。他从初中到技校，一直是学校女生喜欢的白马王子。在技校里，他先后与三名女生租房同居过，囫囵吞枣地爱恋着。

与第三个女朋友结束恋爱关系，是这年夏天。星期天的一个早上，他送大姐祖雪的女儿胡亭去艺校学跳舞，进练功房时，他碰上艺校女生边壁玉，边壁玉芳龄 18 岁，是艺校二年级学生，一个标准的美人儿，身高167 厘米，如同《红楼梦》美女妙玉一样：气质美如兰，才华馥比仙。祖黑龙发现她时，低凹的眼睛紧紧盯着她婀娜的身子，一动也不动。边壁玉看见帅气的祖黑龙，因为他是来练功的同学，落落大方地向他打招呼道，嗨，你好。祖黑龙咧着冲她笑了笑。谁知边壁玉嘻嘻笑道，你这么胖，还跳舞？祖黑龙说，我不胖呀。边壁玉说，对于跳舞的人来说，是胖的，知道吗？这时，12 岁的胡亭跑过来说，玉姐姐，他是我舅舅，送我来学跳舞的。边壁玉闻言，吐了下舌头，转身走了。祖黑龙本想追过去，向她说一声对不起，被胡亭拉住说，舅舅，你快走吧。祖黑龙低下头问，亭亭，她叫什么名字？胡亭应道，不知道。祖黑龙说，你帮我问一问玉姐姐的名字，我请你吃烧烤，好吗？胡亭说，好啊好啊，一言为定。

当天晚上，祖黑龙打听到边壁玉的名字。她爸妈都是鄂王城水泥厂的工人。

一天，祖黑龙在学校门口蹲点守候时，他发现边壁玉下穿桃红色的裤子，上穿白色长袖衬衣，脖子上缠绕一条桃红色的丝巾，从艺校大门口走出，他走过去说，嗨，你好。边壁玉抬头看见祖黑龙，轻声问，你是胡亭的舅舅？祖黑龙说，是的，我想请你吃饭。边壁玉问，为什么？祖黑龙说，你是胡亭的老师嘛。边壁玉说，我们学校暑假招了很多社会上小孩练舞，是我的老师在教，与我没有关系。她说这话时，祖黑龙发现她上身穿的不是一般的衬衫，而是一件印有类似朵朵桃花的休闲衫，前面没有扣子，袖子口是束边的，桃子领口很低，镶有蕾丝边，雪白的胸口处，能隐隐约约看见胸脯突兀的一部分。

祖黑龙咬了咬嘴唇说，我叫丁力，以后教我跳舞行吗？边壁玉嘻嘻地笑道，你倒蛮会惑人（骗人）的，你不是叫祖黑龙吗？祖黑龙张大嘴巴问，你怎么晓得我的名字？边壁玉呵呵笑道，你以后惑人要打好草稿，那天你的外孙女问我叫什么名字时，她就告诉我你叫祖黑龙。祖黑龙讪讪地说，因为同学们说我长得像《上海滩》的丁力，便叫我丁力了，这是我的外号嘛。边壁玉咯咯笑道，有意思，可惜你学历太低了，只读了技校，你应该上电影学院的，说不定以后可以演第二个丁力呢。祖黑龙说，我也是这么想的。边壁玉哈哈笑道，看你傻得可爱，行，本姑娘答应你！她说完，闭起左眼，向祖黑龙扮了一个鬼脸。

从这天开始，祖黑龙凭借丁力式的面孔，给人一种历练老成的感觉，赢得了边壁玉的好感。

边壁玉是一个美人坯子，可十分爱打扮，喜欢穿最时髦的衣服。整个夏天，祖黑龙从大姐、二姐那里先后要来一千块零用钱，都给她买了衣服。

这期间，祖黑龙到处找工作，处处碰壁。最后，二姐夫祝军通过在派出所当副所长的表哥关系，让他进派出所当上治安联防队员，协助民警治安管理，每月工资400块。

一次，祖黑龙在值班的时候，接到群众报警，说辖区一个居民楼有人赌博。他与一位民警随即赶到现场，发现事发现场有多名群众押宝赌博，查获现金达数万元。然而，当中的一位鹰鼻男人认识一起出警的民警，他当即把他拉进一间卧室说情。没一会，他走出来，对祖黑龙说，你是力哥吧？我给你解释一下，今天是我们生意场上的几个朋友聚会，纯是好玩哪。祖黑龙没有表态。他又说，我和你的搭档是好朋友，刚才我给他解释清楚了，请你多关照。祖黑龙瞅一眼与他一起出警的民警，发现他若无其事地与另一位胖子聊天。鹰鼻男子说，我叫黄福寿，力哥，我和你说一件事哪。他说着把他拉到另一间卧室，掏出1000元现金塞进祖黑龙的裤子口袋里说，力哥，今天辛苦了，一点小意思。祖黑龙从没有拿过这样的钱，连忙掏出钱说，这钱不能收。黄福寿说，你不收也得收，下次你想来玩牌，给我打一个电话，玩一次赢千把块的烟酒钱没有问题，我不惑你哪。祖黑龙说，我不打麻将。黄福寿把钱再次塞进祖黑龙的口袋里，说，押宝与麻将不一样，这是我名片，你拿好，有空给我打电话哪。

祖黑龙看见名片上赫然印着：鄂王城南方工贸公司总经理黄福寿。他于是记得了这位说话喜欢带着"哪"字的男人。

他把名片带回家，让祖之堂看到了，祖之堂夸奖道，嗯，对头，黑龙你是要多结识社会上有头有脸的人物哇。祖之堂说这话时，浑浊的眼睛放射出一种光芒。

9

祖之堂原因为住在马前庙居委会 52 栋，一直到老，没想到半路上杀出一个程咬金。

1998 年 7 月，陆青山煤矿决定开发房地产，把马前庙的红砖房拆除重建，全部建成 6 层楼高的砖混结构的楼房，平均每户住房使用面积由 35 平方米，增加到 80 平方米。每户都有宽敞的厨房和卫生间。

具体实施办法为，以前参加了房改的住房户，按原来的使用面积还建，超过部分，按内部优惠价购买，平均每平方米只要 1100 元，比市场上优惠了 300 多元。

祖之堂经过悉心计算，如果购买 60 平方米房子的话，除去还建的 30 平方米，必须要购买 30 平方米，那得需要 33000 元，而手里存款有 7000 元钱，自己每月的退休金只有 500 块，一年不吃不喝只有 6000 元呀，远远不够呢。

一天下午，他骑着单车来到矿上，走进矿长田河的办公室。矿长正在办公室看报纸，他抬头发现祖之堂，连忙站起来说，哎呀，大胡子，你有空过来看我呀？祖之堂说，我看你有鬼用，我今天来，是想了解一下建房的事。田河呵呵笑道，建房是好事情，是为老百姓谋福利的好事情呀，职工们都同意呢。祖之堂坐到他的沙发上说，实不瞒你，你要我多买一个平方，就是要我的老命，放我的血哇。田河拍拍秃顶，说，大胡子，你这样的话我脑子里装了一箩筐了，每位职工都是那样叫苦，最后拿钱的时候，比谁都快，呵呵。祖之堂说，你算一算我的经济账呀，从买自理粮户口，到房改，再到现在拆迁，我冇来得及喘气哇。田河呵呵笑道，你说此话不假，但是你的女儿和儿子都工作了嘛，今非昔比。祖之堂干咳几声说，我的女儿们是泥菩萨过河，自身难保咯，我的儿子那一点工资不够他女朋友开销呢！田河给他沏了一杯茶说，其实，我对你的二姑娘印象很好，这个孩子聪明能干。她现在怎么样？祖之堂说，别提了，她去年买断工龄，承包了一个柜台，老亏本。田河问，她是1966年的吧？比我小24岁，整整小两轮。祖之堂一边点头，一边卡卡卡地咳嗽不停。田河见状，问，大胡子，几天不见，怎么患上咳嗽病？祖之堂缓过气道，年老了有矽肺有哮喘，死不了哇。田河说，大胡子你喝口水，有空你去看看医生嘛。祖之堂摆摆手。田河说，你回家给你二姑娘捎句口信，我们新成立的房地产公司办公室需要一位女职员，如果她愿来工作，叫她过来上班，减轻家庭负担嘛。

送祖之堂出办公室的时候，田河说，大胡子，我建议你买大一点的房子，如今全国人都在买房子，价格一定会一个劲儿往上冲，趁党的政策好，赶紧撒网嘛。

回到家里，祖之堂吃完晚饭，悠闲自在地唱着楚剧的应山调，走下楼。他来到楼下的公用电话亭，拨通二姑娘家的电话，二女儿接了电话问，爸，你有事吗？祖之堂说，没有大的事情，问问你工作的事。二姑娘叹气道，不好做，准备改行。祖之堂问，你还记得转自理粮户口，煤矿的田矿长帮你改小年龄的事吗？二姑娘答道，当然记得。祖之堂干咳两声说，他现在还记得你呢，说你生意不好做，就去他们新成立的房地产公司上班。二姑娘急忙问，是真的吗？祖之堂说，我和他都是老同事，哪会说假话？二姑娘说，那好，我明天打电话问问。

与二姑娘通完话，祖之堂走到大枫香树边，发现煤矿的几个熟人都坐在树旁的石凳上议论房子拆建的事，对门的任大红说，这次房子拆建对于有钱的人来说，求之不得，是好事。憨鸟哈哈笑道，我巴不得早点拆，狗儿的，我希望把房子做成别墅呢。长子插话道，你狗儿的，说话不怕呛人，老子哪里有钱买房子？另外几位煤矿工人见状附和道，是啊是啊，就是这点钱，基本上维持温饱，哪里有钱再买房呢。祖之堂接过话，你们说，房子拆建，这到底是好事还是坏事？任大红应道，怎么说是一件好事情，要不，等以后房子涨了，我们更加干瞪眼。长子说，说不定我们回到以前呢，买了房子又交回给国家，我们掉得大。一个工人说，我分析这样搞下去，工人们只有死路一条，所以国家会改变政策的，取消房改。任大红说，取消房改不可能，国家领导人都是经过综合考虑的。憨鸟眯着小眼睛说，呵呵，呵呵，我们赶紧去多挣点钱咯，再没有别的办法啦。然后转过脸，对祖之堂说，大胡子，你说对不对？祖之堂点点头道，老子不谈这个鸟事。憨鸟说，对头，老子们不说这鸟事，我们唱楚剧，咿呀嘿，呀嗬嘿，咿呀嗬嘿……几个人见状，哈哈地大笑不止。

10

音响在播放一首刚刚流入鄂王城的歌曲"枕着你的名字入眠"，这是一首舒缓缠绵的音乐。边壁玉伴随音乐，翩翩起舞，她的曼妙姿态吸引了几十双眼睛。但随着音乐达到高潮，边壁玉脱掉了上衣，上穿一件镶有珍珠宝石的精致内衣，高耸的酥胸若隐若现。她跳得很投入，好像这个世界只有她一人存在，她的手指轻巧，她的微笑自如，她的腰身随意。她好像沐浴于阳光中，也仿佛在大海里遨游。

祖黑龙坐在酒吧一个小角落里，小口小口地喝着啤酒，他不相信她居然来到这种场所跳舞。

一首曲子终结，他看到一位留着平头、穿着短袖的中年男人站起来，带头鼓掌。她走出舞池，来到那个男人的身边，向他致意，那个男人非常得意地把脸凑过去，在她白皙的脸蛋上亲了一下。祖黑龙看见他脖子上挂着一条手指粗的金项链，相当炫目。他得意地举起右手，用汉腔大声说，我出资一千块，请大美人跳一曲《康定情歌》！他的话音刚落，酒吧里的看客一边大声吆喝，一边使劲鼓掌。甚至有人喊道，把衣服脱光噻！

跳《康定情歌》时，边壁玉开始倾情出演，但她与其他舞女不一样，没有解掉白色长裙，依然风情万种跳完了一个完美的舞蹈。

这时，祖黑龙的BB机响了，他从腰间取下BB机一看，不知道是谁呼他的，他走出酒吧，找到一家公用电话，打过去，接电话的是黄福寿，他说，力哥，你在哪里？过来押宝哪，我在老地方。祖黑龙说，黄总，今天老子心情不好。黄福寿说，心情不好正好过来赢点钱哪。祖黑龙说，不能害人。黄福寿哈哈笑道，人不害人身不贵，火不烧山地不肥哪。祖黑龙说，那好，看看我的女朋友是否愿意过来。黄福寿应道，好哪，我正想瞅瞅你的明星女朋友！

祖黑龙回到酒吧，发现边壁玉表演已经结束，换上另外两个三点式的少女上台。祖黑龙于是守在门口，没有一会，边壁玉上穿真丝吊带衫，下穿紫色紧身长裤，腰上系着一块银光闪闪的腰带，噔噔噔地走出酒吧。走到他的跟前，她一怔，问，阿力，你跑这儿来干吗？祖黑龙说，有朋友说你来这里演出，我过来看看。边壁玉说，我这是工作，我对你说过很多次了，我们需要挣钱，我不想住在马前庙的红砖房。祖黑龙说，但不能来这种场所演出呀。边壁玉说，油多不香，蜜多不甜，我不想与你废话，还有老板在等我呢，拜拜。她说完，走向酒吧门口的一辆小轿车，弯腰钻进了车肚里。小车随即嗡的一声，消失在夜色中。

他妈的。祖黑龙愤怒地骂道。随后，他打的来到黄福寿住的宾馆。

房间里有六七个人在押宝，其中还有两位妇女，另有两名小姐在为他们提供茶水服务，看到祖黑龙，黄福寿问，阿力，你的美女老婆没带来哪？祖黑龙说，他妈的，气死老子了。黄福寿说，我说过，娶妻娶德，选妾选色哪，你又不听老哥的话，这些鸟事不谈了，来来，我们押宝哪！祖黑龙说，我今晚想赌个痛快。一位赌徒说，对呀，单位要我们去防汛值班，老子懒得去。黄福寿说，防个鸡巴汛，老子不相信长江就能把鄂王城淹没哪。一名妇女说，电视台都播了新闻，簿洲湾决堤了，死了蛮多人呢。黄福寿说，那是他们不走火，与老子们不相干。

这晚祖黑龙运气不好，不到半个小时，就输了几千块，黄福寿摸着鹰鼻说，呵呵，力哥，你大胆押哪，没有钱，老子给你放码，以后不论什么时候还钱都可以！

11

真是老天爷给陆青山煤矿帮了大忙。在 1998 年 8 月 19 日，鄂王城长江水位涨到 26.39 米，创几十年来最高水位。这是其次，关键是那天鄂王城的内涝为新中国成立以来最严重的一次，很多居民区一楼全部被水淹没，大街上的洪水有一米多深，驻鄂王城的舟桥旅的快艇，在大街上的水面上焱来焱去。

马前庙居委会部分楼房的一楼也被水淹没。陆青山煤矿的家属楼，虽然只淹了几栋，但是有一栋房子因洪水原因成了危房，房子裂开一条小缝。这正好给拆建红砖房提供了科学依据和正当理由。

防汛还没有完全结束，市政府办公会已经原则同意了陆青山煤矿拆建马前庙的老式房子和部分危房，政府免收一切应征收的费用。

9 月中旬，拆建之事大盘已定。这时陆青山煤矿已改制成股份制公司，正式成立房地产开发公司，打算开发马前庙的红砖房，来淘第一筐金。他们不用花一分钱，收购土地，就可以实现双赢。

祖之堂得知这个确切消息后，和祝小妹商量，要换多大的房子呢？祝小妹说，以后那房子是黑龙的，你打他的 BB 机，叫他回来商量嘛。祖之堂觉得言之有理，他屁颠屁颠地跑下楼，用公用电话打了祖黑龙的 BB 机。他等了好半天，才等到祖黑龙的回话，他问，是哪个？祖之堂说，是黑龙吗？你晚上一定要回家，商量拆房子的事。祖黑龙问，拆什么房子？祖黑龙说，煤矿要拆我们的房子。祖黑龙说，哪个准他拆迁？我不同意。他妈的除非一个平方换两个平方！

祖之堂没想到祖黑龙这么犟，一时语塞。他想解释一句，祖黑龙啪地挂了电话。祖之堂不得不悻悻地回了家。祝小妹看见他，急忙问，黑龙怎么说？祖之堂说，狗儿的，比老子还狠，他不同意拆迁。祝小妹闻言，睁大圆圆的眼睛。

到了深夜 1 点多钟，祖黑龙才挽着边壁玉从外头回家。祖之堂连忙爬起床，低声问，你们吃了吗？我给你们下一碗凉粉好吗？他看见儿子和边壁玉没有回话，又补充道，与老石湘西凉粉一个样。边壁玉说，伯伯，我们刚在外宵夜回来的，不用麻烦。祖之堂说，小边你来得正好，有一件事要与你们一起商量的。边壁玉问，有什么事？祖之堂说，关于房子拆建的大事，我想问一问你们想要换多大的房子。边壁玉没有回答他的话，她努着嘴道，这屋子怎么又冒出股怪味？阿力，你帮我在房间里洒点香水，再把空气清新剂打开！然后对祖之堂说，伯伯，房子当然越大越好，只要你有钱。祖之堂说，我想要一套使用面积 60 平方米的房子，比现在的房子要大一半。他说这话的时候，望一眼黑龙，发现他正瞪着眼睛。祖之堂说，这里是老房危房了，政府要求拆迁的哇。

祖黑龙不冷不热地说，煤矿穷疯了，想着心事赚我们的钱，老子不同意拆，看他怎么办？边壁玉哼了一声，说，你真以为你就是丁力？能在上海滩混得开？祖黑龙听见边壁玉这样挖苦自己，咧着嘴笑。边壁玉说，你想要多大的房子我不管，反正我以后不会住在这里。祖之堂说，那我们就要 60 个平方吧。祖黑龙反问道，不能要大一点的房子吗？祖之堂干咳两声道，板里没土打不起墙，那你存了多少钱呢？祖黑龙闻言，像一只被霜打的茄子，蔫不叽儿的。

12

马前庙居委会旁边有菜农的土地，陆青山煤矿通过政府部门的协商，打着改造危房的旗号，用红砖房的土地面积调换菜农的土地来开发房地产。10 月 1 日，陆青山煤矿马前庙家属拆迁工程正式奠基。

剪彩仪式上，来了很多政府部门的官员。

那日天气晴好，难得的刺眼的太阳从阴霾的乌云里钻出来。鄂王城经历了一场百年难遇的洪涝灾害，熬过了无数个风雨晦暝的日子，人们对太阳的热爱已经空前绝后。船厂的失业工人站在自己的阳台里骂道，狗儿的，终于见到了一次太阳！陆青山煤矿的红砖房的居民，没有阳台可站，他们望见太阳出世，老太婆连忙叫老伴，大妈急忙叫闺女，把家里的棉衣棉被统统抱到室外去晒，晒掉全部晦气。祝小妹当然不会放过这样晒东西的好天气，她首先跑到楼下，抢先在一处空旷的地面，用尼龙绳拴住两棵樟树，发现还有一个位置很好晒被子，然后用尖嗓子在楼下大喊，大胡子，大胡子，再拿一根绳子来！祖之堂听了，找出一根麻绳，出门时，又转过身，把床上盖的毯子也抱下楼。走到楼下，祝小妹看了埋怨道，大胡子你做的是什么事？没叫你抱毯子，你把毯子也抱下来。祖之堂说，正好晒一下嘛。祝小妹，只晒棉絮，毯子还要洗的。

祖之堂和祝小妹晒好被子，发现楼下已经晒了几十床花花绿绿的棉织物，远远一望，好像开了织布厂。正在这时，陆青山煤矿的田河陪同市政府部门的官员走过来，他老远看见祖之堂，喊道，大胡子，你在忙什么？问过之后，已经伸出了右手，紧紧握住他的手，没有松开。他看见他身边站着一排官员。田河对身旁的一名高个官员说，左秘书长，这是我矿的老劳模，姓祖，祖国的祖，外号叫大胡子。左秘书长伸出右手，握住他空着的左手说，老劳模呀，不简单，曾经为国家做出过贡献嘛。田河说，我们的祖师傅，就是强烈要求煤矿家属楼早日拆迁的代表之一，秘书长你看，居民现在晒衣服都没有地方，不知情的人还以为居民区开了染坊，所以我们拆迁，确实是为民办实事嘛。

田河讲的冠冕堂皇的话，祖之堂比较反感，他压根儿就不想拆房子，也从来没有表示赞成过，强烈之词纯是他捏造的。然而想到自己是一位劳模，一名老党员，他不得不堆起笑脸说，是啊，这房子不拆的话就没法住了，还是我们中国好，领导干部处处想着我们老百姓呢。田河听他这么一说，非常开心，他呵呵笑道，我们实施的是民心工程啊，这里很多房子都开裂漏水，家属苦不堪言。说罢又向祖之堂介绍道，大胡子，这是市政府的左秘书长，今天专门抽空来出席煤矿家属楼拆迁奠基仪式的，祖师傅，你放心，我们一定会让你们住上满意的房子。左秘书长点点头说，对啊，群众利益无小事，我们是要处处为老百姓着想。他说完，身边的官员一齐点头说，这房子不改造，怎么住人啊？

祖之堂听到大家的议论，便是啊是啊地一个劲儿附和着。

他们一离开，祖之堂骂了两句狗儿的，老子呸！这不比油毡工棚强吗？

祖之堂发完牢骚，看见一群居民朝菜农那边涌去。憨鸟在里头最显眼，他穿着一件印有刘德华头像的 T 恤衫，像一个老顽童。他眯着细眼儿吆喝道，走啊走啊，看我们新房子开工咯。

祖之堂本不想过去看，但没一会儿，听到锣鼓声传来，便身不由己地走过去，当他迈着小步走到靠近居委会东头的菜地，发现那里彩旗飘摇，锣鼓喧天，一群居委会的妇女组成的威风锣鼓队，正在现场表演着威风锣鼓，周围站满了戴着安全帽的民工。

过了一袋烟工夫，马前庙居委会的居民都被吸引到这里。胸前戴着一朵红花的田河看见来了这么多人，非常高兴，碰到煤矿的熟人，握手问候。

上午9点，奠基仪式开始。田河致辞后，政府部门的领导讲话，最后是左秘书长发言。他说，刚才，我来到马前庙居委会，遇上煤矿的一位老劳模，因为他家没有阳台，他来到马路边晒被子，我们交谈时，他向我强烈要求，他盼望马前庙的红砖房早日拆迁。他说，现在居民富裕了，这样的房子没法住，与时代发展要求根本不相适应。他的话，让我消除了心中的顾虑，觉得这样的拆迁工程是顺应民心，为民着想，所以我们市政府会全力支持陆青山煤矿的这个安居工程！

他的话还没有说完，下面就有人在议论左秘书长的话。祖之堂听见长子骂道，这个劳模是哪个狗儿？老子晓得了要操他的祖宗八代！祖之堂闻言，连忙缩回了脖子，如同落光了叶子的老枫树。

这天，祖之堂的二女儿开始在陆青山煤矿的房地产公司正式上班。

13

1999年4月上旬，陆青山煤矿承建的房子全部竣工。新做的房子虽然不是铝合金窗户，但是每一套房子都有两个阳台，大的卫生间能放进洗衣机，厨房可以摆个小橱柜。这里的房子与红砖房相比，更加宽敞明亮，更具诱惑力。马前庙居委会的人，没事的时候，就来到新做的房子，察看各种不同的房型，人人称赞道，啧啧，这样的房子确实不错呢。

陆青山煤矿把建好的楼房没有马上分到各拆迁户手里，专门摆在那里，供居民欣赏。一些不愿拆迁的居民看了新房，心里急得发慌，生怕好房子让别人先抢占了，于是，纷纷东拼西借筹房款。

祖之堂的红砖房经过重新测量，室内建筑面积有 47 平方米，他选了一套建筑面积 83 平方米的房子，多换了 36 平方米，得付款 39600 元。差不多 4 万块，对于祖之堂来说，是一个天文数字，自己的 500 块退休工资，要想买房真的很难。

一天早上，他来到老石湘西凉粉店过早，吃了一碗肥肠粉条，老石看见他，乐呵呵地走过来说，祖师傅，你订了多大的房子？祖之堂说，我总共 7000 块钱，只要了 83 平方米的房子。老石用湘西腔应道，你的伢儿有本事，叫他们帮你凑足钱啦。祖之堂说，凑个鬼，第一次房改，我都向女儿要了钱，现又买房子，真要我的老命。老石呵呵笑道，你的二姑娘在煤矿房地产公司上班，让她给你想主意。

老石的话让祖之堂紧锁的眉头随即舒展，他干咳两声，一拍大腿，心想，对呀，就让二姑娘想办法。他离开凉粉店，走到公用电话亭，拨通二姑娘的办公室电话，没有人接，过了一会，他再打，二姑娘接了电话，祖之堂叹息道，二丫头，老子真的老了，房子怎么办呢？二姑娘说，不行的话，只有借一点钱啊。祖之堂卡卡地咳嗽道，一家有事四邻不安，想着这些事，我心里就多了一个坨子（烦恼）。二姑娘说，爸你注意身体咯，没有钱，我和大姐帮你想办法嘛。祖之堂说，你姐下了岗，你姐夫在外打工，日子也难呐。二姑娘说，万一不行的话，我找田矿长借呀。祖之堂说，我冇上班了，他哪里肯借我呀。她应道，有我出面嘛，俗话说不看僧面看佛面呢。二姑娘的一番话，说得祖之堂眼眨眉毛动，他揉了揉络腮胡子，说，那你试试吧，不过，我担心没有能力还哇。二姑娘说，要黑龙还，他不是老吹牛吗？

二女儿办事相当利索，第二天，她从田河那里借了两万块，她和黑龙分别凑了几千块，加上祖之堂自己存的 7000 块，终于把房钱凑足。

1999 年 5 月中旬，祖之堂从二姑娘的手里拿到了新房的钥匙。新房是二姑娘选的，三室一厅，是靠湖边顶头的 6 楼，站在客厅，前面鄂王湖尽收眼底，站在阳台上，后面的山上苍松翠柏一览无余。祖黑龙和女朋友边壁玉看了非常满意。但是，祖之堂和祝小妹是没有心情欣赏这样的风景，他们没有发现两头的风景是一种美，反而觉得爬到六楼很累人。那天，二姑娘陪着他们去看房，祖黑龙和祝小妹嘟嚷道，房子宽敞当阳，就是太高了，爬不动。二姑娘听了说，爸，妈，你们不晓得，几多人想要这里房，没有关系，要不到，你们还挑肥拣瘦呢。说得两位老人不得不点头称是。

与二姑娘看完房子的晚上，二女婿祝军来到家里。鄂王城商场虽然改制了，但祝军还在办公室上班。他拎着两瓶五粮液，祖之堂看见他带来这么贵的酒，说，祝军，买这么好的酒做什么事呢？祝军说，爸，这是商场分的，不要钱的。祝小妹收好酒问，怎么你一人来呀？二姑娘呢？祝军说，我还有看见她回家呢，我以为在这里。祖之堂说，晚上冇过来。祝军说，最近我发现她很有问题，有时候夜不归宿。祝小妹问，你们两口子是不是吵嘴了？祝军摇摇头说，她孩子也不管。祝小妹说，是不是工作太忙呢？祝军又摇摇头说，搞不清楚，她回家不愿和我多说话。祝军说完，起身告辞。

祖之堂送祝军出门后，卡卡卡地又咳起来。祝小妹见了说，老头子，明儿去医院看看你的病。祖之堂说，看么事？一个哮喘病怕什么？不信，我给你唱楚剧《打金枝》。祝小妹说，你还能唱得出吗？祖之堂说，能呀，你听我唱，紫金炉内烟缥缈，龙行虎步踏琼瑶……刚唱了两句，他又咳嗽起来。他摆摆头，唉，人真的老了哇。

14

新做的房子没有钱装修，祖之堂管不了那么多。他在 5 月 18 日上午就搬进了新房。这一天，有很多居民都迁入新居。以前人们乔迁之喜，都要看日子，现在逢 8 就是好日子。然而这年五一，鄂王城仿效北京、武汉等大城市，实行禁鞭，所以没有一家放鞭，显得很冷清。

这天吃完中饭，祖之堂刮净胡子，换上一件新衬衫，走到枫香树下，看见一个瞎子在树下算命，大家都坐在旁边看热闹。瞎子这时正好给费杰德算命。费杰德退休回家后，前不久中了风，走路靠拐杖。祖之堂走到跟前，发现费杰德在老伴的搀扶下，瞪着两粒痴呆的眼球，瞅着瞎子。瞎子一边掐着手指，一边说费杰德小时候多灾多难、中年和风细雨，还有贵人相助，55 岁以后命里有几道坎，过了 60 关，过不了 65 岁关，说得他老伴不停抹泪。待他算完，祖之堂发现瞎子算命好像格外神，他坐到瞎子身边，问，算命师傅，我家今天搬家，你帮我算一算，这个日子怎么样？算命先生操着娘娘腔道，要得呀，我可以帮你算一下，报上你的生辰八字。祖之堂便说出自己的八字。瞎子掐着指头一算道，说，哟，今天这个日子，不适合你搬家。祖之堂问，那有什么不好的地方呢？瞎子说，今天给你算的，不收你的钱，反正今天对你来说，非吉日。祖之堂说，算得准，钱会照给的。瞎子说，你的八字与今天日子相克，轻则诸事不顺，重则伤财伤身。旁边的人问，那有什么办法化解呢？瞎子说，有啊，我可以做一道符，挂在大门上，就可避邪。有认识祖之堂的人便说，大胡子，让他做一道符咯。祖之堂不大相信算命的，况且这次看起来，就像江湖骗子一样，不可信，他于是咧嘴笑道，算一个命，得一场病，问一次仙（神婆），发一场癫哇，不要信的。算命瞎子闻言，呵呵笑道，那我不收你的钱。

祖之堂回到家后，本不想把算命的话对祝小妹说，可想到祝小妹非常迷信，过了一会，把算命先生的话告诉了祝小妹，祝小妹听罢急得瞪大眼睛，她埋怨道，大胡子，你没事算么事命呢，既然算了，就要请算命先生做一道符呀。她说完，直奔楼下。一顿饭工夫，她高兴地回到家里，对祖之堂说，那个瞎子是一个神，我求他做了一道符，花了 50 块钱，以后万事大吉了。祖之堂心痛地说，我是党员，不相信封建迷信，江湖骗子嘛，你怎么花 50 块钱呀……咳咳，你真是要我的命……这是我们一个星期的伙食费呢！祝小妹说，我怕你死在我前头，让我一个人受苦呢。祖之堂听了堆起笑脸说，你右看到我们的日子越来越好吗？他说完，唱道，"咿呀嘿，呀嗬嘿，沿着大道奔前方呀，咿呀嗬嘿……"然后问，这是楚剧什么调？祝小妹应道，老不正经的。

他们正说着，儿子黑龙带着边壁玉回了家，边壁玉在三个房间察看一遍，对黑龙说，以后装修的时候，把这些有得用的东西统统丢掉。祖黑龙微凹的眼睛瞅一眼祖之堂和祝小妹，答道，到时候再说嘛。随后，他对祖之堂说，爸，我在鄂王城南方工贸总公司做兼职。祖之堂说，在派出所做得好好的，做什么兼职呢？边壁玉说，是他们总经理黄福寿聘请的，不影响派出所的工作。边壁玉讲这话时，包里的大哥大响了，她拿出大哥大说，黄总，找我有事吗……晚上跳舞……行啊，出场费不变。祖之堂看见边壁玉用上了大哥大，浑浊的眼睛放出一丝光亮，他喃喃地说，还是党的政策好啊，老百姓用上大哥大了。边壁玉听了扑哧笑道，人家上海、深圳那边人人有了手机，只有咱们这里是穷人，用不起。她说这话，用不屑的眼光瞅着祖之堂说，所以说，你儿子不兼职，别说手机，连数字BB机都买不起。

边壁玉说这话时，祖黑龙的双眼露出愤懑的目光，像当年丁力在上海滩准备杀人一样。

15

鄂王城街上的小车越来越多，放眼望去，就像蚂蚁搬家一样，上上下下忙个不停。祖之堂不明白，为什么街上的小车越来越多，而马前庙的居民却这么穷？有一天，他去逛街，专门坐到一座立交桥上，一边吸烟，一边数车，他发现一分钟之内有60多辆小车来回穿梭。他感叹道，狗儿的，真是党的政策好，在这个小城市，有这么多人富了起来。

在祖之堂的感叹中，日子如同流水一样，哗哗哗地流走了三四年。在这几年里，他的老伴祝小妹为了还债，有空的时候，她和煤矿几个妇女，背着一个蛇皮袋，走街串巷捡破烂，从破铜烂铁到一次性的塑料杯子，她用火钳统统把它们夹进袋里。她为了不让儿子祖黑龙知道她从事捡破烂的职业，她一般都是大清早出去，到开发区的富人住的地方去拣，下午就把拣来的破烂送到废品站，然后回家。

有一次，祝小妹来到开发区的富人区，走到税务局的家属院，她准备避开保安溜进院内，没有想到角落里还有一个年轻的保安，他冲过来抓起她的头发吼道，你找死呀，谁让你进来的？祝小妹急忙请求道，孩子你轻一点，我都60多岁的老太婆了。保安说，他妈的，谁是你的孩子？说完，啪的一声，手中的警棍落到她的背上。你给老子跪下！他吼道。祝小妹说，你这孩子怎么这么大的火气呢，我有犯法，我只想来捡破烂。保安说，谁晓得你是来捡破烂还是偷东西？给老子跪下！这时，另一个保安走过来吼道，叫你跪你就跪嘛，免得挨警棍。祝小妹不得不跪下。保安问，你这是第几次来小区了？祝小妹答道，头一回。保安左瞧瞧右瞧瞧，又问，以后还来不来？祝小妹说，再也不敢来。

正在这时，走过来一个小丫头，大约八九岁。她对保安说，叔叔，你不能欺侮老奶奶。保安向她笑了笑，对祝小妹说，你赶快滚吧。祝小妹站起来，向小丫头感谢道，孩子，你真好。她的话音刚落，传来一位妇女的声音：你真烦人呢，快上车啊！祝小妹循声望去，看见一辆小车停在大门口，一位年轻的妇女开着车门，对这个丫头叫道，你以后不好好读书和学琴，找不到工作，与这个乡下人一样，知道吗？

祝小妹听了，低下了头。

晚上回到家，祝小妹本不想把受辱之事对祖之堂说，但是背部被保安打的地方，隐隐作痛，她便对祖之堂说，大胡子，你帮我用万花油揉揉背。祖之堂问，背怎么了？祝小妹应道，我今天去开发区捡破烂，被保安用警棍打了一下。祖之堂一听，骂道，狗儿的，捡破烂犯什么法哇？是哪个保安，老子找他评理去！祝小妹说，大胡子算了，那里是不准人进去的，不怪保安。祖之堂说，那些畜生，不该打人哇。祝小妹说，人无千日好，花无百日红，别和小伢们一般见识，我们还清房子款，鬼去捡破烂呢！

祖之堂叹息道，狗儿的，我们这一辈又穷又苦，只希望下一辈时来运转，能像有钱人一样坐着小轿车就有了奔头哇……说着，卡卡卡地咳起来，他咳出一口痰，他急忙走进卫生间吐掉，透过卫生间的镜子，他看到自己的头发更加花白了，杉树皮一样的脸布满深深的皱纹。

16

祖之堂开始担心儿子的终身大事，黑龙都 30 岁的人，与女朋友边璧玉恋爱这么多年，没见他们提到结婚的事。边璧玉经常在外唱歌跳舞，好像 40 岁以前不打算结婚似的。有几次，他与老伴说到边璧玉，祝小妹非常看不惯地应道，她是小姐的身子丫鬟的命，脾气大心眼小，黑龙娶她也造孽。

比祖黑龙的婚事更揪心的，又传来了旧城改造的消息。群众则比喻那些地主这几年在土地上没法剥削长工们，收不到地租，决定搞一个旧城改造，在老土地上开发新房子，让长工们来购买，赚取长工们一生的血汗钱，最后两手空空进殡仪馆。祖之堂想想群众的比喻，很有几分道理。当初自己是一个长工，租房子交房租，后来购买了自理粮户口，长工好像变成了雇农，本想日子会好起来，但人算不如天算，又遇上房改，让雇农又变成了原来的长工，长工们筹钱买下房子还得交物业管理费，与房租不相上下。过了几年，煤矿借口改造危房，又从长工们的手里赚了一笔钱。现在呢，提出旧城改造，又要放长工们的血，也许自己刚存的那一点钱，得全部拿出来，这一生就是为房子还债哇。

而旧城改造是千真万确。

2010 年 12 月，鄂王城市委、市政府做出决定，引进香港李氏集团 30 个亿，开发鄂王城湖西岸的面积为 10 余平方公里的土地，建设高标准的住宅区，建设高层住宅和别墅。在圈地过程中，马前庙被划入红线内，属于高标准住宅区旧城改造的一部分，并把马前庙改名为香奈儿社区。

消息一传出，马前庙沸腾了。

那天，祖之堂得了重感冒，他从社区卫生服务站打完点滴，走到大枫香树下，看见居民都在讨论旧城改造的事。有的居民说，李氏集团财大气粗，30 个亿，能把这一块土地铺上一层百元大钞，这是一件喜事，狗儿的，我们的房子又大大增值了。有的居民说，政府这次大拆迁，非常人性化，不愿住电梯房和别墅的，可以到远一点的郊区去住，这里的房子，每个平方补偿 3500 元。有的居民说，他们这里的房子以后售价 5000 多块，我们为什么不要这里的房子呢？有的居民说，他妈的，老子们工作了一辈子，最后竟然把老子往更远的郊区赶，公理何在？这时，憨鸟不知从哪里冒出来，他说，老子就盼望早点旧城改造，我第一个报名要一套别墅。有认识的他的人就挖苦道，狗儿的，你儿子赚了几个钱，就在这里牛逼！憨鸟呵呵笑道，狗儿的，谁把你的手脚捆住了，不让你去赚钱吗？当他看见祖之堂之后，揶揄地说，俗话说，一家盖不起夫子庙，一日造不起洛阳桥，只要你有两只手，像我们大胡子的师傅娘一样，每天捡破烂，一年也要捡几万，买不起别墅也可以买电梯房嘛！那人被他奚落一顿后，满脸不悦地说，真是咬人的狗不露齿呢。他说完话，引起围观的一群人的讪笑。

祖之堂没有心情和他们嚼舌头，但在心里骂道，憨鸟你这个狗儿的，老子与你冇得仇哇！

他回到家里，看到祝小妹坐在沙发上叹息道，多好的一个人说走就走了。祝之堂咳嗽两声问，你在说谁呢。祝小妹说，就是原来我们 52 栋对门的任师傅。祖之堂问，任大红怎么了？祝小妹说，他昨天死在医院。祖之堂闻言一怔，喃喃地说，他只比我大两岁啊。祝小妹说，是啊，多好的一个人，却一辈子都没有享过福呢。

正在这时候，祖黑龙回到家，祖之堂咳嗽两声，慢吞吞地说，黑龙你回来得正好，听说这一块要旧城改造，我们的房子和你大姐的房子都要拆呢……祖黑龙打断他的话说，这我早就晓得，怕什么，住电梯房多好，我有办法呢。祝小妹接过话道，你有么事办法？有几个钱全让你打牌输了吧？祖黑龙瞄一眼祝小妹，说，你懂什么，我还想买一幢别墅呢？

祖黑龙的话让祝小妹张大了嘴巴，须臾，她苦笑道，大胡子，你看他说话像唱戏一样。祖之堂见了说，要破东吴兵，还得东吴人。我们老了，没有这个能力，所以要靠他自己努力。祖黑龙用微凹的眼睛望一眼两位老人，说，我不买别墅，也要买一套复式楼，到时候你们住楼上，我和边壁玉住楼下。他的话再一次让祝小妹张大了嘴巴。

17

为了购房，为了早日娶回边壁玉，祖黑龙决定铤而走险，来实施他的"购房计划"。他把目光落在围绕边壁玉身边转的几位老板，没发现理想人选。最后，他将作案目标落到黄福寿身上，发现能正好一箭双雕，既可以抹掉赌债，又可以弄一笔资金。

一天晚上，祖黑龙把自己关在房间，他拿出一支铅笔，找出一张派出所的笔录纸，思考了几种谋杀的方案。第一种方案，他写上"制造车祸"这四个字，但是需要一个帮手，他担心节外生枝，毕竟多了一张嘴。打虎不成反被虎伤。他在纸上写出"安全系数C"。第二种方案，他写上"坠楼"，黄福寿的分公司最近接了一批新建楼房铝合金窗户和防盗网的安装工程，他经常去施工楼房察看工程进度和质量，让他失足坠楼不难，关键得事先弄到钱。他在安全系数上写了"A"。第三种方案，直接绑架杀人。地点选在陆青山的废弃的煤矿井里，事成之后，直接将尸体丢进矿井里。他在安全系数上写上"B"。

经过冥思苦索，祖黑龙没有选择安全系数最高的坠楼，决定"绑架杀人"，以确保购房款万无一失。

第二天，祖黑龙没有去派出所上班，请了半天假，他偷偷来到陆青山，察看几处矿井，但发现政府部门为了整治煤矿安全生产，把一些停止生产的矿井全部用石块和水泥封闭了，防止私人擅自开矿。祖黑龙有一些泄气，他在一矿井口坐下来，用手抚摸矿井口的硬邦邦的水泥层，骂道，他妈的，天无绝人之路，一定有办法呢。他瞅一眼水泥块，心想，如果能把这水泥挖开，把他的尸体塞进去，永远不会有人知道哇。他于是茅塞顿开，如果把他杀死，埋进水泥里，鬼晓得呢！想到这里，祖黑龙的脸庞露出得意的微笑。他决定实施第四种方案，把黄福寿骗到作案现场，搞到钱后，杀死他就地埋葬，用水泥封死。他便思索租一间房子，用来杀人埋尸。如果有必要，再买来浓硫酸，毁尸灭迹，以后一旦让人挖开，也不一定发现有尸体，相当安全可靠。

18

经过多方考察，祖黑龙看中了湖东新开发的农贸市场，那里有门面在对外出售或出租。

2011 年 4 月 11 日，他在湖东农贸市场租下的一间门面，这间门面不是很大，楼上楼下总共只有 43 平方米。租下门面后，他打通黄福寿的手机，说，黄总，我在新开发的湖东农贸市场买了几十平方米的门面，准备面条加工，你来帮我看看可以吗？黄福寿问，阿力，怎么想去买门面做生意哪？祖黑龙说，我觉得新开发的湖东农贸市场有投资价值，房子不贵，总共只要 30 多万，很划算的。黄福寿说，好啊，我等会过来看一看。

没有一会，黄福寿自己开着别克赶到农贸市场。祖黑龙把他接到自己的门面，从一楼看到二楼，黄福寿边看边问，阿力，你还欠我 10 万元赌债哪，哪来钱买房呀？祖黑龙说，向我姐借了 10 多万，准备再向你借 10 万，怎么样？黄福寿说，借钱没有问题，阿力，可不晓得你什么时候能还给我哪。祖黑龙说，我保证一年内还给你。黄福寿说，如果还不了哪？祖黑龙说，我用边壁玉做担保。黄福寿闻言，摸了摸鹰鼻，哈哈大笑道，此言当真？祖黑龙说，冇得问题。黄福寿说，不过，没有钱还，我就收这房子，我不要你老婆，那是真正的红颜，没有我的那个小女人安全哪！

黄福寿一离开，祖黑龙请来两位民工，在一楼门面中间挖了一个长 1.6 米、宽 0.5 米、深 0.6 米的坑，施工时被市场的管理员发现，当场要求民工停工，说祖黑龙瞎搞，怎么未经同意，就擅自破坏房子结构。祖黑龙见状，当时从身上掏出 1000 元现金，塞到管理员的手里说，我要在房子里安装机器，必须要挖掘一个坑。管理员没想到祖黑龙这么大方，他收了钱，咧着嘴笑道，祖老板你想怎么挖都可以。

民工把坑挖好后，然后帮助祖黑龙买来水泥，挑来河沙，用水泥做成棺材形的坑，把剩余的水泥和河沙就堆到房间角落。

做好坑，祖黑龙从市场上购买了20公斤的浓硫酸，放到楼梯下。

4月26日，祖黑龙换上一个用假证办的联通手机号，给黄福寿打电话借钱，黄福寿毫不在意地问，力哥，你用谁的手机哪？祖黑龙说，我在用女朋友以前的手机号。末了说，福哥，你什么时候借我钱呢？黄福寿爽快地答道，明天下午借你10万元，但在今年内一定要还，否则，就用美人边璧玉来销账哪。祖黑龙说，呵呵，算数。

28日下午两点，祖黑龙再次给黄福寿打电话，黄福寿刚与朋友喝完咖啡，回到公司办公室，他说，你来我的办公室拿哪。祖黑龙说，福哥，我在店里，你把钱带过来吧，我有一笔生意想与你商量。黄福寿问，什么生意哪？祖黑龙应道，拆房工程，鄂王湖西岸的。黄福寿问，不会惑人吧？那是香港的李氏集团掌管的工程哪，祖黑龙说，强龙斗不过地头蛇，是从他们那里争来的呢，你过来吧，璧玉也在这里。黄福寿说，我的车不在家哪。祖黑龙说，打的过来嘛。

听祖黑龙这么一说，黄福寿从保险柜里取出10万元现金，装进皮包里，出门叫了一辆出租车，前往农贸市场。

隔老远，祖黑龙看见黄福寿大腹便便地夹着皮包一摇一摆地走过来。整个湖东农贸市场，没有发现其他的闲杂人。他的脸上露出狡黠的微笑。待他走到门前，祖黑龙迎上去握住他的手说，福哥，不好意思，叫你亲自跑一趟，我们上楼去。黄福寿哈哈笑道，还不是让你的美女朋友吸引过来的。祖黑龙说，你是不是很喜欢她呀？黄福寿哈哈笑道，你不会打算与我做一笔交易哪。祖黑龙应道，福哥，你说过，娶妻娶德，选妾选色呢。祖黑龙哈哈笑道，力哥，学得蛮快，走，咱们上楼。

两人走上二楼，祖黑龙请黄福寿坐到室内唯一的钢制长沙发上，说，福哥，等会璧玉过来呢，叫她给你打收条。黄福寿说，我是经不起诱惑的哪。祖黑龙瞅一眼他放在沙发上鼓鼓的皮包，皮笑肉不笑地说，只要你有钱，女人更经不起诱惑呢，你今天带了多少钱？黄福寿掏出卷烟说，只有10万块。祖黑龙说，那足够了。话毕，他从腰间抽出手铐，十分敏捷铐住黄福寿的右手腕，还没有等他回过神来，祖黑龙把手铐的另一头铐在沙发的扶手的不锈钢钢管上。

黄福寿睁大眼睛问，阿力，你干吗？

祖黑龙应道，老子和你玩一个游戏，赢了老子把边壁玉送给你。说着，他从黄福寿的西服的口袋里搜出手机道，你觉得么样？黄福寿问，玩什么游戏，我跟你开玩笑的。祖黑龙说，老子是认真的。说完，他走下楼，反锁好一楼的大门，返身回到二楼。

这时，黄福寿感觉到有一种不祥之兆。他色厉内荏地问，阿力，你想干吗？祖黑龙拿起他的大皮包，拉开链子，发现里头有一扎扎崭新的钞票。他说，福哥，老子很佩服你。黄福寿瞪着眼睛没有回话。祖黑龙苦笑道，福哥，你相当会赚钱，长相也不错，有一只鹰鼻子，惹女人喜欢呢，老子问你，你和我老婆有没有瓜葛？黄福寿说，我向你发誓，绝对没有哪。祖黑龙说，读书时老子学过这个词，叫做瓜田不纳履，李下不正冠，你没有嫌疑也有嫌疑了，你今天不老实交代，你看到下面的坑了吗？那就是给你准备的坟墓！黄福寿闻言，大惊，他准备站来，但手铐拉住了他，他说，阿力，我……真的没有，可我晓得……你老婆与其他老板……有关系……祖黑龙没理他，自言自语地说，老子杀了你，把你丢在坑里，然后用浓硫酸化解你的尸体，再用水泥填好，铺上地板砖，没有人会发现这个秘密的。黄福寿听了，脸变得铁青。祖黑龙解掉他的领带，说，福哥，你还不想说吗。黄福寿张口喊道，救命哪！话音刚落，啪！他的脸上挨了祖黑龙一拳头。祖黑龙骂道，叫你他妈的逼，这几栋房子都还有住人呢。这时，黄福寿的额头上已冒出了冷汗，他故作镇静地说……力哥，我愿意给你10万块补偿哪。

祖黑龙一听，两眼迸发出愤怒的火光，他用领带动作敏捷地套住他脖子，侧身用肩膀背起他的整个人，黄福寿在他的身后蹬了几下脚，便断了气。祖黑龙用他的领带擦了擦自己脸上的汗，骂道，他妈的，系的领带还很结实呢。

19

　　上午9点，香奈儿小区奠基仪式正式开始。祖之堂望见一排官员胸前都别着一朵红花，站在刚刚扎好的台子前。这使他想起1998年，马前庙的煤矿危房改造奠基时，与这一样热闹非凡。他仔细搜索眼前这排油头粉面的国家干部和开发商，竟然发现了高个子左副市长，他上次当秘书长的时候，在这讲过话呢。

　　当左副市长发言时，他说，刚才，我来到马前庙居委会，遇上煤矿的一位老师傅，他儿子想要结婚，却没法给他办喜事，因为他家的房子小，只有一室一厅。我们交谈时，他向我强烈要求，他盼望马前庙早日旧城改造，请政府给力！他说，现在居民富裕了，这样的房子没法住，与时代发展要求根本不相适应，与海南、深圳、宁波、上海、北京相比，不可同日而语！因此。他的一番话，让我消除了心中的顾虑，觉得这样的拆迁工程是顺应民心，为民着想，是全心全意贯彻落实科学发展观！所以我们市政府给力这个品牌工程！

　　左副市长说得非常顺溜，让祖之堂觉得特别耳熟，狗儿的，他多年前也是这样说的呀，只是换了几个新词儿！祖之堂暗想，呵呵，这就是领导水平哇。祖之堂叹口气，他干咳几声，忽然想起早上还没有吃药，他悄悄地走出看热闹的人群，缓步往回走。

　　待他走到楼下的时候，他望见二女婿祝军立在楼道单元门口，他急忙说，祝军，你妈不在家吗？祝军摇摇头，祖之堂这时发现他的脸色不大好，他试探地问，你一人来的？祝军说，你的女儿昨晚又没有回家！祖之堂问，去哪儿了？祝军愤愤地说，还能去哪里？和她老板住在一起呀。祖之堂以前听女婿说过女儿和田河的事，但是他不相信，田河比她大24岁呢。祝军咬着牙说，这么大的年纪还做出这等丑事，我实在想不明白，他妈的，那老鸟不就是有几个钱吗？祖之堂压低声音说，在外不要讲，丢丑，回家我给她打电话。

　　两人回到家，祖之堂用家里的电话拨通二姑娘的手机，问，你昨晚去了哪里？祝军到处找你哇。二女儿答道，爸，我没事的，现在很好，你别操心。祖之堂卡卡地咳着道，祝军这么好的人，你不要瞎闹啊。二姑娘应道，他好什么好？上班有得几个钱，连房子都买不起，嫁给他我有享到一天福呢。祖之堂大怒道，你不要给我祖家丢脸，那个秃头有什么好？马上给我回家，要不，老子……话未说完，卡卡卡地咳起来。祝军见了说，爸爸你的咳嗽越来越严重了，还是去看看医生。他稍一停顿，摇着头道，看样子我只有和她离婚，有得办法。

　　这天晚上，祖之堂把二女儿的事对祖黑龙一讲，祖黑龙骂道，他有几个钱有什么了不起，搞烦了老子用硫酸泡了他。祖之堂没想到祖黑龙这样骂，他温和地说，你在派出所上班，是学了法的，我意思要你劝劝二姐，这种不光彩的事做不得，让我感到愧怍，真是愧怍！

20

　　2012 年 5 月，香奈儿社区全部建成，左边是别墅群，右边靠近山湾的全是 18 层的电梯房。田河在小区购置了一栋别墅，准备当作新房，与二姑娘结婚居住。他现在成为鄂王城有名的房地产开发商，家产上亿，是鄂王城的富豪之一。

　　祖黑龙要了一套 18 楼的 160 平方米的房子。

　　按照拆迁的政策，祖之堂计算了一下，减去他家还建的面积，那么还要再交 56 万。狗儿的，房价疯涨，差不多快赶上武汉的房价了。

　　祖黑龙不知道从哪里弄来 30 万元购房款，加上边壁玉的 20 多万元，终究买了一套大房子。大女儿祖雪还建时只购了 130 多平方米高层房，还不能一次交款。胡鄂的母亲几年前心脏病发作已经去世，他父亲胡建铁和女儿住在一起，帮不了他，胡鄂不得不用自己的住房公积金贷款，与马前庙大多数居民一样，成了媒体所比喻的"房奴"。

　　有时候，祖之堂想，国家政策是不是有问题？我们工人当了一辈子长工，最后还得为房子还债。狗儿的，没有钱，给你放贷，5年、10年、20年，可以慢慢还，让人活得喘不过气呢。

8月，祖之堂一家搬到了电梯房。祖之堂和祝小妹走进宽敞客厅，笑得合不拢嘴，他们打开铝合金窗子，一股清爽的凉风扑面而来，祝小妹呵呵笑道，大胡子，以后住在这里不用电扇呢。祖之堂应道，以后谁用电扇，装空调了。祝小妹反驳道，你有钱装空调吗？说得像员外一样。祖之堂声音低沉地说，我没有钱，还有边壁玉和黑龙嘛。祖黑龙见状，制止道，爸妈你们争吵什么，以后和边壁玉住在一起，你们要忍一忍。

他们一听，觉得黑龙真的懂事不少。

祖之堂把自己的东西放进黑龙定做的新组合家具里，他发现那张发黄的劳模奖状，30多年来，旧东西都让他扔掉了，只有这张奖状还保存得好好的，这让他涌出几许激动。

这天晚上，香奈儿社区在全市开展的社区文化节里，请来省楚剧团表演现代楚剧《赶会》。《赶会》现在成为楚剧的经典节目，唱的应山调颇受戏迷喜欢。祖之堂特别喜欢看，看了一次又一次，几乎百看不厌。这次戏台扎在大枫香树下，有些老态的祖之堂早早搬来凳子，和老伴祝小妹一起边看边议论。当他们看到一半时，发现两辆警车鸣着警笛闪着警灯从戏台边开过，路边看戏人于是议论道，刚才公安局在小区抓走了一个犯人呢。祝小妹听了问，大胡子，我们家不会有小偷进来吧？祖之堂应道，哪里有小偷？冇看到警车在路上跑吗？说罢，卡卡地咳着。

21

公安机关是根据湖东农贸市场的保安反映的线索，破获了"4·28"故意杀人案。

那天，农贸市场的那位管理员与市场的保安聊天时，他为了考考那个保安，他说，我看你穿这身制服只会吓人，冇得用。保安说，谁说我冇得用？我以前在市公安局当保安，还帮助刑侦支队破过案呢。管理员说，你莫吹牛，那我出一道题，考考你。保安说，你出呀。管理员想了想说，我们这里有一个老板，他说租我们的房子加工面条，在一楼的门面内挖了一个坑，用水泥做好，结果呢，冇安装机器，又填上土，铺上地板砖，你说为啥？保安问，是不是改行了？管理员答道，没有改行，门面到现在还空着，啥也没有做。保安信口开河地说，一定是用来杀人埋尸。管理员一听，睁大眼睛说，你莫瞎诌哦。保安也意识自己的胡诌，于是问，他叫什么名字呢？管理员说，他的身份证的名字叫做祖黑龙，是湖那边马前庙人。保安故弄玄虚地说，这个问题很严重，我得向公安局汇报一下。

几天后，管理员碰到这个保安，询问上次的事，保安这才想起那件事，他已经忘了那事儿，他不得不说，好吧，我给他们打个电话咯。他要来管理员的手机，拨通刑侦支队的办公电话，是一位副支队长接的，这名副支队长一直在调查黄福寿失踪案，保安提到的祖黑龙，也是警方调查的对象之一，但一直没有获得有价值线索。副支队长意识到这个线索的相当重要，可他为了不打草惊蛇，轻描淡写地说，这事我们晓得了，我们调查一下再说，你做好你自己的保安工作吧，有事我再联系你。

保安没想到警察这样马虎，让他有些失望。关上手机，他骂道，他妈的，老子让他气死了，管他妈的调不调查！管理员一听，哈哈大笑道，原来你就是这样帮他们破案啊。

公安刑侦支队随即调出祖黑龙的所有资料，展开多方调查，发现他欠过黄福寿的赌债，与黄福寿关系较为密切，还在黄福寿公司兼职。从他购的新房分析，远远超过了他的收入水平。

一天晚上，刑侦支队通过手机监控，发现祖黑龙人在家中，遂联合派出所的民警，将其缉拿归案。

经过一夜审讯，祖黑龙拒不承认黄福寿失踪与自己有关。

凌晨5时，副支队长开始第二次审问。他说，阿力，我知道你这么多年在派出所做协警，有一定的反侦查能力，但是，我们没有掌握你的证据，不会随便抓你的，你还是坦白从宽咯，你没有选择。

祖黑龙被轮番审了一夜，早已疲乏不堪，脑子变得乱七八糟，他心里清楚，如果自己交代杀人，最起码要判死缓，那不如不说，让他们审去。

副支队长看见他一副死猪不怕开水烫的样子，厉声道，你这个白痴，我是给你活命的机会，如果你再不交代，你的性命难保！祖黑龙翻起眼睛瞅一眼副支队长，没有说话。副支队长说，你老实交代了，还有可能判个死缓，你在派出所工作过，应该懂一点法律吧？祖黑龙没吱声。副支队长说，我再问你，湖东农贸市场晓得吗？祖黑龙一听，大惊，额上慢慢渗出粒粒汗珠。他嘴唇翕动一下，吞了吞口水，仍没吱声。副支队长说，祖黑龙，给你的时间不多了，湖东农贸市场的门面，你不会记得吧？祖黑龙心理防线此时彻底崩溃，他低下脑袋，长叹一口气道，副支队，我……老……实……交代……

22

直到看戏后的第三天，祖之堂才知道那天晚上抓走的是儿子祖黑龙。

祖之堂没想到祖黑龙在一年前就杀了人，而且手段相当残忍。

他把黄福寿勒死后，将尸体丢进水泥坑里，然后倒进硫酸，用水泥填平，再铺上地板砖。这样的办法，亏他想得出。

祖黑龙被抓走的第二天上午，警察押着他来到农贸市场，指认了作案现场。警察将他押上囚车后，请民工挖了一上午，没有挖开厚厚的水泥。最后不得不弄来破路机，砸碎水泥层，再挖开水泥，大家闻到一股酸腥味。民警发现坑里都是黑黑的土渣儿，没有一根人的骨头。黄福寿的尸体和衣物全让浓硫酸化解了。公安技术队的民警戴着胶手套从水泥块里找出了一些黑渣子，装进了塑料袋里，准备送到省里鉴定。祖黑龙出事后，边壁玉就很少露面。祖之堂和大姑娘、二姑娘，到处找人打听祖黑龙的案子，检察院、法院都说这个案子，估计判不了死刑，因为黄福寿的尸体没有了，中院在量刑时，会留有余地。湖北省曾经出现一宗杀妻冤案，在全国引起过巨大反响。万一黄福寿活着出来，那法院又吃不了兜着走。

祖黑龙的事，让祖之堂一夜之间全白了头，脸上增添了一条条深深的皱纹，像刀刻一样。双眼深陷，暗淡无光。说话气如游丝。70多岁的人看上去像一位快要死的老头。每每想起伤心的事情，他的心口开始隐隐发痛，他觉得自己活不了多久，七十瓦上霜，八十风前烛，阳寿已满。

一天中午，祖之堂睡在客厅的凉席上，边壁玉带着一位中年男人回来，祖之堂仔细察看，发现他有一些面熟。祖之堂卡卡地咳嗽道，壁玉，他是谁？边壁玉说，他是马老板，我的朋友。马老板走到祖之堂的身边，蹲下身子说，祖师傅，不认得我了吗？我是马家马森林的儿子，以前我喜欢你家的二女儿呢。祖之堂有些呆滞地问，你的生意做得好吧？马老板说，好啊，我现在做铁矿石生意，每年可以赚上千万呢，托政府的福咯。祖之堂声音低沉地说，好啊好啊。马老板说，你杀人犯的儿子的女朋友，现在是我的女朋友了，我想娶她为小老婆，你说怎么样？祖之堂闻言，浑浊的眼睛露出一丝愤慨，他说，你们……他话还未说完，气得卡卡地咳嗽不停。

马老板连忙伸出手给他捶背道，你看你多造孽哪，老了冇得儿子送终啊。祖之堂缓过气来，说，你给我滚出去。马老板哈哈笑道，几十年了，冇改脾气！祖师傅，你不要发火，我是不想给你送终的！这时，边壁玉拖着装有她自己衣服的皮箱，走过来说，祖伯伯，我告诉你，这个房子的产权证是我的名字，现在，我给你两条路选择，要么，你给我钱，我把房子转给你；要么，我补给你还建面积的房子钱，你们搬出房子。

祖之堂一听，气得卡卡卡地咳起来。马老板掏出手帕，擦拭一下自己的脸，说，玉儿，你要让他尽快给你答复，别让他死在新房里了。边壁玉应道，你说什么呀，怎么说他是我以前男朋友的父亲呢。

他们两人走出屋子，坐电梯下楼，祝小妹则坐另一个电梯上楼。她回到家里，祖之堂把边壁玉的话向祝小妹复述一遍后，祝小妹当即大哭道，这是什么世道呢……黑龙为买房子去杀人……现在……房子却写着别人的名字……要我们搬出去……这世上还有公理吗？

祖之堂见状，老眼滚出了一行热泪。祝小妹说，晓得有今天，我们不要这房子呢，我们搬到郊区去住！

祖之堂的喉结骨碌骨碌地滚动着，片刻，他缓慢地说，如果我死在前头，你去和祖雪住吧，胡鄂人蛮好咯，女儿胡亭人也孝顺。祝小妹哭道，我哪里不想去，就要和你在一起呢！祖之堂叹息道，我多活一天，就多受一天罪哇。

这天晚上，祖之堂偷偷走进香奈儿社区的别墅区，他找到一棵从广东移植过来的大观赏树，从口袋里掏出准备好的包装袋，系在树的一个枝桠上。他把头伸进包装袋里，这时，他无意中望见田河购的别墅。二姑娘现在已经搬进了别墅。她拆散了自己的家庭，才过上有钱人的日子。

祖之堂的脸上流露出一丝苦笑……

后记

俎理发的故事讲完了，让我为之动情。俎理发的故事确实让我扼腕长叹、感喟不已——咱们社会底层里还有很多贫困的群众需要我们去关注。就像俎理发的一家，筚门圭窦，因为房子问题，导致家破人亡，这虽然只是个案，但不能不令我们深思，祖国强大很需要，但是关系群众的民生问题同样重要。

我来到事发现场附近，发现别墅区已经明显加强了警戒，几位保安在外头走动，出租车、摩托车和闲杂人员不准入内。我把摩托车停在大门外，准备进入别墅区，被保安拦下。我说，我是报社的记者，来采访那个自杀老头的。保安说，不准记者入内。话毕，他觉得这样说话不太友好，改口道，老头的尸体已经运走了，别墅的主人不准外界来打扰。

随后，我来到香奈儿社区的高层楼房，果然看见一栋楼房下设置了一个灵堂。我向一位老师傅打听，他摇头道，这个自杀的老头是我的亲家，名叫俎理发，真是造孽，儿子俎黑龙出了事，一时想不开，上吊自杀了。我听了一怔，急忙问，你叫胡建铁？他睁大眼睛问，你怎么晓得我的名字？我解释道，我刚碰上一个名叫俎理发的老头，是他对我说的。胡建铁上下打量我一番，说道，你真会开玩笑，俎理发昨晚就死了，不信你过去看啦？我心想，他妈的，真见鬼！我写的"4·28"毁尸灭迹的通讯稿，嫌犯就是俎黑龙！怎么如此巧呢？

我想，一定是谁冒充了俎理发。

短信事件

在市委机关，基层工作人员没有谁 不说闵山好，他为人随和、坦荡，没有架子，办公室的人都喜欢和他交往。

闵山是大连人，平常说一口卷舌音普通话，言语中露出北方人的豪爽之气。来市委政研室办事的同志，总喜欢和他开玩笑：闵主任，实嘛时候一起去钓鱼？闵山明白对方戏谑自己，但是自己的确爱好钓鱼，就憋着气用本地人的话说：你莫批我嘛，实嘛时候你请我钓一回鱼嘛。但他说的话还是北方人的口音，他把本城人讲话末尾爱带的一个嘛字，说成了啥，变成了卷舌音。

闵山是一个有才气的人，他在市委政研室工作18年来，理论文章遍地开花，跟着政策走，需要批判谁就批判谁，需要赞美谁就赞美谁。他从学校调进政研室至今。市领导换了几任，闵山却一直守着那个副县级调研员没有变动。

现在的市委书记名叫墨海，他是从省厅下来的。墨书记以前长期从事财政工作，业务能力比较突出。来到鄂王城工作不到两年时间，被人送了一个"铁算盘"称号，闵山对这个"铁算盘"颇有微词。墨海赴任鄂王城以后，注重实干，提倡全民发展经济，但不重视意识形态之类的东西。

到了墨海上任第三年的时候，他把市委、市府的科级以上的干部大多充实到市直机关重要岗位上，唯独政研室的干部基本保留在原来岗位工作。

市委政研室的主任是市委办公室包主任兼任，两名副主任当中，毛副主任是统战部新调过来的，纪副主任是闵山带的徒弟，从正科调到市文化局转一圈，让李副省长指名调回政研室当上副主任，一下成了他的上司。墨海上任以后，闵山也一直没有变动。办公室的另一名副县级调研员老桂，也是几朝元老。

又到岁末月尾，谈及人事变动，政研室的几名同志围着闵山说。

毛副主任说，我以前在统战部当副部长的时候已经是正县嘛，调到政研室来，还是个副职嘛，所以没有嘛奔头，闵山你可是政研室的一支笔啊，你得努把力，为政研室的人争光嘛。毛副主任是河南人，说话带一口河南口音。

纪副主任笑道，闵主任是应该提拔吧，这么多年一直是兢兢业业地工作。

老桂接过话道，我和小闵不一样，小闵只有43岁，大学文凭，工作相当出色，组织上应该多培养一下这样的实干型干部。因此，如果组织上要我选谁当官，我第一个投小闵的票。

新分进的大学生说，闵老师是我们学习的榜样，如果这样的人都不提拔，那我们不必做公务员了。

闵山操着卷舌音说，干一行爱一行了，但我在政研室工作时间太长了，我真想换个工作，有啥干啥！

纪副主任说，闵主任，你向组织上提出来噻，听说明年3月"两会"前后，市委要调整部分干部呢。闵山说，我不是要官当啥，我觉得在政研室作得很窝囊，我老婆每天说我这也不行，那也不行！

毛副主任说，老闵，向组织上说出来嘛。

闵山听取了大家的意见。在一个阳光暖暖的上午，闵山鼓起勇气先给市委常委、组织部部长童志钢打了一个电话，简单地说明自己的想法后，童志钢回答道，你来我办公室吧。

童志钢的办公室就在楼上。闵山放下电话，连走带跑地赶去。童志钢望见闵山，放下手中的书，点点头说，你来了？坐坐。闵山掏出烟，递给他一支，然后在他对面的大沙发上坐下来。童志钢点燃闵山递的烟说，闵山，你想挪动一下工作，主观上的意愿是好的，我们组织部门会尽量考虑你个人的想法咯。童志钢略一停顿，说，不过，你现在年富力强，不管在什么岗位，都要把工作做好，不要有任何想法咯。闵山别着普通话说，童部长，你实（是）知道啥，我在政研室工作了18年，我盼组织上能给我换一个新岗位！童志钢又点点头说，这事我晓得了，你回去好好工作吧，如果有合适的岗位，组织上会酌情考虑。闵山站起来说，童部长，我实北方人，说话直爽，我从来没有向组织上提出啥要求，这事就拜托你了！童志钢说，你要相信组织，相信组织。

回到办公室，闵山把去童志钢办公室谈的事向徒弟纪副主任一说，纪副主任应道，向组织上提出来，比憋在肚里好噻，有机会还可以向他们提一提呢。

之后，闵山碰上童志钢，又向他提出工作调动的事，童志钢说，你工作的事情，我上次征求包主任等人的意见，他们同意你走，但是没有合适的位置，你就等一等咯。

童志钢的话让闵山看到了一丝希望。

转眼，市"两会"召开，财政局、教育局、劳动和社会保障局等部门的一把手，有的高升人大常委会副主任，有的调进人大下属委员会当上主任委员，有的走上政协领导岗位。市委机关的一些干部也纷纷往下走，有的当局长，有的到县、市、区去当有关负责人。徒弟纪副主任这次也被调到市残疾人联合会任理事长，有了正县级岗位。然而，组织上没有找闵山谈一次话，他也没有得到有关调动的消息。

闵山急了，他在下班的时候守在一楼的大门口，看到童志钢，就走过去躬身笑着说，童部长，您下班了？我上次向您提的事儿有啥困难没有？童志钢瞅了一眼闵山，一脸严肃地说，闵山，你要相信组织嘛，这不是哪一个人说了算噻，你是个老党员，副处级干部，这点也不懂？

碰了壁，闵山一连半个月感觉不爽。

一天晚上，市中级人民法院政研室的荆主任和城市管理局政策法规科的马科长等朋友聚会，打电话请闵山过去喝茶。茶楼包厢里，荆主任几个人在打牌玩，看到闵山到来，大家停下牌局，询问他要喝点什么。闵山说，我啥也不喝，就来一杯花茶。马科长听了说，你这个花心男人，一进茶楼就要花茶，还要不要花姑娘作陪呢？闵山知道大家都在寻开心，于是顺水推舟地说，你叫一个，我也要嘛！荆主任就对司机说，去叫两个小姐进来吧。闵山见了说，今天谁请客？这么大方？马科长笑着说，反正不要割你的肉嚜！荆主任晓得闵山是个实在人，就说，放心，有个老板请客。他的话一说完，司机带着两个小姐走进包厢。闵山说，喝茶就喝茶，不要小姐嘛。他话一说完，两位小姐走到他的身边，一人拉起他的一只手，嗲声嗲气地说，大哥，我们等你这么久了，给个面子吧？马科长见状，哈哈大笑道，你算不算北方猛男嚜？荆主任说，没有关系，又不要你嫖娼，坐下唱歌嚜。

随后，荆主任又叫来两个小姐，大家一人带一个小姐边唱边跳。

闵山和一个眉目清秀的小姐跳了一曲后，就坐下喝茶，小姐说，现在像你这样正派的男人成了国宝了。闵山用鄂王城的地方话说，净瞎说！小姐撒娇地说，大哥，你别板着脸嘛，你的手机号是多少？我给你发一个短信吧？很好玩的！闵山望一眼楚楚动人的小姐，就报出自己的手机号，小姐就从牛仔裤屁股后头口袋掏出手机，给闵山发了一条短信后，要闵山拿出手机看。闵山掏出手机，打开收件箱，看到小姐发来的消息：上班有恋人，下班有情人，出外有佳人，回家有爱人，抱的是美人，想的是伊人，小姨说你是坏人，嫂子说你是能人，保姆说你是伟人，这就是男人！闵山看了，呵呵笑道，瞎扯淡。小姐说，你真不懂，还是假不懂？小姐的话吸引了马科长，他走过来，要来闵山的手机，一看那条短消息，说，这个短消息是很形象，真像有些领导干部呢！不会是闵主任你吧？闵山呵呵笑道，我老婆都想跑了，还谈啥情人美人！

看见小姐喋喋不休，法院的司机凑到闵山的跟前说，闵主任。你说卫生局局长严美姝漂亮吗？闵山不知道他问话是什么意思，点点头。司机说，她当局长之前，在信访办当副主任嚜，那时她老公在国外进修，墨海成了她的临时老公嚜。闵山沉思片刻，操着地方话音说，听人说过。

从那次聚会以后，闵山越发觉得心里不平衡，导致他一连几个晚上都失眠。

有一个晚上，他睡到半夜，又睡不着了，他起来点燃了一支烟，听见老婆呼噜直响，就走到书房去吸烟。吸完烟，他发现桌上放的手机，任意摁了几下，看到小姐的那条短信，忽然觉得与市委书记墨海可以对号入座，老墨的家属现在还生活在省城，老墨平常就在城里乡里疯狂打野战，除了严美姝这样自愿奉献的女人以外，也许还有很多良家妇女让他长期霸占着。闵山最清楚的是铜都宾馆总经理黄鹂，当初老墨初到鄂城的时候，她还是客房部的一个领班，自从做了他的情妇，黄鹂好运不断，从领班一直升到宾馆的总经理。现在，市政府新建了一座四星级宾馆望江园，铜都宾馆不再作为市政府接待点，但是，宾馆的116号套房老墨仍然占着。

想到这里，闵山忽然来了灵感，他抽出圆珠笔，信手在稿纸上写出一首打油诗：不顾百姓喊冤，只顾佳人心欢，不顾手下心酸，只顾亲信升官。悲兮叹兮，吾辈为你悲观！写好之后，闵山暗自赞不绝口，他自言自语道，还押韵呢。但是他一琢磨，觉得还不解气，于是改写道，不顾百姓喊冤，只顾情人心欢，不顾手下心酸，只顾亲信升官。抹黑抹黑，荒淫无耻世界观！抹黑与墨海谐音，非常棒！

写好诗，闵山一默读，感觉还是一条不错的短信。他就把这首打油诗输入手机里储存起来。保存好短信，闵山觉得应该把这条消息发给马科长他们，让大家欣赏一下。他找出电话记录本，之后，他把这条短信发给政府办的秘书科等六七个玩得好的朋友。

发完短信，闵山头一回感觉有一种扬眉吐气的味道。回到床上，一觉睡到大天亮。

第二天上班，闵山来到办公室，先后接到马科长等几个朋友打来的电话，纷纷称赞他发的短信十分形象。只有荆主任问他，昨晚和谁在一起啊？那么晚还没有睡？闵山说，睡不着嘛。荆主任问，那条短信是你写的吗？闵山应道，实的实的。荆主任说，老闵，这样的短信你得注意影响，免得让别人找你的歪（错）。闵山说，我啥时候有歪了？公民有言论的自由嘛！再说我又不点谁的名儿！

到了下午，市政府的卫副秘书长打来电话，说有事要和他见个面，闵山不假思索地说，好的。没一会儿，卫副秘书长匆匆来到他的办公室，关上门，放下大提包，轻声地对闵山说，老闵，你昨晚给别人发短信了吧？闵山看他那神态，感觉有一点不对，问，出了啥事？卫副秘书长说，没出啥事，但是这事让市长知道了，他非常生气。闵山问，谁给市长看了？卫副秘书长说，有人把信息直接转发给市长了，你昨晚是给谁发的？闵山说，我给七八个人都发了那条短信。卫副秘书长说，这就麻烦大了，你开了一个大玩笑呢！闵山问，有这么严重吗？卫副秘书长说，你我都是共产党员，党的纪律你应该知道。闵山哑然，感觉头皮有一点发麻。卫副秘书长说，现在你有两条途径可以选择，一是承认那条短信是信口雌黄来的，这样，轻者，你将会受到纪律处分，重者，也许会追究你的法律责任，这可是诽谤人的事。二是拿出足够证据，说明你的短信的真实性。

闵山没有料到事情会变成这样，他隐隐感觉事情的复杂性。他急忙说，我可是说着好玩的，没想到啥诽谤人的事儿！卫副秘书长说，老闵，我是为你好，如果你想保护你自己，你得找出有关证据，否则，你一生就毁在这条短信上。闵山问，秘书长，那可怎么办？卫副秘书长说，你的短信不是写着不顾百姓喊冤，只顾佳人心欢，那你就得找出证据噻！你现在不要犹豫了，你按我的话去做噻。闵山的大脑一片茫然。卫副秘书长说，我这次来和你谈话，不是代表组织上来的，纪委有关同志一定会找你了解情况的，你现在抓紧时间弄证据噻，杀人见伤，拿贼见赃。有什么困难，我可以帮助你！其实我与你也有同感，算是同病相怜吧。闵山不知道卫副秘书长的来意，但觉得他说的话没有错。他思考一下说，我又不是侦探，咋弄证据？卫副秘书长说，你动动脑子吧。临走时，他又说，我今天对你讲的话，要保守秘密！

卫副秘书长一走，闵山意识到问题的严重性，他连忙给徒弟纪理事长打了一个电话，说出自己昨晚编发的短信的事，让市长知道了，领导可能会追究责任。纪理事长听完他的话后，叹口气说，闵主任，你是老党员呢，一生撰写的政论文章和领导讲话不计其数，怎么忽然想写打油诗呢？真是糊涂，我现在不在政研室了，我也不好帮你说话，你自己看着办咯。纪理事长把话说到这份上，闵山也不好再对他说什么。他放下电话，再给中院政研室的荆主任打了一个电话，想和他商量一下。荆主任接了电话，压低声音说，正在开会呢。

整个下午，闵山待在办公室里一个劲儿喝茶。他想过来想过去，如果墨书记真的要追究责任，自己豁出去也要弄到他搞女人的证据，那样，自己也许会化被动为主动。

闵山想，找什么证据最有说服力呢？

偷拍的相片？

他想起马科长的科室有一部进口的微型摄像机，马上给他打个电话，编了一个由头，说老婆的妹妹的朋友的儿子过周岁。马科长说，好的，我等会给你送过来噻。

随后，闵山通过墨海的秘书小王，大致了解到墨海下班之后，在望江园宴请省司法厅一行领导。吃完饭，可能在望江园的娱乐城，陪同司法厅的领导娱乐一下，然后回望江园的 501 房休息，或者回铜都宾馆 116 号就寝。

知道墨海的行踪后，闵山把有关墨海相关电话，连同他的秘书小王及司机的手机号码一起记在通讯录上。

下班时，马科长把摄像机送到了闵山的办公室。闵山把手提包里的东西拿出来，把摄像机装包里，发现有一点鼓鼓的，但并不显眼。

闵山回到家里？吃完晚饭，估计墨海饭局差不多结束了，他给墨海的司机打了一个电话，故意问他现在哪里？看见政研室的司机吗？对方如实地说，我不晓得，我现在在望江园，墨书记陪省里领导在说话，我在等他。

闵山心想，既然是宴请省厅领导，他们酒醉饭饱之后，肯定要去娱乐城跳舞。他就拿上包，直奔望江园娱乐城。来到娱乐城，听见里头音乐悠扬，一排身穿旗袍的小姐守候在大厅的门口边。看见闵山到来，领班的小姐走过来，问他需要包厢吗？闵山说，我是市委办公室的，墨书记陪同省厅领导来娱乐城了吗？小姐说，是这样子哦，他们订了牡丹厅的大包厢。人还没有来呢。闵山说，谢谢，那我去看看嘛。小姐鞠躬道，行，你请。闵山在里头转一圈，发现市委接待处的工作人员在包厢里好像也在等老墨，但他不便和他们说话。

没有一会儿，墨海陪同省厅的领导果然来到牡丹厅包厢，与他一同来的竟然还有严美姝和另外一个高挑身材的女子。

闵山于是悄悄溜回办公室。他在办公室大约待了一个小时，冒充市委办公室的人，打电话询问娱乐城的服务台，墨书记订的牡丹厅包厢的客人走了吗？对方回答还没有。闵山便夹着包，又来望江园，看见墨海的一号车没有停在望江园，心想，是不是走了？如果不走，那他今晚就住在望江园的501房了。他于是用手机打电话询问服务台，得到的答复，老墨还没走。闵山则守在娱乐城外头，他坐了半个小时，看见墨海陪同客人走出包厢。墨海先送客人进房间休息，然后和严美姝上楼，严美姝身穿米色的时尚套装，手提小包，和墨海边走边谈，可能是谈工作上的事，墨海一边听一边点头。闵山装着找人的样子，跟着他们上五楼，看见两个保安坐在五楼中间小型休息台值班。闵山知道，闲杂人员如果想进501房附近，是不可能的。

　　闵山下楼后，避开保安，悄悄绕到501房对面的山上。这座山与望江园的房子相距大约五十米左右，可是山上都长着参天大树，没有路。闵山抱着皮包费了九牛二虎之力，才爬了十几米高。这时正值春暖花开的时候，闵山别的不害怕，倒是担心遇上蛇，所以他一听响声，就停下来用手电照一照。口里就骂，妈的，我成了啥了？来做这种事儿！

　　爬了20多米高，闵山已经浑身是汗了。他透过树叶抬头远眺，十分清楚地看见墨海的房间亮着灯，两扇窗子全部打开，两个窗帘都拉开一大半，好像在通风换气。闵山从包里拿出摄像机，爬到一个位置相对好一点的地方，对着他的窗子拉近镜头。他望见披着长发的严美姝坐在一个窗户边吸烟呢。一会儿，身穿睡衣的墨海从浴室走出来，他一边用毛巾擦头发，一边和严美姝说话。严美姝好像说了几句话，然后走到他的跟前，一下搂住墨海的脖子，老墨丢掉毛巾，两人紧紧相拥。片刻，老墨放开她，亲了一下她的脸，她就扬起头，使劲吻墨海。老墨立即转过脸，热烈地回应她。闵山一边说好嘛好嘛，为啥不脱衣服呢，一边拼命地摄镜头。

　　两人热吻之后，严美姝放开老墨，独自往房内走去。老墨在窗前做了几下扩胸的动作，然后把窗帘严严地拉拢了。闵山见状，在原地坐了一会，看见另一个窗帘也被拉上。

　　下山的时候，闵山一不小心向下一滑，仰天摔倒在地。摄像机被他抱在怀里幸好没事，但他的右手臂被划伤，隐隐发痛。

翌晨，闵山起床后独自思索，为什么卫副秘书长怂恿自己去找老墨的把柄呢？难道他对老墨有成见吗？或者与自己一样出于公愤？卫副秘书长一直是市长的秘书，紧随市长的角色，自然是不能得罪，他吩咐的事情，做好了不会有坏处。

早上上班以后，想起短信的事，闵山仍然有一丝忐忑不安。他想，官场上的事很黑，有时候走错一步棋，就毁于一旦。此时，他后悔自己编发短信的莽撞行为，缺乏政治敏锐感。那么，晚上摄录的老墨与情妇偷欢的镜头，给不给卫副秘书长呢？给他的话，如果经他一公开，那掀起的波浪将超过短信几百倍，产生的后果不敢想象！闵山经过一番思想斗争，决定暂时保护好带子，不向任何人透露，如果风头过去了，没有什么问题，就把带子毁了。

快到中午的时候，闵山接到卫副秘书长的电话，他问，老闵，你的证据有了吗？闵山故意说，啥证据没有呢，咋办呢？卫副秘书长闻言，有些不悦地说，闵主任，我现在告诉你，墨书记也晓得你发的短信了，他非常恼火，现在责成纪检部门调查事情真相，你做好思想准备吧。闵山一听也急了：秘书长，那我去找证据不行吗？卫副秘书长说，你如果能找到证据，你就没有事，否则够你受的！闵山说，你帮我指点一下嘛，卫副秘书长说，到时纪委的人找你谈话，你尽量应付过去，既不要说瞎编的，也不要说针对墨书记的。纪委肯定要你自我检查，你就搪塞过去。但是你必须找出重要证据，等纪委处分你之前拿出来，这样，你不仅可以免受处分，还可以立一大功！

卫副秘书长的话不无道理。闵山确实想不出有更好的解决办法了！与卫副秘书长通完电话，闵山果然接到纪委副书记关真锁的电话，他拖着鼻音说，闵山，有件事情要向你核实，你现能不能来我办公室？闵山闻言，心跳加快，口里说，好嘛好嘛，我现在来。他放下电话，政研室的毛副主任踱着方步走过来操着河南话说，闵山，我以为是组织部找你，弄了半天原来是纪委，你都做了嘛事？闵山听了，不服气地说，大事呗。毛副主任笑道，你还真牛嘛。

关真锲的办公室里，还有监察局副局长和纪委宣教室主任两人，茶几上搁着一个小型的录音机。看见闵山，关真锲主动与他握手之后，请他人坐，然后亲自给他沏了一杯茶，放到他的面前说，闵山，今天纪检部门找你谈话，希望你如实回答。闵山答道，好的。

关真锲拿出笔记本问，闵山，2005年4月5日晚，你给别人发过手机短信吧？闵山点点头。关真锲说，你回答是还是不是。闵山说，实的。关真锲问，你还记得你发的短信吗？闵山想了一下说，记得。关真锲问，是什么短信呢？闵山就把那条短信念了一遍。关真锲问，短信是你自己写的吗？闵山答，实的。关真锲说，你知道这条短信是诽谤他人吗？闵山操着普通话说，我发短信纯属好玩，我没有指谁！关真锲提高鼻音腔说，从整个短信来看，如果不属实，则是攻击他人呀！作为一名政研室的干部，作为一名受过高等教育的共产党员，你不知道发这种短信会产生什么样的后果？闵山没有回话。关真锲说，现在，你编发的短信，一传十，十传百，几乎传遍了市委机关，墨书记非常重视，要求纪检部门调查清楚。现在我问你，你写的短信，指的是谁？有没有相关证据？请你提供出来！闵山想了一下说，我实道听途说，不实指哪一个嘛。关真锲说，我现在郑重地告诉你，你明摆着攻击和诽谤我们市委书记墨海，你对此作何解释？闵山说，我不实攻击墨海书记……

谈话持续了近一个小时，双方围绕短信对象和涉及的证据展开，闵山始终不承认指的是墨海，也不提供什么证据。

最后，关真锲说，闵山同志，你现在回去首先写一份深刻认识吧，我们将向市委如实汇报此事，至于如何处理这件事，消除不良影响，相信市委很快会有一个意见拿出来。

下午上班的时候，办公室的毛副主任和老桂他们都知道闵山发短信骂市委书记。大家捧着茶杯你一言我一语地说闵山没有一点政治头脑，在这机关这么多年算是白混了。

毛副主任说，闵山，我们都是北方人，我不是说你，就凭你这个三脚猫功夫，成事不足败事有余，做嘛事情都要动动脑子嘛，真是扶不起的阿斗！

老桂说，小闵，这是在中国，不是西方国家，国情不一样，如果你想升官，必须脚踏实地地做好工作，而不是一天到晚想鬼心事噻。

新分进的大学生说，闵老师，你是聪明一世，糊涂一时，失之毫厘，谬以千里。

下午四点的时候，童志钢打来电话，要闵山到他的办公室去。

敲开童志钢的办公室，闵山故意大咧咧地问，童部长，你找我有啥事吗？童志钢向他招招手，请他坐下说，闵山，你是一个副县级干部，发短信诽谤领导干部的事，你也敢做？这起码丧失了一个党员本色，你没有一点政治觉悟，你不配当一名共产党员。童志钢掏出一支烟点燃说，如果你认为领导有问题，你不必采取传发短信的方式嘛，你可以直接向纪委反映，也可以向上级部门举报噻！闵山没有回话。

童志钢继续说，由此可以看出，你是一个政治不成熟的干部，你平常都注意加强自身学习教育了吗？看见闵山在不停地眨巴眨巴眼，童志钢又说，你有什么想法，你就说一说吧。闵山说，我没有啥想法，我编的短信，别人也是这么说的嘛。童志钢说，那别人反社会反科学，你也跟着去反社会反科学吗？你是一个机关干部，你的脑袋不是专门给你吃饭用的，是让你明辨是非、区别善恶的！闵山没有说话。

童志钢说，这起事情影响十分恶劣，是我市改革开放以来，第一个机关干部公然散布言论来攻击市里领导，如果在"文化大革命"，你也许成了现行反革命分子呢！

闵山仍然不说话。

看见闵山一言不发，童志钢又说，你是不是因为工作没有调动，萌发诽谤和攻击市领导的思想？你说话噻！

闵山说，客观地讲，在这件事情上，我有一点想法，但我编发的短信，基本上针对当今这种社会现象嘛。童志钢说，抹黑抹黑，荒淫无耻世界观。这明明是影射墨书记噻，机关里的人只要看见这条短信，就晓得你攻击的是墨书记呢！这是违纪的事情，这是犯法的事情啊！闵山说，我承认我有过错，请组织上看在我一时糊涂上，给予宽大处理。童志钢说，我真没有想到，政研室的理论高手竟然不懂纪律不懂法律不懂政治，看来我们得加强学习教育呀。

末了，童志钢说，你现在回去要端正认识，站在一个党员的立场上，向组织上写一份检讨，剖析一下你为什么会犯这种低级错误！闵山操着卷舌音说，我一定加强自身政治学习，认真学习马列主义、毛泽东思想、邓小平理论和"三个代表"重要思想。我要好好反省。我希望全市机关干部不要向我学习！童志钢说，你还嫌事情闹得不大是吗？你还想让全市机关干部都知道是吗？闵山，你回去认真反省一下！我发现你的思想认识不如一个没有文化的下岗职工！童志钢说到最后，显然有点发火。闵山见状，又故意说，童部长，我工作调动的事。你必须操一点心噻。童志钢一听，瞪大眼睛，他一言不发，挥手叫他走人。走出童志钢办公室，闵山骂道，妈的，反正死猪不怕开水烫，怕球呢，舍得一身剐，敢把皇帝拉下马嘛，搞烦了，我直接把录像带寄给省纪委！

闵山没有因为领导频繁找他谈话而放弃偷录计划。

他打算一意孤行，一定要拿出墨海大量见不得人的违法乱纪的证据。当天晚上，闵山弄清老墨仍然住在望江园501房时，再次爬到山上，发现老墨身穿睡衣独自一个在房中看电视，看一会儿，换一个频道，看一会儿，又换一个频道，好像是专门看新闻之类的节目。大约看了一个多小时，他关闭电视，坐到窗子边的靠椅上看书，时不时地接电话和抽烟。大约看了一个多小时的书，有一点疲倦，则起身睡觉。他没有关上两扇窗帘。

第二天晚上，墨海依然如此。闵山开始有一点泄气。但是很快让他精神为之一振，因为他看见两个只穿内裤的服务员在一个房间里闹，她们没有想到山上会有人，所以敞开着窗帘。闵山把摄像机对着她俩，发现一个女服务员就是市委机关车队司机老阚的女儿，想不到老阚的女儿从外到内都秀色可餐。

第三天，闵山按要求向纪委和组织部上交了有关认识和检讨。晚上，依然来到望江园的山上守候。到了晚上9点，他看见童志钢走进老墨的房间，聊了一会，好像是向他汇报什么情况，就离开了。没有一会，他又看见新上任财政局局长来到他的房间，他就把摄像机对准他们，发现新财政局局长双手递给墨海一个文件袋，老墨接过文件袋，非常高兴，拍了拍对方的肩膀。随后，新财政局局长点头哈腰地退出房间。

到了晚上10点30分，闵山看见墨海在一个劲儿地打电话，没有出现新情况。晚上11点，闵山终于望见严美姝走进老墨的房间，一个高挑个儿的女人跟着走过来，好像就是那个晚上在娱乐城看到的那个女子。严美姝和老墨说了一番话，丢下高个女人，独自走了。闵山心想，老墨不会要搞这个女人嘛？他把镜头推近那个女人，发现她年纪不到30岁，长得像韩国演员金喜善，穿得很时尚，下身穿着都市流行的花裤子，上身穿着短袖紫色T恤，不仅暴露小蛮腰，而且看得见那对大奶鼓得山高。老墨和她坐在沙发上聊了一会话，那个女人主动拿出火机给老墨点火。老墨笑容满面地吸完烟，开始与那个女人跳舞。舞曲跳完后，老墨的野性爆发出来，他像一个斗牛士一样，开始调戏她，先脱了她的上衣，然后脱了她的花裤子。关键的时候，老墨把她扯进另一房间，这让闵山的镜头无法抵达。

有了这样的镜头，闵山想，这足可以证明老墨荒淫无耻了！哈哈，闵山情不自禁大笑一声。看谁他妈的检讨写得好！

他下山后避开那些保安和熟人，悄悄离开望江园，首先想到的是给卫副秘书长打一个电话。卫副秘书长正在茶楼喝茶，接到闵山的电话，他非常高兴，连忙叫他赶到茶楼。

闵山来到包厢，卫副秘书长说，闵主任，你办事效率不错噻，你辛苦了，你想喝什么？闵山说，啤酒啤酒。卫副秘书长就叫小姐上啤酒。等小姐把啤酒送进来，闵山咕咚咕咚地灌下一瓶，操着卷舌音说，真是渴咧，我说的没有错嘛，老墨简直荒淫无耻！卫副秘书长笑道，我很喜欢北方人，办事认真，你先别急，慢慢说。闵山抹了抹嘴，从皮包里拿出摄像机说，我录下了老墨乱搞女人的镜头咧。卫副秘书长说，让我看看镜头咯。闵山就把带子倒给他看，看完带子，卫副秘书长脱口说道，她就是歌舞团的台柱子潘美莲。闵山对歌舞不感兴趣，倒听说潘美莲的歌唱得好，曾经在全省歌唱比赛获得过一等奖。

卫副秘书长说，闵主任，带子让我保管好吧。闵山说，我复制一份给你吧。卫副秘书长说，行啊，别让人知道就可以了。说完，他拍拍闵山的肩膀，说，伙计，你可以当公安局局长，看不出嘛，平常像个书生，关键的时候，能做大事嘛！这种镜头都能让你拍到，了不起！

闵山想起老墨拍财政局局长肩膀的情景，可能也是这么说，于是在心里不服气：切，啥玩意儿！

手中有了墨海的证据。闵山巴不得组织上早一点处分自己，哪怕就是公开写一份检讨书贴在市委的一楼，他觉得也是求之不得。

但是，自从他上交了检讨以后，组织上再没有找他谈一次话。既不说处分自己，也不说调动自己。

但到了 4 月下旬，闵山没见到有关处分。他有些沉不住气了，一天上午，他专门来到纪委副书记关真锲的办公室，询问组织上怎么处理短信风波，关真锲有些不悦地说，闵山哪，你是真苔（傻）还是假苔？你脑子坏了吧？市委暂时不给你处分，难道你想弄个处分留在你的档案里？闵山操着卷舌音说，关书记，我不实傻瓜，如果那短信属实呢？你有啥讲？关真锲没有想到闵山居然会这样问，一时无以回答。停了片刻，他问，闵山，你有什么想法可以对我说吗？闵山说，没有想法，你忙嘛，我走了。他的话让关真锲又是一愣。

一连几天，闵山想着一个问题：再弄点风波出来就好了。

到了星期天，卫副秘书长约他去钓鱼，闵山立即答应下来。上午，卫副秘书长亲自把车开到闵山的楼下，闵山故意问他带不带钓鱼竿，卫副秘书长学他的话说，啥也不用带。他们于是坐车来到郊区一个专供垂钓娱乐的地方，卫副秘书长介绍说，这里有四个鱼池，一个是扁鱼池，一个是黑乌鳢池，一个是喜头鱼（鲤鱼）池，一个是草鱼池，任意钓。闵山便挑了乌鳢池，鱼池老板便把钓鱼竿和蚯蚓送到闵山的跟前。闵山装好鱼饵，伸展钓鱼竿，再向鱼池中间甩出钓线。没一会，一条乌鳢咬钩，闵山把鱼竿向上一抖，钓到了一条乌鳢，于是，乌鳢在水面哗啦哗啦地游，闵山见了呵呵直笑。

钓了一阵，卫副秘书长问，闵山，短信风波后来怎么样？闵山说，我真希望市委给我处分咧。他问，为什么？闵山说，他们一处分我，我就把带子寄给省委书记，看看他们怎么收场？卫副秘书长说，如果上面不处分你了，那你的功劳不是没了？闵山说，你的意思要我寄上去？卫副秘书长说，当然，我个人赞成你寄。闵山说，那今晚我写好信，明天就用特快寄给省委书记。卫副秘书长听了笑道，闵主任，你到时候有了功劳高升之后，别忘了哥们哦！

第二天，闵山一人来到邮局，把写好的匿名信件连同录像带一起寄给了省委书记。办妥特快专递之后，他想：妈的，真是蠢人嚼舌，智者动脑咧。进了初夏，闵山看见墨海仍然笑容可掬地在市委大楼进进出出，非常平易近人。闵山想，难道省委书记没有收到寄去的特快吗？这种可能性很小。那么，省委书记对老墨网开一面？这种可能性亦很小。

晚上，省检纪部门把闵山接到市军分区的招待所，向他了解墨海的违纪问题。闵山于是如实汇报了自己的所见所闻。离开招待所时，省纪检同志说，闵山同志，谢谢你提供的情况，暂时请你保守秘密，要对党和对人民负责！

回到市委，闵山心里纳闷：省里同志怎么知道是我举报呢？难道是卫副秘书长点水（透露）的？

省纪检部门找闵山谈话半个月之后，传出墨海被"双规"。

当人们对墨海纷纷猜测的时候，省纪委正式向全省通报：市委书记墨海在干部任免、工程介绍、工作安排等方面为他人牟取利益，收受贿赂财物折合人民币8万多元，美金1900元；收受礼金人民币9万余元；长期与两名妇女保持不正当两性关系。经省委批准，开除墨海党籍和公职。其涉嫌受贿等问题将移送司法机关处理。

对于省纪委的通报，人们有一些愤慨："铁算盘"何止两个马子？他何止收受贿赂那一点钱呢？但不管怎么说，墨海落马，是一件大快人心的事。

机关人都说，能拆了"铁算盘"，恐怕只有闵山，北方人敢讲正气。

获得这些消息，政研室的同志们纷纷夸奖闵山有勇有谋，那样的"怪招"也敢用。毛副主任捧着茶杯说，闵山，我很佩服你，你真是有所为而有所不为嘛。

9 月，在市委机关大多数人揣测中，市长替补市委书记的位置。

随即，各城区和市直机关的主要负责人的一些岗位被调整。卫副秘书长被任命为财政局局长。

闵山工作依然没有动静。在炎热的午后，闵山来到童志钢的办公室，开口说，童部长，我再次要求调动一下本人的工作岗位，如果组织上觉得有困难，我就直接找市委书记。童志钢听了，一边给他递烟沏茶，一边满面微笑地说，这事用不着找书记嘛，你可是我们市委机关的新闻人物，别人要求解决不了，你的要求一定得解决，组织部正在考虑把你安排到一个新的岗位去呢。听见童志钢这么一说，闵山觉得心里的一块石头落了地，他没有喝他一口水，连忙说声道；打搅你了，悄悄溜回办公室。

闵山在盼望中又混过了一个礼拜。

星期一的上午，组织部一位副部长终于找闵山谈话，希望调他去市畜牧局当副局长。闵山知道，鄂王城是一个工业为主的城市，以前设置的畜牧局现在几乎名存实亡了，市政府拟取消畜牧局，将其划入农林局。闵山说，畜牧局马上要取消了，我去那里有球用？副部长说，这是组织上的安排，你要服从分配。闵山据理力争：啥地方我都愿意去，就不去畜牧局。副部长说，你去畜牧局是正儿八经的副县级了，有什么不好？闵山说，我要找童部长。副部长郑重地说，找谁也没有用，这是组织上的安排！下午，闵山就此事打电话向中级人民法院政研室的荆主任一说，荆主任应道，闵主任，那没办法咯。稍后，他给闵山发来一条短信："做官难以高升，是寡妇睡觉，上面没人；工作打不开局面，是妓女睡觉，老是换人；党内不团结，是和老婆睡觉，自己搞自己的人。"闵山看了骂，妈的，扯淡！

下班时，闵山待大家都走光了，最后才走出办公室。他下楼梯的时候，听见组织部的副部长和政研室的包主任正在谈论自己工作变动的事。副部长没好气地说，一个半吊子，真是杉木尾子做不了正梁。

闵山听了，脸唰地红了。

清水谣

1

　　吴大才咽气的时候，一轮弯月还挂在窗边。四月的春风从窗外灌进来，将桌上的烛火摇得左右摆。母桃娘娘一声不响地坐在床头，我爹和丰奶奶也立在当面。这之前，吴大才已经一日一夜不能说话，只能翻着白眼珠。张大的嘴巴只见出气没见进气；两腮和眼眶也深深地陷下去，仅有苍白的尖鼻子不大变化，我爹的脸上没有任何表情，像木头人一样盯着吴大才一张一翕的嘴巴。母桃娘娘替吴大才盖好被子，看见吴大才的脸颊才开始红起来，嘴里竟吐出近乎"欠钱"的两个字，随后便驾鹤西去。此时正值掌灯时分，镇里的公鸡居然引颈长鸣，丰奶奶私下对我爹说，公鸡夜晚乱叫是个不好的兆头。

　　8年前，吴大才娶了白嫩嫩的母桃娘娘，我爹在母桃娘娘屋当长工。我爹那时年纪也不大，只比母桃娘娘大两岁。我爹说，吴大才与母桃娘娘成亲这年秋天，谷子都结得不饱满，地里的苞谷树点得火燃，地里的油菜籽和麦子在土地里长不出。愁得母桃娘娘的爹一日三餐吃不下饭。我晓得母桃娘娘的爹叫木鱼，走马坪村的第一大户。我爹说过，木鱼屋里粮仓有洞庭湖那么大；他家的绫罗绸缎能罩住半个天，可是从我出生以后，把18岁的母桃娘娘嫁给比她大30岁的吴大才，木鱼的祖业开始衰败，一年不如一年，不到两三年的光景，木鱼屋300亩良田已卖掉200亩。木鱼独爱打牌，而且木鱼常常花大价钱弄来大烟过瘾。这些事对我来说，我不心痛，我心痛的是，母桃娘娘嫁给吴大才以后，我爹不当长工，却当了纤夫。专门跟着吴大才拉纤。吴大才见我爹人高马大，长得壮如水牛，要我爹去当纤夫，答应每月给我爹一担稻谷和两块银元。我爹二话不说，瞒着我奶奶去当了纤夫。

料理吴大才后事时，吴大才的大儿子从广东潮安赶到走马坪镇。吴大才的大儿子比我爹要大3岁，我爹就叫他为少老爷。少老爷满口黄金牙，跟他爹一样，尖嘴猴腮，另加一个又尖又勾的鼻子。少老爷来到镇里，首先封了他爹吴大才经营的布行和盐行，清查了他爹拢共赚了多少钱，让他带来的几个广东佬整天在盐行和布行以及吴大才和母桃娘娘的房屋嗅来嗅去的。

埋葬了吴大才，母桃娘娘带着我见过少老爷一面。我记得母桃娘娘拉着我的小手拱进少老爷房里的。我开口叫了声少老爷好。少老爷摸了一下我硕大无比的脑壳，问，河来，你爹上哪儿？母桃娘娘穿一件样子很新的白色旗袍。这是少老爷从广东那边买来的。起初母桃娘娘不肯穿，嫌开衩太高，大腿都要露在外头。后来少老爷讲旗袍这好那好，母桃娘娘见他说得起劲，便穿了。我见这旗袍比便衣好看，特别是母桃娘娘穿上。母桃娘娘躲开少老爷的目光，问少老爷好久回潮安。少老爷说，处理好我爹的财产以后再说。母桃娘娘说，我这一生就在这里守着你爹的亡灵。少老爷听了冷笑一声，接着又哈哈大笑起来。

我那时最大的遗憾，不晓得自己的娘是谁。我是丰奶奶一手带大的。我的爹随吴大才的船下洞庭湖，一般要一两个月才能回得来。丰奶奶有时逗我开心，告诉我，你娘到了格外远格外热闹的地方去了，也像吴老爷一样开了一家布行和一家盐行。说我爹每次下洞庭湖要去看我娘，总要在我娘店里住一阵子才回来。我小时候比较聪明，绝不信丰奶奶的话。吴大才布行对面的手手与我年纪差不多大，每隔几日我都看到她娘带她去庙里烧香拜佛，买汤丸给她吃。我娘怎么从没带我去庙里烧香拜佛？手手娘长得极标致，听说在镇里的上街卖豆腐，大家都叫她手手娘。手手没有爹，手手口里却对我说，她爹在朝廷当大官，出来有人给他抬轿。她说，等到走马坪镇边的清水河修一座大石拱桥，她爹就回来，我不信她爹在朝廷当大官，她唯有一个长得体面的娘；而我呢，只有一个当纤夫的爹。我曾多次问过我爹，我爹有时说我娘在外头做生意，有时说我娘在河里淹死了。母桃娘娘则说我是我爹从清水河里捡来的。那年清水河长大水，我爹背着渔网去捞鱼虾，发现从上头漂来一条有脚盆大的南瓜，南瓜上还坐着一个娃娃，看见那娃娃的双手不停地乱舞，我爹赶忙划一艘渔船，连人带瓜捞了上来，取名叫河来。我觉得母桃娘娘讲的事，有点来由，我的名字是叫河来，大概就是从河里捡上来的。后来母桃娘娘又对我说，那是骗我玄我。可她又说不出别的道理来，更没告诉我娘是谁。我还问过吴大才，吴大才狡黠地说，等我长大了当上纤夫，一定告诉我。

吴大才一死，我弄清楚了他一生正式娶了三位女人。第一个女人是广东潮安人。少老爷就是这个女人生的；第二个女人是杭州人，没生过儿女；第三个女人是走马坪村的母桃娘娘，据说母桃娘娘怀过一次孕，却是生下一个死娃。吴大才的家产有一半在潮安，有一半在走马坪镇。吴大才不是本地人，而他为本地人做过不少好事，他曾几次为走马坪一带村民捐送大米，捐送铜钱。在我印象里，吴大才仅次于我爹和母桃娘娘。吴大才每回从洞庭湖拖盐或者拖布回来，要带我去镇里的祠堂看老戏。有时还带我打麻雀牌。我爹说，吴老爷到老年规矩多了。讲这话时，我发现我爹往往是喝多了酒。我看得出，我爹一直对吴大才耿耿于怀，也许我爹不喜欢那个纤夫职业。母桃娘娘以往建议我爹去盐行当掌柜的，吴大才不同意，他说我爹顶合适拉纤，摇橹也不错。

2

我爹头一回下洞庭湖是秋凉时节，清水河的水剩下了半拉子，滩上的石头堤都拱出来脑壳。穿过神仙滩，我爹还在船尾巴上用一只斗篷盖住脑壳睡懒觉。吴大才就从船棚里拱出来，对我爹喊道，善人，善人，船到了神仙滩！我爹被吴大才喊醒，拿开斗篷，盘腿而坐，看见神仙滩果真水流湍急，波浪在滩堤旁翻滚，有人把高。船到滩中间，好像离弦的箭，笔直向下游冲去。而下游不远处有一座壁陡的石山横立在河中央，这石山叫做神仙石。河水绕过神仙石再浩淼远去。我爹说往日有很多木排都葬身神仙滩的，以前听老人们提过哪些事，却没见神仙滩如何险要。这次我爹发现那神仙滩，张大的嘴巴一直没合上，眼睛呈现一片死灰色。船随激流绕过神仙石，我爹看见艄公的细猫脑壳已冒出一层细细的汗珠儿。他摸摸自己的脸庞，也冒出了一层油汗。这时我爹看见母桃娘娘立在身旁。18岁的母桃娘娘犹如红透的桃子。穿着那套暗绿色绸缎，河风一吹，身上的线条有一边显露出来；水白的脸盘那迷人的眼睛一笑就像桃花开了。我爹望着没有一丝害怕表情的母桃娘娘，赶忙低下了头。我知道我爹在别人面前很少低头。在木鱼屋当长工，我爹看到穿长袍的木鱼从身边走过，我爹总是昂着头，而且用一种鄙视的眼光打量人。我爹说，这叫人穷志不短。那次在母桃娘娘面前身不由己地低下了头，是有个道道。那个道道我思考了大半天，最后算是想通了，因为他是我爹，就没有必要说出去。但我曾经泄露过一次，与手手谈论过。

不过，我对手手讲的这事，也不一定是我爹当时的心情。也许我爹发现自己的失态，才低下了头。反正母桃娘娘递给我爹一条小手巾时，我爹的双手开始微微发抖。我爹嘴巴张了张，没说出话。母桃娘娘说，手巾给你擦擦汗。母桃娘娘讲话时面上毫无表情。我爹首先望了望立在船棚前的吴大才，再看了看不冷不热的母桃娘娘，阴阴地说，难为你了。这时船已逼近滩下的神仙石，细猫的双手握住舵把，眼睛死死地盯着船头。石壁下，簸箕大的漩儿把河水旋得喔喔转。浪花拍打着船帮啪啪直响。河的下游有个撒网的老头用一个怪腔唱道，神仙滩，神仙滩，船到这里无人还……

吴大才立在穿棚前喊，善人，你看到了吗？神仙滩是水急浪大，前头这座神仙石真要命，今后不论是上滩还是下滩，都要格外注意！我爹转过脸对吴大才说，晓得，吴老爷。吴大才见我爹这么回答，便干咳两声，虾着腰拱进了船棚。随后传出声音，说外头风大，叫母桃娘娘进船舱来。母桃娘娘答应一句好呀，把辫子甩到背后，转身慢慢离开船尾。我爹目送母桃娘娘走进船棚，打开船舱门。实际也关断了我爹的视线。我爹的双眼忽然感到蒙眬不清，那是泪水。过了神仙滩，船就到了洞庭湖的水灯镇。水灯镇是个生意人汇聚的地方，三教九流应有尽有。吴大才每回下洞庭湖贩布运盐，就是到水灯镇来。吴大才背着双手，目不斜视地迈着八字步把我爹带到离船码头不远的一家客栈，安排我爹在那家客栈住宿，叫我爹莫乱走。他和母桃娘娘住另一家客店。

我爹那时年轻好胜，全没把吴大才的话当回事。说句不要紧的，径自朝前大步走。客店的小胡子见我爹充耳不闻，赶忙来个大转弯，说，大哥，水灯镇这个鬼地方我从小时候穿开裆裤起，在这里长大的，闭着眼睛也能从东走到西，从南走到北，大哥，我可以带你去一个热闹的地方，只要你不怕烦琐，我带你去闹一闹。我爹听得小胡子讲得老练，应道，要得要得，那么我们一起去逛一逛。小胡子堂倌便一边走，一边指手画脚地向我爹介绍水灯镇的新鲜事儿。走过一座高大的绣花楼，我爹问，这楼做得真漂亮，搞么事的？小胡子答道，这是仙花楼，有钱人玩的地方。我爹说，我们进去闹一闹，横竖不买东西，只随便逛一逛。小胡子说，去不得，你去不得。我爹说，今日我偏要去。小胡子堂倌才带我爹拱进鲜花楼的大门。一个老婆子赶忙迎出门来，小胡子介绍说，老板娘，这是清水河那头的吴老爷的兄弟。老婆子堆起笑脸对我爹说，后生兄弟，请上二楼坐，我去叫个标致闺女来侍候你。老婆子说完，扭动大屁股拱进里头的房子。我爹再往里头一望，见一个男人一手搂着一个女人走过房门口的走廊。其中有一个小妹子的便衣的布扣儿都没扣上，粉红色的胸兜看得真切。我爹忙问小胡子，莫非这是娼妓楼？小胡子应道，是逍遥楼。我爹心想，不管是狗楼还是猫楼，与我不相干，顶好离开这个鬼地方。就说，我们走哇！小胡子答道，这仙花楼一般平头百姓有钱也难得上楼，到这里来散心，都是比较有体面的人。正说着，老婆子领着一个黄花闺女拱出来，招呼我爹。老婆子说，这闺女名叫仙艺，能吟诗作画，聪明自不必说，到仙花楼才十多天，这是头一回陪客。我爹听老婆子一介绍，抬头向仙艺一瞧，发现仙艺如同出水芙蓉一般，脸盘白如明月，羞答答的一双眼睛令人恋恋不舍。我爹的目光全让她的花容月貌吸引上了。小胡子见我爹看到仙艺竟如痴如醉，低声对老婆子说，吴老爷是个义气之人，这位吴大哥今晚的费用只须吴老爷拔根汗毛就有了。老婆子说，吴老爷常来仙花楼，出手蛮大方的，这回就算仙花楼送个人情。仙艺看着我爹望着她不说话，启动朱唇玉齿说，大哥，请上楼吧。我爹着实没听清小胡子和老婆子的话。仙艺的那句话倒装进了耳朵。就鬼迷心窍似的随仙艺上了二楼的一间厢房。

我爹从厢房出来，已是掌灯时分。我爹暗叫不好，就大步穿过长廊。隔老远，看见吴大才穿着长袍并排与一个漂亮女子拱进另一间厢房。我爹呆呆地立了片刻，仙艺便跟上来，眼泪汪汪地对我爹说，善人哥哥，你慢走啊。我爹想与仙艺说句什么，看见小胡子堂倌在大门后又招手又跺脚，瞧那样子很急，有什么要紧的事。

3

母桃娘娘的娘屋离走马坪镇有八里路远，叫走马坪村。走马坪村在明朝时出了三个大状元，有个状元非常喜欢骑马，就在灵芝崖边修了一个长10里宽10里的走马坪，他每年清明都要回家乡在走马坪上跑几圈。后来这里住上了人家，村里人就叫走马坪村。木鱼的曾祖父以前就是看中这块风水宝地，从山后搬到这里，白手起家。木鱼家真正红火起来的，全靠木鱼的祖父。木鱼的祖父年轻时长得一表人才，又勤劳肯干，薅田打禾的农事，无所不精。上门说亲的媒婆都踏破了门槛，木鱼的祖父却无动于衷。最后竟娶了一个村里的寡妇，那个寡妇在走马坪村顶有钱的，传说明朝一个状元留给后代的一缸金砖，落到这个寡妇的手里。丰奶奶讲，那个寡妇比木鱼的祖父大10多岁，人长得不错，走起路来犹如风摆杨柳，就是见一个男人爱一个。据说她男人害病期间，睡到她公公床上。因为这样，公公把祖传的东西留给了这个儿媳，丰奶奶讲起这些风流事，有声有色，翔实而生动。

我格外相信丰奶奶的话。

事实上，木鱼的祖父确实娶了那个寡妇才真正富起来的。寡妇变成了木鱼的祖母后，帮木鱼祖父养了一大群牛和羊，开始在村里请人看牛看羊，进而买田买地买山，留给子孙。到木鱼成家立业时，整个走马坪村的天地几乎全是属于木鱼屋的。那些年风调雨顺的年成少，不是干旱就是水灾，村里人倒愿意去当长工。不光走马坪村附近的良田全属于木鱼的，连河东那方的大片田地有大半也是木鱼屋的。木鱼每年要派长工到河东去做阳春。木鱼要是从走马坪村走到走马坪镇再过清水河去河东，一路上耳朵里不知要装多少恭维话，若把那些恭维话用线连接起来，就是有钱人的日子。

严格来说，我屋与木鱼沾亲带故的。我爷爷的二舅娘与木鱼的外婆是胞姐妹。况且我爷爷还救过母桃娘娘的命。我爷爷是土医生，母桃娘娘10岁害了一场病，让我爷爷用土草药方子给她治好的。木鱼只有一个儿子水龙和一个闺女母桃娘娘。儿子水龙那年在清水河里淹死了，这是后话。我爹在木鱼屋当长工，准确年月乃民国九年的仲夏，我爹那时穿的是奶奶用蚕丝织的新绢衣来到木鱼屋，木鱼正在大门边用牛肉喂他那条白狮子狗，我爹按村里人的叫法向木鱼喊道，大老板，你好忙啊。木鱼听到我爹洪亮的声音，抬头向我爹一望，见我爹高大壮实的身子，加一副国字脸和两道剑眉，先是一怔，然后操着娘娘腔问，请问小后生，你是哪一坨的？我爹答道，我叫善人，我爹是挖草药的青狗。木鱼便一拍脑壳恍然大悟地说，原来是青狗哥娃娃，我是觉得有点面熟。嘿，你长得真像你爹！我爹不好意思地咧着嘴笑。木鱼问，善人，你爹叫你到我屋里来是借米还是借油，要是借油，没得茶油，只有菜油。我爹说，我想到大老板屋里来做工。木鱼长长地哦了一声道，你爹以往对我提过这事。我爹说，那么大老板就答应我来做工了？木鱼的娘娘腔说，哪里话，格是哪里话？干吗要你来当长工？你就到我家来当个管家。我爹说，爹只要我当长工，不准我做别的事。叫我老老实实地做一做阳春，莫要打鱼捞虾，耽误庄稼。木鱼想了想，胖胖的脸上堆砌着一种亲切，却笑着问我爹，你今年多大了？我爹答道，18岁。木鱼说，比我儿子水龙要小两岁。木鱼讲完话，扔给狮子狗最后一块牛肉，叫我爹进屋坐。我爹随木鱼走进大墙院，看见管家老四搂着一捆稻草走过来，管家老四是个驼背，大家叫他驼背管家或者驼背老四。驼背老四认识我爹，看见我爹便问，善人，你来大老板屋做什么事？我爹照直说，当长工。驼背老四说，田里的谷子吊边黄了，过上半月就要割禾，正需要人手呢。木鱼走到他们身后，对我爹说，善人，你跟管家老四去吧，叫他给你安排一下。我爹说，大老板你去忙呀。木鱼说，嗯。我爹和驼背老四走过正堂屋，迎面碰上母桃娘娘，母桃娘娘看见我爹，赶忙埋下了脑壳，我爹就看见母桃娘娘有两条吊到屁股后的乌黑的长辫子。驼背老四对我爹说，这是大老板的闺女母桃。然后又向母桃娘娘喊道，母桃，来来来。母桃娘娘抬起秀气的脸，眨动着一双水灵灵的眼睛不解地望着驼背老四。驼背老四拉起我爹的手说，他叫善人，你10岁时害的那场大病四处求医没得用，是他爹青狗用草药治好的。母桃娘娘说，我晓得。说毕转脸对我爹说，真难为你爹了。母桃娘娘讲这句话，脸蛋变得绯红。我爹见了，心里格外激动，全身的血液如同神仙滩上的激流。

我爹在木鱼屋当了大半年长工，我爷爷就去世了。我爷爷是旧历腊月十八上山挖药时，从山后的灵芝崖摔下来的，当时就断气了。老人们说，灵芝崖的峭壁上生有许多灵芝草，人们才叫灵芝崖。我爷爷从小时候放牛开始寻找灵芝草，已经找了几十年，还没找到一蔸像样的灵芝草。我爷爷的后事，是木鱼派管家老四去料理的。光我爷爷那副寿木，木鱼就花了不少铜钱。那副寿木非同一般，它分里外两层，外面一层是杉木，里头一层是樟木。我爷爷出丧那日，母桃娘娘娘也来了。我爹一看见母桃娘娘，眼泪竟吧嗒吧嗒地滴个不停。走马坪村人说，我爹算个真孝子。而我奶奶说，我爹是个大逆不孝的冤家对头。

我头一回见到我奶奶，大概是我6岁那年，吴大才准备带我去祠堂看戏，走出布行，我看到一个穿得破破烂烂的老婆子左手扢着一个竹篮，右手撑着一根茶油树棒棒当拐杖。我一看是个讨米的，未待吴大才说话，我则喊道，讨饭的，莫到我们吴老爷的布行来！要不打断你的腿，抽了你的筋！我奶奶睁起浮肿的眼皮嗫嚅地说，我找……我找我的儿子呀。我接过话说，你都快要死了，还找儿子呀！我奶奶说，娃娃，我正是找儿子送终。我听后不耐烦地说，讨饭的，莫说鬼话，你赶快滚开，我和老爷要去看戏！我看你这身皮包骨儿，没有二两肉，还不够我老爷的狗吃一餐。我奶奶不生气，只说，娃娃，你讲话莫夹生。吴大才笑道，还是养个人比养一条狗强多了。随后问我奶奶，你儿子是哪一个？我奶奶答道，我儿子叫善人，在为你们老爷拉纤摇橹。我倒没用心去听奶奶的话，绕到她的屁股后，发现她那条黑大布裤子补着几块大白布。连那尖尖的布鞋也有补疤。再望一眼我奶奶的头发，发现跟蚕丝一样雪白。看罢，听到吴大才哈哈大笑起来，吴大才边笑边拉着我的手，大嫂，这是你孙子河来，我奶奶听了，急忙放下篮子和拐杖，蹲到我面前，浑浊的双眼放出一丝光亮，河来，你是河来！说着用粗糙的手抚摩我的脸和大脑壳，喃喃地说，河来种（像）他爹，河来种他爹，有一样的方方脸和黑眉毛，我扒开奶奶的手说，莫在我脸上摸来摸去的，我才讨厌你呢。我奶奶见状，讨好地说，河来，我是你奶奶，你爹是我儿子。吴大才也在旁说，河来，叫奶奶呀。我就怯怯地叫了一声奶奶。我奶奶没有应，而是笑起满脸皱纹，河来好聪明，河来顶聪明。正说着，我爹提着一条草鱼从河边走回来，我爹眼尖，大老远就喊了声娘，然后猛跑几步，丢掉草鱼，扑进我奶奶的怀里。我看到奶奶的后脑壳盘的鬏子在激动中颤动。

等我和吴大才看戏回来，再问讨饭的奶奶哪里去了，我爹眼睛睁得铜铃一样大。我爹从不打我骂我，他发脾气的时候只把眼睛死死地瞪住我，爹一瞪眼睛，我心里就害怕。那次我爹瞪了一下眼睛，便拿出几个煨好的鸡蛋说，是奶奶专门送来给我吃的。我拿着鸡蛋，忽然哇的一声哭了起来。我当时也弄不明白，我怎么会哭，可能是被我爹吓哭的。我爹见我哭了，也情不自禁地流出了眼泪。那么大的一个男人在眼泪中发抖。

母桃娘娘说，我爹给我奶奶的铜钱和银花边，她都舍不得用，她要留着将来给我娶媳妇给媳妇买新衣裳。

自从听了母桃娘娘的话，我开始留意观察船码头，大街上纤夫和到镇里赶场的农民以及污七八糟的匠人和杂工，他们身上都是补疤重补疤。很少有人穿我和吴老爷这样印有花饼的绸缎。到吴老爷布行买布的农民也很多，但大部分都是给新媳妇扯的或者用布送礼祝寿。比起这里的那些老爷、生意人都差得远。

4

　　船已经鼓起风帆，平平静静的清水河在曦光中拖着一条明亮的碧波粼粼的长尾巴。两岸的景色与远方一致排开，把暖暖的九月铺在拉纤的路上。纤夫们打赤肢赤膊，只有我爹仍穿着一件短褂子。纤夫们喊出的号子是悠扬的，唱出来的歌也是悠扬的：

　　　　哦——喔！

　　　　喔哦我——喔——

　　　　嗨——嗬！

　　　　嗬嗨嗬——嗬。

　　　　东山有个宝啊，

　　　　西山有个嫂啊，

　　　　日日相望少不了……

　　这声音听起来古老而沉重，令人牵肠挂肚。我爹的两道剑眉始终没有舒展，纤绳绊在肩膀上，让人透不过气来；汗珠一滴滴从额门前滚下来，落在沙土中，落在鹅卵石上，落在被河水洗得干干净净的石坨上。

　　一块尖石把脚板硌了一道长伤口。我爹眉头一皱，又继续拉纤。沙滩顿时留下我爹殷红的鲜血。倒是老纤夫发现了地上的血，晓得是我爹流的，赶忙叫拉纤的汉子们停下来。老纤夫对船上的细猫喊，哎！把船靠拢来，善人的脚硌了！船上的细猫一听，赶急将舵一扳，让船靠岸，然后抛锚下帆。母桃娘娘摆着两长辫子走下船拱到我爹的身边，吴大才也打着呵欠从船棚里拱出来。母桃娘娘拉开围住我爹的纤夫们，蹲下身子说，善人哥，让我看一看。我爹侧着身子，把脚板伸给母桃娘娘。这时吴大才走下船发着牢骚说，真见鬼，大清早就开始窝工了。到时候不按时回镇，你们别想一个工钱，老纤夫愁着脸说，吴老爷，我们混碗饭吃也不容易，你看他脚，足有两三寸长的伤口。吴老爷哪里听得进老纤夫的话，你们拉纤混饭吃不容易，有本事你去当县老爷。老纤夫晓得吴大才的个性（性格），便不再答。吴大才说着走到母桃娘娘的身后，故作惊讶地说，原来是善人呀。母桃娘娘说，吴大才，叫他上船歇一歇。吴大才见母桃娘娘直呼自己的大名，怔了一下说，你讲了算，是你娘屋里的亲戚嘛。吴大才说完，准备来搀扶我爹，我爹摆摆手说，吴老爷，我自己能走。吴大才说，嗳，别客气。母桃娘娘接过话说，善人哥，让他扶着你。我爹就半推半就地让吴大才拉着一只胳膊，吴大才见母桃娘娘先上了船，小声问我爹，善人，那个仙艺的味道怎么样？你和她搞了几回？我爹还未想过来，问，哪个仙艺？吴大才摸把油光满面的脸说，仙花楼的仙艺。仙花楼在洞庭湖一带是比较有名气的，原因是那些女的一般是从各地弄来的俏货。我爹心里一惊，忙说，我不晓得。吴大才拍拍我爹的肩膀说，看来你也不老实，你知道你去仙花楼的开支都记在我的账上，但你千万莫给母桃讲出这些事，她是不准我们男人乱搞的。我爹说，我今后拿钱一定要把仙艺赎出来。吴大才嘿嘿地一笑，看不出来你还是个痴情的男人，我就喜欢你这种人，重感情讲义气，下次若果再去水灯镇，看能不能帮你赎出仙艺。我爹说，那难为你了。吴大才又拍拍我爹的肩膀说，上帝会保佑你的，年轻人。吴大才讲这句话，我爹的眼睛睁得圆圆的。

我爹爬上船，老练地起锚撑开船。帆篷升起时，纤夫们像蚂蚁一般向前移动。河面只有微微扑面的风。我爹心事重重地眺望山脉逶迤的东方，发现一道红光从远方一闪而过。我爹说，那种红光是吉祥的兆头，六十甲子难碰上一回。

5

丰奶奶解开裹脚布，让5个脚趾挤在一块儿的尖尖脚伸进脚盆的温水中时，我就从长板凳下爬过去，从后门溜到街上，看到手手屋里的灯盏亮着，跑过去推开手手屋的房门，见到手手娘对着一面大圆镜画眉毛，我问道，姊姊，手手呢？手手娘转过头说，咦，你是怎么进来的？手手娘讲话的过场全像手手。我望着她用手指指门。手手娘笑着问，河来，你喜欢手手？我点点头说，我顶喜欢手手。手手娘说，哪个欺负手手，你得护着她。我说，有一回上街有一个娃娃骂手手是婊子养的。我还日了他娘呢。手手娘说，河来，你是条好汉，将来长大一定像梁山英雄。我得意地笑了，我很崇拜梁山英雄的李逵、林冲、武松和大肚子鲁智深。手手娘说，手手已困了，你明日再来邀她去玩。我说好的，不得不砰砰砰地跑出手手屋。

走到大街上，发现吴大才布行隔壁的屋檐下坐着一个人，走近一看，是讨米的老根。老根晓得我是这家人的，便对我说，娃娃，明日晚上三更月亮要从天上落到清水河来，你要不要？我说，月亮要割耳朵，要是割了耳朵，镇里又没得虎耳草，耳朵会烂掉的①，我不要。老根想了想又说，我有一个漂亮的闺女给你要不要？我问，给我做妃子？老根说，是呀是呀。我说，手手长大了要做我的妃子，讨饭的闺女我不要。老根叹口气用黑乎乎的双手捧起要饭的土钵说，这里头有七个仙女，每个仙女身上有好多金银财宝，还有仙桃、仙酒。我连忙打断他的话，有没有孙悟空的金箍棒？老根眼睛一亮，有有有！我说，让我闹一闹。老根把土钵搂在怀里说，莫急，娃娃，你先去屋里偷点吃的来，我就让你闹一闹。我说，你讲话算数呀。老根笑眯眯地答道，保险算数。不要拿顶好吃的，鸡呀鸭呀整个猪脚都行。我说，我搞来吃的以后，你得赶快滚开，免得让我们的狗来咬死你。老根说，我晓得老爷的狗爱吃人肉。我不愿与老根磨嘴皮，悄悄溜进一间厢房的后头。

这房子以前全是吴老爷和他的佣人住的。一排厢房的样子差不多，我分不清哪是母桃娘娘的绣花房，哪是吴老爷的书画房（吴老爷爱收集书画）。我看到那厢房有亮，在门后的一个小蜂眼向里一望，看见母桃娘娘和少老爷在房里喝酒。八仙桌上摆的那只炖鸡还没动筷子。母桃娘娘已喝得醉醺醺的，少老爷一手扶着母桃娘娘的软腰，一手举着酒杯说，美人儿，再干一杯。母桃娘娘推开少老爷的杯子说，我脑壳晕，不能再喝。少老爷仍旧举着酒杯说，美人儿，你就跟我做老婆，我将你明媒正娶，让你富贵一辈子。母桃娘娘说，少老爷你喝酒喝醉了。少老爷说，一定做到。母桃娘娘说，你爹的尸骨未寒，那样做公道吗？少老爷听了哈哈大笑道，

我爹早该死了，不能让这把老骨头占着你这朵鲜花！母桃娘娘说，那我这半辈子就指望你。少老爷的嘴巴凑到母桃娘娘的唇前说，你真聪明，今晚我俩一起在这里就寝吧！我看见母桃娘娘摇摇头。随即，少老爷搂住了母桃娘娘，那张豁嘴开始在母桃娘娘的脸盘上嗅来嗅去。母桃娘娘一边挣扎，一边喊道，放开我，你放开我！我见状使劲推门，那扇被桐油油得发亮的门却纹丝不动，我便大声喊，少老爷不要脸，少老爷是狗变的，爱在别人脸上嗅！我平时说话的嗓门像我爹一样本来就大，那一喊，少老爷真慌了神，连忙放开母桃娘娘，向房子四周瞄了一遍。我看见少老爷的头如同壁虎脑壳一勾一勾地立起来，心想，要是少老爷来开门，我得赶快跑。可是少老爷在屋里走了一圈，并没打算开门。我依旧扒在门上。让眼睛贴着那个蜂眼儿，想看母桃娘娘和桌上的炖鸡，这时少老爷绕过来离门口只有两步，调转头，背对着门，全挡住了我的视线。少老爷口里说，见鬼，刚才听到有人叫了。我听了心里格外得意。不料少老爷猛一转身，迅速拉开门闩，哗的一声，未等我反应过来，我就跌倒在门槛内。哈哈哈！少老爷马上一阵开怀大笑。我的双手摔得好痛，膝盖也跪倒地上。我爬起来，攥紧拳头骂道，我日你娘，少老爷我日你娘！少老爷的脸立即阴下来，凶恶恶地说，你这个杂种，老子今天非要把你扔进清水河喂鱼。母桃娘娘坐在那里用手撑着脑壳说，少爷，莫吓着河来，他是个娃娃。少老爷说，娃娃？我喜欢娃娃，我要让娃娃留在这里，看我们怎么睡觉！母桃娘娘没作声，我看到她全趴在桌上。少老爷望一眼母桃娘娘，笑着说，河来是个好娃娃，我很喜欢你。少老爷闩紧了门，叫我到桌边坐，那只炖鸡给我吃。我坐到八仙桌旁，问母桃娘娘，母桃娘娘，你喝醉了？母桃娘娘睁开眼睛，望着我一个字也不说。少老爷从后面拢来，不费一点力气抱着母桃娘娘放到房内的大床上。一边说母桃娘娘酒量太小，一边帮她脱衣裳。母桃娘娘使劲地骂了两句"畜生"，尽管她声音很小，我还是看出母桃娘娘非常讨厌少老爷。少老爷毫不理睬母桃娘娘，脱光母桃娘娘的衣裳，又开始脱母桃娘娘的裤子，我看见母桃娘娘双眼湿湿的，无奈地望着我。我就跑到床前，对少老爷吼道，母桃娘娘不要你脱衣服。少老爷回头瞥了我一眼，说，河来，你想不想看母桃娘娘的奶子和屁股？我见少老爷冲我一笑，很像吴老爷那个样子。尤其看到他满口金牙，很想扯一颗。丰奶奶讲过，一颗金牙可以买得一幢有屋脊屋檐的大瓦房。

想到这些，我问少老爷，少老爷，能给我一颗金牙吗？少老爷答道，行，你在那里等一会儿。我说，你讲话算数？少老爷应道，肯定算数。说着话，少老爷全脱光母桃娘娘的衣服。我看见母桃娘娘圆圆的大腿、一对硕大的奶子和宽宽的屁股。随后少老爷三下五除二地脱掉了自己的衣服，母桃娘娘见状露出十分愤怒的表情。我是男人，不能让母桃娘娘受别人欺侮。我立即从屋子一角找出一根洗衣服的棒槌，溜到少老爷的身后，朝他小小的脑壳狠狠打去，咚的一声闷响，少老爷扑通地倒在了地上。这时清水河的水格外清晰，哗哗的一阵比一阵厉害。

等少老爷醒来时，我拿着那只炖鸡溜出门，没有看到讨饭的老根，我自言自语道，这个二百五，说话不算数。我在屋檐下立一会儿，不知道从哪里蹿出一条恶狗，月光下，我看到它龇牙咧嘴，活像一条疯狗。我匆忙把炖鸡撂给它，它竟一口接住了炖鸡，并向我摇了摇尾巴。那恶狗溜走后，我一屁股坐到原先老根坐的地方。忽然冒出想见一见自己的娘的念头，我娘长得标致吗？有母桃娘娘那样好看的奶子和屁股吗？吴老爷说，等我当上了纤夫，就告诉我，如今吴老爷又死了。我正托着腮帮想，看见丰奶奶碎步碎步走过来，使劲喊，河来，河来呀！丰奶奶每走两步都要叫一声我的名字。月光照在丰奶奶花白的头发上，使我想到自己的奶奶，我奶奶是那样喜欢那幢破茅草屋的，她来镇里总是说，金窝银窝抵不上自家的烂狗窝。

哎哟！我的小祖宗，你坐到格里明明听到我叫你，连屁也不放一个！丰奶奶走进我身前叫道。我回过神来说，丰奶奶，我要娘。丰奶奶笑道，傻儿子，你真是娃娃要现饭，说要就要，你莫急，你娘不会跑掉，迟早要来看望你的！走，跟奶奶到你爹的望河楼去摸摸底细，打听一下你娘回来没有。说着，丰奶奶拉起我的手，不容分说地拉我来到我爹住的房子。

打开没有上锁的门，未见我爹。丰奶奶说，这屋原先是吴老爷的一个姘头住的地方，吴老爷娶母桃娘娘时，那个姘头不见了，后来我爹就住到那里。我问丰奶奶，姘头是不是妃子？丰奶奶说，是陪老爷过夜的女人。

听了丰奶奶的话，我仔细看了看陪吴老爷过夜的女人所睡的房子，这屋没有多少特殊的地方，只有一个雕有很多小葵花饼饼的窗户对着清水河，河风一吹，房内倒十分凉爽。丰奶奶摸黑在我爹床头找到一个灯盏，用洋火点燃，并用一个绣花针拨了拨灯芯。我于是看到整个房子做的格外牢固，壁板找不出能插进细针的缝儿。丰奶奶却不管房子做得好坏，很里手地帮我爹收拾乱七八糟的衣服。快要收拾好床上的衣服，我爹绾着裤脚，背着鱼篓拱进屋来。对我喊道，娃娃，你猜爹搞来多少鱼？我望了望鱼篓说，我敢打赌，没得好多鱼，只有几个虾公儿。丰奶奶接过话说，善人，你该早点回来。我爹说，现在河里还在退水，好捞鱼虾。横竖晚上不折工！爹边说边放下鱼篓，我跑过去揭开鱼篓，看见两条团鱼往上头爬，便问，哪里搞来的两条团鱼？我爹脱下湿衣裳说，两条团鱼送给母桃娘娘。我说，爹，少老爷欺侮母桃娘娘。我爹问，你怎么晓得？你又开始玄谎了，是不是？我说，我明明看到少老爷脱母桃娘娘衣服的，让我敲了一棒。我爹没说话，回头望一望在抻被子的丰奶奶，于是走到丰奶奶面前说，伯娘，你把鱼篓拎到你屋里去吧，这两条团鱼你不爱吃，明日送给母桃。丰奶奶拎起沉甸甸的鱼篓，挪动小脚对我说，河来，你跟我走吗？我爹替我应道，伯娘你去，我换好衣服再送河来过来，免得让他像个黏黏虫似的缠着你。丰奶奶说声也好，拱出房子。我爹见丰奶奶走远了，蹲下身来问我，娃娃，你说的是真的？你打了少老爷？我便从头到尾地讲了一遍。爹听后用力拍拍我的大脑壳说，做得好，等爹有钱了，给你找个漂亮贤惠的娘。我从没看过爹那样充满信心，好像十拿九稳地有个漂亮贤惠的女人等着他。可是我仍不放心，问我爹，我娘与母桃娘娘一样标致吗？我爹听我这样一问，呆呆地看着我，一声不响。我再想一想我爹讲的那句话，觉得有点不对，就说，我要我自己的娘。我爹嗯了几句，叫我到屋里等一会，他去望一望老六的渔船回来了没有。爹说完，拱出屋，踩着满地洁白的月光从我视线里慢慢消失。

我爹走后，我头一回听到清水河里的水鬼的叫声，先是哗哗地响，再是呜噜呜噜的声音。据说水鬼晚上出来叫，是唤人的阴魂，哪个人的魂让水鬼唤走了，顶多过两日，就会淹死在河里。不晓得是因为害怕，还是我爹本来就走了好长工夫，反正我爹回来时，我已流出好多眼泪。但我没有哭出声。我爹进屋来第一句话是牛日的。我惊疑地望着他，他又说，老六这条狗日的，莫非翻了船？我当时发现我爹阴鸷的脸布满伤感，没有问他。不过后来听到丰奶奶讲，镇里没得名叫老六的打鱼人，也许是别个村的人。而河里递日早上的确淹死一个18岁的妹子，那妹子一丝不挂，奶子上有一条条伤痕，是人用手抓的。镇里人说，估计与少老爷带来的那几个广东佬有关。我想，水鬼叫蛮灵验的，便把此事与丰奶奶讲了。丰奶奶却不惊奇，说水鬼有好几种，有的水鬼的叫不是唤魂，是向阎王申冤的。

6

那年雨水来得早，开春不到半个月，长工们冒着寒风把木鱼的田犁出一半。算起来正好是我爹去木鱼屋的第三个年头，我爹对做阳春的事仍不精通，犁田耙田不会上牛轭，更不会怎么使唤牛，手拿牛绳一拍一拉连最会犁田的老牛也不晓得往左还是往右走。这不怪我爹，我爷爷没有一寸田，只靠灵芝崖对面有一块长有许多杂木的山林。我爹不跟我爷爷挖草药，就在山里不论春夏秋冬整日剁杂木烧炭。再担炭去走马坪镇卖，换几个铜钱。我爹说过，他讨过4年饭，烧过4年炭，18岁则去木鱼屋当长工，实际是去学做阳春。由于我爹对做阳春是个门外汉（也有可能我爹学会了犁田，天气冷，木鱼不让我爹去犁。我爹说，木鱼一直把他当作亲儿子看待）。木鱼叫我爹帮驼背老四把那些空谷壳掺点谷子煨好，担到田垄给耕牛吃。横竖我爹不怕担子重，箩筐上头照样能重放一只箩筐，我爹在煨谷子谷壳的时候，没事就到木鱼的正堂屋转一转。有一回，我爹看到木鱼和儿子水龙以及另外一个尖鼻子男人、一名妖里妖气的女人一起围着八仙桌打麻雀牌。我爹只听到别人说过，麻雀牌有一万二万一直到九万，有一索二索三索一直到九索好多牌，便稀奇地凑过去瞄瞄，尖鼻子男人发现我爹那个威武的脸，问木鱼，大老板，这个后生是你什么人？木鱼赢了一盘牌，扭头瞄一眼我爹说噢噢噢，一个亲戚。说完问我爹，今日煨好多少谷壳？我爹答道，有十多担。木鱼又问，田犁了多少？我爹见木鱼兴致很高，说道，抢水犁了不少。水龙见状不耐烦地催木鱼道，爹，该你洗牌呀。我爹看见水龙满脸不悦，知趣地拱出堂屋。在门外立了一会，又向屋内偷偷一望，看到水龙一手已摸到那女人的大腿根上，那个女人扭动蛇腰偏偏往水龙的板凳这边移。

后来我爹晓得尖鼻子中年人叫吴大才，那个女人叫泡泡，是吴大才的表妹。吴大才那时在走马坪镇已富得流油。

吴大才正是那年正月来走马坪村的木鱼屋打麻雀牌的。村里人与我爹说，木鱼的麻雀牌打得有板有眼，可碰上吴大才这位对手，他的牌全乱了套。水龙在走马坪镇买了一家店，也准备开个像样的布行，让吴大才这个广东佬夹起尾巴离开走马坪这方土地。可他从未出过远门，更不晓得怎样从广东那边进洋货不上当吃亏。这样就认识了吴大才，一来二去，又看上了他的表妹泡泡。驼背老四说，吴老爷开始想把表妹许给水龙，指望在走马坪一带有个实实在在的依靠。可后来阴差阳错娶走母桃，全是命运八字的安排。当然这些都是空话。我爹说，水龙的脑子没有他爹一半灵活，不该出来开店，不该见女人动心，这造成水龙一生的过错。就是那回傍晚，水龙去望河楼找泡泡，泡泡刚洗完澡，上身仅缠着一根绸缎的胸兜，抱着那对大奶子，看见水龙傻头傻脑地拱出来，先是一惊，尔后用白藕般的手臂搂住水龙的脖子说，我喜爱的是你的人品，不是你屋的那点家产，我表哥的铜钱跟清水河的水一样多，只要我表哥让我打湿个裤脚，我一生都享受不尽了。水龙受宠万分，应道，我晓得我晓得。从那日开始，水龙常来泡泡住的望河楼过夜。我爹也只听说有关水龙这些事儿。

也有一回例外。我爹在木鱼的灶屋烧火煨谷壳，看见一条白狗叼着一条猪脚从灶门口溜过，他赶忙追过去，追到木鱼睡的房子边，听到吴大才和泡泡在房里说话，吴大才不知讲了什么，惹得泡泡咯咯直笑。我爹心想，表姊表妹是一家。抬头看到水龙靠着窗子吸大烟。那烟雾从嘴里吐出又从鼻孔吸进去，脸色阴沉沉的，没得往日那股骄气。我爹轻声对水龙说，少老板，你吃晚饭了吗？水龙的眼睛一瞪，骂道，狗杂种，你想收脚板②？我爹停顿一会，见他不会再骂了，应道，我看见一条白狗偷了一条猪脚。我爹说完，弓着身转身走了。

　　接着，我爹看见水龙把那根大烟狠狠地扔进阴沟里。事后，我爹问驼背老四，那日大老板几人打牌，少老板是赢了还是输了，驼背老四说，大老板和少老板不晓得输了好多，那两箩筐铜钱净送给了吴大才。我爹说，他估计从那时起，木鱼的良田换成了铜钱（吴大才要钱不要田），如同井水般流进了吴大才的衣兜里。吴大才那条运盐运布的大货船，正是那时候做成的，船头船尾的蚂蟥钉全镀了金。

7

　　我爹第二回去水灯镇，在小胡子那家客店歇了一晚后，递日清晨便去了仙花楼。向老婆子打听仙艺，老婆子阴阴地对我爹说，仙艺的房里有一个箱子，说是送给你的。老婆子讲这话时，眼珠子转了十几圈。我爹和气地问，仙艺她人呢？老婆子答道，那个赔钱货死了。我爹立即张大了嘴巴，老婆子见我爹失魂的样子，补充道，她自己跳楼自杀的。我爹仍旧张着大嘴不说话，老婆子又说，世上难得你这样的痴情汉，本来我准备要你拿铜钱才给你箱子，今日破例不要你一个铜板。老婆子说完，带我爹上楼，走进仙艺的房间，那里摆设依旧，房里还弥漫着仙艺身上的那种香气，我爹嗅到这香气，就记起楚楚动人的仙艺。我爹说，几个月不见，她就死了，老婆子，是不是你逼死的？我爹的声音很大，整个房子都震得嗡嗡响。老婆子赶忙说，我的老祖宗，你说话轻声点儿，隔壁还住着背枪的长官。我仙花楼漂亮的女娃子多着呢，你另外再选一个就是，何必发火？我爹说，仙艺她讲，在这里等我用钱赎她出去，怎么会跳楼？老婆子解释道，自从你走后，仙艺硬是不肯露面，说你要用钱赎她。说实话，我是看到吴老爷的面上，没有强迫她。可后来来了个地痞子，点名要仙艺陪他，他不听我劝阻，就闯进仙艺房间。这个晚上，地痞子走后，仙艺从楼山跳了下来。仙艺是对你一片真心，要不她不会跳楼的。老婆子边说边擦眼睛：我们女人的命真苦啊！我爹见了，心便软了，问老婆子，你怎么晓得这箱子是仙艺送给我的？老婆子说，她在桌上写了句话，要我把箱子送给清水河那边来的善人大哥。是你来仙花楼以后，仙艺常提到你的名字，所以我就晓得是送给你了。我爹说，那你把箱子打开。老婆子从衣柜上取下箱子，放在桌上打开，原来是一双绣花鞋和一个题有诗的手绢。诗是：

> 划却君山好，
>
> 平铺湘水流。
>
> 巴陵无限酒，
>
> 醉杀洞庭秋。

诗的下头写着给善人哥哥，来世再团圆。我爹不识字，但还是收了那块题有诗的手绢。把那双绣花鞋重新放进那只旧得不能再旧的箱子，他一连打了三个喷嚏。

回到客栈，我爹来到吴大才住的房间，吴大才不在，母桃娘娘说他一晚没有回来，大概联系生意去了。我爹口直，说，是不是进仙花楼做生意？母桃娘娘问，你晓得？我爹赶紧应道，我不晓得。母桃娘娘说，你一定有事瞒着我。我爹掏出手绢说，就这事儿。母桃娘娘接过手绢看了一阵后问我爹，哪个女人写给你的？我爹心想，认识几条字的人就是不同，一看便晓得是女人写的。我爹没去回答母桃娘娘的话，反问她，手绢上到底写的是什么名堂？母桃娘娘说，这是唐朝大诗人李白的《陪侍郎叔游洞庭》一诗。诗的下头写有"给善人哥哥，来世再团圆"。我爹问，诗是什么意思？母桃娘娘却反问，你还真喜欢她？她明明写着来世再团圆，这辈子恐怕她不会嫁给你了！想不到，你在这屋里烧炭做长工的，在外头拉纤混日子的，来两回水灯镇，弄了个相好的女人！那个女人一定长得像仙女，识了不少的字？我爹从母桃娘娘手里拿回手绢说，她人都死了，莫提这些事。母桃娘娘问，他赛过我吗？我爹说，她赛不赛得过你，那是另外一回事。而如今你是别人的堂客。母桃娘娘随口道，要是吴大才今晚又不回来，你到这里来陪陪我，到这鬼地方，我觉得好害怕。我爹说，我不想来。母桃娘娘沉下脸说，你快滚出去。我爹说，莫赶，我自己会走的。我爹刚一走出门槛，母桃娘娘砰地关上了门。

不长的工夫，我爹拿着手绢找到客店的管账先生，管账先生戴着一副黑边圆眼镜看了半天，摇头晃脑地说，这首诗写的真绝！尤其是醉杀洞庭秋这一句乃点睛之笔。你的朋友能写出这样的好诗，文才不同凡响。吁——妙哉！妙哉！我爹见管账先生装腔作势的样儿，心想他肚里也没得几滴墨水，便问他晓不晓得仙花楼有个叫仙艺的良家女子。管账先生捋捋胡子说，仙花楼有个仙昭的名妓，我倒听说过。这个仙昭是个有钱人家的闺女，老家住在上海滩。她和他爹来杭州经商，被一伙强盗捉住，这伙强盗杀了她爹，见仙昭有倾国倾城之貌，被强盗纳为小妾。往后他们窜到洞庭湖一带，强盗们见带着个女人杀人放火，是个累赘，让仙昭留在一个镇里。谁晓得这伙强盗一去不复返，仙昭住的那个客店的老板娘私下把她卖给水灯镇的仙花楼，来抵伙食费和房租。管账先生说，这个仙昭据说只陪两种男人，一种是有钱有势的官老爷，一种是一表人才的后生哥儿。我爹早已听得不耐烦了，打断管账先生的话：我讲的是名叫仙艺的良家女子。管账先生把滑到鼻尖上的眼镜向上移了移，轻声说，凡是到仙花楼的，哈哈，哪里还有良家女子？我爹说，她真的从未陪过客。管账先生答道，进仙花楼的，一般是外地人，她们被弄到水灯镇来，不晓得让多少男人睏过。就像我刚才讲的仙昭，她还做过强盗的二房，她命也苦，本来是个有钱人的千金，可让强盗霸占后，也只好跟着强盗。我爹说，你莫扯东舞西（东拉西扯），我讲的是仙艺，你晓得吗？她不愿意变成烟花女子，已经跳楼自尽了。管账先生捋一把山羊胡问，真有此事？我爹点点脑壳。他又问，你亲眼看见的？我爹说，这手绢上诗就是她死前写给我的。管账先生说，唉，俗话说得好哦，眼不见为虚。你真是清水河里头的山旮旯出来的呀，仙花楼的婊子个个像狐狸精，隔条大街也能嗅出你属哪一类人！我爹问，老哥你话怎个讲？管账先生用老成的眼光打量一番我爹说，那些婊子一看你是个正经忠厚人，想把你引上床骗几个铜钱也难。他走近我爹轻声说，我问你，你与她上床睏过没有？我爹摇头说，我不干那种事。管账先生眯起眼睛道，这就对了，所以她用良家女子这一招来打动你，让你送钱给她，让你痴呆呆筹钱赎她。我再问你，你去仙花楼晓得那个女人死后，老婆子又向你索去好多铜钱？我爹答道，她没要，我临走时倒给了她几块银花边。管账先生一拍大腿说，就是那样，你上了婊子们的圈套！我爹心凉了半截，觉得管账先生的话也有道理。他是本镇人，该晓得仙花楼的底细。我爹于是把手绢揉成一团，本来想当即丢出门外，转念一想，又塞进荷包里。并对管账先生说，仙艺不是那种人，说真的，那日我们都哭了。管账先生当下一阵哈哈大笑。待他笑过之后，我爹生硬地骂了句"牛日的狗"。

8

　　岩柿子③在灵芝崖是最常见的果树。每年阴历九月至十月间，是进山摘柿子的好季节。我爹那年正是摘柿子时离开木鱼屋，说我奶奶害病，去看我奶奶。实际想回去摘柿子。我爹听村里人说，灵芝崖那边的野柿子比往年结得多，每兜树都让柿子吊弯了腰。虽然这里柿子卖不了几个铜钱，但把柿子泡进水里，不要半个月，吃起来又甜又脆，没得一点涩味。我爹以往烧炭每到这当儿常用柿子填饱肚子，尽管每日每夜地吃柿子，屎屙出来的净是清一色柿子，我爹对它还是充满感情。个中原因他人恐怕一辈子难以理解，除非你去烧炭，再没日没夜地吃生柿子。

　　我爹那回走到奶奶屋，我奶奶头一句话说，善人，你来得正好，我已经给你定好一门亲，那闺女有心眼，长得标致，她名叫三月，是三月生的。她娘是个跛子，可能干哪！里里外外全靠她一双手！我爹坐在茅屋前的磨盘边，一声不哼。我奶奶又说，人家闺女刚满 16 岁，只因为屋里穷，姊妹五个，想找个好劳力的男人嫁出去。我爹仍旧一声不响。我奶奶笔直说，我亲家母看中的是你人品好。善人呀，娘早想抱孙子。我爹勾着脑壳答道，娘，不要你劳神，我现在不要。我爹声音不重，我奶奶当场像被黄蜂蜇了一下，叫起来，你晓得你今年有好大年纪？村里比你小的净当爹做娘了！你要等到胡子白了才讨亲拜堂？我爹说，娘，我屋里穷，用手板去讨亲？我奶奶说，这事你娘做主，你只管拜堂成亲。我爹想了想，故意说，娘，这门亲事过了年关再说吧，大老板讲，过年后要另外多给些工钱，还说我比别的长工做事落实，恐怕要招我做上门女婿呢！我奶奶阴着脸说，你穷快活，过了这个村，就没那个店，我倒担心三月变卦。我爹堆起笑脸说，娘，你莫担心，说真的大老板想给我定一门好亲呢，听说那闺女住在镇里，很有钱。我奶奶问，真有这回事？我爹说，信不信由你，反正过了年以后再讲。奶奶叹口气道，我命运八字恶，就依你一回。奶奶讲完端出一簸箕半黄半青的苞谷，对我爹说，善人，我在屋后的那块菜园栽了迟苞谷，现在可以拗了。要是你不回来，这簸箕苞谷我准备托人送到大老板屋去，我晓得你从小爱吃苞谷米。我爹说，娘，我只带几个嫩苞谷给母桃娘娘吃。我奶奶压低声音问道，是大老板的闺女吗？我爹嗯地应道。我奶奶说，我们是门不当户不对，你莫跟大老板的闺女缠在一起。我爹说，娘，你净乱讲话呀！我奶奶反问道，你当我不晓得？我爹不做声了，隔了一会问，娘，我们山上的岩柿子结得多吗？奶奶说，多得很。我爹说，我要去摘柿子。

递日天蒙蒙亮，我爹担着箩筐，脚穿一双草鞋，头绾奶奶亲手织的大布手巾，身穿我爷爷往日上山挖草药时的黑布衣服，来到了灵芝崖对面的山沟里。远远一望，被云雾袅袅包裹的柿子树，还是那个老样。以前烧炭时晨雾总是铺在山沟里，往雾里一拱，就是满脑壳露水。除这以外，我爹还记得从前总有一个女娃子赶几头又肥又白的羊来山沟里吃那些又青又密的竹叶，待日头爬出好高，全林子的雾罩子溜走以后，才赶着肚子吃得鼓鼓的羊回家。我爹不晓得她叫什么名字，称她为羊娃娃。羊娃娃像个大闺女一样秀气，我爹说他喜欢看她，喜欢惹她开心。平常羊娃娃绑着两根短羊辫儿，看见我爹，叫我爹为烧炭哥。有一回羊娃娃用山歌的调子问我爹，烧炭哥，烧炭哥，你一日烧炭有好多？我爹当时摸了好半天的脑壳，硬是答不上来。回去与我奶奶谈到这事，我奶奶说，你真白吃了十多年的饭！你不晓得问她，放羊妹，放羊妹，你羊儿一日长几多？我爹说我真没想到去反问她。我估计我爹是想不出奶奶这样的话。

后来，我爹拱进以往烧炭的沟边，看见那几座炭窑都塌了顶，上头长满了羊蹄草和青箱子。沿着小路往沟里一望，有的岩柿子在杂木林里探出了树权树尖。我爹把箩筐放到沟边，背起竹篓，准备拱进柿子林，听到熟悉的羊叫声由远而近，转眼便到沟前。我爹见那几头又肥又白的羊咩咩地来到身边，大声喊，是羊娃娃吗？喊过之后，才从山沟里边冒出个人影，我爹仔细一瞧，是羊娃娃，可比两年前长高了一个头，模样像个大闺女。羊娃娃隔老远喊，哪个是羊娃娃？羊娃娃声音传进我爹的耳朵里，人也飘到我爹面前。我爹咧开嘴，想笑却笑不出来，只好说，你是羊娃娃？！羊娃娃低头答道，烧炭哥，往日我是羊娃娃，如今不是了。我告诉你，我名叫三月。我爹说，三月这名字蛮上口的，我爹说完这句话，想起我奶奶也提到三月这个名字。我爹心想，莫非这个三月就是她？我爹便问，你说你不是羊娃娃，你今年有好大年纪？三月答道，16岁啦。你不晓得？我爹说，我怎么晓得？三月说，我也好长工夫没放羊了。今日是替我妹妹来的。我爹听见了问，你姊妹几个？三月说，姊妹五个呀。我爹赶忙问，你娘是个跛子吧？三月低下了头。我爹见状，心想自己怎么去问这样的话呢？真是口里藏不住半句话。我爹见她还是不作声，说，我名叫善人。三月闪了闪眼睛说，我晓得你是善人。我爹说，我名字叫善人。三月说，我晓得你名字叫善人，人也是个善人。我爹不得不转过话题说，三月，我攀到树上去给你摘几个糖柿子吃。三月说，要得。我爹说，我屋里穷，祖业只有这块山，我才去木鱼屋当长工的。三月说，我早就晓得了。我爹问，你娘也晓得？三月害羞地点点头。我爹又问，那你娘怎样讲？三月说，我娘横竖要把我许配给你。三月说这话，脸盘变成桃红色。我爹接着问，那你爹呢？三月讲了我爹两个字，不再说下茬话。我爹笑着问，你爹不准你嫁出去？三月说，我爹他两年前就离开了家，到如今还没回来。有人说看到他在走马坪镇那边讨饭。我爹说哦，他不会的。三月说，我爹总是好吃懒做，又嫌我娘。我爹思考一会问，告诉我，你爹叫什么名字？我帮你找他回来。三月说，我爹叫老根，树根的根。

三月的爹，就是后来讨饭讨出了名的老根。他讨饭有蛮多的怪办法，平常多半装傻装疯，时间长，附近的人都这样骂人，你这条傻老根。

我记得格外清楚，有一回老根不知从哪里搞来几颗揩得光光的红糖罐子④，想与我换碗面条吃，结果让我吃了那几颗糖罐子，而他没得面条吃，由于那日吴大才没煮瘦肉鸡蛋面，他只得了一碗白米饭。他把白米饭倒进自己随身带的竹筒里说，饭是一日三餐饱，就是想吃吴老爷的瘦肉鸡蛋面，嗨！到底是讨饭翻了身。他讲最后一句话，还拉了个腔，极像唱船灯。

9

　　就在我爹回家那几日，木鱼的儿子水龙便淹死于清水河。那日泡泡和水龙弄来一条小渔船，过渡到河东的村里去向佃农催粮催债。回来时，船靠了岸，水龙走到船尾解小溲，屙完尿后，不知怎样滑进水里，当泡泡看见水龙再没有浮出水面，连忙向隔那不远的正在做工的长工喊救命。尽管天气有点冷，几位长工轮流在水里摸了半天，仍旧找不到水龙，长工得喜立在岸边穿着湿短裤冷得发抖，就干脆拱进温温热的水里（清水河里的水每当天气转冷而变得温热；每当天气变热而变凉），这时，就在浅水边发现了水龙的尸体。得喜后来说，当泡泡喊救命时，他在离船不远的地里给萝卜苗匀大粪，便马上扔下粪勺跑拢来，凭他的水性，一连在船尾附近摸了几个回合，没找到少老板。船尾部的河水没得一竹篙深，水底是平坦的马卵石，流水不急，人落进水里，一般不会冲走。可是少老板竟俯卧在离船一丈有余的浅水旁的一块大石边，那里只有齐腰深的水。水龙从小会泅水，八成是让水鬼缠住了脚，他泅到浅水边，被淹死了。得喜还说，怪大老板把少老板的名字没取好，大狗小狗黑牛黄牛都可以叫，他偏偏以为自己识几个字了不起，叫他水龙，水里的龙不到水里去显威风还能到哪里去呀？

　　水龙淹死那阵，木鱼一人躺在床上吸大烟。他听到驼背老四说水龙淹死了，耷拉的眼皮用娘娘腔问，他怎样淹死的？驼背老四就讲了水龙淹死的经过。着重还讲了长工得喜那番话，让大老板明白，那是天意。木鱼吸完大烟，在屋里踱了几步，哭泣道，我祖父为了这个家而去娶一个寡妇。轮到我这一代，数百亩粮田几个月光景便败光了，该死的大烟，该死的麻雀牌。该死的人！驼背老四劝道，大老板莫伤心，料理少老板的后事要紧。木鱼说，我这个讨债儿子有福气，竟走在老父前头，你叫长工在河边搭一个像样灵台，把清水河一带所有的道士都叫来，我要为水龙做七七四十九日道场，这个钱我只要在屋里随便挖开一个老鼠洞就有了，你照我安排的去办吧。驼背老四走出门槛，心想，到底是条大老板，放个屁都有仗头。

水龙的丧事算个顶体面的，远远超过木鱼爹往日死时那个场面，附近的道士自己能走的全来了，在清水河并排一立，难以望到头。驼背老四对村里人说这里有好多道士是假的，有好多是未曾得法的道士的徒子徒孙。横竖大老板屋里的老鼠洞到处是钱。这话很快传到木鱼的耳朵里，木鱼想了想，决定只做七日道场。那些道士却说，半月内不宜安葬。木鱼说，不宜安葬，扔到河里。到了第七日，道士只得依着木鱼埋了水龙。我爹在水龙淹死的当晚就晓得了这个消息，但他没去木鱼屋。他去给三月屋送了一担岩柿子，为三月娘做了两天工。

我爹说，他本来想娶三月的，可是那节骨眼上，也就是水龙淹死的那日早上，一个大脑壳的家伙来到人世。我爹说他头一回真的当上了爹，当上了一个背黑锅的爹。这是我爹给我讲的唯一可靠的出生年月。我爹说，幸亏我属于早产，要不然还以为我是水龙那个败家子二世投胎呢。对于这些话，我爹喝酒后才云里雾里讲出来的，有时牛头不对马嘴，反正有了我这个根根，我爹不打算娶亲。

接着落了半个月雨，清水河净是满河洪水，浑浊浑浊的，像瓦泥的水一样。我爹不好进沟摘柿子，决定到木鱼屋去做工。我奶奶选出很多糖柿子，要我爹送个木鱼屋。我爹在箩筐里放了几层糖柿子，怕压破，又在箩筐上放着米糠，再在米糠上摆了一层糖柿子。他绾起裤脚，一口气担到木鱼屋。进木鱼屋碰上驼背管家老四，他看到这一担黄灿灿的糖柿子，问我爹，善人，莫非是送给大老板？我爹说不送给大老板还送给哪个？驼背老四说把柿子放在外头，大老板这些日伤心哩。我爹便把柿子担进一间偏房里，走进木鱼的房子，木鱼披着一件大花饼长袍端坐在房内的桌旁。水龙的娘操着一双红肿的眼睛劝木鱼吃点饭。木鱼一手放在桌上，一手放在腿上，不理睬水龙娘。看见我爹进来，却抢先开口说，你——来——了。那声音有点嘶哑，全没往日那娘娘腔儿。水龙娘接着说了句善人呀，被木鱼伸手制止了，然后向她摆摆手，意思叫她出去。水龙娘还想讲几句，一看木鱼那样子，便抽泣着离开了房间。水龙娘一走，我爹说，大老板，你要想开点。木鱼没理会我爹的话，而说，善人，我一向待你像亲儿子一样，可你不为我争气，也不为你爹娘争光……没想到会出那种事。我爹说，少老板的事，我也没想到。木鱼径直说，老人们说得好，做事在人，成事在天，看你有没有富贵命！你出去吧！我爹望了望木鱼，退到门口说，大老板，我给您送来好多糖柿子，不想吃饭，吃个柿子也好。木鱼嗯嗯地答道，眼皮连抬都不抬。

吴大才和泡泡在水龙死后不久，双双来看望木鱼，看见泡泡，木鱼的牌瘾又来了，心里也想着那些输掉的铜钱和良田，就从闺房中叫出母桃顶替水龙的位置。吴大才这回看见略带疲惫的极品美人，心想，的确像村里人说的那样有花容月貌，可能今生与她有缘。吴大才没有想错，后来母桃娘娘果真与他同床共枕了。

10

吴大才是得了一场不能吃的病死的。那狗日的病来得快，死得也快，前后仅有一个月。一个月以前，吴大才还亲口对我讲，河来，你有8岁了，得念书，要不长大真要当纤夫，你不要每日跟着丰奶奶，听她讲孙悟空打鲁智深，其实不是一回事。我说，孙悟空有七十二变，鲁智深有很大的力气，他们相打才热闹呢。吴大才说，全让你母桃娘娘把你惯着了。我说，我也想识字写字，可我爹没有钱给私塾先生，我爹说让我年纪大一点，再去念两年私塾。吴大才说，你母桃娘娘喜欢你远远赛过我了，她可以给你请几个私塾先生教你识字写字。我乖巧地说，我顶喜欢吴老爷。吴大才眼睛笑成一条缝，摸着我脑壳说，你就是我儿子。我看他边说边点头，我也学着他那样点头，并眯起眼睛笑。

自从吴大才得病第一日起，吴大才可能想到自己活不长了，就给潮安的少老爷写了封亲笔信，叫他速到走马坪镇。吴大才病了半个多月，少老爷还没来，母桃娘娘带我去看望他一次。那日天气闷热，我只穿一件夹衣，手上那对银镯子都露在外头。我和母桃娘娘走到吴大才床前，我看见半躺半睡的吴大才的深陷的双眼放出一种幽光，像鬼火；眉毛似乎长长了大半茬，向脸前伸着。整个人都变了一个样子。母桃娘娘堆起笑脸说，老爷，河来他来看望你了。说着她把我推到床前。吴大才伸出鸡爪般的手抓住我的手说，河来不像他爹，将来准有出息。说这话时，吴大才眼睛温和了好多。我从他病入膏肓的表情中看出往日的那股亲切。我说，吴老爷，你不会死吧？母桃娘娘接过话说，老爷长命百岁，他死不了。吴大才没有说话，他的目光落到我手上的银镯子上，眼睛马上瞪得大大的。母桃娘娘看出吴大才的脸部变化，对他说，这对银镯子是我送给河来的，吴大才吃力地抬起头对母桃娘娘说，这对……这对银镯子是传世之宝，它比玉镯子、金镯子都要珍贵。母桃娘娘应道，我晓得。可你应该心中有底，我要河来做我的儿子，莫非送一件值钱的东西也不行？再说老爷值钱的古董多着呢！吴大才嗫嚅地说，这对银镯子不是一般的银镯子，他比金镯子贵重得多，你瞧它上面刻有古怪图案，这有来历的。母桃娘娘说，我听你说过了。吴大才叹口气说，还有一件事，我死后你就跟我儿子去潮安享福吧，千万莫嫁给河来他爹，他命苦，会让你受……吴大才讲到这里，喉咙卡住一坨痰，就咳了起来，最后吐出一团又黑又臭的东西。母桃娘娘用手巾帮他揩完嘴巴，便带我拱出吴大才的房间。

走出长廊，我要单独去玩，母桃娘娘便叮嘱我莫把衣服弄脏，然后她去忙自己的事。我欢蹦乱跳地来到大门口，看见讨饭的老根又盘腿坐在屋檐下。那时我根本就不晓得老根竟有一个利索能干的跛子女人和五个漂亮勤快的闺女。并且差一点就变成我爹的岳父的老根，我总以为他无家无业，被生活所迫，不得不出来讨饭混日子。老根发现我好像发现了一个救星，忙对我说，娃娃，你拢来，我给你捉一只麻雀，只要你不放狗咬我。我是听到老根最后这句话才走拢去的。我说，你个二百五，满身臭虼蚤！吃饭不洗手，哪个也不肯跟你在一起！老根笑道，娃娃，你顶聪明。可你没看过虼蚤蛋吗？还有那小虼蚤从蛋里拱出来的样子吗？我说虼蚤专门咬人，我不看。我心里却想，虼蚤又不是画眉蛋，也不是糖罐子、三月泡⑤、桑葚这些能吃的野东西。所以我还是不想与老根说话。老根转过话问，娃娃，你见过镇里那头的龙王庙吗？我说，哪有么事了不得的。老根说，龙王庙里有一对金老鼠，金老鼠每日要屙一对金晃晃的金蛋，你没见过吗？我说，你爱玄谎，我才不上当呢。横竖我母桃娘娘屋金老鼠金猫都有，哪个稀罕？老根眼珠子一转，盯着我手上银镯子说，这个铁箍戴不得，晚上要做噩梦，我帮你把它捋到清水河去。我说，你想我银镯子？我不会给你的。说这话，我脸上露出鄙视的神态来。老根说，你这娃娃不晓得事，我为你好呀。我在外头讨饭，就是提醒大家莫厌弃五谷杂粮。娃娃，你晓不晓得一颗谷一颗米是怎样得来的？正当老根说得有劲，母桃娘娘走到大门口，大声对我喊，河来，过来！我嗯地应一句，回头对老根说，母桃娘娘叫我了，你也去讨饭吧，要不然我老爷家的狗嗅到你身上的臭鱼烂虾味，会把你活活咬死。老根接过话说，别忙别忙，你这个娘娘往日与我一起睏过，她屁股大，奶子也大，不信你去问她。老根说完，起身朝大街摇摇晃晃地走去，口里还唱道：稀奇稀奇真稀奇喔，老龙王娶个黄花女喔……

　　我和母桃娘娘走到我爹住的房子，我才注意到这望河楼是个吊脚楼。我爹在屋里光着脊背洗衣裳，身边还放着一个剁去一半的茶油渣饼（那时用茶油子榨油后的渣饼来洗衣服的），母桃娘娘走到我爹的屁股后头，我爹还翘着屁股呼噜呼噜地揉衣服。母桃娘娘便扒在我爹的耳朵嗨地叫一声。这是我头一回看见母桃娘娘对我爹有种亲热劲儿，也头一回觉得母桃娘娘像个尚未出阁的大妹子。母桃娘娘那声"嗨"并不重，没吓着我爹，我爹调过头，冲母桃娘娘一笑，问，吴老爷好些吗？母桃娘娘摇摇头说，他的病一日比一日厉害。刚才我带河来去看了他，他自己也认为快要死了。我爹没作声。母桃娘娘也不讲话。我连忙走拢去叫了声爹，我爹抬头望一眼我，问有事吗，我摇摇头。我爹又埋头揉衣裳。我见了爹说，爹——我爹再次抬头问，你有事吗？我说，老爷叫母桃娘娘千万莫嫁给你。母桃娘娘竟捂起嘴巴笑起来，我爹盯着我说，这不关你的事。这时我看到我爹右臂膀上有一块长长的印痕。我问我爹是这么回事，我爹说，那是光着身子拉纤的缘故，拉纤人都有。

　　母桃娘娘走到我爹的床边坐下，眼望着河边的小葵花饼饼窗户出神。

我爹晾好衣裳，叫我到河边去看看细猫伯伯在不在船上，说他今晚请他一起喝酒。我就飞快地跑到河边吴老爷的货船边，向崭新的高高的船舱喊，细猫伯伯，细猫伯伯！喊了一阵细猫从船舱伸出一个光光的脑袋，然后向我举起一条大鲇鱼，那意思是叫我上船去。

那日在船上，细猫对我讲，前方正在打仗，好人打坏人，坏人也打好人，搞不清楚到底哪个是好人哪个是坏人？等我回到望河楼，看到母桃娘娘在哭鼻子，我爹似乎短了一截，老勾着脑壳。母桃娘娘看见我，边揩泪边问我，河来，吴老爷要是死了，你想不想他？我猛地摇摇头。母桃娘娘不解地问，咋不想他？我说，吴老爷总让我爹拉纤，你看我爹的肩头上有一道长疤子呢。我爹听我这么一说，转身一下把我拉进怀里，哽咽地说，娃——！我没白养你！

11

我爹在那几年拉纤中，船只出过一次事。那回船上神仙滩，纤夫们喊着低沉的号子。纤绳已绷得直直的，突然间拉纤的麻绳从半当中绷断，货船向下漂去。掌艄的细猫登时吓得大叫起来。吴大才那时立在船头，八面威风地盯着纤夫们。纤绳断了以后，他当下跪在船板上，挥舞着双手。我爹说，那船装的只是半船盐，并不贵重。也幸亏母桃娘娘那次没有去（实际母桃娘娘与吴大才成亲两年以后，就很少同吴大才下洞庭湖了）。我爹说那次早上从水灯镇起船回来时，看到几只乌鸦在头顶哇哇呜叫，他就感觉到这回拉纤凶多吉少。当时纤绳断了以后，他也心想，要死也死船上你狗日的吴大才。然而船上的人一个也没事，拉纤的一位年富力壮的小后生和一个慈祥的老纤夫先后被清水河吞进肚子里。这件在我爹拉纤史上不幸的事儿，发生在我6岁那年，大概在民国十五年至十六年之间。据我爹说，尽管掌艄的细猫是个老手，但船头还是撞到滩下的神仙石上，让跪在船头的吴大才翻了一个跟头，栽进水里。

吴大才落水后，艄公细猫立即大喊快救吴老爷的命。老纤夫说，救人一命，发子发孙。叫那个顶会沤水的小后生先下河，小后生二话不说。甩掉破裤子，顺水一个猛扎，像一条鲤鱼溜进河里。不大工夫，他已经托起时没时现的吴大才。可是神仙石旁边到处是旋涡，搞不好人就会旋进水里去。小后生和吴大才硬是靠不拢岸。我爹见状，扑通跟着跳下河。我爹从小怕水，更不会沤水，他跳下去只在河面用手划了两下，河水就没过脑壳。这样，老纤夫为救我爹，让旋涡旋进水里，一袋烟工夫，才从下游百把丈的水面浮上来。我爹是让另一个年轻的纤夫救上来的，只喝了几口水，救上岸后，揉揉双眼，便恢复原样。此时，货船的桅杆被神仙石上的凸起的溶石撞断，帆篷自己落了下来。船底也出现一个水桶粗的洞，大量的水往船舱灌。又一袋烟工夫，船慢慢沉入水里。整个过场，像做梦一样。吴大才一人早已被一艘渔船救起。那小后生被旋进了水里，后来连他的尸体也没找到。吴大才在船上吐了半盆子水后，没过多久，让打鱼的老头把他弄醒了。他睁开眼睛问浑身是水的细猫，我没有死？细猫答道，老爷命大，死不了。可你那艘船已沉到河底去了。吴大才这时显得十分大方，应道，留得青山在，不怕没柴烧。

　　我爹后来回到走马坪镇说，他跳到水里，其实根本不想去救吴老爷。又怕吴老爷说他见死不救，才那么做的。我想我爹在吴大才手里混饭吃，一定碍手碍脚，有苦难言。

　　就是这回船出事后，我奶奶病重，村里人托几次口信，要我爹赶紧回村里去。我爹来不及歇一口气，只带着我赶回村里。时值傍晚，村子里家家都升起炊烟，而我奶奶屋里没得一点动静。奶奶的屋是用木板围起来的瓦房，不是以前的茅屋。这是我爹后来帮我奶奶修起来的。与我奶奶住在一块的细婶子看到我们回来，堆起笑脸向我爹打招呼。这个细婶子我见过几回，她常来镇里卖炭，有时炭卖不掉，就放到我爹的望河楼。她向我爹打完招呼，就问我，娃娃，今日也舍得同你爹回到村里来？我看见她的眼睛总在我爹身上瞅来瞅去，没回答她的话。她也不在乎我回不回答，又问我爹在外头发财没有。我爹说，哪里发财，这回下洞庭湖，差点送掉我这二两性命。我爹心直口快，藏不到半句话。细婶子听我爹一说，催我爹道，你快去看你娘吧，我还要去找那几只野惯的鸭子。

走到奶奶床边，我爹抢先叫了声娘：我和娃娃来看您。我奶奶便低声应道，河来，你拢来，让奶奶瞧瞧。我就把脑壳伸到奶奶脸旁。我看到奶奶比以前又瘦了一圈。衣袖补疤重补疤。奶奶伸手在我脸上摸了摸说，河来比以往长好了。我爹说，娘，您想吃点荤菜吗？奶奶说，我不想吃，说老实话，我只想与你讲几句话。我爹说，娘，有话您讲吧。奶奶用微弱的声音说，你格大年纪，要赶早成个家。那个三月，到现在还未出嫁。听说好多媒人要给她做媒，她都没答应。我爹说，娘，您莫提这些事。奶奶说，三月哪点配不上你？我害病以后，她和她娘看过几回呢！我爹说噢噢，娘，您没讲我有个娃娃？奶奶说，讲了，可她是个开明的闺女，不嫌弃。我爹说，说实话，我不想连累她，她可以找一个更好的男人。奶奶气得脸色发青，吐出最后一口气，永远闭上了双眼。

我奶奶就这样离开了我们。奶奶死时，嘴巴张得大大的，像有许多话还要说。我感到有点难过。奶奶生前到镇里给我送过几次鸡蛋和粽子、糍粑。而我只在她快要死的时候，才来到她身边。我爹说这是我出生后第二次回到村里。奶奶是个穷苦人。虽然头一回把来到镇里的奶奶当作讨饭的叫花子，我还是爱我的奶奶。

我爹给我奶奶做了一副比较结实的寿木，让操心一辈子的奶奶安静地睏在里头，我就哭了。我晓得我这辈子再也见不到穿补疤衣裳的奶奶了，送我奶奶上山的那日早上，我看到一个比较秀气的黄花女，身披白孝衣，也泪流满面。她是三月，非常爱我爹的女人。我暗自寻思，如果我是我爹，就娶她做妃子。

村里人说，我奶奶见到自己的亲人，才舍得闭上眼睛。要是我爹不回来，我奶奶十日半月也许还死不了。但我晓得不是那回事。世上有好多事就是说不清楚。

办完丧事，我爹把那幢用木板围起来的瓦房送给三月屋，叫三月一家从山里头搬到走马坪村来住。并把所有的东西，包括奶奶辛辛苦苦养蚕得的一斤多蚕丝都送给了三月屋（奶奶未死之前，打算准备给我织绢衣的）。来到镇里，吴大才已买了一艘更威风更漂亮的新货船。而且用 12 斤 12 两（16 两为一斤的）黄金，叫黄金匠打一个双喜字，挂在桅杆半当中。日头一照，闪闪发光。

12

吴大才向木鱼摊牌的时候，木鱼万万没有想到，吴大才居然敢打自己闺女的注意，这之前，他又输掉上千两黄金。木鱼一时还拿不出这么多黄金。那次是吴大才和木鱼喝酒时，吴大才说，大老板，我有一个想法，只要你答应我，那些黄金就不用还。木鱼挺心疼那上千两黄金，听吴大才神秘地一提，忙叫他把那想法讲出来。吴大才呷了一口酒说，大老板，让你闺女嫁给我，万事大吉。吴大才的话不重，木鱼听来却如雷贯耳，立即用娘娘腔吼道，你莫癞蛤蟆想天鹅肉吃！吴大才不慌不忙地说，大老板，实话告诉你，我除了布匹和盐生意外，还做黄金、古董生意，我如今的黄金古董已成千上万，有的价值连城，即使皇帝的公主，我也能拿钱换来做我佣人的。我看中你母桃，是你家有福。木鱼依然吼道，你少放屁，我木鱼不是见钱眼开的人！与你打牌输钱输黄金，我是瞒着我闺女的。就是不服这口气！吴大才说，大老板这种人我佩服，可你能拿出黄金抵赌债吗？我晓得你瞒着你闺女，所以我当她的面我没说一两黄金嘛。木鱼没作声。吴大才说，你不怕村里人说，万贯家财到了你手里，被你抽大烟、打麻雀牌与儿子同争我表妹，而把家产白白地送给了别人？木鱼被这一问，一只酒杯从他手里滑到了地上，化为碎片。吴大才说，我想你哄我表妹上床有本事，想明媒正娶我表妹就没这个胆子，我看你这一辈子就得夹着尾巴做人，隔了半晌，木鱼说，只要我母桃愿意，我不反对。吴大才说，我会让她享一生福，你跟她说就是。

递日早上，木鱼便叫我爹随吴大才去提礼金。我爹当时不晓得去担礼金，以为担些日常零用的东西。木鱼到镇里买东西一般都叫长工担货的。走到镇上，碰到一个伸出手板向吴大才讨钱的叫花子。听见吴大才说，叫一声爹，我给你铜板。这个叫花子则朗朗上口地叫一声爹。吴大才说，大声叫。叫花子又大声叫道，爹——！吴大才笑眯眯地点点头，差不多。说着十分大度地从长袍里抓出一大把铜钱，丢到大路当中。叫花子一边捡钱一边说着话，谢谢，谢谢！惹得吴大才哈哈大笑。我爹仔细一看，这个叫花子是三月的爹老根，等吴大才大摇大摆朝前走时，我爹轻身说道，伙计，你专门为穷人脸上摸黑。叫花子抬头望一眼我爹，又继续捡钱。并应道，你跟我差不多，莫要大哥说二哥。我爹当时气得直翻眼睛，恨不得向他屁股踢一脚，但他忍住了，他想看看老根到底还有什么话说。叫花子老根捡完铜板，见我爹没走，用手指着吴大才的背后骂道，狗日的东西，我日你娘生你！对老子格没孝心！我爹待他骂过之后，故意问，伙计，你叫什么名字？老根打量一下我爹，看你也想讨饭，就告诉你，我叫老根。我爹问道，你无家无业？老根眼睛眨了几下说，我……我没得家，我看到别个有家有室，讨饭都没劲头了呀。我爹沉下脸说，你撂下一个跛子女人和5个闺女就不管了？老根哭丧着脸说，老爷，你没弄错人吧？我爹说，你再不老实，我捋下扁担打死你这条黑心人！我爹说着，放下箩筐。老根见状老老实实答道，我是有个跛子女人和5个闺女。我爹说，那你咋不在家做阳春，到外头讨饭？老根说，莫提那些事了，我屋的跛子女人闲我长得不顺眼，赶我出来的。我爹狠狠地瞪着老根说，你摆龙门阵，你屋里的人还托我到处找你，叫你回家，莫好吃懒做。老根见骗不过我爹，壮起胆子说，伙计，你自己也像个逃荒的，竟管到我老根的脑壳上来了。你再不走，我就喊救命，说你要抢我的铜钱。我爹心里骂道，这条狗日的，真不识好歹。骂过之后，看见吴大才立在大路的分岔处等自己，便担起箩筐说，日后再碰到你，保证打断你一条腿，让你讨饭有个由头扯。老根说，我横竖不到你屋来讨饭，哪怕你屋的大鱼大肉都发霉生蛆。他的话气得我爹只有干瞪眼。待我爹担起箩筐一走远，老根向我爹讥笑道，人长卵长，没得主张。

这是我爹第一回碰到讨饭的老根。以后我爹随母桃娘娘来到镇里，一个月总要碰上那么几回，老根仿佛老熟人一样总向我爹点头，并露齿一笑。好像我爹以往与他一起讨过饭似的。有时还忍不住唱道，人长卵长，没得主张。我爹说，老根这辈子注定是讨饭的命。

我爹那日把礼金担到木鱼屋，木鱼在堂屋足足放了一个时辰的炮仗，我爹弄不清木鱼到底有什么喜事，问驼背老四，老四说不晓得。我爹准备去问母桃娘娘，可找不到母桃娘娘的人影。木鱼就有这么个怪脾气，他屋有什么要紧的事，一般不让外人晓得。我爹说那一晚上一直睡不着，想了一晚。我估计我爹已猜到吴大才在打母桃娘娘的注意。

这事过了几个月，吴大才的表妹泡泡死在木鱼的床上。木鱼说她是暴病身亡的。并把她与水龙埋在一起。这件事过后，木鱼才对村里人说，闺女母桃与吴大才订了亲，准备选一个黄道吉日拜堂成亲。有人说，我爹那些日子像丢了魂一样，整天六神无主。这样的事我爹是不会对我说的，真真假假也难分。而水龙和泡泡的坟墓我见过，在靠近走马坪镇的那头。坟墓让好手艺的石匠一做，像个小龙王庙一样，不光有两扇石头们，屋脊屋檐以及格子窗样样都有。在走马坪镇的船码头向上游一望，能看得清清楚楚。

13

记得有个比较暖和的下午，大致是那次少老爷想脱母桃娘娘衣服之后的第四天。我和手手在吴老爷的布行对面的杂屋边玩石子，走来两个一老一小的逃荒人。他们的衣服穿得破烂，油迹迹的，连补都没补。他俩走到我身后，那个老的问，娃娃，你晓得对面的吴老爷已经死了吗？手手抢先答道，吴老爷病死了。老的说，那狗日的真死了，哈哈！我放下手里的石子说，你骂我们吴老爷！老的笑道，娃娃，你不晓得，我们父子俩以往在这里打铁，被吴老爷赶走了。吴老爷想把自己的那些小老婆放到这里来住，却说我打铁叮叮当当吵得慌。我说，我们吴老爷是好人，母桃娘娘也是好人呀。老的说，你说那个母桃，就是大老板的闺女，她也不是个好东西，做闺女时和长工乱搞，听说还生了个儿子，所以大老板狠心把她嫁给格大年纪的吴老爷。老的还想说下去，小的说，爹，我们走吧，还要过渡呢。我心想，这个老家伙跟二百五的老根差不多。老的临走时，依然乐呵呵地扔下一句道，吴老爷就是会搞女人，才死得早。娃娃，你看我75岁了，身体蛮结实的，还能照样打铁。我望着哪个老的，见他头发胡子雪白雪白。这样白头发白胡子的人我似乎在镇里见过一回。

待他们走远，我想起来了，有一回这个白头发白胡子到过丰奶奶屋，与丰奶奶说了好半天话。丰奶奶还边说边叹气。这个老头走后，丰奶奶竟哭起来了。我从小是跟着丰奶奶长大的，记得最深的是我屙完粪后，向忙这忙那的丰奶奶喊，丰奶奶，揩屁股呀，再不来，狗要舔屁股啦！丰奶奶听后，急忙丢下手里的活儿，走拢来说，你个蛤蟆肚子吃得多屙得多。说完喔喔喔地唤了一阵狗，找一个小棍儿或者纸片儿来帮我揩屁股。这样的习惯一直延续到五六岁；我还吃过丰奶奶下垂的奶子，看过丰奶奶光着身子洗澡。反正很少见过丰奶奶流泪。我奶奶爱打哈欠爱流泪，而丰奶奶哪怕打一百个一千个呵欠，眼眶都不湿。丰奶奶爱讲故事，说皇帝有好多妃子，那个妃子是那样死的，这个妃子是这样死的。讲到悲惨，她一脸伤心和绝望，绝不会流泪。这让我明白了，皇帝的妃子就是堂客。

我这样想着，母桃娘娘提着一个布包，走到我身边，拍拍我的肩膀轻声说，河来，我们到你爹那里去。我瞅一眼身旁手手那红红的脸说，手手，我不和你抛石子了。母桃娘娘走到拐弯处，我回头望一眼手手，看到手手呆呆地坐在地上望着我们，好像舍不得我。我便说，母桃娘娘，手手娘每日要卖豆腐，没得人与她一起玩。母桃娘娘嗯的答一句。我说，手手她长大了要做我妃子呢。母桃娘娘又嗯了一声。我说，我没得娘，有人说我娘死了，有人说我娘逃荒去了。母桃娘娘低头看我一眼说，他们都玄谎，我是你娘。我应道，我是对别人说，母桃娘娘是我娘。母桃娘娘说，你今后长成有劲的大后生，要是我还活着，一定让你娶个漂亮的堂客。我说，我要娶手手。母桃娘娘压低声音说，千万莫这样讲，莫让别个笑话。手手长大了也不一定喜欢你，你长大了也不一定喜欢她。我应道，我们明明说得好好的。母桃娘娘没作声，放慢脚步，走了几步问，那回少老爷脱娘娘的衣服，你跟你爹讲了吗？我说讲了。母桃娘娘说，莫再给别人提这事儿，我说，那是丑事，我晓得。

说着话，我们走到我爹的望河搂。我原以为我爹补渔网或洗衣裳，而进屋一看，我爹跪在壁板上刻字，我爹不识字，可他能把先生写的字像刻花一样刻下来。我爹说他以往烧炭时，山脚有个石匠，很会在石头上刻字刻花，跟他学的。我爹看见我和母桃娘娘进屋，说了句你来了，又偏着头继续刻字。我爹刻的是李白的诗《陪侍郎叔游洞庭》，是仙花楼的仙艺写给我爹的那首诗。母桃娘娘怔怔地望了一阵，说，你还惦记那个仙艺吗？我爹答道，如今有点挂念。母桃娘娘说，可她已经死了。我爹说她没死照样活着。母桃娘娘说，要是她没死，也不会见你。我爹说，我不要她见我，可我总想着她在仙花楼受苦。我爹讲这话时，母桃娘娘的眼睛睁得大大的，像一对圆圆的夜明珠。手里的布袋也在这时啪地掉到地上。我爹站起来，面对母桃娘娘突然叫道，母桃你讲，好人横竖受苦？我爹的声音比以前更加洪亮，这是我头一回听见我爹有着超人的嗓门。母桃娘娘好久没有回话，我偏头一看，几颗豆大的泪珠已挂在母桃娘娘的脸颊上。我爹的嘴唇开始发抖。我的脑子立刻闪出这个问题，是帮我爹还是帮母桃娘娘呢？我正迟疑不决，看到母桃娘娘一下扑到我爹魁梧的身子上，抱住我爹的脖子叫了一声我爹的名字。我爹则用手轻轻地摸着母桃娘娘的背，一脸阴沉沉的。我爹让母桃娘娘抱了一阵，就推开她，轻声问，你要跟少爷一起去广东？母桃娘娘点点头，我看到她又滚出一串眼泪。我爹吼道，我却为你拉纤这么多年！母桃娘娘望着我爹说，你自己不中用！我爹睁大眼睛问，你就找了个中用的？母桃娘娘反问道，你以为别个都像你这么老实？我爹一屁股坐在矮凳上，脑壳几乎勾到大腿下。母桃娘娘揩干眼泪，蹲下身子捡起落到地上的布袋，向我招招手说，娃娃，你拢来。我就小步小步走到母桃娘娘身前，说，母桃娘娘，你就嫁给我爹吧。母桃娘娘听我一说，含着眼泪的双眼明亮起来。过后又说，我是吴家的人了……河来，母桃娘娘没有好东西给你，就这一小袋金银首饰留给你今后念书娶堂客。我不敢接袋子，扭头望一眼我爹，见他仍旧埋着头。母桃娘娘又说，傻儿子，听话一点，拿着吧。说这话，我看见母桃娘娘的泪水大颗大颗地滚下来。就伸手接过布袋，母桃娘娘立起来，对我爹说，善人，你以后莫惯着娃娃，也莫厌弃娃娃。还得让他念几年书。河来顶聪明的，我教他那些字，他都认得。我爹还是屁都不放一个。母桃娘娘说完，弓腰在我额门前亲了一下，然后从从容容地走出门，我看到她那件崭新的白旗袍在风中摆呀摆的。

看不到母桃娘娘的身影，我爹才猛地立起来，像一头疯牛冲到门口，双手撑在门框上，大口大口地喘气。这时传来纤夫们粗犷的号子声，哦——喔，喔哦喔——哦，嗨——嗬，嗬嗬嗬嗬——嗬……那声音绵长而有力，恐怕走马坪镇每个旮旯都能听得见。我爹也许听到那熟悉的号子声，慢慢转身回到原先坐的凳子上。

我抱着那个小布袋走到我爹身边说，爹，你莫生气，我这给你。我爹的目光顿时落到布袋上，他一把夺过布袋，将袋内的东西哗地倒在地上，我看到都是金镯子、金钗、金戒指、金坠子等物品。有的还是母桃娘娘以前戴过的。我爹顺手抓起一把捧在手板心里，哈哈哈地大笑起来。

14

吴大才的布行和盐行的规模比较大，从清水河到洞庭湖一带非常有名气。光绪年间，他就开始从老家广东潮安一带拖布拖盐来走马坪镇。直到民国，洞庭湖那头有比较便宜的盐和布匹，才从水路拖盐拖布。光布行掌柜就有十来个，秃顶的麻脸的驼背的都有。我平常不和他们接近，他们一般都是外地人，有的讲话我根本听不懂。只有他们在柜台上拨弄算盘珠儿时，我晓得那在算账。我爹不会拨算盘，所以只能当纤夫。

我两岁时，丰奶奶说手手娘还在吴大才的布行里坐柜台。手手娘长得如同一匹缎子，是吴大才从潮安老家弄来的。原先准备娶她为第三房。由于手手娘得罪了丰奶奶，丰奶奶叫吴大才把她从布行里赶了出来。丰奶奶是地地道道的走马坪镇人年轻时长得有几分漂亮，跟着一个打鱼的在渔船上过日子。三十多岁时，打鱼的病死了，她变成了一个年轻的寡妇。那时二十出头的吴大才收购民间古董路过这里，对裹着小脚的丰奶奶有几分好感，决定在镇里住下来，便在镇上开起布行和盐行。

吴大才头一回落脚在丰奶奶屋，是个傍晚，穿着长袍的吴大才叩开丰奶奶的门，有礼有节地问丰奶奶，打扰嫂子了，请问你家有古董金银首饰要卖掉吗？丰奶奶说，有一样，不晓得你出不出得起价钱。吴大才说，请嫂子拿出来看一看，我是看货定价的。丰奶奶说，那你在门口等一等。吴大才说，我今日有点口渴，想进嫂子屋喝碗水。丰奶奶于是让他进了屋，给他倒了一碗茶水后，从房里拿出一个精致玲珑的金坠子说，这是掉在扇子上的一个金坠子，你出好多铜钱？吴大才接过来放在手心仔细一瞧，说，最好叫你当家的来定个价。丰奶奶说，你是说叫我男人来？吴大才点点头。丰奶奶没有说她男人已死，却说，我男人到河里打鱼去了，恐怕要很晚回来。吴大才说，我在你屋等一等也无妨，反正天快黑了，我在这里住一晚也行，给些住房钱，让你当家的回来再说。这个金坠子是宝物，好像皇帝用过的。丰奶奶说，实不相瞒，这个坠子是走马坪镇往日的那个大状元留下来的。吴大才笑道，所以得叫当家的来做主，以免让人说我欺骗妇道人家。吴大才说话始终目不斜视，甚至连丰奶奶的脸都没望一眼。丰奶奶听他这么一说，觉得这个生意人心挺细的，不像那些专门赚钱不讲良心的人。再看一眼脸皮白净的吴大才，产生了一丝喜爱，就叫吴大才在西头那间空屋住下来。这间空屋，背靠大街，后来成为吴大才的布行。

吴大才在丰奶奶的屋一连住了两个晚上，还不见她男人回来，问丰奶奶，丰奶奶说她男人有时打鱼几日几夜回来。到了第三个晚上，丰奶奶睡得正香甜时，吴大才轻轻地用切菜刀拨开门闩，拱进丰奶奶的房里，然后闩上门，点燃房内的灯盏。当丰奶奶才从梦里醒来，睁开眼睛看见吴大才已坐在床头，先是一惊，再摸摸自己的衣裤，见穿得好好的，便放心地问，你是怎么进来的？吴大才答道，我一个人在西头房间睡，有点害怕，见你门没闩，就进来了。丰奶奶说，你不要到我房里来，要不我男人回来，我有口说不清。吴大才说，我已晓得你男人病死了。丰奶奶问，哪个讲我男人死了？吴大才俯下身子说，你莫瞒我，我俩算是千里有缘。说着伸手拉开被子，把脑壳埋到丰奶奶的胸脯上。丰奶奶一激动，全身无力。

丰奶奶是个老古板人，虽然和吴大才有了"初一"和"十五"，但绝不肯与他成亲。后来吴大才与丰奶奶断了那层关系，一直对她像亲娘亲姐一样。走马坪镇的年纪大的老人们都晓得他们的底细，提起这种事，没去指责哪个不对哪个不忠。倒说手手娘是个贪财的女人，一心想做吴大才的第三房。

说实在话，走马坪镇的人，包括讨饭的老根，我都没觉得可恨可恶。我认为手手娘却是世上顶好的娘。

15

我和我爹打鱼回来，天已墨墨黑，听说母桃娘娘半日时分投河自尽。我和爹就急忙赶到母桃娘娘的房里（母桃娘娘是少老爷叫人抬进屋的，按本地的风俗在外头死的人不能抬进屋的），母桃娘娘已经闭上那双明亮的眼睛，静静地睏在床上。镇里的几个婆婆和掌柜的站在门口轻声地谈论母桃娘娘的死。我不相信母桃娘娘真的已死了，我也没听见河里的水鬼呼噜呼噜地叫。昨日，她还把一布袋金银首饰送给我，到今日，她却死了。丰奶奶守在窗前，时而在床边的破罐子烧些纸钱，时而向床头那几盏桐油灯盏加点桐油。母桃娘娘的大半个脸孔已被被子盖住，唯留那双轻闭的眼睛和宽宽的额头露在外头。母桃娘娘像睏着一样，仍是那样好看。

我和爹立了一会儿，看见少老板带着几个广东佬大摇大摆走进来。我爹说，娃娃，向母桃娘娘磕三个头。我看了看裤脚绾到膝盖上的双脚，也顾不上什么，马上光着膝盖跪在地上，向母桃娘娘磕了三个响头。这时少老爷已站在我的身后，哼了几声：一个贱女人，早该死了。我爹当下怒目圆睁，吼道，你格牛日的，是你害死了她！少老爷冷笑一声，一个穷拉纤的，你有多大本事？老子可以马上送你上西天！少老爷说着，几个广东佬已经摆开了架势。丰奶奶见状，拢来劝道，少老爷你千万莫乱来呀，这里走马坪人蛮野的，搞不好，你连广东都回不去了。少老爷听丰奶奶一说，向几个广东佬一使眼色，说，我们走，死人不要，所有财产我得全部弄走，这是我爹辛辛苦苦的积攒！

少老爷他们一走，我爹说，娃娃，我们也走。我爹的声音很小，甚至有点沙哑。我看出我爹的双眼已经湿湿的，双脚不停地发抖。我生怕我爹倒下，就搂住我爹湿漉漉的大腿，用力向门外推。我爹又说，娃娃，再看一眼你母桃娘娘，今后怕再也看不到了。我回过头，并放开我爹的腿，走到母桃娘娘床头，盯着她闭着的眼睛说，母桃娘娘，我和我爹今后会给你烧香的。说完，又磕了三个头。我和我爹走出门，镇里的几个婆婆正说几个广东佬太不讲礼。

回到望河楼，我爹说，娃娃，我们离开镇里吧，赶快就走，我木木地问，爹，我们到底去哪呀？我爹说，到河东那边很远很远的地方去。我不解地问，爹，你照旧去找拉纤的活儿？我爹说，我要去为穷人打仗。我问，少老爷这样的人也该打吗？我爹答道，该打！我忽然想起艄公细猫的话，前方正在打仗，好人打坏人，坏人也打好人。我便问，爹，你真的要去打仗？你晓得哪是好人哪是坏人？我爹说，我晓得前方有一支农民军队，他们是一心为我们受苦穷人打仗的。我爹讲这样的话，我是头一次听到，我感到我爹好像眨眼之间长高了几节。我问我爹，那么战场在哪坨？我爹答道，在河东那边日头出的地方。

我爹说，就是在东方，我看到一道金黄黄的红艳艳的霞光，六十甲子难碰上一回呢。

我爹是从这以后参加革命的。

16

不晓得天黑了多久，圆圆的月亮已从河东那边拱上来，照在清水河上，一片银光灿烂。

我爹一手背着包袱，一手拖着我，默默地走在镇里的大街上。晚上，大街上乱七八糟的人蛮多，担箩筐的走空路的赶牲口的，还有那些肚子撑饱了的生意人和来镇里游玩的人在街上东游西逛，或者睁着一双贼眼在街上瞄来瞄去。我则用眼搜寻着酒店客店门口挂着的大灯笼。这些灯笼有的写着字，有的画有花草鱼龙，有的画有仙女，一个灯笼比一个灯笼好看。

看得不转眼时，我发现一个挂着红灯笼的门口边，手手娘正送一个穿长袍的老头出门，那老头走时还在手手娘嘴巴上亲了一下，我急忙问爹，爹，那是手手娘呀！我爹顺着我手指的方向一望，回答道，是手手娘。我问，那个老头是手手爹吗？我爹说，不会是吧！我说，我明明看见那个老头在手手娘身上亲了一下。我爹说，手手娘没得事做，她也要吃饭过日子。我说，手手娘明明在卖豆腐呀！我爹说，娃娃莫管这些事！我不服气地问，那么手手爹呢？我爹说，娃娃，我也搞不清楚。我说，手手娘长得那样好看，手手爹保险也很了不起。我爹催促道，我们赶快走吧，过河以后还有很远很远的山路。我说，爹，我听你的。可我还是朝手手娘那个门口望一眼，却没看到手手娘的身影，大概她转身回屋去了。我看见门前的灯笼上写着"風"字，那是风雨的风，母桃娘娘以前教给我的。

走到码头，渡船刚离开这边，快要划到河中央。这边河码头只有我和我爹两个人，显得有点冷清。我爹放下包袱，坐到水边的马卵石，呆呆地望着河面上的鱼鳞片儿。我走到我爹的身后说，爹，我们么时候转来给母桃娘娘烧香？我爹说，打胜仗以后保险要转来的。我爹说着，从荷包里掏出一个绣着一条老虎的手巾说，母桃娘娘原先准备成亲时把这个送给我，哪晓得她后来与吴老爷成了亲。如今吴老爷死了，她也死了，留着它也没有用。说完把手巾扔进河里。不大工夫，就看不见了。

我晓得我爹属虎，所以母桃娘娘给我爹绣上一只老虎。我见我爹有些伤心，脸变得异常严肃起来，他说，吴老爷为了从你母桃娘娘屋弄来钱财，他和他的妍头就来到母桃娘娘屋，让妍头勾引母桃娘娘的哥和爹。让他们父子反目成仇，并卖掉好多良田去打麻雀牌，让他们败了家业。吴大才害死水龙和他的妍头。吴大才这条牛日的狗，是黑心人！我爹说完，俯下身子把脑壳勾到水边，咕噜咕噜地灌了几口清凉的河水，抬头吼道，清水河，清水河，你的水还是那么好喝啊！我爹的声音传去很远，恐怕河东都听得见。我心疼地劝道，爹，我们盘算过河吧。我爹转过身子，盯住我的大脑袋吼道，娃娃，你想不想你娘？我答，就是想呀。我爹说，你娘，你娘，就是——母桃——娘娘。父亲的话像一朵凋谢的花朵最后没得一点生机。

母桃娘娘？我的脑里顿时闪出无数个大问号，我张开了嘴，欲对潺潺的清水河喊一声娘，但没有喊出，一滴口水却滴在马卵石上。

注：①月亮要割耳朵：是当地大人们吓唬孩子们的话。虎耳草，能治耳伤、耳炎。②收脚板：骂人的话，当地人迷信地认为，人死之前要收自己的脚印。③岩柿子：一种比较大的野柿子，有的柿子常爱长出尖尖角，当地人叫岩柿子。④糖罐子：即金樱子的果实。⑤三月泡：即茅莓。果红色、球形、味酸甜可食。又叫早禾泡、红梅消。

仕途

　　夏天的天，孩儿的脸，说变就变。上午还是艳阳高照，把人晒得像鬼一样大汗直冒，中午时分，待钟勤廉买了两块豆腐、一斤黄瓜、半斤瘦肉和几个皮蛋，天空已是乌云滚滚，倾盆大雨哗哗地落下来，随后便是电闪雷鸣，好像就在菜场外爆炸，特别吓人。钟勤廉与一些买菜的妇女们挤在门口避雨，见到电闪雷响，大家喔哟喔哟地惊叫。一位嫂子更是夸张，一下钻进了门口卖冰棍的摊子里，抱着头不敢站起来。钟勤廉见状，忽然想起崔小琴，她在干什呢？她非常怕打雷下暴雨，打雷下暴雨的时候，她家的房子就会漏水，全家不敢用电，只有等雨过天晴后，才胆战心惊地开始忙家务。

　　去小琴家看看吧。钟勤廉想，她家可能水漫金山了。他待雨稍一停顿，提着菜袋，拦了一辆出租车，直奔小琴的家。

　　小琴的家在玉城的梅家湾的山边。梅家湾那里以前有一家化工厂，后来破产关闭，红砖厂房一直破破烂烂地摆在那里，没人去管。崔小琴的家就在化工厂的山后头。出租车只能开到化工厂院内后门。后面没有大路，只有通向山湾的小路。下了出租车，天空又开始哗啦啦撒豆子般地下起大雨，那里没地方避雨。钟勤廉不得不硬着头皮一口气冲到小琴家，走进她家，钟勤廉发现他们一家三人都在屋子里，小琴的哥哥崔小梦打着赤膊正在用脸盆接屋里的漏水，钟勤廉看见他粗壮的胳膊上纹着一条龙，像个黑社会的老大。她的妈妈十分疲惫地坐在竹椅上，唉声叹气。小琴则把屋子里蜂窝煤码到一排红砖上，不想让雨水打湿煤球。

　　他们住的油毡房，比以前有了变化，南北两边不再是用木块、油毡夹的，而是用红砖砌起来了，现在玉城没有人烧红砖，这些红砖很有可能从化工厂弄来的，说不定是偷拆了化工厂的墙砖。小琴的妈妈看见钟勤廉手里拎着菜，以为又是给他们买的，她接过他装菜的塑料袋，责怪道，钟干部，下这么大的雨，雨水都打湿了你的衣服，快去换一件小梦的衣裳吧。小琴的妈妈一直叫他钟干部，就像劳教所的劳教人员称呼管教干警一样。他有一点不习惯这样叫他，但没法让她改口。

崔小琴一家是玉城上百万外来工的代表之一。这些外来工均来自老少边穷的农村，而且在这里扎根了几十年。小琴的爸爸崔大山从农村来玉城做泥工时认识了她妈，后来在玉城办了喜酒，他们没打算以后回到农村去。虽然没有固定的住房，没有稳定的工作，但是他们在玉城一鼓作气地生了小梦和小琴。小梦和小琴来到这个世上，就低人一等，他们没有城里户口，上学麻烦；他们没有争气的爹娘，在小伙伴面前抬不起头。因此他们混到初中毕业，就产生报复社会的心理，小梦常常纠集外来工子弟打架斗殴寻衅滋事，甚至小偷小摸；小琴16岁辍学就在玉城街头发廊从事色情服务，最直接的报复方式，把老少男人的钱都掏空。

这是一种新的社会问题，而且是一种非常严重的社会问题，这些外来工的子女是农民，但他们从没有在农村劳动生活过，不愿意回归农村。事实上，这些社会的不平等现象很容易导致社会的不和谐。

小琴的家庭更是多灾多难。崔大山在一年前，因包工头拖欠他的工资，他一怒之下，绑架了他的儿子，最后被判刑6年，现在监狱服刑。小梦三年前因盗窃罪被判刑两年。小琴两年前因卖淫被劳教委员会处以劳教两年。兄妹两人都是"两劳"回归人员。一家四口人，有三人违法。这样的家庭在玉城算个典型。钟勤廉在司法局基层科工作10年来，这是他遇上的违法犯罪率最高的一个家庭。他因此把崔家作为自己特别的帮教对象。

室外还在下雨，屋里的漏水越来越多，小琴家的锅碗瓢盆几乎都用来接水。盆里的水满了，小琴和她妈就急忙将水倒到屋外去。这样的窘境钟勤廉是今年夏天才发现的，但是他无能为力，他们生活在玉城，却不属于玉城。他们再困难，也不能享受城里"低保"，他们只有赚了钱，买了商住房，迁来户口，才可以融入玉城。

钟勤廉顾不得脱掉湿透的汗衫，帮助小琴妈倒了几盆水，小琴妈见了，感动地说，钟干部，您真是一位好干部，您换件衣吧。钟勤廉扶了扶眼镜，笑道，崔妈，你们家是我的重点帮教对象，但我却没有能力帮你们，感到惭愧呢。小梦听到他这么一说，鼻子哼了一声说，钟科长，你如果真想帮我们，就帮我家偷几块砖来，行吗？小梦对于钟勤廉的帮教，一直心有戒备，感觉他似乎醉翁之意不在酒，是取悦妹妹小琴。小琴长着大眼睛、瓜子脸，颇像女明星范冰冰。男人们都很喜欢。

小琴现在华联超市当一名导购员，这份工作是钟勤廉给她找的第二份职业，之前让她去服装公司当一名缝纫工人，她嫌工作太累，不愿意干。钟勤廉不得不通过同学的关系，将她安排进超市当导购员，一个星期三天早班，三天中班，休息一天，适合女孩子工作。小琴比较喜欢这份工作，现在基本安下心来在超市打工。

看见哥哥小梦那样和钟勤廉说话，小琴说，崔小梦，你真是狗嘴里吐不出象牙！小梦没有理会小琴，他掏出一包中华烟，请钟勤廉抽烟，让钟勤廉摆手拒绝。小梦用火机点燃烟，挖苦道，钟科长，你好歹是司法局基层科科长，既不吃烟，又不喝酒，当个男人，活在世上做什么？钟勤廉呵呵地笑着问，没有你牛呢，你居然抽中华烟，与市长一个级别！小梦说，上午我的朋友请我去帮忙，给了一包中华烟！钟勤廉问，帮了什么忙啊？这么大方？小梦脱口而出道，还能帮什么忙，上午出了车祸，我们帮死人的那一方去要钱！他妈的，红包都没有给我一个！钟勤廉顿时明白了，小梦的朋友请他去逞强斗狠。

小梦现在从事的职业是晚上在玉城迪厅酒吧看场子，为"嗨妹"当护花使者，并经常为客人介绍漂亮"嗨妹"陪酒陪聊，拿点介绍费。每个月的收入不薄，但他喜欢赌博，直到输光为止才肯罢休。

钟勤廉非常了解小梦，他没有什么文化素质，只有一身蛮力，莽夫一个，敢打敢杀。这种人在娱乐场所混，弄得不好，立马就会出事，触犯法律。每次钟勤廉与其交心谈心，小梦大大咧咧地说，我怕个卵子，出了事我正好去陪崔大山。他经常这样直呼父亲大名。每当这个时候，钟勤廉很希望他娶个老婆，让他对家庭萌生一份责任感，少一点鲁莽，多一份责任。然而，有几个女人愿意嫁给他呢？

帮助小梦妈倒完水，钟勤廉搬来一个矮凳子，坐到小梦的身边，说，小梦，其实你的人很好的，是个热心人，我们构建和谐社会，非常需要你这样的人，可是违法的事我们不能做，这个道理你应该明白。小梦说，钟科长，你说的话我坐牢的时候，管教干部经常在我的耳边重复啰唆，你不说我也明白，可你想想，我如果不用拳头教训别人，很多事情摆不平，这个社会没法和谐。钟勤廉说，我们还有法律，我们有警察，他们会来管的。小梦说，那些狗日的不怕法律，只怕拳头。钟勤廉说，你如果再关进去两三年，你的妈妈谁来照顾？你连你妈妈都照顾不了，你还能照顾别人吗？

一番语重心长的话，让小梦理屈词穷。小琴妈过来帮腔道，小梦，你学学钟干部，大学毕业参加工作，几年就当上了科长，成了国家干部。钟勤廉呵呵笑道，我是工作上运气好，提了干，至今还没有入党呢。小琴妈说，那更了不起，不是党员就当科长了，成了党员，那不当局长了吗？小梦和小琴瞟一眼他们的母亲，不太赞同她的推理。钟勤廉呵呵笑道，我是劳碌命，只晓得做事，不想去当干部，这是局领导赶鸭子上架。小琴妈啧啧称赞道，多好的干部！钟廉说，我吃这碗饭，就得做一些事情，我想有责任心的干部都会这样。他说到这里，想了想说，这样吧，我回去向尤局长详细汇报，他是我们局的一把手，争取给你们家援助一下，把你们的房子彻底修葺。小琴听他这么一说，激动地说，钟大哥你真好，以后你多管管小梦！小梦应道，只要他帮我修好房子，我一定不要他管，决不会给政府添麻烦！

有了小梦这句话，钟勤廉说，那就一言为定！我钟勤廉说到做到！小梦说，君子一言嘛。

这时，雨停了，乌云从山顶散开，梅家湾显得清爽无比。鸣蝉和小鸟在树林里开始啼叫起来，山里忽然变得热闹起来。

告别小琴一家，钟勤廉把自己买的菜留给他们，自己再次来到菜场，又买了一份，走回家，发现妻子已经做好了中饭。妻子说，我要等你做饭，我都饿死了。妻子在法律援助中心工作，是一位颇有爱心的法律工作者，对他的工作也相当支持。钟勤廉说，没有办法，我的帮教对象生活条件太差了，我不去看看他们，他们的心理会更不平衡，会更加怨恨社会，说不定又做出违法犯罪的事！妻子问，是哪一个啊？钟勤廉说，崔大山一家。妻子说，他们不是玉城人，你管得了吗？钟勤廉说，只要生活在玉城的"两牢"回归人员家庭，我们基层科都要管，有什么办法呢？

对于钟勤廉的解释，妻子无话可说，她非常理解丈夫，他想做的事，一定要去做好。

两人吃完饭，钟勤廉接到尤局长的电话，叫他下午两点准时到市委组织部干部科去。听他的口气，非常重要，不能怠慢。钟勤廉答应下来，对尤局长说出崔大山一家情况，尤局长说，外来工的帮教问题我们是要管，但要全面考虑，既然你作出了承诺，我支持你，争取把事情办好。

尤局长讲的意思，钟勤廉十分明白，现在社区"帮教"、"矫正"对象非常多，司法部门没有足够的人力物力财力去实施，农民工的帮教要有针对性，如果对全社会的问题农民工做出承诺，那是空话假话。

下午2时，钟勤廉来到组织部干部科，干部科两名同志得知是钟勤廉，非常热情地给他倒了一杯水，告诉他，等会去组织部的米部长办公室。钟勤廉问，是什么事呢？干部科的同志说，等会去了部长会对你说的。钟勤廉心想，是不是米部长的亲属有事情需要我帮助呢？那为何不找尤局长？真搞不懂。

坐了半个小时，干部科的同志带他前往米部长办公室。米部长是组织部的常务副部长，40多岁，为人和蔼可亲。他看见钟勤廉，非常热情地请他入座，让干部科的同志给他沏茶。他坐到钟勤廉的身边，说，钟勤廉，勤廉，不错的名字，你说是什么含义？钟勤廉呵呵笑道，钟是我的姓，勤廉，源自曾国藩的话，"欲求寅僚之敬佩，百姓之爱戴"，必须"勤廉"。米部长点点头说，那你自己怎么认为呢？钟勤廉呵呵笑道，我只是一名普通公务员，但也想得到同僚的敬重，百姓的爱戴，自然钟情自己的名字，作为自己人生的奋斗目标。米部长堆起笑脸问，是吗？怪不得前几天我遇上一个熟人，说你为群众办了很多好事，是不是为了得到百姓的爱戴啊？钟勤廉笑道，那不是，我是基层科科长，经常为群众做一些应该做的事，属正常工作，再说，我也没有这么远大的理想呢。米部长说，那我给你一个更重要的工作岗位，你想不想做出成绩呢？钟勤廉说，说心里话还是说客套话？米部长应道，平心而论。钟勤廉说，那我会对得起我的工作对得起我的良心。米部长伸手拍了拍他的肩膀，说，小钟，我们最近拟选拔一批非党员的副县级干部，你成为我们候选人之一，如果你被选拔任用，你会怎么做？

钟勤廉明白了米部长找他谈话的原因，原来是为了选拔非党干部。他谨慎地说，就像我现在当科长一样，服从领导，让工作不断取得突破。米部长说，唔，今天和你认识一下，主要是听听你的想法，如果你被组织选上，你要不辱使命，如果没有选上，更要好好工作，争取下一个机会！

从组织部出来，钟勤廉赶回司法局，发现办公室主任、公律科的科长等同事纷纷向他道喜道，钟科长，刚才市委组织部、政法委来人考察你，拟选拔你为非党员副县级干部，我们都投了赞成票，恭喜你呀，到时候别忘了请客！钟勤廉说，我还不知道呢，不过请客没问题！

他来到尤局长办公室，说起组织部选拔非党干部的事，尤局长说，这是好事，也是我们司法系统的光荣，我只做了我应该做的事，所以向组织上力荐你！我想，整个政法系统，能像你这样为民真心服务的人不多。钟勤廉说，真是感谢局长您。尤局长应道，不要感谢我，要感谢，去感谢党的好政策。

尤局长简练的话，让钟勤廉感动不已。

一个月后，组织部正式找钟勤廉谈话，拟任命他为中心城区的副区长。随后，张榜公示。钟勤廉顺利过关。

离开司法局那天，司法局隔壁的几位科级干部缠着问，钟区长，别人说你有关系，到底是省里有关系，还是市里有关系？钟勤廉应道，我没有任何关系，如果有关系，我只认得我们的尤局长。一位干部说，鬼才信呢。钟勤廉说，信不信由你，直到那天组织部米部长找我谈话，我才知道选拔干部的事。一位干部说，扯淡吧，你还没当上副区长，就摆官腔了呀！

　　这时，尤局长正好听到他们的对话，他接过话道，钟勤廉的高升得益于他的勤奋，如果你们不相信，就去问问梅家湾崔大山一家吧？他们家刚刚修好的房子，还是钟勤廉帮的忙呢！

豹子的盛宴

1

　　豹子生于阳春三月的早晨，马家湾开满了金灿灿的油菜花。那时正值20世纪60年代三年困难时期，豹子瘦不拉叽，一副皮包骨头的样儿。可是金木匠兴奋地说，狗日的，老子有后了！快快烧香！大女儿金青子去拿香蜡，二女儿金腊月给爹搬来板凳，三女儿金栗子给爹拿来茶壶。金家一片喜气洋洋。接生婆说，金木匠，你儿子生在辰时，来日有福咯。金木匠抱过儿子一看，应道，狗日的，像个人墩，就叫他豹子咯。

　　金木匠虽然会木工手艺，在马家湾方圆十里小有名气。然而，那时候是国家困难时期，农村到处没饭吃。他在大队和公社做木工手艺，大多是拨工分给他家，加上家里人多口阔，一天没能吃上一顿杂粮饭，全靠秋天的老苕藤充饥。老婆生个儿子，可不能不吃饭。金木匠爱面子，不好向村里人借米借油，就打发金青子去借。金青子那时年方16，已经懂事，她晓得一般人家是没有借的，便想到了生产队保管员马老二。

　　那天，日头落到了哑子山。金青子手拿撮箕走到马老二家。马老二的屋和金木匠的屋座向相反，它是面西背东。马老二和他的黄狗都盘腿坐在正门前的稻草上晒日头，一幅悠闲自得的样子。望见金青子，马老二说，青子，你家添喜了？金青子点点头，说，嗯，老二叔，你要给我借点米咯。马老二不慌不忙地卷好手里的旱烟，然后伸出舌头舔了舔纸，用手不停地转动烟卷。既没说借，又没说不借。金青子说，二叔，村里只有你会持家，可以借给我一点吗？她说这话时，脸就像一只红桃子。金青子不知道怎么说好话。马老二听了说，啊哟哟，青子真会说话，比你娘的嘴还甜，像个大人呢。金青子抬头去望马老二，看见他沉陷的双眼正笑眯眯地盯着自己的脸。她立即垂下头。马老二见了哈哈笑道，我是有点口粮，可那是准备救命的，格样咯，你再向村里人借，没有的话我再想办法。

金青子于是在村里转了一圈，只借到两个鸡蛋。回到家，金木匠骂道，日他娘，白养你十多年！再去借啊，借不到不要归屋咯！金青子被爹一骂，心里窝了一肚子委屈。她不得不再次来到马老二家。这时天已黑了，马老二在家点着煤油灯。他看见金青子，唱起喔火戏：好吃不过土鸡汤，好看不过花衣裳，好听不过喔火腔，三日不听心里慌，喔火喔火喔火火！金青子走进土砖屋，说，老二叔，婶婶呢？马老二意犹未尽地唱罢，应道，带小伢回娘家了。金青子慢慢地走到马老二的跟前，她看见煤油灯旁放着一碗红苕饭，好像冒着热气，她咽了下口水，说，二叔，我来借米，苞谷也要得。马老二弯过头问，青子，你饿了吧？金青子说，嗯。马老二说，你听我的话，我给你饭吃，还给你借米。金青子说，嗯。马老二满脸胡子凑到她面前说，到我床上去，我要你。金青子闻言道，我不！马老二说，那你走，不要耽误我唱喔火戏。金青子便转过身往外走。马老二在背后说，你回去你爹会打死你的。马老二的话，让金青子不寒而栗。她停下了脚步。马老二说，过来，你先把饭吃了，没有好菜，只有萝卜叶子咯。

金青子穿好衣服，从马老二家走出来，圆圆的月亮已经爬上山。马老二懒得出门，一个劲儿在床上唱《撒帐歌》，他的黄狗摇着尾巴送金青子出门。待金青子匆忙赶回家，金木匠从她手里抢过撮箕说，日他娘，一日到黑才弄到格一点！

豹子的哺乳期的营养都是靠大姐的身子换来的。马老二屋里没有口粮，摸黑把金青子带到生产队的仓库里，做完事，让金青子背几斤谷或苞谷杂粮回家。等到豹子快一岁时，金青子不争气的肚子终于泄露她和马老二的私情。金木匠和老婆关起门一询问，金青子死活不肯说。但金木匠和老婆都是聪明人，心里一嘀咕，晓得和马老二有关。再问，金青子既不说是，又不说不是。金木匠拿起他锋利的板斧，一斧头把砧板剁成两半说，不讲老子剁死你。金青子呜呜地哭道，爹你剁死我，我不想活了。金青子娘抢过金木匠的斧头说，你要死咯，青子的事不要你管！

劝开金木匠，金青子一人冲进房里哭。当晚，鸡叫头遍时，金青子便用房里冬天烤火挂鼎罐的绳索，接了一根干净的花裤带，然后轻轻唱起《撒帐歌》：撒帐东，洞房花烛满堂红，笑嘻嘻，乐融融，好似牛郎织女来相逢……唱到这儿，隔壁的金木匠嚷道，日他娘，深更半夜唱么事歌？养你格条赔钱货！金青子听了，微笑的脸一下凝固了。

第二天，金木匠发现金青子的尸体时，发现她的眼角还挂着晶莹的泪珠。

2

豹子从小像只公猴，爱闹。金木匠宠他，任他胡作非为。他娘管不了他，每到伤心时，责怪他生的不是时候，害死了金青子，要不，她可以享福了。豹子长到12岁，他明白一些大人们说的话了，他晓得大姐金青子的死与马老二有关，就萌生了对马老二的恨。那时正值"文革"，豹子没读几年书，混了个小学毕业就辍学在家。虽然豹子个子不高，但浑身有劲，打起架来不要命，不久便成了响当当的孩子王。豹子有事无事，总纠集一群孩子，自封司令，经常做些偷鸡摸狗的事儿。社员们见了说，现在的伢儿不比往日了，皮得很，尤其是金木匠的儿，长得像个座山雕，大人都怕他。金木匠听了，嘿嘿地笑。

当上孩子王的豹子，第一个想弄的人就是比他小两岁的马超男。马超男是马老二的三女儿，白白净净的像她娘。那日是芒种时节，社员们都下田薅草，马超男一人在家煮猪食。她把娘采回的麻叶剁碎，然后放进锅里煮烂。豹子和儿时伙伴金鱼两个人来到马老二家，马超男正在灶屋铲猪食，她的灶台有点高，她就搬来凳子，踩在上面铲。豹子看了说，马超男，我们去捉蛤蟆。马超男应道，我不去，我要煮猪食。豹子说，不去，我就闹（毒）死你的猪。马超男翘起嘴巴应道，那你等我咯。

叫出马超男，他们来到队里的仓库，仓库楼上还有去年过冬的稻草，里头有麻雀。豹子搬来梯子，要到楼上去。马超男说，不去捉蛤蟆了？豹子说，摸麻雀不好吧？上了楼，他们在稻草堆里翻了几个筋斗。豹子要马超男脱衣服，马超男问什么事，豹子说，我要吃你豆腐，脱裤子咯。马超男十分懂事，她说，我不和你做坏事，我爹晓得了要打死我。豹子说，那你不怕我打死你吗？马超男说，你敢？她的话音刚落，豹子啪啪地给她两巴掌。马超男哇地哭起来。豹子不管她哭不哭，他要金鱼拉住她的手，用力扯掉了她的单裤说，你爹日了我姐，我就要日你。豹子胡乱地弄了一通，没有兴奋的感觉。他对金鱼说，还是你来吧。金鱼望望马超男米白的下身，脱掉裤子，他往双手吐了点口水，然后抱住她。豹子听见马超男叫道，我日你娘，你弄痛了我咯。他便哼哼地笑。

晚上回到家，豹子看到马老二和他的婆娘都气鼓鼓地坐在他的灶屋里。豹子转身想逃走，可是让娘抓住了衣领，娘从背后抽出一根细长的竹片，朝他的屁股和双脚一边抽打，一边说，超男这么好的女伢你也欺侮，你不知好歹咯，我打死你！豹子见娘这阵势，身子一缩，脱掉上衣，像蛇一样滚进房里，还没等他逃跑，金木匠满脸怒火冲进房里，立即反锁上门，拿出木匠用的竹木板尺。豹子见了立刻尖叫起来，谁知金木匠是虚张声势，竹木板尺只落在他身边。待马老二一走，金木匠说，豹子，你想做不要现在做，你的身子吃得消吗？以后我金木匠指望你养老呢！豹子娘说，你是格样教育儿子吗？她把豹子拉到跟前，说，豹子，你以后再不要做丑事了，娘几代人都没做过亏心事咯。豹子说，我就要做。金木匠嘿嘿笑道，小孩懂事？女人你去给豹子煮几个鸡蛋，让他补补身子，做这种事最亏的是男人咯。

豹子从这件事上似乎得到了一点启发。

平日爹没有给豹子吩咐事做，他从不做事。生产队长要他做点轻松活，多挣工分，他就出工不出力。有一年春里，队里要他放牛，他把牛赶进田垄里吃田里种的作肥料的草子，那时草子又青嫩又茂盛，而且开满了金灿灿的黄花，牛爱得哭。半日不到，黄牛的肚子就吃得鼓鼓的。当他把牛赶回家时,黄牛像中了魔一样,睡在路上挣扎起来。内行的农民一看,晓得牛吃了草子的花,那花有毒,吃多了会使牛肚里胀风至死。队长来不及请牛医,他自己拿来杉树叶刺,往鼓胀的牛肚猛抽,可是牛吃的草子花太多,队长的土办法根本不起作用。到了晚上,社员们把死牛皮一剥,开始编起了喔火戏:豹子豹子不一般,犁耙水响骗一湾(骗一个村子),今日黄牛翻,明日水牛瘫,喔火喔火喔火火!

转眼豹子长到了 16 岁,半大伢仔的豹子成了当地呱呱叫的人物。金木匠要他学手艺,他不愿意。要他做工,他更不想出力。那时山上还有野兔、野獾之类的猎物,豹子自个养了一条白狗,并改装了一把铳,只有三尺长,整日背着铳东游西逛。一日,他空着手从山上回来,肚子有点饿,路过村民马云家,看见马云媳妇给女儿马金金喂饭。他就想,姓马的人家不是好东西,我要到他家去撮一顿。他把白狗赶回家,背着铳大摇大摆地走进屋。马云媳妇望见一脸虎气的豹子,连忙给他让座,问他吃了没有。豹子说,冒(没),我要吃饭。马云媳妇晓得豹子不好惹,连忙哄孩子去睡觉,自个给豹子盛饭夹菜。豹子吃完晚饭,屋外已经黑得伸手不见五指,他就问,马云人呢?马云媳妇说,修水库去了啊。豹子说,那他回不来了,我今晚就到你屋睡觉。马云媳妇说,那要不得,别人会说闲话的。豹子瞪起牛眼说,哪个敢说,我一铳打死他!

当晚,豹子在马云媳妇那里开了戒。

3

豹子 17 岁时,农村实行土地承包。整个马家湾大队的水田人均不到 5分。豹子两个姐姐先后都出嫁了。家里户口只有三个人,所以总共分到一亩二分田。自留地也不多,大概不会超过两亩地。另有一块光脑壳的石头山,队长说,石头山可以种把竹(一种小黄竹),种了把竹可以放羊,养了凌晨可以换口粮,可以娶亲咯。

马家湾是县里最贫困的地方,自古山多树少,石多土少,路多水少。

队里每年靠政府拨救济粮、救济金。农村土地一承包，很多社员担心国家
不再拨救济粮，都不同意承包，后来公社来了工作队，众口一词地说，救
济粮、救济金一点不会少，只有增多，说不定村里都像国家干部一样拿工
资，吃居民粮。工作队的话让村民看到了希望，土地承包于是在全公社最
先一个完成。

金木匠分到一亩二分田后，就找来豹子，说，豹子，我看你不像种田
人，学手艺又不肯，那你出去找副业咯。豹子想想只有找副业最适合自
己，就答应去找副业。金木匠想了几个地方，最后想到了县里的建筑队，
建筑队的李队长和自己很熟，要豹子在他那里做点小工，他一定会照顾
的。金木匠托人带去口信，李队长果然要豹子去做工。

一个月黑风高的夜晚，豹子睡在床上，想起要离开马家湾，去县城。
他心里觉得仿佛还有么事没做完。他想呀想，想起曾经闹死了马老二家的
一头足有上百斤重的"愿供猪"，偷了他家的好多鸡，还在他家的南瓜和
水缸里屙过尿。他想起用铳打死队长的一只狗。他想起偷过队里的鱼和苞
谷。他想起用老王蜂螫女人。最后，他想起和马云媳妇心有余悸的那一
晚。日他娘，真划不来，童子身让她占了！豹子想到这里，心里有了某种
反应，下面蠢蠢欲动。对头，我需要女人！我要马云媳妇，不，要马超
男！

趁着天黑，豹子首先来到马老二家，马超男在外面学裁缝，还没回
家。豹子骂了句女伢不学好，深更半夜不归家，遇上坏人怎么办？然后来
到马云家，这次马云在家。他看见豹子，问，豹子，有什么事？豹子说，
我找嫂子咯。马云连忙问，你找她？豹子觉得自己说漏了嘴，不得不将错
就错，说，马云，我娘要她帮忙做布贴，有一种花她不会做咯。马云媳妇
说，那你等我一会。没一会，马云媳妇就随他往回走。路上，马云媳妇
问，你说的是真的做布贴吗？豹子说，我是撒谎，我要你陪我睡。黑暗中
马云媳妇停住脚步说，要不得。豹子说，不陪我睡，我就对马云说出我们
的事。马云媳妇说，那不要对人说咯。

两人偷偷回到家，轻手轻脚爬上床。没有一根烟工夫，豹子得到满足
后，马云媳妇说，我们的事也不能对你爹娘说咯。豹子嗯地点点头。马云

媳妇又问，你说是我偷人，还是你偷人？豹子说，我没有老婆，和你睡觉属于正大光明。可你有男人，还和我睡，就算偷人咯。马云媳妇说，坏东西，可我是让你骗来的哦。

豹子从马云媳妇身上尝到了床笫的快乐。愈加想得到马超男。马超男虽然只有15岁，可完全长成了一个水摆杨柳般的大姑娘，个子比豹子还要高半个头。她唯一美中不足的是，双眼和马老二一个样儿，像个美国女人的眼睛。临离开马家湾的前一天晚上，豹子如愿以偿地在村前的路上堵住了准备回家的马超男。马超男一边走路，一边哼着样板戏《红色娘子军》的《军民团结一家亲》歌：马泉河水清又清，我编斗笠送红军……豹子听了，把铳横在肩膀上，故意问，是哪个？马超男瞟一眼豹子说：哎呀，我以为撞到鬼了。豹子说，原来是超男妹妹，你么不唱喔火戏呢？马超男应道，你管得宽咯。豹子说，我想和你成亲。马超男沉下尖尖脸说，你比我还矮，像个座山雕，甭做白日梦了！豹子把铳端到胸前说，不同意我就一枪打死你！马超男有点害怕，便讨好地说，豹子哥，我有对象，已经许给别人了。豹子说，那不行，你爹欠我金家一条命，我要你死！豹子想起一句古书的话，吼道，我要替天行道，你拿命来吧！马超男以为他说的是真的，当即见风使舵地说，豹子哥，你不要打死我，我答应嫁给你咯。

那晚金木匠和老伴一起去看喔火戏去了，家里没有人。豹子把马超男连哄带骗引进屋，强行把她抱到了床上。马超男不愿意，又喊又闹，可是无济于事，豹子人矮力大，一会儿就让他大功告成。马超男远远胜过马云媳妇，豹子不会轻易罢休，他一连做了两个时辰，才从她身上滚下来。这时金木匠和老伴看喔火戏正好回来。豹子穿好衣服，走出屋对金木匠说，爹，我把超男睡了。金木匠没听明白，豹子又重复地说一遍，然后补充说，她在我床上不肯起来呢。金木匠闻言，张大了嘴巴，手里的竹烟袋啪地掉到了地上。

4

豹子离开家乡是 1980 年阳历年。金木匠打算把豹子送到县建筑队做事。出门时，金木匠用木匠弹线丈量了他的身高，再用角尺反过来反过去量了又量，只有 1.61 米。金木匠叹口气说，豹子你恐怕只有这长了，跟我差不多。豹子娘见状说，男儿 30 还要长，莫信他鬼话。金木匠说，自古矮人聪明，好得很咯。豹子接过话说，高有屁用？我一定会争气，比公社干部还要强咯。金木匠嘿嘿地笑。

那时县建筑队的确差人手。豹子一来，李队长对他上下一打量，说，真像金木匠雕出来的一样。过了片刻，他问，你真愿意在这里做吃苦力的事？豹子点点头。李队长又问，你有没有力气？豹子说，我有劲咯。李队长说，学手艺要聪明人咯。豹子按照爹嘱咐的话应道，没有学不会的诀窍，只有遇不到的手艺。李队长哈哈大笑道，蛮像金木匠。再问，你学过手艺吗？豹子答道，学过唱喔火戏，会唱《撒帐歌》和《打哈巴》。李队长听了，哈哈大笑。

从此，豹子在县建筑队做起小工来。第二年，李队长在农村的二女儿李小英也来到了建筑队的食堂做工。豹子看见她尖尖的瓜子脸，就想起马超男。慢慢地，豹子和李小英混熟了，觉得李小英比马超男还好。她为人随和，聪明可爱。她跑买卖时，胸前的一双奶子一颤一颤的，看得豹子心里痒痒的。有时候晚上睡觉，就梦见抱着李小英的身子交欢。醒来时，内裤湿了一片。豹子于是决定去贴近李小英。没事的时候，总帮她洗菜拖地或者用煤球烧火。李小英见豹子灵光，会讨人开心，对他有了几分好感。日子一长，豹子拿出乡里传统的民间戏曲喔火戏逗李小英，常让她开怀大笑，说他是个唱戏的角儿。有一次，豹子在李小英那里唱喔火戏《打哈巴》：匡咚匡，匡咚匡，六月里，落黑雪，冷得我哈巴过不得！我在外头听到说，先生我的"伯"（爹），后生我的爷，别人说我是茖相，世间事情不晓得……豹子边唱边自配锣鼓声，惹得李小英哈哈的乐不可支。豹子见状，把她拉进怀里，往她脸上亲了一下。谁知她没有发火，而是害羞地转过了头。

又一晚，豹子故伎重演，见李小英很顺从，马上关了电灯。黑暗中豹子脱了李小英的上衣，抚摸一番她的那对大奶，李小英身子就软了。这让豹子万万没有想到这么顺利。事后，他不相信是真的，狠狠地扇了自己一巴掌。李小英见状问，你怎么了？豹子灵机一动地说，我欺侮了你，我打我自个。李小英哧地笑道，我是你老婆咯。豹子一边摸黑穿好衣服，一边说，我们没成亲嘛。李小英说，我冒看错人，豹子你真好。听她一夸，豹子假装害怕，匆匆离开她的住处。

从此，李小英和豹子经常夜不归宿。这事让李队长晓得了，他怕女儿出事，就想了一个办法，把豹子和李小英正式招进建筑队，转成国家工人。这让金木匠喜得天天唱起了喔火戏，让马家湾的人十分眼红。豹子成了建筑队的工人，没多长工夫，就当上工头，专管小工。

有了工头的身份，豹子可以名正言顺地和李小英来往。这年，县里放电影《庐山恋》，豹子与李小英一连看了几场，感动得热血沸腾。豹子就对李小英说，小英，你有电影里周筠那么标致。李小英说，有那么好看我不是可以做演员了吗？豹子笑笑，心里想，周筠是张瑜扮的咯，以后有钱了，再找老婆，那要找张瑜一样的美人。豹子看完电影，回到建筑队，哄着李小英开心后，晚上就留在李小英的宿舍里睡。早上起床，他抱着李小英身子，唱起喔火戏：好吃不过土鸡汤，好看不过花姑娘……李小英朝他额头一巴掌说，唱得格好，不许你花心，你快赚钱！豹子说，我心里只有你，不信你拿菜刀剖开看一看咯。李小英听了，咧开嘴把头埋进豹子长满汗毛的胸脯。

5

豹子和李小英是在 1982 年农历十月举行婚礼。本来李队长不同意结婚，孩子年纪都不大，可是女儿的肚子有货了，不结婚不行。婚礼的日子是金木匠请算命先生定的良辰吉日。没有房子，建筑队给他们腾了一套宿舍。没有家具，金木匠提前两个多月，给他们做了一套衣柜、碗柜和桌椅。金木匠老伴给小两口做了传统的布贴壁挂、布贴枕头、小孩布贴衣服、帽子等，图案全是《麒麟送子》，或者《鲤鱼跳农门》，把小屋装饰一新。

结婚那晚，豹子理直气壮地要了一次又一次。天亮时，他还想要，李小英不同意，她娇嗔道，再做不能起床了。豹子说，我想创个纪录，让县里冇得人和我比咯。李小英说，这种事亏你说得出口？

豹子自从结婚以后，时来运转。第二年生了大女儿，第三年被县总工会评上劳模，第四年当上建筑队的副队长。第五年当上队长。随后任建筑公司经理。他最大的优点是会办事，每个领导都喜欢他。

进入 20 世纪 90 年代的市场经济，建筑公司经营每况愈下，亏损严重，公司基本资不抵债。县里领导根据上面精神要求，部分国有企业逐步走出国有经济序列，对县建筑公司进行改制，实行"国"转"民"。

1997 年阳春三月，豹子出资买下建筑公司。新公司正式挂牌那天，豹子开车到省城来请两位音乐学院舞蹈系的漂亮女生来助兴。剪完彩，两女生不顾天气寒冷，穿着露脐装一连跳了几曲劲舞，博得大家一片掌声。县建设局长一边抽烟一边看两女生跳舞一边对豹子说，金老板，今天来剪彩让我蛮受启发，你又多了一个名堂，晚上是不是请那两个小姐一起吃饭？豹子说，你还是叫我豹子，听得习惯！那两个演员要回省城，跳完舞，我们开车送她们走。建设局长说，豹子，你脑子灵光，想办法咯。豹子说，你想吃她豆腐？

建设局长说，说什么话呢？投资几千万的县新办公大楼工程你不想做？豹子说，要得，我们是不是今天能达成交易呢？建设局长说，那看你的能耐。

建设局长的话让豹子茅塞顿开。他想，万一不行，就到市里去请个和她俩一样身材的女子来。待庆祝活动完毕，豹子把两个女生接到办公室。在办公室的小会议室，豹子一边请她们吃水果，一边说，感谢你俩来捧场，效果不错，我决定出场费每人加 500 块。俩女生像训练有素地说，谢谢金老板。豹子随后试探地问，我有一件重要的事要和你们商量，不晓得可不可以？一个女生说，能做的我们会帮你，大家都是朋友。豹子沉思一会，鼓起勇气说，打开窗户说亮话咯，有人想包你们，你们说个价，一晚上多少钱？两女生摆着头说，我们不卖身呀！豹子说，价钱好商量，不要客气。一个女生说，我怕你出不起价吧？豹子问，多少咯？女生答，最少一万块。豹子看到了一线希望，再问，能不能少一点？那女生说，一分不会少。豹子说，这样吧，图个吉利，一人8000块咯。两女生张大眼睛互相一望，然后堆起笑脸说，OK！

晚上，豹子在县宾馆开了两间房，他送给建设局长一个。自己留着那个清纯的女生。那女生有点害羞，要她洗澡都不敢。豹子洗完澡，先唱了一曲《撒帐歌》：撒帐东，洞房花烛满堂红，笑嘻嘻，乐融融，好似牛郎织女来相逢；撒帐北，骑马射箭好热闹，郎心喜，姐心悦，早生贵子考状元……唱罢，爬到床上替她宽衣解带。片刻，望见她令人心猿意马的乳房和肚脐，豹子全身骚动起来，那真是少见的完美身材，那浑圆的奶子还没有乳头。高潮过后，豹子发现被子有一片玫瑰嫣红，豹子惊诧地问，你从没有做过？那女生摇摇头，然后淡淡一笑。豹子说，我给你再加2000块。女生说，不用了。豹子一怔，把她搂进怀里。女生说，认识你是缘分，我小名叫芬芳，不要忘了我哦。

翌日，建设局长打来电话，告诉他，豹子，我晓得你是个会做事的人，你的标书，估计没问题，不过，这项工程是整个地区的一件大事，工程质量马虎不得咯。

……

豹子从此找到了打开成功的金钥匙。他经过精心设计，把自己办公室进行大改装，把小会议室改成类似酒吧的休息室，不仅可以喝酒品茶，而且可以跳舞唱歌，并购置一套先进的音响。他打算把这个作为公关重要场所。

继县新办公大楼建设工程后，县人民医院要建新救护中心大楼，卫生局向外公开招标，豹子想把这个工程拿下来。打电话和那两个女生联系，出价是每人5000，两人愉快地答应了，叫他派车去接她们。那边办妥当后，这边联系主管建委系统的詹县长。詹县长晓得豹子公司效益蒸蒸日上，他希望这个公司能够成为县民企的一面旗帜，来带动其他企业的发展，所以豹子请他喝茶，詹助长爽快地答应了。

晚上，詹县长开车来到公司，豹子把他带进自己办公室里头的休息室，詹县长看见类似暗室的会客室，开玩笑道，豹子，你在这里可以金屋藏娇咯。豹子说，县长你真会说话，还不是沾您大人的光。詹县长一落座，豹子亲自给他倒上法国洋酒，随后打开音响。两女生从暗厢走出，按照事前的安排，两人蹁跹起舞。詹县长见状说，豹子，你真会耍花样，我们县里竟有这样貌美出众的女子？豹子说，哪里话，她们是省歌舞团的演员咯。詹县长闻言，眼睛瞪得大大的。豹子说，上次公司揭牌，她们不是也来助兴吗？詹县长抽出中华烟，递给豹子一根，说，那要好好欣赏咯。两人跳着跳着，那个女生开始向詹县长做出挑逗的动作，詹县长喜不自禁，竟然站起来望着她情意绵绵地转了几圈。

舞曲结束，詹县长和豹子心照不宣带领两女生前往宾馆。在车上，詹县长很老到地给县主管治安的公安局副局长打去电话，说县宾馆有外商，要求公安部门和辖区派出所做好治安工作。临进宾馆时，他又在豹子耳边说，我还是要那个比较清纯的。豹子听了，晓得他想吃芬芳的豆腐，心中骂道，王八蛋，那是我喜欢的女人，你想得美。可是口中说，县长，那不凑巧，她有好事咯。詹县长摆摆手道，狗日的，幸亏你有双保险。

6

县长的话，又让豹子深受启发。做事要的是双保险。他于是在自个的茶楼、和公司包的宾馆房间，悄悄安装录像装置，从县长到建设局长，再到税务部门等大小官史所从事的交易都被录像存档。有了这样秘密武器，豹子开始扩大势力，他纠集从牢里放出的犯人光头等恶霸以及社会上一些无业青年，组成一个兄弟帮。

2004 年 5 月，县里一个明星建筑队，与豹子建筑公司竞标县新客运大楼工程，明星建筑队标书优势明显。尤其是他们公司几年前走出县城，长期驻扎地委，有一定的关系网。豹子不敢大意，他想，让明星建筑队中标事小，关键是会影响自己建筑公司的声誉。他找来兄弟帮的光头，说明自己的想法，光头说，老大，养兵千日，用兵一时。你想怎么做，尽管吩咐。豹子留个心眼说，光头，事先我说明，我以前给你们钱，是资助你们，我公司是县优秀民营企业，与你们冒得关系咯。你们现在给我帮个忙，要明星建筑公司退出竞标就成，不要把事闹大，要不对大家都不好。光头问，那我们怎么做？豹子说，他们不是有钱吗？向他借钱用咯。

光头当晚带几个兄弟，来到明星建筑队老板住的宾馆。老板一见光头几人凶神恶煞的样儿，晓得来头不小，当即问，大哥，有什么事吗？光头说，听说你们是明星建筑队？老子们想弄点钱用。老板毕竟是道上混的，他堆起笑脸说，好说好说，我这里有两千块，先拿去用吧。光头虎着脸说，你以为老子是讨米的？拿10万来咯！老板一怔，笑说，你们不是打劫咯？光头一听。怒从心起，朝他脸上一拳头，把他打翻在地，吼道，你给不给？老板仗着隔壁住着他们的人，马上大喊道，有人打劫啊！光头没想到他会这么做，心里一急，从腰里抽出菜刀，对他一阵乱砍。老板隔壁的手下听到叫声，冲过来，也被砍得浑身是血。

光头从老板身上翻出一些钱，连夜逃出县城。

发生这样的不幸，明星建筑公司在关键的时候，不得不退出竞标。县新客运大楼工程最终让豹子囊括。这让豹子的建筑公司在县城名声大振。县里人都晓得豹子在黑白两道都吃得开。老百姓在私下里传言，豹子可以出多少万买某人一只手或一条腿，可是每年严打，都没有伤豹子一根汗毛。人们对豹子无不刮目相看。

年过四十的豹子有了钱，首先想包芬芳做二奶。他在县城瞒着李小英做了一幢楼房，取名叫芬芳楼。房子装修完毕后，他开车接来芬芳，把她带到房子前，对她说，以后这房子就是你的了。那女子哇地叫了一声，说，多漂亮的别墅，可惜是在这个小县城，要是在上海、武汉就好了！豹子说，你想要的话，我在上海和武汉给你买一幢咯。那女子挽住豹子的手问，为什么对我这么好？豹子望望比自个还高的小女人，说，你脸值钱嘛。

两人把房子看完后，豹子带她来到卧室。他关上窗帘，就开始亲她，那女子风情万种地积极配合。经过一番交欢，让那女子达到高潮时，豹子才鸣锣收兵。然后轻轻抚摸她的曲线分明的胴体。女子说，我真想跟着你，可是我想出国深造，我老爸帮我办了出国手续。豹子明白了她的话，便问，何时走呢？那女生说，很快吧，我以后如果回国，会来看你。豹子心生不悦，但控制了自己的感情。那女子说，要不，我给你介绍一位师妹？豹子摇摇头。

那个女子一走，豹子心里真像失去一件贵重的礼物。他在全县娱乐场所逛了几遍，没有发现与那女子一样美的女人。回到家里，面对李小英的咄咄逼人，他突然厌恶20年来和她一起生活的家。

豹子有时想女人了，就去嫖娼。有天晚上，在歌厅认识一个年轻漂亮的三陪女，他就随她来到她的出租屋。关上门，豹子搂着丰满的三陪女，用出男人的看家本领，折磨得她一边呻吟一边问，你怎么还没有高潮？这让豹子很扫兴。完了后，豹子把裤子一穿就走人。三陪女说，大哥，你没有给钱呢。豹子啪地给她一巴掌说，婊子就是婊子，学不会，豹爷今日冇尽兴，冇钱给你。三陪女追到门口说，你给一点吧，我的房租、水电和煤气都要钱的。豹子说，你再说，我剁死你咯！

自遇上这次不开心的事，豹子想寻刺激，就去调戏妇女。一次，他和兄弟帮一起喝完酒，开车回家，他看到一个披着长发、长相清秀的女生，他立即叫兄弟帮的人把她扶持到一个出租屋，豹子不顾她苦苦哀求，强奸了她。他离开时掏出500块钱说，这钱拿着，不要报警，要不杀你全家咯。自此，豹子时不时深夜出门要寻一次这样的刺激，目标都是长发女子。

有一次初夏的傍晚，豹子开车路过县师范学校大门前，看见一个身穿白色连衣裙、身材高挑、相貌出众的长发女孩，豹子一见动心，对兄弟们说，我想吃她豆腐。车上的兄弟马上蜂拥而上，对女孩说，我们是公安局的。于是不容分说地把她带到了车上。豹子说，送到芬芳楼去。

到了芬芳楼，女生还在问，我没做坏事呀？豹子觉得她很可爱，便故意问，你叫什么名字？是哪里人咯？女生说，我叫马金金，马家湾人，现在师范学校读书。豹子听她一说，再一细看，果真是马云的女儿。这下让他吃惊万分。他连忙堆起笑脸问，你不认得我？马金金抬起脸正视豹子一会，她张大嘴巴说，你是豹子叔？豹子给她拿来健力宝说，是的咯，刚才我的朋友惹你玩的，不要生气，我今天叫你来，是想帮你，感谢你妈以前的帮忙咯。马金金大方地打开健力宝说，我妈还说你能干呢？豹子说，你么时毕业呢？马金金应道，现在开始找工作了。豹子见机说我帮你安排工作，可以吗？马金金说，好啊，可我想当老师。豹子说，要得，你想到哪个学校都可以咯。马金金点点头，她瞟一眼整个房子，问，这是你的屋？豹子说，喜欢吗？喜欢你就住在这里。马金金说，真的吗？我本来就不想在学校住。说过之后，她又问，你们家里人不会说我吧？豹子说，不会，他们不晓得，你不能对外头人说。马金金说，真的？那我今天可以住在这里咯？豹子点点头。他趁马金金喝饮料的时候，从包里拿出一摞钱，这钱你拿去用吧？马金金连忙问，不会是假钱吧？豹子哈哈大笑道，县里银行存的都是我的钱咯。马金金眨眨眼问，我不是做梦吧？豹子呵呵地笑。

7

豹子陪了马金金三天。第三天晚上，他让兄弟给她炖了王八汤，马金金吃下后，豹子给她拿出很多裤子和白金首饰说，这是县里顶贵的衣服和首饰，你洗完澡，换上咯。马金金看见这么华丽的衣服和贵重的手链、项链等首饰，当即嫣然一笑。她把衣服搂在怀里说，你不要凶嘛。豹子没理她。马金金洗完澡，换上白色的吊带裙，戴上各种白金首饰，主动走到豹子面前问，好看吗？豹子一看，马金金果然漂亮，像一朵出水芙蓉。尤其是洁白的隆起的胸脯，让他想起那个女子。他将她拥入了怀抱。

睡觉的时候，豹子打开卧室电视，放出喔火戏《撒帐歌》的碟子，他抱着马金金唱道：撒帐东，洞房花烛满堂红，笑嘻嘻，乐融融，好似牛郎织女来相逢……唱着唱着，他开始向她吻起来。马金金笑嘻嘻地在床上扭来扭去。

两人缠绵之后，豹子打开放在床头壁柜里的摄像机，把带子倒过来，让马金金一看，她立即脸红了。豹子说，你在床上蛮有水平，达到国标了，以前和谁做过咯？马金金说，把带子烧了，她吗老公？豹子说，你可要听话，要不放给大家看。马金金说，我听话咯。豹子说，听话这带子就当我们相爱纪念品。马金金说，哦。豹子见她不高兴，说，我给你讲个故事。马金金点点头。豹子就把大姐和马老二的事说成一个故事。马金金同情道，那个大队保管员真不得好死，那个女人真是造孽咯。豹子听到，复仇的心又开始骚动，他吃了几片"神药"，不顾她反对，把她放倒在床上，一边做出粗鲁的动作一边在心里骂道，我操死你，臭婊子！没一会，马金金发出放肆的尖叫声，像乡里的娃娃鱼叫。

豹子在财富和女人当中游刃有余的时候，得到詹县长等父母官的大力赏识，虽然官员们担心自己有把柄落在他的手里，但是离不开豹子了。没有豹子，则没有美人和钞票。吃惯了腥膻味，没有了日子怎么样过呢？因此，豹子顺理成章被选为县工商联协会会长、县政协常委。每年的优秀青年企业家的头衔雷打不动。县长曾经私下里和豹子交谈过，可惜书读少了，要不可以弄个副县长当。

一日中午，天气热得要命。詹县长打豹子手机，要豹子找个安静的地方谈话，说有要事商量。豹子正抱着马金金在房里看日本AV片。他心里蛮不高兴，他骂道，狗日的，家里死了人咯。马金金问，你老婆打来电话？豹子说，哪里，詹县长要我给他指导工作。马金金天真地说，县长格冒得用？你让他过来咯。豹子说，你找死？这屋不能让他们晓得咯。

詹县长找豹子商量的要事是关于排挤县委书记。他们来到宾馆的房间，詹县长说，老东西不肯调到地委去，这让县长和我很为难，他不屙屎占着茅厕问题可大咯。豹子一个劲儿地抽烟，没说话。詹县长见状说，豹子你开口出个点子哦。豹子说，县长，我不是地委书记，你们当官的事我管不了。詹县长说，我想你不是省油的灯，你帮县长和我的忙，你能吃亏吗？他当了县委书记，你不是太上皇吗？豹子说，你说话跟唱喔火戏一样咯，我帮不了。詹县长说，我们想了很多办法，可他就是个三锥子扎不出

234

一滴血来的老牛筋，真拿他冒得法。豹子问，你要我去打死他？詹县长一拍大腿，对，这事黑道比我们管用，整一整他，只要不闹出人命案。豹子说，他是好人，我不做。詹县长一听急了，说，豹子啊豹子，你让哪个女人迷住了？他是好人吗？他管不好身边人，治理不了社会，让很多人犯罪。豹子没理他。他又说，书记有一个漂亮女儿，在农行工作，想不想？豹子嘿嘿笑道，我喜欢女人。詹县长说，你在他女儿面前不许乱说话。豹子心里想，狗日的，老子想怎么搞就怎么搞，你自个又想一想有几斤几两，算哪根葱哪根蒜？

守了三个晚上，兄弟帮的人才发现县委书记的女儿从楼房走出来，他们冲上前去蒙上她的眼睛，堵住她的嘴，拖上小车，把她绑架到城郊的一个废弃的砖窑里。豹子不好露面，让兄弟们调戏她，他守在上面默默地偷窥，他看到他们脱光了她的上衣，她在挣扎，表情痛苦。他忽然产生一丝悲悯之心，他打出手势，制止了他们的侵害。

此事发生后，县委书记果然卷起铺盖走人了。县长被升任县委书记。但詹县长依然是副县长，主管城建。

8

豹子晓得自己是没有读过书的人，虽然花钱买来了学历，但不是做官的料。但他压根儿瞧不起县里那帮海吃海喝的干部，坐在台上人模人样，背着劳动人民竟是鸡摸狗盗。有时闲下来，他想应该学点知识。和马金金一商量，她说，你学电脑撒，我教你上网，很好玩。豹子就搬回一台电脑，放在芬芳楼。马金金每天把他搂在怀里教他，一个星期工夫，他只学会了上网看新闻。一日，他在网上看到了一个女大学生在网上求助，他想寄钱给她。马金金说，那是骗人的，不要信咯。豹子说，横竖是做善事，和她联系一下吧。谁知马金金来了醋劲：你想吃她豆腐吧？我不同意，你有钱就去帮马家湾的人，那里人现在没水喝呢！那里学生伢没有好学校呢！

马金金的话提醒了豹子。他把公司的事安排妥当后，自己亲自开车带着马金金来到戏子镇。马家湾原来是一个独立的行政乡，后来合并进戏子镇。镇党委书记在地委党校学习，不在家，镇长马润林热情接待了他。中午本来打算在镇里食堂吃饭，看见豹子想回乡扶贫，他破例来到镇里一家最好的酒店就餐，上桌时，豹子看见只有镇里一位副书记陪酒，对马润林说，马镇长，我喜欢热闹，格样咯，你把你夫人叫来陪酒，我把县建设局长叫来陪酒，怎么样呢？马润林一听，笑道，要得，我这打电话。马润林打完电话，说，豹子，我是跛子拜年就地歪，这看你的了。豹子便叫马金金给建设局长打电话，马金金拨通手机递给豹子。豹子拿过手机大大咧咧地说，唉，你在哪里？么事？大声一点咯！哦哦，我给你说，我在戏子镇，你赶紧过来，病了也过来！是的，戏子镇，来了打我电话！说罢，关了手机。马润林说，哈哈哈，你蛮牛皮咯！

没一会，马润林老婆小王就赶到了酒店。小王年方三十，长着一对大酒窝，文文静静地戴着一副眼镜，有着江南水乡女子的娴静之美。豹子一见，夸奖道，马润林，你老婆长得蛮出众咯。马润林笑道，我们是大学同学。豹子说，以后请她做我的工作助理。马润林呵呵笑道，你不是有小马这个漂亮大方的助理了吗？豹子应道，说得也是咯，那好，我们点菜吃饭。马润林连忙问，不等建设局长？豹子说，他喜欢吃剩下的饭菜咯。

菜一上桌，马润林拿出本地烧酒，二两的酒杯每人倒满。他先和豹子干一杯，然后几个人开始喝酒劝酒。豹子酒量不错，喝了酒兴致极高，他对马润林说，马镇长，你叫小王和我喝一次交杯酒，我把詹县长叫来陪你，怎么样？马润林呵呵笑道，行呀，如果他没来呢？豹子说，没来我捐100万给镇政府。马润林说，要得，老婆你和他喝！小王说不会喝。豹子说喝饮料代酒也行。小王说没喝过交杯酒。豹子说没吃过猪肉也看过猪走路嘛。这样，在豹子的挑衅中，小王不得不和他喝了交杯酒。喝过酒，豹子打通詹县长的电话，说，老詹，你吃了吗？到戏子镇来一下？我有重要的事想和你商量，是的，是的，会就不开了，要我给县长说吗？那好，马上来咯。关上手机，豹子说，他不敢不来，我们喝酒。

待詹县长赶到戏子镇，已经是下午 4 点钟，豹子的酒席还没有散，豹子正在要大家唱喔火戏，他说戏子镇无戏不成镇。詹县长一来，没等豹子开口，他先给他敬了一杯。豹子喝完詹县长敬的酒，说，今天酒到此为止咯。他的话让詹县长一脸尴尬，于是自我解嘲地说，豹子这个人就是能喝酒，但滑得很，不肯喝。

走出酒店，豹子提议，我们开车去马家湾。詹县长戏谑道，豹子，你要我来，不是要我陪你回家烧香祭祖吧？豹子说，我要你来是抬举你咯。建设局长一听，慌了神，连忙说，豹子你喝多了，休息几个小时样呢？豹子说，哪里醉，我们上山，我想做善事呀。戏子镇的一帮人听了豹子的话，私下说，马家湾不会再出第二个豹子了。

戏子镇的乡官们开来镇里的越野车和桑塔纳，大家陪同豹子一同前行。五辆车沿着高低不平的公路来到马家湾，已是傍晚时分，一抹夕阳挂在光光的哑子山上，给山村披上一道美丽的衣裳，如同乡里的布贴画。天空上，有两只老鹰在盘旋。山湾里，几棵唯一的千年楝树让白色炊烟包裹在乡村的夕照中。

豹子把车开进马家湾中学的操场，惊动几只母鸡咯咯咯地飞跑。一个老人伛偻着背，正在操场用棒棒棰黄豆。豹子拿着矿泉水瓶子走下车，特意走到老人身边，定睛细看，发现是双眼深凹的马老二，心想，老卵还没死啊！但口中说，老二，这么大的年纪没人养你吗？马老二在用力棰黄豆，自然没听清豹子的话。等他停下手里的活，大家都围了过来。詹县长问他，大伯，今年黄豆收了多少？马老二用土布汗巾擦拭一下脸上的汗水，说，不多啊，这些都是。他说完话，认出了豹子，便问道，豹子你几时回来的？豹子把喝剩的矿泉水递给他，喝点水咯。马老二摆摆手说，我有凉水。然后伸出 5 个手指头说，我现在不行了，你爹比我大 5 岁，如今 78 岁了身体比我还好咯。豹子说，那你多做善事嘛，不过不要紧，我发了善心，想帮助这里的贫困农民！

与马老二聊了几句，豹子指着一栋破旧的砖房说，县长，你看，这屋原来是大队的礼堂，底下有一半面积让农民养猪，有一半给山上路远的男学生做宿舍，上头经过改装，是女学生和一位女老师住的地方，像这样的房子，还能用吗？现在虽然放假了，但我们能够进去看咯。建设局长说，这房子要拆的。詹县长说，豹子，你应该把教育局长请来，我们来个现场办公咯。豹子说，我就是教育局长，我出资50万，政府出40万，建设局出30万，我们建一栋综合教学楼，工程由我们义务帮助施工。詹县长说，政府一个铜板都冒得办法拿，这样吧，让教育局出资20万，么样呢？豹子说，我要你出你没理由不出，政府没钱我可以借咯。詹县长说，这个房子一定做，关于钱怎么摊薄，我们回去和书记商量咯。豹子说，干脆学校建房钱算在我一个人头上，你们再出100万解决马家湾吃水难问题咯。

豹子主意一定，带着县乡一排干部径直来到马金金家。马云和媳妇刚从地里回来，看见马镇长和豹子带来那么多人，不晓得发生了什么事。豹子问他家夏收怎么样？大家都问他家收了多少油菜籽收了多少黄豆，饭够不够吃。马云本来口粮不够，全靠马金金从豹子那里拿钱补贴，可他不晓得这些干部的来头，咧着嘴说，托党的福，我们全家人不愁吃不愁穿咯……豹子一听，板着脸问，马云，你怎么当众撒谎？你不想要救济吗？要说实话。豹子一吓唬，马云连忙改口说，我家没饭吃，全靠女儿打工养家咯。豹子说，那八成是你不勤劳吧，好像还在生产队一样！马云说，没土地可种，山上全是石头，开荒都难咯。豹子点点头，对詹县长说，老詹，这地方农村经济难发展，你要想办法帮助村民少种苕，多种像白术一样值钱的药材。詹县长问，豹子，到底你是县长还是我是县长？

这回，豹子路过家门口，没有进家门。但他看见白发苍苍的金木匠拿着旱烟袋坐在堂屋门口。二姐金腊月回了娘家，正在门前洗衣服。

9

8月29日，豹子的建筑队开进了马家湾中学。9月6日，学校综合楼举行奠基仪式。县委书记出席奠基典礼。称赞豹子是全县民营企业的模范，能为家乡人谋福利，我们感谢他的赤子之心。

看见县委书记这样表扬豹子，中学的向校长想把学校更名为豹子学校，豹子不同意，嫌自个的名字不好听。向校长又提议把豹子的塑像立在学校的操场内，这边是旗杆，那边是他的像。豹子说，提议蛮好，可是花钱多。向校长说，要不我们把你的像画在墙上，写上吃水不忘挖井人咯。豹子说，我只有1米6高呢。向校长说，那我把你画三米高。豹子问，那能保存多少年？向校长应道，我们做好大橱窗，外面再用玻璃保护好，几十年上百年应该没问题咯。豹子应道，点子说得好，那就做好一点，钱不够我再帮点。向校长说，哪要你帮咯？豹子说，我还有个提议，我现在的助理马金金是马家湾人，刚学校毕业，她想当老师，我和县里头儿说了，先到你学校任教，以后综合楼做好后就调回县里，怎么样呢？向校长说，我们这里就差老师啊。

向校长是个明白人，以前只听说小他二十多岁的马金金做了他的二房，还不大相信，这回眼见为实了。

学校的综合楼开始破土动工的同时，马金金成为马家湾中学的一名音乐老师。虽然她喜欢音乐，但她过惯了二奶的日子，真要在穷学校待下去，没法适应了。她在礼堂楼上住了一个夜晚，则寂寞难耐，这里没电脑，没音响，没电视，唯一可以打发时间的只有用手机发信息。第二天，她向豹子叫苦道，老公，我真受不了，你过来陪我呀。豹子是个玩家，心想，贱女人，这点苦都不能吃，养着你有什么用？

傍晚，豹子开着飞车赶到了学校，他锁好车门，便搂着马金金的腰爬到礼堂的楼上，脚踩陈旧的颤悠悠的木板，豹子问，木板不会断吧？马金金说，我也怕呢，可是向校长说，住在上面安全咯。马金金的住的房间在最里头，外面都是女中学生住的宿舍。这时学生们还在上晚自习，楼上没有人，很安静。马金金的房间与女生们的房间都是用木板隔开的，壁上都贴了报纸和女明星的大头贴。房间很简陋，只有一张床和一张小方桌两把竹椅，唯一的电器是向校长送来的一台电扇。豹子将马金金搂上床，发现她今天身穿黑白相间的短衬衣和水磨紧身牛仔裤，他吻了一下她的大眼睛，用手解掉她的衣扣，脱掉衬衣，发现她穿着紧身布贴背褡，胸脯高高鼓起。豹子问，哪个做的背褡？马金金说，我娘咯，这个以深蓝为底，贴出牡丹花形的图案，只有我娘最里手，她一把剪刀和一根针线就能做出蛮多布贴画和布贴饰品。豹子说，我以前喜欢你娘，现在又喜欢你，这是老天爷安排的咯。

没一会，整个礼堂楼上发出吱吱喳喳的声响。豹子气喘吁吁地问，床和楼不会塌吧？马金金说，好过瘾啊，我巴不得都塌了！豹子在心里骂道，婊子养的，真是狐狸精！直到女学生下晚自习上楼来，豹子才点燃一支中华烟，停止折腾。

睡到半夜，豹子忽然被隔壁索索的声音惊醒，他一听，原来是女生在尿桶解手。这种声音激起豹子的性亢奋，他推推熟睡的马金金，发现她一个劲儿睡觉。他悄悄爬起来，蹑手蹑脚打开门，走到隔壁，用力推她们的门，门被闩上，打不开。他又推另一间宿舍，门是虚掩着，女生没闩，这让他喜出望外，全身热血沸腾。他走进去，把门闩好，发现这间屋里睡着两个女生。他先走到右边床上，揭开蚊帐，爬上床，黑暗中他用手一摸，晓得女生还没有长成大人。但他全然不顾，他轻轻捋掉她的内衣内裤，骑到她的身上，她才被惊醒，没等她尖叫，豹子捂住她的嘴吓唬道，不要做声，要不我杀死你咯。女生果然不敢动了，豹子就长刀直入。豹子做完后，感觉对面的女生发现了他，他干脆一不做二不休，提起裤子又爬到对面的床上。这个女生果然已经醒了，她轻声地说，你不要过来，我要喊人了！豹子像蛤蟆扑飞蛾一样立即抱住了她，他封住她的嘴，再用力卡她的脖子，片刻，她乖乖地让他脱光衣服。这个女生几乎长成大人，奶儿挺挺的。可是豹子趴到她身上时，发现自己不能再做了。他悻悻地走下了床。

10

马家湾中学校内发生第一起强奸案，镇里的派出所十分重视。他们立案一侦查，发现豹子嫌疑最大，这个晚上只有他一个男人住在礼堂上。更重要的是，那两个女生提供线索说，强奸犯蛮像豹子。尤其是强奸犯胸脯长有长长的黑毛，这样的人镇里少有，有案可查的两劳人员当中也没有类似的人。然而豹子是县里的红人，镇派出所不得不向县公安局请示，县公安局又派出骨干民警再次侦查，一致认定是豹子无疑。

　　县公安局考虑豹子是县政协常委，工商联合会会长，向县委书记请示是否对他刑事拘留。县委书记看了公安局写来的报告，沉思一会，批示道，发展是硬道理，此事暂放。县委书记稳住公安局后，就打电话给詹县长，说了马家湾中学的事。詹县长说，那个畜生秃子头上一把伞，无法无天，肯定是他做的！现在我们还不能动他呢，他有我们的把柄！县委书记说，你看着办呀，该保则保，不该保就不能保咯。詹县长应道，我晓得，我到公安局去了解具体情况。

　　詹县长走进县公安局，单独为豹子的事和公安局局长及主管刑侦的副局长商量，他对两位局长说，豹子的问题大得很，他一手捞足了不义之财，一手沾满了人民的鲜血，我认为足能判他十次死刑。现在我们要做的是首先成立高度保密的专案组，抽出两位得力刑警，侦查豹子犯罪罪证，时机一成熟，我们就定他死罪，为民除害，送他上西天咯。两位局长说，豹子的事我们有了不少证据，现在可以批捕他。詹县长说，不行，要查清他所有的罪状，达到死罪的标准再下手，我们不要他的供词，如今不是零口供也能判死刑吗？

　　豹子自从强奸那个女生后，县里没有一人和他说到有关马家湾强奸的事，这让他感到有一丝不祥之兆。这天晚上，他把兄弟帮的人叫来，请出镇派出所的所长一起吃饭。还没到酒店，派出所所长就心虚了，他堆起笑脸说，老大，那件事上，我以前怀疑过你，因为是那两个女学生说像你呀……可后来是县局插手了，我就不晓得是怎么回事咯。豹子抬手一巴掌打得派出所所长两眼发直，骂道，狗日的，怪不得县委书记对我不高兴咯！看见豹子一脸杀气，派出所所长立即跪到地上说，老大不要生气，我不得不例行公事咯。豹子一听，怒从心起，抬腿一脚将他踢倒在地，几个兄弟则一拥而上把他打得鼻青脸肿。打完后，豹子掏出一叠钞票说，你豹爷有的是女人和钱，用得着强奸吗？这有几千块，你拿去治伤咯！以后需要钱给我说。

　　教训了镇派出所所长，豹子觉得不解恨。他把车开回县城，当即打电话把詹县长叫到办公室。詹县长一来，豹子递给他一包伟哥香烟说，商人就是聪明，男人需要么东西他就制造咯。詹县长应道，市场经济嘛。豹子说，就是，所以你需要钱需要女人，我都满足你，老詹，你说我对你好不好？詹县长一听豹子的话，脸唰地白了。他暗想，鬼日的，他晓得我们的计划了？豹子一看，果真不假，詹县长心里有鬼。豹子说，我还发现一个规律，这里的县官都有一个好看的女儿，老詹也不例外，所以你真有福咯。詹县长沉住气，说，豹子，你有么话就直说咯，不要拐弯抹角的。豹子提高声音道，我的事都在你肚里！詹县长问，我们是一条船上的人，你有么事就明说吧？豹子没理他，把他带到里头休息室，他打开电视说，老詹，我有盘好碟子，保证你看后心惊肉跳咯。詹县长说，现在哪有心思看黄碟呀？豹子说，你家是死了人还是着了火呢？

被豹子一吼，詹县长气得嘴发抖。他竭力忍住气，看豹子要放什么碟子。一会儿，詹县长竟然看见电视里出现了自己和小姐赤膊上阵的场面，这让他吃惊不小，他远远低估了豹子的能力。他急切地问，豹子，你为什么事偷录我的像呢？豹子说，没办法老詹，你这个家伙心计太多，比小人还小人，我只有学学别人咯。詹县长说，豹子，你这样做不对头咯。豹子说，我会保密的，这事只有你知我知天知。詹县长说，你这样做让我太想不通，你的家业还是我扶持上去的咯。豹子说，晓得呀，你现在可以走了。

走出豹子办公室，詹县长打通公安局局长的手机说，你们专案组取消吧，县委书记说了，暂时不要动他。

豹子回到马家湾中学，他开始留意被他伤害过的两女生。她们都有16岁了，在读初三。那个未让豹子得手的女生叫向宝琼，在全校算最出众了，她有一张圆圆的脸盘，长着扑闪扑闪的秀眼和樱桃小嘴，让豹子心动不已。晚上，和马金金睡觉时，他兴奋地说，金金，你以后给我生个儿子，就住芬芳楼。马金金说，咦，你不会变卦吧？豹子说，不会咯。马金金说，那你是不是有事要和我说。豹子说，真聪明，你晓得那个读初三的向宝琼吗？我看上她了。马金金说，她还小呢，你不会不要我了吧？豹子大大咧咧地说，我心里只有你，不信你拿菜刀剖开看一看咯。说完，他又解释道，我只想她尝尝豹子的厉害，上次她竟说是我犯的事咯。马金金说，不要做犯法的事嘛。

向宝琼的家在山里头的上坳村。这天下午，豹子带着一个兄弟提着密码箱，绕过哑子山，径直来到向宝琼家。向宝琼的爹和娘正在煮苔当晚饭。看见豹子，向宝琼的爹问，你们找哪个？豹子说，是向宝琼的家吗？她爹打量一下豹子问，你们是派出所的？豹子说，我是帮马家湾中学修学校的老板。向宝琼的娘连忙拿出凳子请他们坐。豹子坐下来，把密码箱抱到膝盖上，打开箱子，说，这里有10万块，是我资助你家的。向宝琼爹娘相互一望，再瞄瞄箱里排得整整齐齐的红色的百元一扎的票子，张大了嘴，半天没反应过来。豹子的兄弟说，我们老板看中你女儿了，专门送来聘礼，以后你们不要做农活咯，搬进县里去。向宝琼爹揉揉眼睛，喉咙骨碌骨碌地动。半晌，他问，想娶宝琼咯？豹子点点头。他问，那你有多大？豹子没有回答他的话，反问他，你是哪一年的咯？他说，我属虎，1962年。豹子一听，心想，狗日的，比我小一岁呢。但是口里说，我比你小咯。向宝琼娘说，我晓得你是马家湾人，你有板眼，可我女儿现在还小咯。豹子说，横竖我有钱，同不同意不要紧，铜钱你们拿去用咯。向宝琼爹娘都是老实人，他们连忙把箱子塞进豹子的手里说，我们是庄稼人，你不要为难我们咯？豹子在心里骂了一句狗日的，接过密码箱，气呼呼地离开了向宝琼家。

一个初秋的晚上，向宝琼下晚自习回宿舍，突然被兄弟帮的人用麻袋堵住嘴，捆上手脚，抬到哑子山上种白术地里的草棚里。豹子脱光她的衣服，点燃一堆火，再一件一件地烧。野外，秋风呼呼地吹。草棚里，浓烟滚滚。烧完衣服后，豹子说，你现在没有了侮气，做我的女人咯……

就是这个秋天，马家湾的马老二从哑子崖上落下来，当场七窍流血，两天后才被放羊人发现。村里人给他洗澡时，看到他的阳具没了。大家私下议论，马老二生前不积德，死后让老鼠肯掉命根。

11

这些刑事案件居然都没能让豹子倒下。豹子感受到了保护伞的巨大好处。到了 2014 年元月，县里的最大拆迁项目被豹子拿下后，他的公司正准备组建一个新拆迁子公司。忽然听到风声，省里的巡视组来到了地委，把詹县长悄悄带走了。詹县长已经升任常务副县长，准备春节后马上当县政协主席的。这是一个不好的兆头。虽然豹子一直不关心政治，但是电视、报纸和网站经常发布贪官落马的消息，看来中央反腐是王八吃秤砣铁了心。

这让他有了一种不祥的预感。他决定三十六计走为上计。一天夜里，他先后打电话给李小英和马金金，告诉她们哪儿有多少钱哪儿有多少银行卡和珠宝。交代完毕，自己带着一箱钞票，开始逃亡。

天还没亮，豹子关掉手机，他首先逃到省城。他打算坐车去北疆，然后偷渡去哈萨克斯坦。他想到北疆一定很冷，他走进一家大商场给自己买了一件长皮衣。路过商场化妆品专卖柜时，他被美人头像下的精致化妆品吸引住了。他突然想起和自己相处 30 多年的李小英，近几年来，不仅让她活守寡，而且自己很少给她买过什么东西，颇感内疚。他于是走过去，想给李小英买一瓶化妆品。他一询问，售货员向他介绍买欧莱雅。她说，这都是天然的原料，一套只要一千多块，不太贵。豹子二话不说，叫她拿出一套。付钱时，豹子说，以后化妆品要比彩电贵咯。

买好化妆品，豹子打的来到附近的邮局。邮局服务员看见他要寄化妆品，要求他最好寄特快专递，豹子说，要得要得咯。服务员给他包装好，请他写地址，豹子拿起笔准备写字时，心想，自己不能写，这不暴露目标了吗？他对服务员说，我不识字，帮我写一下咯。服务员很热情，她先写上李小英的姓名、地址后，问豹子住在哪里？豹子想了想说，我住在省委。你就写上省委办公厅咯。服务员说，你在办公厅工作，还不识字？豹子应道，我弟在那里上班，我是守门的，嘿嘿。

寄好邮件，豹子打的赶到省城火车站，他好不容易买来一张去新疆方向的卧铺票。可是离坐车时间还有3个小时。当他走进候车室，忽然听到有人喊了一声豹子，他哎地答应一句，身旁冲出两位便衣民警，旋即将他按倒在地，双手被反铐。一位民警将豹子的头上套了一个布袋，几人像杀猪一样把他拖出候车室，塞进了警车。

原来，詹县长立功心切，马上供出了豹子件件违法事实，件件触目惊心。遂引起省纪委、公安厅高度重视，各级纪检、公安马上行动，果然发现豹子开始潜逃，地委公安局把豹子的资料和照片通过网络，马上发给省公安厅，请求各关口和车站码头增派警力，协助缉拿命案在身的豹子。

枪毙豹子是2016年的阳春三月。为了警示一方，县里把行刑法场选在哑子山脚。那时油菜花开满山冈，豹子看见金灿灿的油菜花，他哈哈大笑地唱起喔火戏《打哈巴》：油菜花儿黄又黄，接我生来送我死亡，人生一世都有了，只有好花冒品尝！喔火喔火喔火火……唱到这里，法警把他打肿的嘴用力塞满棉布。

金腊月、金栗子、李小英见状，泪水就哗哗地流。

法警把豹子押到山脚的一个平地上，要他跪下，豹子不肯，一个法警朝他脚后一枪托，把他打跪在地。行刑时，法警啪地开了一枪，子弹穿过豹子的身体，豹子却抬起头。接着啪地又一声枪响，豹子依然没动。再啪地一枪，豹子低下了头，但是人始终没倒。真应了老人的古话：恶兽不服倒头死。

村里人见状，口里喃喃地说：狗日的豹子，报应咯，吃了一道好菜！

杀人犯车二毛

1

　　柳叶儿垂到了湖边，给车家湖披上绿绿的衣裳。车二毛没想到杨柳叶能这么疯长。他沿着湖边，瞅见勾肩搭背的男男女女，在湖边转悠。有市内的青年，也有村里的男女。他穿过柳树群，走进湖边公园小路，发现很多青年男女在湖边抱成一团。他用鼠一样似乎发着绿光的眼睛搜索每一个旮旯每一对情侣，心里充满了愤怒。

　　他悄悄走了20来分钟，一直走到公园湖边小路的尽头，再爬到公园人造假山顶，没有发现朱莉莉。从另一头返回湖边，他想，他娘的，是不是车灿看花了眼？车二毛看见湖边一棵桂花树旁有一个石凳，便坐到石凳上，从口袋里掏出一支烟，点燃后深深吸一口，他缓缓吐出烟雾，这才感觉湖边非常凉爽，比在家里开空调还要好。这时，一条鱼跃出水面，发出哗的一声水响，打破四周的静谧。车二毛暗想，他娘的，这里真是个约会的好地方呢。这时，他看见从不远处的湖边的草堆里站起两个人，女的留着长发，穿着长裙，很像朱莉莉。车二毛连忙扔掉香烟，双眼一眨也不眨地盯着他们两人。他的胸口开始砰砰地跳。他握紧了拳头。

　　有空再联系。那个女人说。他听出是朱莉莉的声音，千真万确！他像猫一样蹿过去，一把拉住朱莉莉的手，吼道，你们在干吗？车二毛突然出现，让朱莉莉和那个高个男人，都吃了一惊。朱莉莉睁圆杏眼问，二毛，你跑来干吗？车二毛觉得气血上涌，他操着公鸭嗓子骂道，婊子养的，你居然和别的男人约会呢！我哪一点对不起你？朱莉莉挣脱车二毛的手，说，你别发神经，他是我的……我的一个朋友……我的大哥！看见朱莉莉这么解释，车二毛更觉得他两人有鬼。他叫道，你给老子说清楚！这时，那个高个男人说，你是莉莉的老公吧，我和她是普通朋友，没有什么，你不要误会。车二毛听他插嘴，火冒三丈：你妈的逼，老子不问你！朱莉莉见状，对那个男人说，真对不起，你快走吧。那个男人并没有走，口里说，操，你要真是男人，就不要一天到晚在外打牌赌博，多关心你老婆。车二毛看见他居然教训自己，气得破口大骂，我操你妈，老子杀了你！说着，一拳朝他的脸打去，发出啪的一声。那个男人并不示弱，反手啪地给他一巴掌。

随后，两人扭打在一起，车二毛瘦小的个子根本不是他的对手，先后三次被他摔倒在地。当他第三次被摔倒在地时，他顺手摸到一块砖头，但还未待他出手，那个男人就紧紧抱住了他。他喘着粗气说，你妈的逼，说话一副公鸭嗓，长着一双老鼠眼，哪像男人？车二毛说，我操你妈我操你姐我操你妹，我要杀了你们。他的话激怒了他，他说，老子和你老婆睡觉了又怎么样呢？我就让你戴一顶绿帽子！

你们不要打了。站在一旁的朱莉莉急得团团转，我求求你们。她的话除了引来一些围观者，根本没有多少作用。

一会儿，公园的保安和派出所的警察闻讯一齐赶过来。派出所来的是带班的副所长施峰和民警李卫国。李卫国是管这一片的社区民警，他认识车二毛和朱莉莉，他拉开两人的手问，二毛，到底怎么回事？车二毛气喘嘘嘘地说，李警官你来得正好，这个男人和我老婆打皮绊，让我正好捉到。李卫国转过脸问朱莉莉，他说的是不是真的？朱莉莉哇地哭道，没有的事。施所长见状厉声斥责道，瞎胡闹，都带到派出所去！

三人被押上警车，朱莉莉一边哭一边说，车二毛，我要和你离婚。车二毛说，你离婚老子就先杀了你。施所长斥责道，你给我老实点，你以为你有几个脑袋？朱莉莉于是呜呜地哭。车二毛侧脸望一眼高个子男人，发现他高大结实，约有 40 岁左右，脸黑黑的，长着粗粗的毛眼。

押到派出所，已到了晚上 9 点半。李卫国先审讯朱莉莉，大约十来分钟，朱莉莉被放出了派出所。随后是那个男人，也是十来分钟。但没有放人。最后轮到车二毛，他来到李卫国的办公室，李卫国说，二毛，你把打架的经过说清楚。车二毛从头至尾复述一遍，李卫国做好笔录，请车二毛签字画押，车二毛签下自己的名字，却不肯按手印，他觉得不吉利。李卫国说，要枪毙你，想躲也躲不掉，赶快按手印吧。车二毛闻言，心头一怔，颤悠悠地摁了一个红手印，口里却说，你别瞎说呢。随后问，李警官，那个男人是干吗的？李卫国说，他是驾校的司机，以前是你老婆学开车的师傅，与你老婆没什么见不得人的事。车二毛说，是那个男人，那我可以回家了吗？李卫国说，你先动手打人，还想回家？我们准备给你治安拘留。车二毛说，他和我老婆约会，我是受害人，你们有没有搞错？李卫国说，今晚你就在所里待一晚，明天向所长汇报后再作处理。车二毛说，李警官，我们都是熟人，如果真的犯法，明天你们再把我抓来嘛。李卫国说，那我向施所长请示一下。他走出办公室，没有一会，就回到办公室，对车二毛劝道，二毛，施所长同意放人，请你以后要多注意你的言行，本来按你今晚说的那么冲的话，施所长就想把你治安拘留，是我帮你说了话，所以这事就不能节外生枝，回家和老婆有话好好说。

回到家里，朱莉莉已经睡在床上，她把空调开得大大的。车二毛冲完凉，爬到她的身边说，老婆，你自己老实交代，那个男人叫什么名字？你和他到湖边去做什么事？朱莉莉说，我不想理你，你想怎么样，就怎么样。车二毛说，你给老子说清楚！朱莉莉应道，不说又怎么样？朱莉莉的话激怒了车二毛，他骂道，他娘的，你还敢犟嘴？于是翻身爬到她的身上，朝她的脸左右开弓，打得她呜呜直哭。她哭了一会，从床上爬起来，一边换上牛仔裤和T恤衫，一边对车二毛说，车二毛，你又打我，你等着瞧！车二毛问，你要去哪里？朱莉莉说，我回娘家。车二毛威胁说，你回娘家，我就杀了你全家。朱莉莉没有理会他，穿好衣服，噔噔噔地从楼上大步往下走。她走出屋子大院的大门时，对面养的狗冲她汪汪地叫了两声，引起村里附近的几只狗都叫起来。

车二毛走到阳台，发现朱莉莉很快走上村前的大马路，她拦了一辆出租车，往市内驶去。气得车二毛在心里骂道，他娘的，漂亮女人就不能做老婆！

2

漂亮女人就不能做老婆。车灿转过头讥笑道。现在知道娶了美女老婆的烦恼吧。车二毛说，你别马后炮，安心开车。车灿说，车子不会出事，我却担心去了你岳父家，他家人打断你的腿呢。车二毛操着公鸭嗓说，这回是她的错，你可以给我作证，你也看见她和那个男人逛公园嘛。

谁叫你老婆是大湖村的最漂亮的女人呢！车灿回答说。车二毛说，大湖村漂亮嫂子不止她一个。车灿说，可是别人的老公会赚钱啊。车灿的话说到了车二毛的痛处，他没吱声，整个人像泄了气的皮球。

一会儿，车灿的摩托车带着车二毛，驶进二湖村。朱莉莉娘家住在二湖村。去年二湖村和大湖村被市里集体转为城市户口，这里几个行政村都改为社区。

车灿非常娴熟将摩托车开到朱莉莉的家门口。大老远，车二毛就看到朱莉莉的大哥朱开轩和二哥朱开昂都在岳父家玩。大哥是市地税局的一名干部，二哥现在是社区主任。他们一家在二湖村很有威望的。

看到车二毛进屋，岳母从吊扇下连忙站起来说，二毛，你还有脸来我家？车二毛讷讷地说，妈，我来接莉莉回家。岳母吼道，你给我滚回去，我的宝贝女儿从小没有被打过，你倒三天两头学会打老婆了？是她配不上你吗？车二毛说，是我不对。岳母说，我不会让她回车家。车二毛辩解说，这回是有原因的。

此时，穿着短裤和白袜子的二哥朱开昂从竹床放下双腿说，二毛，你动不动要杀了我们全家呢，我妹嫁给你，真是倒霉。大哥朱开轩说，二毛，如果你真是这样，我支持妹妹和你离婚，儿子也不要你抚养，你回家想想吧。车二毛用沙哑的声音说，大哥，二哥，是我不对，我保证以后会好好对莉莉好。岳母接过话说，当初我看你老实，才答应这门亲事的，现在我都感到后悔。车二毛低声下气地说，让我见见莉莉吧。岳母板着脸说，她不在家，去了同学家。车二毛说，那我在家等一会。岳母说，你等什么？她晚上都不一定回来。车二毛问，是哪个同学？岳母没好气地说，我告诉你，是喜欢她的男同学。车二毛一听，感到无比恼怒，激动地说，她还是我老婆，我现在叫她回家！岳母应道，从现在开始，她再不会是你的老婆。车二毛说，你不要从中作乱，是我的女人，谁也别想得到！岳母一听，骂道，你真是一个畜生，给我滚！车二毛闻言，怒吼道，我看你的女儿在外偷人，都是你教的！他这么一说，立即惹怒朱家人。大哥朱开轩骂道，你这个臭小子，居然敢来我家撒野，我马上叫警察把你关起来。二哥朱开昂说，你给我滚，要不打断你的腿。而岳父竟然拿了一根木棒，准备动手打人。

二毛，你干吗呀？站在门外的车灿见势不妙冲进屋说，我们回去。随后他又转过脸对朱开昂笑道，朱主任，你们是长辈，又是干部，不能与他一般见识。说着，把车二毛拉出屋外，骂道，二毛，你真是昏了头，怎么和大人吵架呢。

车二毛坐上车灿的摩托车，待车子点上火，他回过头哑着嗓子说，你们朱家没什么了不起，朱莉莉生是我的人，死也是我的鬼！车灿见状，骑着摩托呜地一声冲出大院，他把车开到村前的马路，安慰车二毛说，二毛，不要急，老婆像养的鸡一样，到了晚上就会自己回家的，我的老婆还不是去亲戚家好久了，一个多星期没有她的消息。

3

一个多星期没有她的消息，车二毛开始变得十分着急，他担心朱莉莉跟上别的男人，他找遍了她的亲戚家，都没有发现她的踪影。到了8月20日下午，车二毛的爹妈把7岁的儿子车强带回了家。爹妈劝告车二毛说，娘要嫁人，由她去，现在学校开始提前招收新生，你把车强送到学校去报名。车二毛没有说话，坐在竹椅上一个劲儿地吸烟。车强已经懂一些事，他对车二毛说，爸爸，你不要急，妈妈会回来的。车强的话刚说完，车二毛的小灵通响起来，他接通电话，传来民警李卫国的声音，二毛，你在哪里？车二毛说，我在家。李卫国说，我过来找你有一点事。

车二毛关上手机，对爹妈说，万一不行，我们报案，如实反映朱莉莉失踪，请警察协助调查。车二毛爹说，警察会管这些屁事吗？车二毛说，没有关系，派出所的民警等会正好来找我呢，我向他报案。他爹说，民警找你有什么事？车二毛应道，可能是上次打架的事吧，我也不清楚。

没有一会，车二毛就听到李卫国在大院喊道，车二毛，车二毛！车二毛赶急走出屋子，看见李卫国和另一位穿着短袖警服的络腮胡子的警察，车二毛一边向二人递烟，一边说，水货烟，抽一支。李卫国接过烟说，这是李队长，和我的名字差一个字，叫李卫南。李队长接过烟点燃后，瞟了一眼他，说，车二毛，麻烦你跟我们走一趟，耽误你一会时间。车二毛说，没有问题，我们走。

几个人坐上警车，车二毛连忙问，李队长，到底是什么事情？李队长说，我们在车家湖发现了一具女性尸体，请让你去看看，是不是你的老婆朱莉莉。车二毛一听，张大了嘴巴，喃喃地说，我正准备向你们报案，她就被人害死了？李卫南说，你怎么知道她被人害死的？车二毛说，好好的人，怎么会死在湖里呢，一定是被人害死的。他说这话，发现李卫南、李卫国目光异样地盯着自己。于是辩解说，我可是绝对没有害她的，你们别用这种眼光看着我。李卫南问，听说你们夫妻最近闹得很凶？车二毛哑着嗓子说，是的呀，后来她回了娘家，这些天我和儿子到处找她呢。李卫南若有所思地点点头。车二毛难过地问，她的尸体在哪里发现的，真的是我老婆吗？李卫南说，尸体在车钱湾发现的，她被人杀死后，装进袋里，沉入湖底，尸体发胀后又浮出水面，但现在还不能完全确认是你老婆的尸体。车二毛听罢，搓着手说，那不一定是我老婆啊。李卫南说，但愿不是。车二毛为缓和气氛，强装笑脸说，那个地方是一个杀人抛尸的好地方呢！李卫南问，何以见得？车二毛用公鸭嗓儿应道，那个地方像胳膊肘儿，上面是山，山下是水，到了晚上，很少有人，以前在那里发现过几具尸体。李卫国插话说，车二毛，你好像对那里很熟呀。车二毛嘿嘿地苦笑道，我从小在这一块长大的。

警车直接开进殡仪馆。开车的司机没有下车。李卫南和李卫国几乎是一左一右挟持着车二毛走进停尸房的。

你仔细看看这具女尸。李卫南边说边揭开盖在一具半裸女尸的白布，车二毛看见她上身全裸，下身穿着蓝色的水磨牛仔裤，尸体已经在水里泡得严重变形，但是看起来比较像朱莉莉。李卫南问，你的老婆离家时穿什么衣服？车二毛说，与这件牛仔裤很像。李卫南又问，她的脸形和身子像你的老婆吗？车二毛回答道，还是很像的，头发是一样的长发。李卫国插话道，我第一眼发现这具尸体，就觉得眼熟，是朱莉莉。李卫南没理会他的话，再问车二毛，你再仔细想想，你老婆有什么体表标记或者特殊特征？车二毛说，好像没有。李卫南说，那你看看尸体，有啥地方吻合？车二毛用眼睛搜索一遍尸体，发现她的右乳下有一粒较大的黑痣，与朱莉莉一样的。于是回答道，她乳房下那一粒黑痣，朱莉莉也有，她可能就是我老婆。李卫南眼睛盯着他问，你老婆出走时穿什么内裤？车二毛回答道，好像是粉红色的，也好像是那件白色的。李卫南又问，什么牌子？车二毛说，没牌子，是那种便宜货。李卫南说，你现在跟我去刑警队，接受调查。车二毛见状，连忙问，你们不会怀疑我杀了自己老婆吧？李卫南果断地说，没错。车二毛说，我没有杀人，我不去。

李卫南和李卫国抓起车二毛的手臂，不由分说地把他拖到殡仪馆的大院的停车处。车二毛不肯上车，李卫南像老鹰抓鸡一样，把他塞进警车里，吼道，你岳母已经检验了这具女尸，也确认是她的女儿，现在指控你杀了朱莉莉。车二毛操着公鸭嗓子说，你不能听她瞎说啊，我真的没杀人……

4

我真的没杀人！车二毛被押进刑侦大队嘴里重复着这句话。李卫南不理车二毛的辩解，把他径直押进安装有铁栅门的小屋子，让一个胖民警把他的右手铐在椅子上。车二毛意识到问题的严重，他叫道，你们凭什么无故抓人？我要控告你们！胖民警闻言，用手指着车二毛的脑袋说，操，铐你么样？老子叫郑马，有本事你去告！车二毛一见，他心想，他妈的，一个黑社会的无赖当了警察！

那个名叫郑马的民警铐好车二毛，哐地关上铁栅门，他回头向房子望一眼，转身又打开铁门，关上室内吊扇，然后哼着韩国电视剧主题歌的调儿，离开了房子。不一会，从隔壁传来几个民警的谈笑声。

天渐渐黑下来，没有听见外头的警察说话声。这时，车二毛发现房子里非常闷热，汗水已经打湿了他的短袖衬衣，尤其让人难以忍受的是，蚊子成群结队地向他围攻，他不得不用左手不停地拍打着蚊子。

大约到了晚上9点多钟，郑马拎来一份快餐。他打开铁门说，车二毛，我给你送了饭，赶快吃。车二毛不得不求情道，警察同志，我没有犯法，你们不能乱抓人，把我关在这里喂蚊子。郑马帮他打开手铐说，没有依据，我们不会乱抓人，快吃吧，等会李队要亲自审问你。车二毛打开饭盒，发现是茄子炒青椒，另有一个咸蛋。看见咸蛋，车二毛发现自己早已饥肠辘辘，他狼吞虎咽地吞下盒饭，发现自己根本没有吃饱。他抹抹嘴说，我还没有吃饱呢。郑马讥笑道，操，你以为是来度假啊？还想吃饱！说罢，重新将他铐在椅子上奉劝道，你想想你是怎么害死朱莉莉的，老实坦白交代吧。车二毛说，我真的没杀朱莉莉，我向天发誓！郑马说，你他妈的，我看你就像一个杀人犯，长着一对老鼠眼，狡诈着呢！郑马的话气得车二毛脸红脖子粗。

到了晚上11点多，蚊子叮得车二毛无法忍耐，他不得不操着公鸭嗓子大叫道，有人在吗？有人在吗？老子快被蚊子咬死了，你们有没有人性啊？叫了半天，李卫南与郑马一边伸着懒腰走过来，一边斥责道，你嚷什么啊？

他们走进屋子，在车二毛对面的桌子前坐下，李卫南问，你想好没？老实交代你杀妻经过吧。车二毛辩解道，李队长，我冤枉啊，我没杀朱莉莉！李卫南厉声斥责道，车二毛，你给我老实一点，不如实交代杀人抛尸经过，我就让你在这里让蚊子咬死你！车二毛应道，我操，我没有杀人，怎么交代！郑马闻言，扬手朝他的脸上啪一巴掌，你妈的，你嘴巴还挺硬，老子打死你！车二毛哑着嗓儿说，有种你打死我！郑马说，老子不打死你，但是会有办法治你。他说完，找出一根麻绳，将他五花大绑捆在椅子上。然后抱出一个电器盒，接通电源，再把他的双脚接上电线。车二毛见状，惊恐万分，他问，你要干什么？郑马说，我告诉你，今晚让你尝尝我电老虎的厉害，这只电老虎是我专门设计制作的，专门电你这样的疑犯。车二毛说，我真的没有杀人，我杀人我不是娘养的！我不得好死！郑马说，你杀人还想好死？你等着吃枪子吧。车二毛转过脸对李卫南说，李队长，你是领导，你不能草率办案，你要去查一下与朱莉莉交往的男人们，一定是他们害死她的。李卫南板着脸说，我们专案组都在调查，凡是与朱莉莉交往的所有人，我们全部排查。车二毛说，但你们不能拿我当凶手啊。李卫南一字一句地说，我现在判断你就是杀人嫌犯！李卫南说这话时，用手摸着络腮胡子，车二毛发现他的国字脸上那双铃铛眼露出剑一样的目光，让人不寒而栗。

你现在交不交代？郑马说。再不招供，老子电死你。车二毛看见郑马的手已经触到电器开关的红色按钮上。他哑着嗓子请求道，大哥，我真的没有杀人啊，电死我也没有用！郑马没有理会，将手摁住红色按钮，一股电流冲进车二毛的五脏六腑，车二毛发出一声惨叫，顿时眼冒金花，整个人被电得不停地颤动，浑身像刀刮针刺一样。郑马电了一会儿，又停了数秒钟，再去按住红色按钮，通电的时间一次比一次长。

待郑马停下来的时候，车二毛豆大的汗珠已把短袖衬衣打得透湿。

感觉怎么样？郑马几乎是咬牙切齿地问。车二毛像中暑一样，头昏眼花，全身没有一点力气。他哀求道，我没有杀人，你电死我也没有用。郑马说，想不到你他妈的还蛮坚强的，那再尝尝我的电老虎的厉害！李卫南摸着络腮胡说，我不相信这家伙不招供，小郑，我们休息一会，等会再审。

两人没有给车二毛松绑，关掉吊扇，走出房间。一会儿，房内的蚊子肆无忌惮开始叮咬车二毛。车二毛先咬着牙让蚊虫去叮，但随后飞来的蚊子越来越多，让他疼痛难受。他于是一边挣扎，一边操着公鸭嗓喊，救命哪，我快被蚊虫咬死了，救命哪，有没有人？他喊了好一阵子，看见郑马手端一个脸盆走进来，脸盆里装的是红灿灿的辣椒，并伴有一股汽油味。他问，你想干什么？郑马说，我帮你驱蚊。车二毛说，你不会用辣椒熏我吧？郑马哈哈哈一阵大笑说，我们公安经费有限，没钱买蚊香，就用这个土办法。车二毛说，你们丧尽天良。郑马说，对待你这样的犯人，我们就要这样做。我老实告诉你，以前很多案子，我都是这样获得突破的。车二毛说，可我没杀人，我怎么交代？郑马说，你还嘴硬？老子跟你说，你现在赶紧供认你是怎么掐死朱莉莉的，还脱了她的上衣，再把尸体丢进车家湖的？

车二毛一听，得知老婆是让人掐死的，再被丢进湖里。他激动地说，我没有掐死她，一定是别人害死她的，我冤枉啊！郑马说，你掐死朱莉莉，然后把尸体装进大蛇皮袋子沉入湖里，你还想狡辩？车二毛说，我哪里狡辩？郑马说，我还透露一个消息给你，今日傍晚的时候，二湖村100多名朱姓村民到了大湖村，砸了你家，要你杀人偿命，知道吗？车二毛闻言大惊道，我爹妈和孩子没事吧？郑马说，我们分局的民警都出警了，没有伤着人。车二毛叹口气说，我没有杀人，你们要保护我的家人。

鸭子死了嘴巴硬。郑马一边戴上口罩，一边把脸盆放到他的跟前，用火机点燃一根纸条，丢进盆里，呼地蹿起一股小火苗。随着红椒的燃烧，一股青烟腾腾升起，郑马一只手端起脸盆，一只手抓起他的头发，让青烟熏上他的脸，顿时，青烟吸入了他的喉咙，车二毛大声咳嗽起来，双眼也被熏出泪花。郑马让他呛了一阵青烟后，又让他喘一口气，再抓起他的头发往青烟上熏。几个回合下来，车二毛的脸变得煞白，泪流满面。郑马问，你现在招不招供？车二毛咳咳咳地说，你打死我也不会承认。郑马说，嘿嘿，那我们会整死你，到时候向外公布你畏罪自杀，比枪毙还难受呢。他说完，端着脸盆走出屋子。

郑马离开房子，车二毛心中骂道，他操他妈的警察，他娘的饭桶原来这样办案！

过了半个多小时，当车二毛昏昏欲睡时，又走进一个值班民警，他对车二毛吼道，睡什么觉！车二毛睁开眼，发现来的是一位中年民警，他哀求道，大哥，你放了我吧，我真的没有杀人。中年民警操着普通话说，哼，我们李队办案上千件，件件是铁案，你别侥幸蒙混过关，还是老实交代，免得受皮肉之苦。车二毛说，我们现在是法制社会，你们不能刑讯逼供。中年民警说，操，看是什么样的嫌犯，该用的就要用！中年民警说完，又抱出那个电老虎，用手敲敲蓝色的外壳，得意地问，认识这个吗？车二毛没有回话，他发现在日光灯的映照下，电老虎仿佛幽灵一样发出淡蓝色的暗光。

5

电老虎仿佛幽灵一样发出淡蓝色的暗光，它陪着车二毛度过了整整一个夜晚。当晨曦映入小铁窗，车二毛彻底绝望了，他有了一种预感，自己在劫难逃。他想起儿子车强，一种心酸涌上心头。

李卫南拎着一袋小笼包边吃边走进房子，他把包子放在桌子上，自语道，怎么有一股怪味呢。他再仔细看看车二毛，说，你这家伙，经不起审问，你看小便都打湿了裤裆，等会还要动大刑呢，你要坚强一点。他拿出一个小笼包，塞到他的嘴里，说，就是死，也要吃饱，赶快吃几个包子。车二毛几口吃掉包子，说，李队长，如果你真的要我承认杀人，我就承认，那就放跑了真凶。李卫南摸摸络腮胡说，你别演戏了，我们经过细致排查，只有你嫌疑最大，而且现在有人亲眼看见你在那个晚上，背着装尸袋，丢进车钱湾的湖里。

是谁看见的？车二毛张大嘴巴问。李卫南答道，二湖村的朱孝发。8月15日的晚上11点多钟，他去车钱湾水库放水时，看见一位瘦个儿男子将一个大袋子丢到了水坝前头的湖里，他当时以为附近是做房子的民工丢垃圾，没有在意，后来看见是你，觉得有点奇怪。

车二毛说，那是朱家人诬陷我。李卫南问，你和他家有仇恨吗？车二毛回答，没有。李卫南说，人家50多岁的人，会来诬陷你吗？再说作伪证是犯法的。车二毛问，是不是看错人了呢？李卫南板起脸说，车二毛，我李卫南把你关进来，你就是铁嘴我也会把你撬开！你现在别无选择，只有老实交代清楚！车二毛操着公鸭嗓子说，李队长，我真的没有杀人，我冤枉。车二毛说这话时，郑马走进来，李卫南说，郑马，再给他电一下。郑马答一句好的，又抱出那个蓝色电器盒。

车二毛叹一口气说，别电我，我交代。

李卫南一听马上叫郑马给他松绑。随后，车二毛在李卫南的讯问下，不得不根据自己了解到的情况，编故事一样地说，那天晚上，我发现老婆与别的男人约会后，非常气愤，几天之后把老婆骗到车钱湾水坝这头的麻栎林，趁其不备，将其掐死，然后用装化肥的大蛇皮袋，把她背到车钱湾的水坝前头山湾的老樟树旁，丢进车家湖。李卫南听后问，那你为什么脱光她的上衣？车二毛想了想说，为了制造她被人强暴的假象。李卫南点点头问，你把她的上衣和内衣藏到哪里去了？车二毛信口说，也丢进抛尸那里的湖里。

早说不就没事了？郑马边说边写好笔录，然后让车二毛过目一遍，要他在上面签字画押。并在每一处关键供词上都按了一个鲜红的手印。

按完手印，郑马说，老兄，你赶快吃几个包子，等会我们要和检察院的人一起带你去指认现场，请你配合好，尽量争取从宽处理。车二毛问，我招供了不会枪毙我吧？郑马说，你现在已经坦白交代，相信法院会酌情判决，毕竟是你的老婆有错在先嘛。车二毛心想，只要不判死刑，我相信总会有翻案的机会。

指认作案现场是在检察人员的监督下进行的。早上8点半钟，郑马给车二毛戴上脚镣手铐，押上警车。车二毛发现前头有一辆警车开道，后头有一辆警车殿后，车上警灯闪烁。三辆车穿过市区的每一个十字路口，遇上红灯，前头的警车就拉响警笛，几辆车就径直闯过去，非常威风。

20来分钟，警车就开进车钱湾，先到麻栎林，李卫南和郑马分别抓住车二毛的一只手臂，走下车。车二毛沿着湖边的小路往前走，哗啷哗啷地拖着脚镣链。小时候他常来这里玩，躲着大人来这里钓鱼，来这里睡懒觉，他对这里的一草一木非常熟悉。初夏的时候，麻栎树就会绽开一片黄褐色的花，景色宜人。每到春夏之际经常有情侣骑着自行车或者摩托车来这里游玩。

车二毛走到一棵高大麻栎树旁，看见树下的草地被人睡过，青青的草被压得趴向一边，他想，就说在这里掐死朱莉莉吧。他停下来，指着那块草地说，我是在这里掐死她的。他说这话时，一个民警一边用摄像机摄下他指认现场的镜头，一边大声问，你能确认是在这里害死朱莉莉的吗？车二毛哑着嗓子回答，是的。民警提高声音说，你大声一点。车二毛鼓起脖子说，是的！民警又问，你害死她后，是怎么处置她的尸体？车二毛沉思片刻说，我找出事先藏好的蛇皮袋，先脱掉她的上衣和胸罩，再把她装进袋里，背到那边，扔进了湖里。民警问，她胸罩和上衣呢？车二毛说，卷成一团扔进了湖里。

李卫南和郑马于是押着车二毛，走过车钱湾水库的堤坝。这个水库其实就是车家湖渔场在车钱湾的山沟里做的一个大鱼塘，水库下是车家湖。

走过车钱湾水库的堤坝，车二毛发现不远处的那棵老樟树，以前有人就把死人的尸体丢下樟树前的湖里。那里比较偏僻，下面的水也比较深，而且是个陡坡。

来到樟树边，车二毛用公鸭嗓儿说，我把人丢进这下面的湖里。李卫南点点说，你没有记错吗？车二毛说，不会有错吧。李卫南又问，那你把她的衣服丢在哪里？车二毛说，也在这水里头，具体哪一块，现在说不准。李卫南问，为什么说不准？车二毛说，因为那天是晚上。

赶紧叫蛙人下去打捞。李卫南转过身子对身后的民警吩咐说。越快越好！

没一会，两位有备而来的潜水员穿好潜水衣，背上氧气瓶，扑通扑通地跳进湖里。车二毛睁着小眼睛，望着湖面，他不知道能否找到朱莉莉的衣服。但是几分钟不到，一位蛙人手拿卷成一团的T恤和胸罩游到水面。车二毛一见，张大的嘴巴半天没有合拢，果然是朱莉莉的衣裳。他双腿一软，跪在地上，痛苦地闭上了眼睛。他的双眼涌出了一行热泪。

6

他的双眼涌出了一行热泪，车二毛不知道如何对来看守所与他见面的鱼律师解释。鱼律师安慰道，车二毛，你别伤心，有什么事你可以委托我来办理。车二毛哑着嗓儿说，我真的没有杀我老婆，可是现在没有人相信我。鱼律师说，从目前所有的证据来看，对你非常不利，我现在想做的是，尽量为你减轻罪刑。车二毛听了呵呵地苦笑道，我是不怕死的，我老婆死了，我去阴间陪她，我愿意，但是我的儿子却没有爹妈，别人会欺侮他的。车二毛说着说着，变得语无伦次。

鱼律师劝道，你不要太悲观，振作一点。

车二毛抓住铁栏杆，盯着坐在对面的鱼律师说，事实上我真的没有杀人，鱼律师你要救我啊。鱼律师摇摇头说，要为你作无罪辩护，那无异于痴人说梦。车二毛问，这么说我就死定了？鱼律师说，那也不一定，如果我们努力，也许可以保住你的性命。车二毛提高公鸭嗓儿说，这不是保命的问题，是我真的没有杀人，我的招供是警察刑讯逼供的，他们用电老虎电我，用干辣椒薰我。

鱼律师似乎对警察的刑讯逼供不太在意，也许那是习以为常的事情，他轻描淡写地说，刑讯逼供我们没有证据，没有办法。而你杀人有人证物证呢，以及你指认现场的证据。

车二毛解释说，我是听到警察那么说，我就那么回答，包括去现场，我是按照以前发现尸体一样，分析推断的，我真的没杀人，不信你可以问我们村的车灿，他那些天一直带着我找朱莉莉。

我当律师这么多年，凭经验觉得这个案子你是输定了。鱼律师叹口气说。真的不敢相信你没有杀人，现在全村人都知道你杀了老婆，连你自己的爹妈都是这么认为的。

车二毛说，我也想不明白，我老婆怎么会被人害死？我真怀疑那具尸体是不是我老婆的？鱼律师说，这个我了解过，经过省公安厅DNA鉴定，结论是尸体与其母有血缘关系。车二毛说，我现在想见我儿子车强。鱼律师答道，法院未开庭之前，是不允许家属见你的。车二毛问，那要等多久开庭呢？鱼律师说，我可说不准，一般案件不复杂的话，两三个月之内就会开庭。

鱼律师沉思一会说，车二毛，我们言归正传，现在你要我为你作无罪辩护还是有罪辩护？车二毛不解地问，什么意思呢？鱼律师说，有罪辩护就是你杀了你妻子，但是因为妻子有错在先，她红杏出墙，对你造成了伤害，期望法官从轻判决，保住你的性命。车二毛问，那无罪辩护呢。鱼律师说，那就是说你没有杀人。然而，目前你没有任何有价值的证据，表明你没有杀人，所以作无罪辩护的话，你一定会输掉官司，那样反而会弄巧成拙。

车二毛问，你的意思呢？鱼律师说，作有罪辩护。车二毛长叹一口气说，我真是倒霉，按你说的办吧。鱼律师点点头说，车二毛，你详细谈一下你是怎么发现朱莉莉与他人约会的？鱼律师的问话让他感到隐约心痛，他双手抱住脑袋，露出痛苦的表情。

7

他双手抱住脑袋，露出痛苦的表情。他透过囚车的茶色玻璃，看到岳父岳母在法院门口高举一块白纸黑字的大标语：杀人偿命。他从囚车走进羁押室时，他万分痛苦地想，我没有杀人啊，我是清白的，我冤枉！

羁押室不仅黑魆魆的，而且空荡荡的，像在一个不见天日的山洞。车二毛身靠在墙壁，竭力平静自己的心情，他闻到房间一股尿臊味。他想起了儿子车强，他非常喜欢游泳。现在车家湖由于污染严重，他就几次带他去游泳馆游泳，小家伙对游泳很有天赋，学了几天，竟然学会了狗刨式游泳，记得最后一次带他去游泳，儿子说，爸爸，以后我们在自己家前做一个游泳池好吗，免得花钱来游泳呢。车二毛应道，好啊，爸爸今后给你做一个小游泳池吧。儿子说，那我一定每天训练，争取当一个游泳冠军。车二毛说，好啊好啊，我们拉钩，一百年不变。儿子说，不行，我要等你给我买游泳裤和游泳帽才可以！车二毛想到这里，脸上浮现出一丝难得的笑容，但笑容随即消失殆尽，他没来得及给儿子买游泳裤和游泳帽。

哐当！法警打开了铁门。出来！一位法警面无表情地叫道。车二毛哗啷哗啷地拖着脚镣走出门，法警抓起他的胳膊吼道，快走。

法警拽着他走进法庭，车二毛抬头望见朱莉莉的大哥朱开轩和二哥朱开昂都坐在左边的座位上，他们看到车二毛，双眼瞪得圆圆的。车二毛再望右边，马上发现儿子车强身穿红色的羽绒服坐在中间的座位上，他望见他，立即站起来挥着手说，爸爸，我在这里！他好像在电影院准备看电影一样。车二毛稍一发愣，还没来得及向儿子点头，则被法警拽到了被告席上，他看到的是穿着黑色长法袍的法官和律师，以及身穿深蓝色西服的检察官。

审判在多次喧哗中进行，最后法警不得不请朱莉莉的母亲离开法庭，她被法警搀扶着走出法庭时，仍然不依不饶地跺着脚地哭道，杀人偿命，要那畜生偿命！

车二毛的大脑变得一片空白，这时他发现自己无异于一个真正的杀人犯。他想，我间接杀死了朱莉莉，我认命吧。在他心里忏悔的时候，二湖村的村民朱孝发在法庭的安排下，当庭指证是他亲眼看见车二毛，背着装尸体的蛇皮袋，扔进车家湖。对方律师说，朱孝发今年53岁，是二湖村的有名的老实人，他的证词真实可信。律师的话，引起一片交头接耳声。审判长于是手拿法锤咚咚咚地敲……

车二毛不知道自己什么时候回到了看守所，走进号子里，看守所马干部送来一件棉衣和一件牛仔裤说，车二毛，你家属送给你的。车二毛问，是我爹吗？马干部说，一个年轻的男子，个子和你一样大，是不是你的兄弟？车二毛，我有一个哥，但是小时候死了，没有兄弟。马干部说，不管是谁，衣服正好需要。他说完，打了一个喷嚏，关上铁门，当啷一声拴上铁栓，再锁上铁锁，哼着曲儿离开了号子。车二毛心想，是谁送给我的衣服呢？车灿吗？不对，他是大块头。他拿出那件老式蓝色棉衣，穿到身上一试，不大不小，非常合身。再穿那件蓝色的牛仔裤，发现腰围、臀围和裤脚的长度也比较合适。他非常喜欢这件牛仔裤，虽然不知道是谁送的。

8

虽然不知道是谁送的，但是我非常喜欢这件牛仔裤。车二毛用公鸭嗓儿对马干部说。我就穿这件牛仔裤吧？马干部顺着他说，你喜欢穿什么就穿什么，但建议你最好穿新的。车二毛明白马干部的话意，暗示他的人生已经走到尽头，以后再没有机会穿新衣服了。

车二毛已在看守所待了一年零一个月了。自从市中院一审宣判他为死刑，他在法定时间内提出上诉，但是省高院依法驳回了他的上诉，维持原判。很多次，他从梦中惊醒，梦到自己被押上法场，砰地挨了一枪。每次惊醒，就会一宿睡不着。

时间还早，你可以再睡一会吧。马干部看看手表说。现在还是凌晨三点呢。车二毛哑着嗓子问，马干部，每次枪毙人，你都要陪一晚上吗？马干部说，是我值班的话，一般都会陪大半个晚上。车二毛说，来世投胎，我就做你这样的警察。马干部不解地问，为什么？车二毛说，我想看着真正的杀人犯被一个一个地拉出去枪毙，那样很过瘾。马干部呵呵地笑道，我在这看守所里工作了10多年，刚来看守所时，我心里很不服，可是看到一个个壮如牛犊的人拉出去执行死刑，我服了，我觉得我是幸运的。车二毛说，马干部，我问你，你干过违法的事吗？马干部应道，我小时候在农村，真的干过违法的事呢。车二毛几乎用哭着的腔调说，真是不公平，你干过违法的事，让你当警察，我从来没有干过违法的事，哪怕偷一个鸡蛋，可是政府却要枪毙我！马干部呵呵笑道，我想你杀人时，一定是精神上有问题！

到了早上五点半左右，两名管教干部走进号子，轻声地对车二毛说，准备上路吧。车二毛心头一紧，一股心酸涌上心头，他的喉结上下滚动了几个，最后咬紧牙关伸直身子，拖着脚镣走出了号子。他穿过第二道铁门时，发现门口站着两位法警，管教干部把他交给了法警。两名法警押着他走过第三道铁门，把他带到审讯室。法警问，车二毛，早上吃了没？车二毛摇摇头说，吃不下。法警说，还是吃一点，给你下碗面条吧？车二毛点点头说，好啊。

没有一会，一名法警端来一碗面条，面条里还有一个荷包蛋。车二毛首先吃掉鸡蛋，但是面条无论如何吃不下。他操着公鸭嗓子对法警说，不吃了，谢谢政府。

大约过了半个小时，几个穿着西服的法官和检察官来到审讯室。他们一到来，两位法警就把他按到椅子上，不让他动弹。一位中年法官手拿省高院的死刑裁定书，站在他的对面问，你叫什么名字？车二毛应道，车二毛。他又问，你的出生年月？户籍所在地在哪里？车二毛如实回答。他又问，你知道是什么原因被关押的吗？车二毛说，杀人。中年法官说，没错。然后干咳两声说，车二毛，我受××省高级人民法院的委托，现在向你宣判！

待他读完省高院的死刑裁定书，又问，车二毛，你还有什么遗言或者什么债务需要交代的吗？车二毛摇摇头。中年法官又问，你有没有打算为国家做点贡献？车二毛立即用公鸭嗓子吼道，我已经做出了很大的奉献了。中年法官说，那你在法律文书上签字画押吧。车二毛说，我没有杀人，我不签。中年法官说，你不签也没有用，这里有检察官为证。检察官递给他一支烟，帮他点燃说，还是签吧。车二毛吸了一口烟，竟被烟呛得不停地干咳，好一会，他有气无力地说，要我签也可以，我现在要见我儿子最后一面。中年法官说，时间来不及了，这个办不到。另一名法官说，有什么话，我一定代你传达。车二毛沙哑着嗓子说，我曾经答应给我儿子买游泳裤和游泳帽，你们帮我买一套吧，就说是我买的。中年法官对身边的书记员说，这个你记好，帮他办理好。书记员说，这事没问题。

见状，车二毛顺从地在两份文书上签字画押，然后按照法官的要求，手拿写有车二毛三个字的白纸，站在墙外，让他们拍了照。

拍完照，法警用新绳索将车二毛五花大绑。

十多辆闪烁警灯的警车押着车二毛，浩浩荡荡地开到了山上的刑场。押进刑场，他被再次验明正身后，他看见两位戴着黑面罩的法警向自己走近，他的脸变得煞白，一串泪珠儿滚下细小的眼睛。

顿时，一阵秋风吹落了山上片片枫叶，大山为之呜咽。

刑警李先富

1

正月的风像根刺。

夏进走出虎子家，裹紧棉衣，乐滋滋地往家里赶。

村头还有人播放撩人的流行音乐。夏进走到夏氏宗祠后，发现有一丝灯光映到了路边，他从口袋里掏出打麻将赢得的一把钱，喜形于色道，老子又赢了一回！忽然，他听到啪地一响，后脑遭到重重一击，他哎哟地叫出一声，倒在青石板路上。

这时是 2 月 11 日凌晨 2 时许。

第二日天麻麻亮，早出的村民走到夏氏宗祠后面，看见脑浆流了一地的夏进尸首。

樟树区公安分局刑侦大队副大队长李先富接警后，马上驾驶警车赶到案发现场。二中队的刑警和白山派出所的民警也都赶了到夏家湾村。大家经过现场勘察，确认犯罪分子是用一块重约六七斤的石头砸死夏进的。夏进身上钱不翼而飞了。

死者夏进小名叫进儿，生有一子，现 8 岁。妻子叫竹桃。

法医为夏进尸体进行解剖的时候，李先富向与夏进一起打麻将的虎子、夏祖焕和外号叫长疤子的夏子长等三人进行调查。

虎子说，我们不会害夏进的，他身上那一点钱算什么？我要什么有什么。

长疤子说，我和夏进同年出生，从小一起长大，感情很好的，怎么会害他？昨晚虽然我输了钱，但是想到早上要去选矿厂上班，所以我首先提出不玩了。我回家后。老婆晓得我输了钱，还和我吵了一架。

夏祖焕说，大家散伙后，我和虎子抽了一支烟，径直回家了。我们都是老实人，哪里敢去抢钱呢？

三个人不像嫌疑犯，也没有明显的作案动机。警方未能从他们身上发现有用的线索。李先富心想，难道是另有其人吗？不管怎么说，杀害夏进有两种可能，不是仇杀，就是谋财害命。

法医的鉴定很快出来了，夏进系人用石头猛击后脑，导致脑颅出血死亡。

夏进之死是夏家湾解放以来发生的首次命案。这里以前民风朴厚，路不拾遗。村民间吵一次嘴，红一次脸，都觉得丢人，何况杀人劫货的事！近年来，随着社会不良风气的影响，这里偶尔发生过打架斗殴之类的治安案件，但没有发现有伤风败俗的事儿。

夏家湾村社会治安综合治理工作一直是区委书记马强国挂的点，被誉为全省治安第一村，同时也是多年的省级文明村。

夏进之死，无疑给马书记主政的樟树区出了一道难题。

2

樟树区副区长、公安局长柯可得到消息后，第一时间向区委书记马强国通报了案件情况，笑着问，马书记，你看这个案子如何办？马强国骂了一句粗话，说，市里"两会"召开在即，节骨眼上出这种事，还能怎么办？只有速侦速破！柯可说，那我们如实向市局汇报吗？

马强国沉思片刻说，要站在讲政治的高度来看待问题，老柯，能不能采取缓兵之计？柯可说，你的意思呢？马强国说，你们警方真的确认是被谋杀的吗？难道不会是他自己摔倒的？

柯局长一拍脑门说，我们真的疏忽了这一点。如果说是他自己摔死的，尽管有这种可能性，但是有一点牵强。马强国说，牵强个鸟，你们警察只晓得打死仗打蛮仗，这也算破案？柯可说，那听你的指示。马强国说，你们现在暂且称其属于意外死亡，对你们警方没有什么坏处，第一，可以保住"治安第一村"的牌子；第二，你们没有破案压力；第三，即便查不到凶手，破不了案，你们不会受到考核。最重要的是，3月上旬市里召开"两会"……柯可突然灵光一闪：马书记是进市里领导班子的候选人呢，马书记进一步，自己也有可能进一步，在这个节骨眼上，可不能给马书记添乱。于是说，马书记言之有理，就按你说的办。

柯可回到局里，立即电话通知刚刚组成的"2·11"破案专班成员和局领导班子，召开紧急会议。

区刑警大队副队长李先富正在夏家湾调查取证，接到柯局长马上回局开会的电话，犹豫了一会，说，我可以不参加吗？我在为"2·11"案现场寻找线索呀。柯可说，天塌下来了你也得马上回来开会！

柯局长说话这么冲，李先富不得不驱车往局里跑。

看见李先富到堂，柯可笑着说，我们班子成员只等你这个刑侦能手呢！

李先富不善言辞，他搓搓手说，不好意思，"2·11"命案一点眉目都没得。

柯可说，大家都很忙，我们局里警力与其他城区相比，严重不足，所以必须讲究效果。早上我把"2·11"事件向区委马书记汇报了，马书记很重视，希望我们能够尽快破案。但是，考虑我市"两会"召开在即，从维稳等方面考虑，我们暂且把此案定性为意外死亡案，而非刑事案件！

柯可的话音刚落，大家几乎异口同声地问，这样行吗？

李先富是个直性子，他说，柯局，恐怕纸包不住火呢，现在应该尽快破案，将凶手绳之以法才是。

柯可说，我们要站在全局高度来看待问题。如果案子如期侦破，我们可以在"两会"之后，对外公布；万一破不了，我们也有退路。要知道，夏家湾村是全省治安第一村，是马书记也是我们樟树区的名片，捅了篓子，大家都颜面无光。

大家你看我，我看你，都不吭声。李先富说，那我们如何对外解释？尤其是新闻媒体和死者家属，不怕节外生枝吗？！

柯可说，所以我才要召开这个紧急会，请大家群策群力，集思广益。

没一会，大家达成一致意见：村民夏进从虎子家打麻将回家，由于赌博赢了钱，非常高兴，疯着劲儿往家跑，天又黑路又不平而摔倒，后脑勺撞到一块石头上，不幸死亡。而他身上的钱，被过路的人顺手牵羊拿走了。

李先富闻言道，这不是捏着鼻子哄眼睛吗，那还要我们破案专班干什么？

柯可说，破案专班由原来的七人减为两人，李先富你带刑侦大队的尹小权负责侦破工作。人手不够的话，白山派出所的民警小张可以协助你们工作。

李先富说，柯局，你这不是给我出难题吗？柯可说，没有办法，因为这属于非刑事案件，我们不可能一齐披挂上阵。而且，你们的侦破工作必须在秘密中进行，尽量不要惊动当地村民，注意工作方法。

李先富说，那这个案子我没法破，柯局你换人。

警察的天职是服从命令。柯可说，破了此案，我向市局报功，保证帮你拿个三等功回来。

李先富不顾会议室禁止吸烟的规定，掏出一支烟点燃道，谁稀罕那个三等功，谁就去呗。

柯可说，这是命令，必须服从，除非你不当警察！

政治部石主任接过话说，先富，柯局为大局着想，这是万不得已。我们方案定下来了，就得认真执行，不能让它节外生枝。现在我担心的是，死者家属也许会上访闹事，所以大家要做好两手准备。

3

警方把夏进"自己摔倒死亡"的消息一公布，夏进的大哥夏沈、二哥夏水及夏家的亲朋好友 10 多人，坐着一辆农用车，气咻咻地来到区公安局。门卫值班的老头并不知情，怒吼道，喂，你们找谁？你没看见门口的牌子吗？夏水破口大骂，你妈个逼，老子就砸了你这块鸟牌又怎么样？门卫看长得五大三粗的夏水，发现不是好惹的主儿，马上闭嘴。夏水继续骂道，你个老鸟，我们要见柯可，他在哪里？门卫应道，早下班了，局里只有值班的民警。夏水说，下地狱了你也要把他给我叫回来，要不我们开车去市政府！

门卫是明白人，连忙堆起笑脸说，你们是哪里人？有什么事？夏沈说，我们是夏家湾的，我弟弟昨晚被人杀害了，你们公安竟然说他是自己摔死的！我们现在，马上，必须，要见柯局长。

门卫老头不敢怠慢，赶紧拨通柯可的电话，柯局长，夏家湾来了 10 多个村民，说要见你，说昨晚他弟弟被害……门卫放下电话，说，柯局长叫我带你们上去。

夏沈对身后的村民说，你们先不要瞎胡闹，上去后让我先和柯局长说。

柯可、石主任和李先富都在会议室。柯局长让大家坐下来后，要夏沈和他去办公室谈话。夏水说，有什么话不可以当众说呢？石主任说，有些话还真不能当众说。夏水就对夏沈说，哥，不论怎么样，我们一定要公安查出凶手，不要让他的几句软话，就把你打发了。

在柯可的办公室，夏沈说，我弟死得不明不白呢。柯可说，夏师傅，说实话，我们也怀疑是他杀，成立了破案专班。但是现场勘查，未发现有用线索。下午局里专门开会讨论，决定由明查变为暗访，首先向村里散布消息，说夏进属于意外死亡，来麻痹犯罪分子。局里已经抽出王牌侦探李先富负责侦破，假如是他杀，一定会水落石出。夏沈说，那你的意思还是说，不是他杀的？柯可应道，按理说，他杀的可能性占七成，自己摔倒死亡的，占三成。夏沈又问，那他身上的钱哪去了？柯可说，正因为他身上的钱不见了，我们才怀疑是他杀。但也有这种可能性，就是他摔伤后，晚上过路的人发现了，不但没有救他，而是顺手牵羊拿走了他身上的钱。夏沈说，你的分析，我们不同意，这明显是谋财害命嘛。柯可说，我们要尊重事实。夏沈说，你们要坚持这样说，我们就去找马书记，他管我们村的社会治安。柯可叹口气说，夏师傅，你不想想，马书记会破案吗？最后还是我们来办理。那样，会打草惊蛇的。夏沈说，那你们得给我立保证书！柯可啼笑皆非道，全市很多命案至今也没有破，有的还是公安部督办的案子。夏沈说，那你们公安都是吃干饭的？

柯可掏出香烟，递了一支给夏沈说，老哥，我理解你的心情，但是你要相信警方，多跟我们合作才有利于弄清事情真相。夏沈说，我没空听你讲这些，我问你写不写保证书？不写，我们去找马书记！柯可气得在心里骂：他妈的，夜路走多了，各种各样鬼都有！但口里不得不说，我们从没有立过什么保证书，就是立了，也没有作用。夏沈说，我留着有用嘛，到时我不怕你不认账。柯可耐着性子说，老哥，我晓得你通情达理，我们警方是不会放过任何犯罪分子的，你们得配合警方的工作，争取早日真相大白。夏沈说，你不同意是吧？那我就不耽搁你的时间了，我们去找马书记。柯可说，老哥，你不要激动，我们现在就派李大队长和你们一起回村调查！夏沈道，那你们公安要向村里发出布告，说夏进是被谋害的。柯可说，警方破案有一定的刑侦手段，有自己的处理方式，你们应该配合才是。夏沈应道，不同意算了，马书记我们也不找了，直接去市政府喊冤！说罢，起身就走。

柯可气得大骂，他妈的，省级文明村也有这样的刁民！

这时，李先富等人来到柯可的办公室。柯可道，你们赶紧通知夏家湾村和白山街道办事处的负责人，叫他们火速派人来截住夏沈他们。话毕，他拨通马强国的电话说，马书记，有一个重要的事情向你汇报，夏家湾村夏进的亲属带人去市政府了。马强国问，怎么回事？柯可说，他们要我写破案保证书，我没同意。又要我们写通告，说夏进是被害的，我也没同意，他们就去市政府了，刚离开分局。马强国说，老柯啊，写一份保证书有什么关系呢？这不是弄巧成拙了吗？你们赶紧去截住他们！

柯可于是对李先富说，你赶紧的去把他们追回来，越快越好！

李先富开着警车风驰电掣，进入大路，就发现那辆农用车，夏沈等人都在车上。他将警车嘎地刹在前面，走下车对夏沈等人说，老哥们，我们局长请你们回去，区委书记马上过来。夏水说，我们要见市长。李先富说，要得，请马书记带你们去呀。夏水说，好，李队长，我现在给你一个面子，跟你回去。

一根烟工夫，马强国赶到会议室。马强国说，夏家湾的乡亲们，夏进遇害，我很难过。我在此说明两点，第一，我们会尽快弄清事情真相。第二，要给遇难者家属一定的抚恤金。

有抚恤金？夏水一下睁大了眼睛，连忙问，马书记，你的话算数吗？那你给多少抚恤金？马强国说，我为什么说要给抚恤金？因为夏家湾是省级文明村，特殊情况特殊对待。至于给多少钱，由区综治委来操办。夏沈说，我只想公安早点捉到凶手。马强国说，警方已经成立了专班，从明天起开始运作。夏水又问，马书记，你不会给千把块钱也算是抚恤金吧？马强国说，这你放心，如果夏进家庭困难，我们可以考虑给他家办理低保，与城市困难居民一样。如果大家没有什么意见，早点回去，处理夏进的后事。

4

夏家湾是个老村庄。前方是溪，后方是山。山上古樟成林，山下小桥流水。村中小巷均铺青石，曲曲折折，一派田园风光。在清代，这里村民大多经商，做的房子都很气派，有的屋子前后有天井，门楼的砖雕有阳文和图像。

李先富和侦查员尹小权开了一辆非警用牌照的吉普车来到夏家湾村，把车停到离夏进家很远的大路边。他们先去村支书夏祖福家，夏支书在家一边烤火一边用篾片编竹篓，看见李先富，停下活儿说，李大队长，你又来了？李先富掏出香烟说，还不是为了夏进的死。夏支书接过李先富的烟说，按道理我们村里不会有人做这种犯法的事，但是夏进在青石板的大路上摔死了，身上的钱也不见了，里头有一点名堂，我总觉得有问题。李先富问，在案子未破之前，我们不会放弃任何线索，你觉得夏进这个人怎么样？夏祖福应道，夏进兄弟三个，老大夏沈和夏进本人都比较老实本分，只有老二夏水狡猾一点，兄弟三人平常关系很好的，没见过吵嘴。李先富再问，夏进和谁结怨过没？夏祖福思考了一会说，他和村民夏子东因屋场基地在两年前打过一次架，夏子东认为夏进新做的一处房子的屋檐水滴到了他家的土上。李先富问，后来怎么样？夏祖福说，后来村干部经过调解，夏进作了让步，给夏子东补了一块土。鉴于两人都受了伤，村委会要求医药费各自承担。夏子东不满意处理结果，他的老婆素珍为了息事宁人，却同意了。后来两家的关系比较好。

李先富和尹小权来到夏子东家。他老婆素珍和女儿在看电视。李先富嘿嘿一笑道，打搅你一会，你叫素珍吧？素珍大方地仰着头说，是的。李先富坐到她女儿的身边说，这是你的丫头？上学了吗？素珍笑道，还没呢，只有六岁。李先富再问，你家夏子东呢？素珍应道，他去广东打工了，给别人开车。李先富说，过年没有回来？素珍说，回来了，正月初八走的。李先富问，夏进的死你晓得吗？素珍说，吓死人了，早上说被人害的，下午又听说不是被人害的。李先富掏出香烟，在火塘上点燃后，问，你们两家关系怎么样？素珍应道，现在关系很好的，夏进有时帮我做一些重活呢。李先富说，听说以前他和你男人打了一架。素珍说，嗯呀，那是为了一点小事情，半年后大家和好了。

从素珍家出来，两人来到虎子家。人还没进门，他家的狗就扑了出来，汪汪地叫。尹小权吼道，你再叫，老子一枪打死你！虎子不在家，他的老婆莉莉在家休息，她探出头，看见尹小权，走出来赶开狗，问，你们找虎子？尹小权亮了亮证件说，公安局的，来了解点有关夏进的情况。莉莉说，哟，那我不晓得呢，虎子开车去了公司，你们去他公司找他吧！李先富说，你叫莉莉吧？昨天我们来过，你上班去了，我想和你谈一会，可以吗？莉莉应道，那你们进屋说吧。

虎子在村里算是大老板，自己开了一家建筑公司，家里十分有钱。

莉莉让两人进屋后，一边倒水一边笑道，虎子去年花几千块从外地买回一台自动麻将桌，所以村民都想来我们家打麻将。李先富问，你在医院做护士？莉莉应道，是呀，虎子对你说的吧？李先富笑道，听说你是城里的，还是卫校毕业的，竟然嫁给一个农村青年。莉莉呵呵地笑道，当初我看虎子人机灵，又肯做事，才嫁给他的。李先富笑道，不是因为他有钱？莉莉咯咯笑道，当然，钱也是一个重要原因。

李先富一边喝茶一边开玩笑道，虎子公司那么红火，你还上什么班呢？真不会享福！莉莉答道，别人都这么说我，但是我觉得不工作不习惯，我不喜欢让人养着。李先富又开玩笑道，虎子这么有钱，你要看紧一点，免得别人把你的老公抢走哈？莉莉答道，这个我一百个放心，即使他有这个胆，也没有这个能力。李先富应道，有钱就有能力。莉莉说，那也是。李先富继续问，平常夏进总在你家打麻将吗？莉莉说，只要有人约他，他就来，每次都是和长疤子几人一起来的。李先富哦了一声，问，那么平常谁在你家待的时间最多？莉莉脱口道，夏主任来得最多。李先富问，哪个夏主任？莉莉稍稍犹豫之后，应道，是村主任夏成钢。

5

夏进家属又变卦了，不同意火化夏进的尸体，他们要等到警方擒拿凶手，法院判决凶手死刑后，再将尸体火化。而不尽快火化夏进的尸体，对公安来说，是一个压力；对维稳来说，是一个问题。

李先富接到柯可的指令后，让尹小权开着吉普车，直奔医院太平间。白山街办的干部正在和夏水等村民谈话。夏水喝多了酒，说话声音又大又冲。看见李先富到来，街道办事处的一名政法干部连忙拉着李先富的手说，李大队，你来得正好，你可以向他们交个底，让他们配合一下我们工作。李先富点点头说，我尽量说说吧。李先富的话还没有说完，夏水对李先富说，老哥，不管你比我大还是小，我现在叫你一声老哥，我要告诉你，这是我们家里的事，现在不要外人来干涉，懂吗？李先富说，你家的事大家都很关心，有什么问题，等处理完夏进后事再说好吗？夏水应道，李队长，你这话我耳朵听得长了茧，不用你再说了，你哪里好玩去哪里！李先富说，你要相信政府相信公安，会把事情处理好。如果你执意要和政府对抗，对你没有好处。夏水应道，你说个鸟话，我怎么和政府对抗了，你把话说清楚！李先富意识到自己的话说重了一点，急忙说，对不起，我说错了。夏水应道，你妈个逼，就是你们这些没用的公安，害得进儿死得不明不白！李先富听见他骂人，当时气得火冒三丈，沉下脸道，你怎么骂娘呢？夏水说，你妈个逼，老子还要打你！话音未落，朝李先富脸部一拳，正好打在他鼻子间，顿时鲜血直流。侦查员尹小权见状，冲过去一个擒拿动作，将夏水的右手扭到背后，动弹不得。谁知夏水竟像一个无赖，大声喊，公安打人咯！公安打人咯！

在医院另一头的夏沈等人，听到夏水的喊声，冲过来，不问青红皂白，围着尹小权一阵拳打脚踢。最后，街道干部七手八脚地将夏沈等人拉开。李先富看了，捂着流血的鼻子说，大家有话好好说，打人是犯法的事。街道干部一边用手机向区委汇报，一边说，李大队长，你们现在赶快去门诊看病。

大家扶着尹小权和李先富来到门诊，医生首先帮助李先富止住鼻血，然后要求李先富拍片，检查鼻骨有没有骨折。李先富说，不会这么容易骨折吧，我休息一会就好了，你们多帮助小权检查一下，看看有没有伤到要害部位，他还没有结婚呢。

医生给尹小权检查的时候，柯局长等人闻讯赶来。

正闹得一团糟的时候，柯可接到马书记的电话：怎么回事？你们警察竟然跟村民动手了？还闲事情闹得不大？我现在推开一个招商引资会，马上来医院了解情况！

片刻，马书记的小车就到了医院，在院长的迎接下，径直来到医院会议室。

李先富不想和马书记见面。柯可说，先富，你不去的话，我们怎么好解释你们与夏家湾村民发生的冲突？李先富应道，柯局，是他们动手打人的呀！柯可应道，白山街办的同志向我说了，但你是当事人，如果身体没有事的话，还是参加一下会议。李先富说，没事，死了的话，只要批准我是烈士就行。

来到会议室，李先富看见马书记板着脸，显然很不高兴。夏沈等村民进来，马书记马上和他们一一握手，说，老乡你们好！夏沈说，还是马书记对我们乡亲好。马书记接着说，出了这种警民动手互殴的事，我感到很难过，我想听听大家的意见，夏家湾的工作没有做好，是我做区委书记的责任！

待双方把有关情况汇报完，马书记当场拍板：案子一定火速侦破，即使查出不是他杀，也要挖地三尺找回夏进丢的钱。考虑到夏进还有一个 8 岁的儿子，家庭有困难，区委决定马上给予一笔抚恤金，这充分体现了党委政府的关怀。夏进的后事，应该迅速火化尸体，入土为安，也是对死者的尊重！大家要统一思想顾全大局。

夏水想了想，说，我们现在同意火化进儿尸体。但是，你们如果不作为，不抓出凶手，抚恤金不到位，我们不满意，还是那句话，要到市委喊冤！

6

夏成钢的老婆一人坐在屋后，一边晒太阳一边纳鞋底。望见李先富走进院子，就问，你是选矿厂的吧？来找成钢要工钱？

樟树区白山街一带，铜铁矿资源丰富，大多数村民投资办了小型选矿厂。李先富嗯一声，问，夏主任不在吗？夏成钢的老婆丝儿丝儿地纳了一阵鞋底，耷拉着眼皮说，你还是去矿里找他吧，今天他不一定回来呢。

李先富打量面前的妇人：大约 40 岁左右，很瘦，脸上布满皱纹。他坐到她身旁的凳子上问，大嫂，你家那么有钱，还纳鞋底？她应道，鬼哟，哪里有钱，年前矿井出了事，死了两个人，瞒着上头，赔光了家底。李先富心想，怎么没听说死人呢？却说，矿里不是很赚钱嘛？死了两个人就赔光了家底？夏成钢老婆说，赚个鬼，我反正是没有看到钱，听说他爹还向虎子借了贷款。李先富说，都说矿里一晚上就要赚几万块。她应道，鬼话。李先富又问，夏老板总不爱回家吧？她说，是的，矿里的事太多，他哪里顾得了家！李先富说，有人说夏主任在外头养了女人。她应道，那是别人眼红才这样说的鬼话，别人还说他与莉莉有作风问题，谁相信呢！

李先富问，为什么不信？她咬住针头，扯出针线说，和尚头上的虱子明摆着嘛，莉莉是城里人，我们是乡里人呀。李先富说，说的也是，再说夏主任比她大很多吧。她点头称是。

望着逐渐西下的太阳，李先富说，太阳明天可以再出来，人却不可以从头再来，有享受的为什么不去享受呢！夏成钢老婆应道，他爹怎么和你说的一个样？他是不是常常这样对你们说？李先富答道，是的呀。她又问，你真的晓得他养了女人？李先富没有回答她，反问道，你平常没有抓住他把柄吗？她摇摇头说，没有，我又不识字，哪里晓得？李先富说，你再想想呢？她沉思一会说，有一次，我哥家儿子结婚，我们全家都去了，他爹因为矿里有事，没有去，晚上，我看见哥哥家的客人多，就提前坐小车回来了，谁晓得我回来竟进不了房门，他爹和莉莉在屋里闩着门，好一会，他们才打开门。李先富说，有这样的事吗？她答道，是的，他爹后来对我说，他和莉莉在谈还贷的事。李先富说，那一定是怕外人听到，他们不会有作风问题咯。她一听，咧开嘴笑道，我也是这么想的。李先富听了心里想，我是来破案的，怎么打听起人家隐私呢？

李先富沿着小路往村头走，走近那西红柿大棚，他看见一位中年男人坐在大棚前吸烟，他走过去说，老乡，借个火咯。那个中年男人把烟递给李先富，抹了抹嘴巴。李先富点燃烟，瞅一眼大棚里的西红柿，说，老乡，你大棚的番茄长得蛮好啊。中年男人说，哪里好？发现有霉病，挂了果总要掉。李先富把烟还给他说，你可以请农技站的技术员来看看。中年男人答道，他们是来看了，要我打农药。李先富蹲下身子说，我觉得夏家湾的人很好的。他嘿嘿笑道，好什么呀，现在的人都变了！李先富说，怎么这样说呢？中年男子调头望一眼李先富问，你是工作组的人吧？李先富不知道他指的是什么工作组，就点点头问，你不是夏家湾的人？中年男人说，我叫夏祖全，当然是夏家湾村的人！李先富说，夏家湾村是全省文明示范村啊。夏祖全说，文明个屁，男的女的不成体统，把我们祖宗老脸都丢光了，你看这是什么社会呀？李先富呵呵笑道，没有调查就没有发言权。夏祖全摇摇头，长长地叹一口气说，还是各人自扫门前雪。李先富问，那夏进的死与女人有关吗？夏祖全说，还真说不定呢，大家都晓得他和素珍作风有问题。李先富问,哪个素珍?夏祖全瞅一眼说,你们工作组的人也像个妇女,喜欢听是非话。李先富呵呵笑道,稀奇事大家都想听嘛。夏祖全扔掉烟屁股,语气生硬地说,还不是住他隔壁的那个水蛇腰!

7

"2·11"案连续几天来没有任何进展。

区委书记马强国要求召开有关侦破工作会议,他要亲自参加。

柯可打电话给李先富说,李大队,你要加把油,免得让马书记说我们警方没有战斗力!

开会的时候,他故意迟到10多分钟,政治部石主任的电话就一个连着一个地打,李先富故意不接。待他来到会议室,看到大家一边喝茶,一边有说有笑,倒像开庆功会。李先富在靠近门口的位置坐下,马书记笑道,李大队,你没有来,我们的会就不能开哟,伙计,你现在解释一下为什么让我们等了这么久?你是个党员,应该知道严于律己。李先富欠欠身子说,对不起,我肚子不舒服,在厕所待长了一点。马强国答道,李大队,你要注意身体,说句不负责任的话,"2·11"案,侦破与否,并不重要,重要的是我们优秀民警不能倒。李先富心想,还是领导会说话。

会议正式开始,马强国首先发问:"2·11"案有没有新情况?李大队你谈一下。李先富不假思索地说,这个案子现在还没有突破。马强国说,这我早有预料,可能这本身就不是刑事案件,大家用不着较劲,能查则查,查不了可以收兵。但是我想,最好把夏进丢的钱找回来,给死者家属一个答复。李先富说,马书记你这话不对,按我的分析,夏进一定是被人谋害。马强国沉下脸说,你是福尔摩斯?你是狄仁杰?你的分析与论证能成立?现在我们需要的证据和事实,你有吗?李先富说,案子现在还没有眉目,可是我相信以后会找到证据。马强国叹口气道,我们都是恫瘝在抱,执政为民,我有时候睡觉都想着怎么样把人民生活水平提高,咱们都在履行一位公务员的职责。但是,有时候呢,我们要讲究原则性,必须讲政治；有时候呢，我们要讲究灵活性，要顾全大局！我们这么大一个区，几十万人，哪天不死人？死一个人很平常，不要疑神疑鬼，影响我们工作和社会治安！况且，我市"两会"召开在即，在这个节骨眼上，稳定更是重中之重！柯可插话道，马书记的话说得很明白，这个案子的事就不要再提了，我们暂时告一段落。李先富说，这不是草菅人命吗？马强国瞄一眼李先富，呵呵笑道，柯局长，有机会让李大队长到市委党校去学习学习，改一改固执的坏毛病！

李先富意识到问题的复杂性。但他心有不甘，他压低声音说，马书记，柯局长，我只想调查清楚事情真相，作为警察，我想亲自把犯罪分子捉拿归案！柯可接过话道，先富，你有没有组织性？这不是感情用事的时候，不要说这是一起意外死亡事件，就真是一起刑事案，领导不同意你去做，你就得停止你的行为！你是立过一等功的警察，受到过公安部的表彰，应该服从组织分配！

马强国说，"两会"召开前夕，我建议把此案放一放，先做好治安防控工作。

走出会议室，石主任看见李先富满脸不悦，把他拉到政治部轻声劝告道，停止这个案子的侦破，这是上面的意思，我们要服从命令。这些天你也很累，我向柯局请示一下，让你休息几天。李先富应道，我以前在经侦部门工作时，查了一些经济案子，上面领导叫我不要查，我可以理解。但是，现在是一个村民被害了，为什么不让我去查案？有些人整天把"执政为民"挂在嘴边，做起来却是另一套！石主任急忙道，先富，你可是公安局挑大梁的人，你发牢骚要注意影响啊！李先富说，反正我不想停止这起案子的侦破，不论结果怎么样，我要查下去！石主任说，你这个牛脾气怎么改不掉呢！

8

晚饭后，李先富对老婆说，我要去值班，晚上可能不回来。然后穿上棉袄就往外走。老婆说，值班就穿制服外套嘛。李先富说，不用，晚上穿便服好些。

李先富开出刑警队那辆吉普车，加大油门往夏家湾跑。10来分钟，李先富就把车子开到了夏家湾对面的溪边。然后他摸黑往夏进家方向走，凛冽的寒风让他打了一个寒噤。他突然想到，这么冷的天气，凌晨谁愿在外头晃？那么，杀害夏进的人，可能是他的熟人，或许是有备而来；凶手八成是本村人。李先富一拍大腿，妈的，我怎么没往这方面想？

李先富来到夏进家院子。

这是夏家祖传的老屋，前后门相通，中间有一个天井。左右有十几间房子。农村人都不喜欢关大门，李先富从虚掩的门缝看见夏水、夏成钢和两个女人在屋里烤火。一个女人是夏进的老婆竹桃，另一个好像是夏水的老婆。夏成钢一边抽烟一边剔着牙说，我们村是全省文明村，夏进走了，竹桃你们娘俩如果有什么困难，向村委会提出来，我们来帮助你。竹桃噘着嘴，一言不发。夏水说，我和大哥商量了，你只要不改嫁，重活由我们来做，你带好儿子就可以了。竹桃仍没答话。过了片刻，她站起身，给几人倒茶水。李先富看到她浑圆的屁股一摆一转，心想，这里的娘儿们长得都不错。

李先富在外头蹲了刻把钟，发现他们都说些没用的话，就绕过天井，来到左边亮着灯的房门前，他看见夏进的儿子在房里做作业。再看其他几间房子，没有住人，堆放着杂物。李先富蹑手蹑脚地从后门走出夏进家，看见一缕灯光从素珍家映过来。李先富决定观察一下她家的情况。他绕到她家的前门，发现大门被闩上，进不去。李先富掏出随身带的工具刀，拨开门闩，轻轻地推门入室，穿过大堂，看到素珍和女儿从房子走出来，原来是送女儿到隔壁房间去睡觉。李先富便躲到柱子后，待素珍返回来哐地关上房门，然后走到她的房门前，贴耳细听，除了电视剧的声音，还有一个男人说话的声音。李先富想，谁在他家说话呢，夏子东回家了吗？他从门缝往里看，什么也看不见。既然来了，就要搞清楚。他摸黑走到后面的窗子边，发现挂着窗帘，也看不见里头。他找来一根小竹子，慢慢地拨开窗帘边，看见素珍和他公公夏祖发一边看电视一边说话。

夏祖发在"文革"的时候，是出了名的造反派头子，现在还喜欢和政府唱对台戏，有一点小事就上访。这时，李先富的手机开始振动了，他掏出手机，一看是老婆从家里打来的，他就摁了一下红键。他挨着墙壁坐到一块砖头上，掏出一支烟，点燃后深深地吸一口，他妈的，这破的是什么案？他的烟还没有吸完，柯局长的电话来了，他不好接听电话，就让手机嗡嗡地振动着。

李先富吸完烟，打算离开那里的时候，他听到素珍骂了一句，老不正经的东西。声音不大，但是他听得很清楚。这句话使他增添了一份偷窥的兴趣，他重新捡来竹棍儿，屏住气息，把窗帘拨开一个缝儿，居然看见夏祖发把儿媳搂在怀里，轻车熟路地为她脱掉外头衣裤，将她塞进被窝里，然后把自己脱得精光。李先富从来没有看到别人在床上做爱，这次看到的竟然是公公吃媳妇的豆腐。他骂道，她妈的，狗屁文明村！李先富离开的时候，不小心碰到装着谷子的簸箕，哗的一声谷子散了一地。李先富管不了那么多，赶快溜出大门。

9

分局将"2·11"案作为非刑事案，提前结案。

李先富自然不愿就此罢休。他急匆匆地来到柯可的办公室，看见柯局长在浏览公安内部网，可能是看到什么开心的事，哈哈直笑。李先富说，柯局，我有事找你。柯可抬起头，转动一下高背椅，问，有什么事？李先富说，关于"2·11"案。柯可问，哪个"2·11"案？李先富对局长的问话，感到不可思议，他说，就是夏家湾的案子啊。柯可用圆珠笔敲一下桌子说，你真是蚂蟥吸血不松口，分局和市局都达成一致意见，这起案子以后再说，你为什么非要盯着不放呢？李先富说，我不是不想放，我觉得作为警察有责任缉拿凶手。柯可应道，夏家湾是郑市长的挂点村，区委马书记明确表示，不能让"2·11"案结束夏家湾村刑事命案为零的纪录。李先富说，领导要政绩我管不着，然而命案必须得破。柯可说，你怎么不动动脑子？郑市长在即将召开的"两会"上，要由代市长转为市长，而马强国是副市长的候选人，这次也要进市政府班子，夏家湾村又是全市的一块牌子，当然，郑市长的真实想法，我不得而知，可是马强国意见很明确，即使查出凶手，这起命案也不能算夏家湾村的。李先富说，扯淡，难道算张家湾李家湾村的吗？柯可说，这你就不用管了，我打算加强治安大队的力量，准备把你调到治安大队去任副大队长，你的意见如何？李先富连忙问，是你个人的意见？还是市局、分局的意见？柯可答道，基本是分局党委的意见。说罢，他压低声音说，先富，你尽管是刑侦好手，但你也是四十岁的人，去治安大队担子轻一些，可能对你要好得多，我现在征求你的意见，回去想想吧，过两天来回答我，我再上报市局。

走出柯局长的办公室，李先富忍不住骂了一句脏话。

下班回到家，李先富老婆还没有回来。要是以往，他就会主动下楼去买一些菜，然后做饭。但是今天听说要把自己调到治安大队，心中有一点不爽，懒得去做。李先富点燃一支烟，他妈的，自己哪个地方出了差错呢？他想了半天，除了在"2·11"命案上固执一点外，其他的没有哪里不对呢！正思考着，手机振动了，他打开电话，是夏家湾的夏沈打来的。他说，李大队长，上次我们兄弟打了你，请你原谅，当时我们太冲动了，你大人要有大量啊！李先富说，这事过去就算了，不用道歉。夏沈说，你花了多少医药费，我们来付可以吗？李先富答道，不用，我有医疗保险。夏沈说，那这样吧，晚上我们来你家看看你，算是夏家的一点心意吧。李先富是个明白人，就问，老哥，你有什么事就直说吧？夏沈说，李大队长，我晓得只有你可以帮助我们找到凶手，我怀疑是夏子东叫人杀的。李先富问，为什么呢？夏沈说，进儿和夏子东老婆素珍打皮绊。

打罢电话，李先富觉得自己多了一分力量，那就是群众的信任。

老婆拎着包下班回来了。老婆以前在邮局工作，现在进了邮政储蓄银行，她每年有三百万邮政储蓄任务，指标细化后，每月完不成任务，就拿不到奖金。她一进屋，脱掉鞋说，真的累死人，我跑了两个单位，找熟人存钱，都没有谈成，这个月的奖金可能又要泡汤了！

李先富思考着夏进的案子，没有理她。

老婆说，李先富，你呆头呆脑像个企鹅坐在这里做什么事？下班也不去买一点菜。李先富应道，我在想着案子呢。老婆说，自从你到了刑侦大队，我的事你不管，家务事你也不管，真气人！老婆的话让李先富感到很内疚。以前在经侦大队工作，给企业的老总打一个电话，老总就叫财务人员把上百万元的现金通过他老婆的手存到邮政储蓄所。当上刑侦副大队长，老婆就再没有这份好运。他笑道，对不起老婆，等我换了岗位，你的三百万任务包在我的身上。

10

这是一个月黑风高的夜晚。

李先富坐便车到夏家湾村。司机熟悉夏家湾，开玩笑地对李先富说，李大队，夏家湾的女人很风骚，小心晚上回不来。李先富就笑道，回不来，我再打电话请你救驾。

李先富望着灯光点点的夏家湾，心想，我来这里算什么？既不算工作，更不是私事。如果让上头知道，一定还会责怪我。想着，几许心酸涌上心头。他坐到小路旁的一块毛草坪上，吸完一支烟，然后朝村主任夏成钢家走去。夏家的狗看见生人，狂吠不止。夏成钢从屋里走出，对狗吼道，叫么鬼！狗听见主人吼它，发出一声哀号，溜到屋角边，但仍没有放弃狂吠。

李先富绕过夏成钢家，看见一对男女在祠堂边嘀咕，男的说，你一天卖菜有多少钱，我赌一次就是几千块。女的说，哪个稀罕你的钱？男的说，你莫死板！女的应道，你有本事去找竹桃撒，她男人刚死呢！男的说，我长疤子要搞哪个女人就跑不掉！女的说，那你把竹桃睡了吗？长疤子说，是的，她有把柄在我的手里。女的说，鬼信你。长疤子说，信不信由你，你要多少钱啊？女的说，一千块，你拿来，长疤子从口袋里摸出一扎钱说，这里不止一千块，你跟我来吧。

有把柄在他的手里？什么把柄？如果长疤子说的是真的，那就是，竹桃与村里的一个男人有奸情，让长疤子发现了，长疤子以此要挟，占有了竹桃，那么，与竹桃有奸情的男人是谁？

李先富想，夏进的死，八成与偷情有关，这与当初的侦查思路"谋财害命"有较大出入。他庆幸这几个晚上没有白来。

李先富围绕村子走了一圈。来到夏进家，屋里的灯是黑的。然后来到夏子东家，他家大门没有关，素珍的房里有灯。他溜进屋，绕过天井，走到素珍房子的窗子边，发现窗帘有一条缝儿。他伸头一望，看见素珍在洗澡，屋内蒸气腾腾，散布着香皂味。李先富想，看别人老婆洗澡是不道德的，就缩下身子。

过了片刻，李先富听到另一间屋子夏祖发唱黄梅戏的声音。李先富抽了一支烟，听到素珍说，老东西，不要唱了，我今晚要出去，你照顾好我儿子，他在床上睡觉。夏祖发说，那我睡你床上。素珍说，我晚上不回来。夏祖发说，一个女人夜不归家，像话吗？素珍说，你给我听好，老东西，你不老实的话我把你的事告诉夏子东！夏祖发没有吱声。素珍在屋里一边收拾东西，一边骂老不死的。一会儿，她穿上高跟鞋，噔噔噔地走出屋子。夏祖发在背后大声骂，你娘个逼，哪个敢搞你，老子要他和夏进一个下场！

李先富心里一咯噔：难道夏进是夏祖发杀死的？！

忽然刮起大风，李先富觉得浑身发冷。他心里骂道，他娘的，带点酒出来就好了。以前他办案喜欢带瓶酒在身上，累了倦了就喝口酒。自从公安部五条禁令出台，他不得不戒掉这个坏习惯。

李先富随后来到村支书夏祖福家，夏祖福和女婿在喝酒。

夏祖福看见李先富，连忙站起来，叫女婿拿碗筷杯子，给李先富倒酒。李先富客气两句，端起酒杯说，夏书记，那我先敬你。夏祖福喝了一口酒说，李大队长，这么晚还来我们夏家湾。李先富说，为了夏进的案子。夏祖福问，你们分局不是结案了吗？李先富说，是的，但是有一些问题，得调查。夏祖福叹口气说，村里出了这种事，我们村干部也有责任。李先富压低声音说，我推断夏进与素珍、夏进的老婆竹桃与别的男人有作风问题，可能还不止一人。夏祖福一愣，你听哪个说的？李先富说，我亲眼所见。夏祖福说，这种不光彩的事我也晓得一点，还是不说为好。来来，我们喝酒。

11

第二天上午，李先富来到分局办公室，沏了一杯茶，拿起当天的报纸，还没看几眼，柯可走进来，他说，先富，你昨晚去夏家湾了？李先富一怔，脱口道，你怎么晓得？柯可反问道，你难道不知道我也是刑侦出身的？李先富故意说，你不会在跟踪我吧？柯可嘿嘿笑道，我跟踪你干什么？是夏家湾的村干部说的。李先富说，夏祖福这么快就向你汇报了？柯可说，是他们的村主任夏成钢。李先富一惊，他怎么晓得我去了夏家湾？柯可在他的对面坐下来，说，我今天来有两件事，一是关于你工作变动的事，你想好了没有？李先富道，说实话，我在刑侦大队很辛苦，连我老婆一天到晚都埋怨我，然而我觉得这个岗位锻炼人，我很希望留在这里干，哪怕就做普通的侦查员！柯可沉思一会说，其实我很看重你的敬业精神和刑侦水平。可是从全盘考虑，治安大队需要你，希望你去了之后，起好步带好头，争取能够当上治安大队长。李先富说，我哪里是做官的人？我还是做一名普通的刑警吧。柯可站起来说，你要服从组织安排。说完就向外走，走到门口，他回过头来掷地有声地说，关于"2·11"命案调查情况，你马上准备移交！李先富说，柯局，我就一个请求，让我把这起案子办完吧，移交案子怕影响案子的调查。柯可沉下脸说，我们的意见很明白，这起案子暂且停止，你还不懂？

李先富想，夏成钢怎么知道我昨晚去了夏家湾？难道是夏祖福告诉他的？那他为什么要给柯局长打电话？难道他和马强国一样，不希望夏家湾出事？他恐怕没有这么高的政治觉悟！只有一个理由，夏成钢害怕深查下去，把他给扯进来！李先富马上给夏祖福打电话，夏祖福说，早上碰上夏主任，我就把你来的情况向他通了气。

放下电话，李先富觉得应该是收网的时候了。可是自己一人去办案，显然不符合规定，必须要一个搭档。尹小权自从被夏水等人打了后，一直没有上班。那么找谁呢？刑侦大队民警是不能去的，治安大队的民警去也不合适。李先富想了半天，想到白山派出所分管夏家湾的片警小张。李先富电话里把情况一说，小张爽快地应道，没得问题。李先富说，这个案子是保密的，你不得和你们所长提起。小张说，那样怕不好吧？所长万一找我有事呢？李先富说，我只需要你晚上休息时间，你想办法应付吧。小张说，没事。

当晚，李先富又要去夏家湾布控守候。老婆说，今晚下雨就别出去了吧？李先富笑道，我不努力工作，你的三百万储蓄任务怎么完得成？老婆说，鬼话，你莫找由头。李先富说，我马上要走上新的岗位，我想收好这个尾。

就像鬼子进村似的，李先富偷偷摸摸来到夏进家的大院前。屋里亮着灯，他掏出工具刀，拨开门栓，悄悄穿过大堂，潜到竹桃房间的窗口下，伸出小指，把窗子糊的白纸捅了一个眼儿，他看见夏成钢和竹桃坐在电炉子边取暖。就听竹桃对夏成钢说，干脆把我弄到矿上去，方便一些，我不想你常来我这里。李先富急忙打开录音笔。夏成钢轻声说，我怕别人说闲话。竹桃应道，那你不要来我家。夏成钢说，我在市内给你找一个事做，再给你买一套房子，让你和儿子住，可以吗？竹桃说，不可以，除非你离婚。夏成钢说，我离婚也不能娶你呀，我们都是一个村的，别人背后会说闲话的。竹桃说，当初可是你强迫我的呀，答应我要怎么样就怎么样……夏成钢无语。竹桃道，我再问你，我孩子他爸是不是你害的？夏成钢说，我有钱有势，怎么会害你的男人？我想，如果不是自己摔死的，那一定是过路的人谋财害命。竹桃说，那你帮我找到凶手啊。夏成钢道，我早上还给区委书记、公安局长打了电话，公安局说结案了，是夏进自个不慎摔伤死的。又说，本来我不敢来你这里，怕别人怀疑我，可是我太想你了！竹桃说，女人感觉蛮准的，你和莉莉有一手。夏成钢不置可否。停一会，夏成钢说，昨晚，公安还到我们村里调查呢。竹桃说，你怎么晓得？夏成钢道，他们局长向我汇报的。

12

中午时分，夏家湾村支委书记夏祖福带领几个村民来到樟树区公安分局，一进李先富的办公室，"扑通"一声跪下了。李先富傻了。夏祖福说，李大队长，男人膝下有黄金，我一辈子没有跪过人，但是今天，我为了全村2200个村民，给你跪下了。你答应我，我们就起来。李先富急忙问，到底发生什么事了？夏祖福说，李大队，你别调查夏进的案子了，你再一调查，我们全村人的脸没地方搁，算我求你吧？夏家湾是全省的模范村，又是马书记的点，我不想村里的一些丑事传出去，不仅打自己的脸，还会打马书记的脸！李先富说，但是夏进的案子还没有破啊，夏进死不瞑目啊！夏祖福说，你们公安不是说已经结案了吗？我们相信你们公安，夏进不是被谋害的，是他命短，与别人无关咯！李先富说，你们坐起来，有话好好说。夏祖福答道，那你答应我。李先富出于无奈，回答道，好，你站起来，我答应你。夏祖福等人站起来说，对于村里伤风败俗的事，我心知肚明，可没想到变得这么快，真是世道一年不如一年！

李先富用一次性杯子给他们倒了纯净水，说，夏家湾村每年都荣获省市各种荣誉，我没来村子调查前，以为夏家湾是这个城市唯一的世外桃源。夏祖福说，李大队长，你别提了，我求你放过我们村子吧！如果你不同意，我要去找区委马书记！

李先富只好说，全区几十万人，马书记那么忙，你们就不要去打扰他了，我答应你们！

夏祖福等村民走后，李先富马上给小张打电话，要他想办法弄一台车，晚上再去夏家湾村。

晚上，小雨一直下个不停。小张弄来一辆旧沈阳金杯面包车，挂着警字牌照。李先富坐副驾座，问，这是你们白山派出所的车？小张说，别人的一辆报废车，我借来给我们办案用。李先富笑道，下雨，路不好走，当心点。刹车不会失灵吧？小张说，出不了事，如果真的翻车了，我们也是以公殉职呀，死得光荣。李先富说，这不是公事呢，咱们个人行为！再说，我儿子还在读初中呢，以后谁来管他？小张说，放心，有我在啊，我一定鼓励他考上最高级别的警官大学，争做第二个李先富。李先富哈哈笑道，我才不要他当警察！

李先富说，我想把夏祖发带出来审问，希望能有所突破。小张说，好啊，我正想跟你学学怎么审人呢。李先富说，关键的时候还得你配合呀。小张说，要不，把人带到我的办公室去审吧。李先富说，也好，在所里好做笔录。

晚上九点，夏祖发还在儿媳素珍的房间磨蹭。小张敲开门，夏祖发和素珍看见一身制服的小张，有一些惊慌失措。小张掏出警官证严肃地说，夏祖发，有一点事情想向你了解一下，请跟我们走一趟。夏祖发讷讷地说，我没有犯法。李先富说，犯不犯法，你心里清楚，走吧。夏祖发说，天黑我眼睛看不见。李先富说，那就爬出去。

把夏祖发押到白山派出所小张的办公室，曾经威风一方的人物，这时变得十分猥琐，可能天气冷的缘故，他的双腿也开始颤动。小张把夏祖发按到办公桌前坐下，李先富打开台灯对着夏祖发，自己坐到夏祖发的对面，小张开始记录——

你叫什么名字？多大年纪？

我叫夏祖发，61岁。

你是哪里人？

夏家湾村人。

你以前犯过法吗？

夏祖发望望李先富，未回话。

你以前犯过法吗？让公安关过没有？

我文化大革命当过造反派的头。

你知道我们为什么抓你来？

不晓得。

你还不老实？

真的不晓得。

你认识夏子东的妻子素珍吗？

……他是我的儿媳。

你对她有过强奸没有？

我……

说话！！

我——没——有……

还不老实！李先富一拍桌子：我亲眼看到了！你还想抵赖？

是……她……自愿的。

她自愿跟公公通奸？你还不老实？！

我……

老实交代！

我……看到她和夏进在床上睡觉，就要她陪我睡……

那么，夏进是你杀的？

没有啊！

看样子你不见棺材不流泪，是吧！

夏进真的不是我杀的！

你还想狡辩？

我是想杀夏进，可是没让我动手，让别人先杀了！

你还想演戏？

我发毒誓，我没有。

那你看到是谁打死夏进的？

我不敢说。

不敢说？那就是一伙的同案犯！

是村委主任夏成钢。

你敢肯定吗？

是的。

那你说说看到的经过！

……那天晚上睡到下半夜，我去敲素珍的房门，她不肯开门。我只好出门闲逛。我有个坏毛病，喜欢偷看女人洗澡和睡觉，那天确实很晚，我走了几家，都是黑灯瞎火的，什么也看不见。待我走到夏氏宗祠后头，忽然看到有人匆匆忙忙跑过来，我就躲到路边的草堆后，待他走近了，才看清是夏进。他一边数钱，一边说老子又赢了，还呵呵地笑。我想他竟敢睡我儿媳妇，现在黑灯瞎火的人不知鬼不觉，正好给他一个教训！正在这时，还没等我起身，就望见他身后突然蹿出一个黑影，抱着什么东西冲过去对着他的后脑猛砸，夏进"哎呀"一声，倒在地上。那人用手电筒照了照夏进，看到他一动也不动，又朝他的身上踢了一脚。然后关了手电筒，掏出烟，点燃。我这才看见是夏成钢。他临走时还说，没有打死你，也会冻死你。我在草堆后蹲了一会儿，看见四周没人，就走到夏进身边，从他的身上摸到几百块钱，赶快溜了，当时不晓得他死还是没死。

夏祖发讲完，小张把记好的笔录让他过目，然后要他在上面摁了一个红手印。

审问完夏祖发，小张说，李队，我们这次逮到一条大鱼了，报功的时候一定要有我一份呀。

李先富掏出香烟，吸了一口说，娘的！这真是案中案连环案啊！"省级文明村"，哼！我们马上去抓夏成钢，事不宜迟。小张问，夏祖发呢。李先富答道，先把他关起来，等捉到夏成钢再说。

两人开出那辆破沈阳金杯，发现雨停了，李先富说，没有下雨，我心情好了很多。小张说，我也是。李先富说，我想我从此以后不会办刑事案了，哪怕市委书记来求我，要我回到刑警队，我也不会回！小张附和道，是啊，太累，不是人做的事。

来到夏家湾，已是晚上 11 时了。他们把车子停到夏成钢家对面，往他家走去。离夏成钢屋子大约 50 米左右，一个黑影从他们身后跳出来，一棒打倒小张，未等李先富反应过来，他的脑袋遭到重重一击，李先富伸手欲抱住黑影，头上再次挨了一闷棍，他像被电击的黄牛，通的一声倒在地上。

这天是 2 月 25 日，离"2·11"命案仅 14 天；离全市"两会"召开也只有半月光景。

13

醒过来的小张，第一时间将昏迷不醒的李先富送到医院。

这一恶劣的袭警事件，分局和市局的领导差不多都知道了。

柯可和石主任等人来到医院，是 26 日凌晨 2 点多钟，值班医生介绍说，李先富生命垂危，需要马上做开颅手术。柯可激动地说，我是公安局局长，我们的同志为了捉拿犯罪分子，不顾自己的安危，一定要救活他！要钱，我给钱，要血，抽我的血！我要你们一定救活他！值班医生说，我们的院长和主任马上到。柯可说，如果你们延误抢救时间，后果负责！石主任看柯局长情绪有些激动，劝道，柯局，这里的事让我来处理吧，你休息一下。柯可应道，我能休息吗？他妈的，一只老虎遇上一头犟驴，能有好结果吗？请立刻打电话向马书记汇报！石主任就去翻马强国的电话号码。柯可拍着桌子吼：犯罪分子公然与我们警方作对，简直无法无天！兵分两路，一路派人去勘查案发现场，不要放过任何蛛丝马迹！一路迅速捉拿夏成钢！

正在这时，医院的党委书记来了，他把柯可等人带到值班室休息取暖。柯可坐下来，问石主任，先富的家属还没有来吗？石主任说，民警去接她了。柯可叹口气道，这事我有责任。石主任安慰说，怎么办理"2·11"命案，是上面做出的决定，与你没有关系。柯可说，我现在怎么给他家属交代呢？石主任说，万不得已，有些事情就不要对他家属说嘛。喔，还有，刚才给马书记电话，他关机了，家里也没有人接电话。

没一会，民警把李先富的老婆接到医院，她看见柯可抽泣道，柯局长，先富怎么了啊？柯可让她坐下来，说，他现在手术室，情况不是很清楚。他老婆说，柯局长，他哪里受伤了？柯可说，头部受伤，医院最好的医生都来了，目前，听说还没有脱离危险。不管怎么样，我们要举全局之力，去抢救先富同志。他老婆哽咽地说，他说办完这个案子，就要走上新的工作岗位,不用这么累了。柯可说,我知道,我们想给他安排一个稍微轻松一点的工作。他老婆说,当初我爸叫他不要当警察,他硬是不听!

柯可一边安慰她,一边把自己的大衣脱下来,披在她的身上。石主任见状,马上打电话叫司机送一件大衣过来。

不一会儿,市公安局主管刑侦的局长也赶过来了。

早上6时,手术还在进行。

6时10分,区刑警队长打来电话,向柯可报告:犯罪嫌疑人夏成钢在他的选矿厂被抓获。夏成钢初步交代,他想趁村委会换届时,当村委会书记;而他和村里多名妇女保持不正当关系的事,夏进知道不少,曾多次扬言要将他的丑事揭露出去。于是,夏进成了夏成钢的心头之患,必欲杀之而后快。

至于袭警之事,夏成钢竟没有作案时间。

早上7点,马强国来到医院,他把柯可拉到一边说,这件事件暂不要对外公布,等凶手全部归案,再向社会公布。柯可说,书记,这样做,不一定妥当。马强国说,这是非常时期,必须要顾全大局,万一不行,"两会"之后再公布袭警事件,这是原则问题,不可含糊!

14

李先富成了植物人。

李先富的老婆说,以前我只在电视里看到过植物人,没有想到我家先富会成这样。协助她照看李先富的民警说,不会的,李大队会醒过来!来看望李先富的同事和亲戚也说,先富是硬骨头,他一定会醒过来的。

分局刑侦大队全体干警放弃所有休息日,悄悄侦破袭警案。

市"两会"胜利闭幕,代市长顺利转正;马强国如愿当选为副市长。此时,袭警的案子有了重大突破:夏祖焕有重大作案嫌疑,现去向不明。警方马上向各地公安机关发出协查通报,几天后,武汉市蔡甸区警方在

"清网行动"中，将犯罪嫌疑人夏祖焕缉拿归案。经初步审查，夏祖焕交代，他受村主任夏成钢等人的怂恿，下定决心要做一件大事，教训一下来村里调查男女作风问题的公安民警李先富。

那天深夜，他从虎子家打牌出来，正好看到李先富和身穿警服的小张，他找出猪圈里一根杂木棒，趁两人不备，将他们打倒。第二天，他知道大事不好，就跑到蔡甸投奔亲戚，被抓时正在一家砖厂打工。

夏祖焕被押回分局的那天下午，新当选为副市长的马强国非常高兴，他立马坐车来到樟树区公安分局柯可的办公室，看望慰问参战的干警们。马强国说，我现在虽然尚未明确具体分管哪一块工作，然而，作为曾经在这里工作过的区委书记，我还是要代表政府感谢同志们的奉献精神。柯可说，马市长，我现在唯一的想法，就是好好宣传一下先富同志。马强国爽快地说，可以啊，"2·11"命案在他的努力侦破下，不是结案了吗？我们在宣传他的奉献精神的时候，不能炒作，尽量不要提及村民作风问题，但是有一点要引起人们的重视，那就是综合治理工作是一项长治久安的大事，各级政府不能掉以轻心！

有人提议，我们应该去看看先富，把这个消息告诉他。马副市长应道，提议很好，但是我今天时间有限，你们先代我送上2000元慰问金。

马副市长的话，让柯可有些失望。

他咬咬嘴唇，不得不带着一帮人，驱车来到李先富的病房。看见柯可等领导，李先富老婆从枕头底下拿出一个记事本，对柯局长说，这是先富的日记本，我看一次，流一次泪。柯可接过日记本，大致翻了一遍，看见他详尽记下侦查"2·11"命案的过程与心得。柯可放下日记本，满含热泪握起李先富的手说，兄弟，马副市长委托我来看望您，大家都为你的英雄壮举所感动，我要向您学习，我要求分局民警都向您学习！他停了片刻，哽咽着说，先富，"2·11"命案告破！犯罪嫌疑人夏成钢和夏祖焕全部被缉拿归案！我希望你像往常一样坚强，拿出对敌斗争的狠劲，渡过难关，早一点回到工作岗位！以后不管你做什么工作，我都支持你！先富，说心里话，我一直把你当作好兄弟，我的好战友，现在，你的妻儿需要你，我们也非常需要你，我认为你是一条硬汉！如果你是男人就要站起来！我答应你，你家的三百万储蓄任务，我来帮你完成！

忽然，柯可感觉到，李先富的手动了动，他情不自禁地喊道，先富能动了，先富能动了！

大家心头为之一喜：李先富醒了！在早春二月夕阳的映照下，他的嘴唇开始慢慢翕动……

一条河流的走向(代后记)

去北越旅行的时候，我在微信朋友圈发了几张照片，用手机即兴写了一篇短文《河内的河》：

我们不知还有这条河流，一条从红河谷流淌而来的名字，蜿蜒千里，浇灌我的红河平原。那里高大的槟榔，那里缠绵的棕榈，那里敦厚的橡胶，将自然的语言深深根植在每一片土壤里。我们回忆或者眺望，都能闻到一种花的芬芳，打湿多愁善感的思绪。

我们没有选择出行的时间，那座百年闹钟还摆在桌上（注：胡志明主席曾收到毛泽东主席赠送的闹钟，现陈列在河内胡志明曾经办公的木楼），它停止了孤独的步伐，面对行行色色的人群，暗示一段伟大的历史撼动了河内的河。也许一万年之后，这片土地被河流吞噬，这片生物异生出更多的品种，或者渐渐消失，但真实的历史依然会渊源流长。

走过每一个季节，穿越每一片热带雨林，那条春意萌萌的河流都会途经我们的脑海，化作一个神话，丰富我的生活，这便是土地与河流的魅力，来自人类纯粹的友谊。

我写这个短文有两层意思，一个是点赞中越的传统友谊，另一个是表明人类与大地、河流相互依存、相依为命的关系，大地需要人类保护，河流需要大地宠爱，大地需要河流滋养，大地与河流又养育了人类。

去河内的时候，没有亲近那个传说中的红河，自中国流经越南的河流，由于流域多红色沙页岩地层，水呈红色，故称"红河"。所以令我神往，心生感慨。而去泰国和柬埔寨的时候，倒是见识了世界第六大河流湄公河，这一条河流也是发源于中国，所以在湄公河上乘小船时候，我情不自禁地将手伸进了河水里，感受中国的高山之水流经异国的水温，它流进祖国的南海，还是那么清凉吗？！

跨国河流自然让我想起游走过的许多美丽的河流。比如那条蔚蓝色的涅瓦河，梦幻般萦绕着列宁格勒与圣彼得堡，这条河流虽不浩瀚千里，但秀美瑰丽，静如处子。300年前，彼得大帝就是在这里挥剑斩草，开始缔造圣彼得堡的。有着灿烂的历史文化。而在圣彼得堡涅瓦大街，那里曾经生活一位文学巨匠普希金，如今成为世人观瞻与怀念的圣地。我走过普希金故居的时候，曾想过，是涅瓦河养育了普希金，给予他许多创作灵感。

大地往往因河流而美丽。

我的故乡有一美丽的河叫沅江。这条沅水小时候我不知它流到哪里，更不知它的走向。我和父亲出生在沅江边的白沙村，属溆浦县；我的母亲出生于沅江边的仙人湾瑶族自治乡，属辰溪县。两地毗邻而居。从读小学到中学，我都是围绕那条清可见底的沅江行走。

当我知道沅江的走向，读懂了沅江的水，我已离开湘西。

叶梅大姐在《根河之恋》说过，"地球上如果没有河流，也就没有人类，人的踪迹总是跟河有关……"我想，一条河流的走向，无不蕴藏着丰富的文学元素。只要细心挖掘，定会发现与众不同的感悟。

一条河流的走向，牵动着我们的思绪。哪怕岁月斑驳，但很有味道。

2016年3月27日